人民共和國文化與文學叢書

十　編

李　怡　主編

第 12 冊

《星星》詩刊（1957～1960）研究
（第一冊）

王　學　東　著

花木蘭文化事業有限公司

國家圖書館出版品預行編目資料

《星星》詩刊（1957～1960）研究（第一冊）／王學東 著 --
初版 -- 新北市：花木蘭文化事業有限公司，2022〔民 111 〕
序 6+ 目 8+216 面；19×26 公分
（人民共和國文化與文學叢書 十編；第 12 冊）
ISBN 978-986-518-952-5（精裝）
1.CST：中國當代文學史 2.CST：當代詩歌 3.CST：詩評
820.8   111009793

ISBN-978-986-518-952-5

9 789865 189525

人民共和國文化與文學叢書
十 編 第十二冊   ISBN：978-986-518-952-5

《星星》詩刊（1957～1960）研究（第一冊）

作　者　王學東
主　編　李 怡
企　劃　四川大學中國詩歌研究院
總 編 輯　杜潔祥
副總編輯　楊嘉樂
編輯主任　許郁翎
編　輯　張雅淋、潘玟靜、劉子瑄　美術編輯　陳逸婷
出　版　花木蘭文化事業有限公司
發 行 人　高小娟
聯絡地址　235 新北市中和區中安街七二號十三樓
　　　　　電話：02-2923-1455 ／傳真：02-2923-1452
網　址　http://www.huamulan.tw 信箱 service@huamulans.com
印　刷　普羅文化出版廣告事業
初　版　2022 年 9 月
定　價　十編 17 冊（精裝）新台幣 43,000 元　　版權所有・請勿翻印

《星星》詩刊（1957～1960）研究

（第一冊）

王學東　著

作者簡介

　　王學東，1979 年生於樂山沐川。教授、博士，西華大學文學與新聞傳播學院副院長、碩士生導師。主要從事當代詩歌、民國文學和蜀學研究。

　　兼任四川省作家協會全委會委員、四川省寫作學會副會長、四川省校園文藝聯合會副主席、四川省魯迅研究會常務理事、四川省詩歌學會常務理事、成都市作家協會評論委員會主任等，《蜀學》副主編。曾在《中國現代文學研究叢刊》《魯迅研究月刊》《當代文壇》《南方文壇》《寧夏社會科學》等刊物發表論文 100 多篇，專著有《第三代詩論稿》《文革「地下詩歌」研究》等，主持國家社科基金項目「《星星》詩刊與中國當代新詩的發展研究」，四川省哲學社會科學基地重大項目「20 世紀四川新詩發展史」等 11 項。著有詩集《現代詩歌機器》《機器時代的詩歌》等。

提　　要

　　1957 年 1 月 1 日在成都創刊的《星星》詩刊，是新中國創刊最早的「專門的詩刊」之一，也可以說是建國後中國新詩發展的歷史縮影，在中國當代詩歌史、期刊史、文學史乃至文化史上都有著重要的意義。

　　《〈星星〉詩刊（1957 ～ 1960）研究》是第一次對《星星》詩刊從 1957 年創刊到 1979 年復刊的歷程全面、系統的梳理和研究。著作以白航、李累、安旗這三大主編和流沙河、石天河兩大詩人為中心，圍繞這五人的命運，整體研究和全面呈現了《星星》詩刊在當代新詩史特別是在五六十年代文學史上留下的歷史軌跡。在豐富的史料基礎上，著作不僅較為系統地梳理了《星星》詩刊在不同時期的發展變化、刊物管理、編輯方針以及詩學價值，也深入地研究了《星星》詩刊創刊停刊、《星星》稿約、《吻》批判、《草木篇》事件、新民歌運動、詩歌下放討論、新詩道路討論等重要詩歌現象，進而著力探討和思考了新中國文學生產機制對當代詩學理論和美學風格、期刊運作、文學活動以及作家個體命運等方面的深刻影響。

　　著作《〈星星〉詩刊（1957 ～ 1960）研究》以《星星》詩刊為圓心，還特別關注特殊時期一位、一位詩人和知識分子的藝術之路與個體命運，既見證了一個時代的波瀾壯闊和萬馬齊喑，也見證了在雙重維度之下一代人心靈的豐富與複雜，以及人性的輝光與扭曲。

國家社科基金項目
（項目號：14XZW042）結項成果

人民共和國時代的現代文學研究——
《人民共和國文化與文學叢書‧十編》引言

李　怡

　　中華人民共和國成立七十餘年，書寫了風雨兼程的當代中國史，與民國時期的學術史不同，中國現代文學研究被成功地納入了國家社會發展體制當中，成為國家文化事業的有機組成部分，因此，我們的學術研究理所當然地深植於這一宏大的國家文化發展的機體之上，每時每刻無不反映著國家社會的細微的動向，尤其是中國現代文學研究，幾乎就是呈現中國知識分子對於新中國理想奮鬥的思想的過程，表達對這一過程的文學性的態度，較之於其他學科更需要體現一種政治的態度，這個意義上說，七十年新中國歷史的風雨也生動體現在了中國現代文學的學術發展之中。從新中國建立之初的「現代文學學科體制」的確立，到1950～1970年代的對過去歷史的評判和刪選，再到新時期的「回到中國現代文學本身」，一直到1990年代以降的「知識考古」及多種可能的學術態勢的出現，無不折射出新中國歷史的成就、輝煌與種種的曲折。文學與國家歷史的多方位緊密聯繫印證了中國現代文學研究在當下的一種有影響力的訴求：文學與社會歷史的深入的對話。

　　研究共和國文學，也必須瞭解共和國時代之於中國現代文學的學術態度。

一、納入國家思想系統的中國現代文學研究

　　中國現代文學研究伴隨著五四新文學的誕生就出現了，作為現代文學的開山之作《狂人日記》發表的第二年，傅斯年就在《新潮》雜誌第1卷第2號上介紹了《狂人日記》並作了點評。1922年胡適應上海《申報》之邀，撰寫

了《五十年來中國之文學》，已經為僅僅有五年歷史的新文學闢專節論述。但是整個民國時期，新文學並未成為一門獨立學科。在一開始，新文學是作為或長或短文學史敘述的一個「尾巴」而附屬於中國古代文學史或近代文學史之後的，諸如上世紀二十年代影響較大的文學史著作如趙景深《中國文學小史》（1926 年）、陳之展《中國近代文學之變遷》（1929 年），分別以「最近的中國文學」和「十年以來的文學革命運動」附屬於古代文學和近代文學之後。朱自清 1929 年在清華大學開設「中國新文學研究」，但到了 1933 年這門課不再開設，為上課而編寫的《中國新文學研究綱要》，也並沒有公開發行。1933年王哲甫《中國新文學運動史》出版，這部具有開創之功的新文學史著作，最重要的貢獻就在於新文學獲得了獨立的歷史敘述形態。1935 年上海良友圖書公司出版了由趙家璧主編的十卷本《中國新文學大系》，作為對新文學第一個十年的總結，由新文學歷史的開創者和參與者共同建立了對新文學的評價體系。至此，新文學在文學史上獲得了獨立性而成為人們研究關注的對象。但是，從總體上看，民國時期的中國現代文學研究還是學者和文學家們的個人興趣的產物，這裡並沒有國家學術機構和文化管理部門的統一的規劃和安排，連「中國現代文學」這一門學科也沒有納入為教育部的統一計劃，而由不同的學校根據自身情況各行其是。

新中國的成立徹底改變了這一學術格局。中華人民共和國的成立，意味著歷史進入一個新的階段。被作為中國現代革命史重要組成部分的現代文學史，成為建構革命意識形態的重要領域，中國現代文學在性質上就和以往文學截然分開。雖然中國現代文學僅僅有三十多年的歷史，但其所承擔的歷史敘述和意識形態建構功能卻是古代文學無法比擬的。由此拉開了在國家思想文化系統中對中國現代文學性質與價值內涵反覆闡釋的歷史大幕。現代文學既在國家思想文化的大體系中獲得了建構現代民族國家的非凡意義，但也被這一體系所束縛甚至異化。王瑤《中國新文學史》的寫作和出版就是標誌性的事件。按教育部 1950 年所通過的《高等學校文法兩學院各系課程草案》，「中國新文學史」是大學中文系核心必修課，在教材缺乏的情況下，王瑤應各學校要求完成《中國新文學史稿》（上冊）並於 1951 年 9 月由北京開明書店出版，下冊拖至 1952 年完稿並於 1953 年 8 月由上海新文藝出版社出版。但隨之而來的批判則可以看出，一方面是國家層面主動規劃和關心著中國現代文學的學術發展，使得學科真正建立，學術發展有了更高層面的支持和更

大範圍的響應，未來的空間陡然間如此開闊，但是，不言而喻的是，國家政治本身的風風雨雨也將直接作用於一個學科學術的內部，在某些特定的時刻，產生的限制作用可能超出了學者本身的預期。王瑤編寫和出版《中國新文學史》最終必須納入集體討論，不斷接受集體從各自的政策理解出發做出的修改和批評意見。面對各種批判，王瑤自己發表了《從錯誤中汲取教訓》，檢討自己「為學術而學術的客觀主義傾向。」〔註1〕

新中國成立，意味著必須從新的意識形態的需要出發整理和規範「現代文學」的傳統。十七年期間出現了對 20 年代到 40 年代已出版作品的修改熱潮。1951 年到 1952 年，開明書店出版了兩輯作品選，稱之為「開明選集本」。第一輯是已故作家選集，第二輯是仍健在的 12 位作家的選集。包括郭沫若、茅盾、葉聖陶、曹禺、老舍、丁玲、艾青等。許多作家趁選集出版對作品進行了修改。1952 年到 1957 年，人民文學出版社又出版了一批被稱為「白皮」和「綠皮」的選集和單行本，同樣作家對舊作做了很大的修改。像「開明選集本」的《雷雨》，去掉了序幕和尾聲，重寫了第四幕；老舍的《駱駝祥子》節錄本刪去了近 7 萬多字，相比原著少了近五分之二。這些在建國前曾經出版了的現代文學作品，都按當時的政治指導思想做了不同程度的修改，向主流意識更加靠攏。通過對新文學的梳理甄別，標識出新中國認可的新文學遺產。

伴隨著對已出版作品的修改與甄別，十七年時期現代文學研究的重心是通過文學史的撰寫規範出革命意識形態認可的闡釋與接受的話語模式。1950年代以來興起的現代文學修史熱，清晰呈現出現代文學在向政治革命意識形態靠攏的過程中如何逐步消泯了自身的特性，到了文革時期，文學史完全異化成路線鬥爭的傳聲筒，這是 1960 年代與 1950 年代的主要差異：從蔡儀的《中國新文學史講話》（1952 年），到丁易的《中國現代文學史略》、張畢來的《新文學史綱（第 1 卷）》（1955 年），劉綬松《中國新文學史初稿》（1956 年）。1950 年代，雖然政治色彩越來越濃厚，但多少保留了一些學者個人化的評判和史識見解。到了 1958 年之後，隨著「反右」運動而來的階級鬥爭擴大化，個人性的修史被群眾運動式的集體編寫所取代，經過所謂的「拔白旗，插紅旗」的雙反運動，群眾運動式的學術佔領了所謂的「資產階級知識分子」的學術領地。全國出現了大量的集體編寫的文學史，多數未能出版發行，當時有代表性是復旦大學中文系學生集體編寫的《中國現代文學史》和《中國現

〔註1〕王瑤：從錯誤中汲取教訓〔N〕，文藝報，1955-10-30（27）。

代文藝思想鬥爭史》,吉林大學中文系和中國人民大學語文系師生分別編寫的兩種《中國現代文學史》。充斥著火藥味濃烈的戰鬥豪情,文學史徹底淪為政治鬥爭的工具。文革時期更是出現了大量以工農兵戰鬥小組冠名文學史和作品選講,學術研究的正常狀態完全被破壞,以個人獨立思考為基礎的學術研究已經被完全摒棄了。正如作為歷史親歷者的王瑤後來所反思的,「一次又一次的政治運動,批判掉了一批又一批的現代文學作家和作品,到『文化大革命』的十年動亂中,在『否定一切,打倒一切』的思潮影響下,三十年的現代文學史只能研究魯迅一人,政治鬥爭的需要代替了學術研究,滋長了與馬克思主義根本不相容的實用主義學風,講假話,隱瞞歷史真相,以致造成了現代文學這門歷史學科的極大危機」。〔註2〕

至此,中國現代文學的學術危機可謂是格外深重了。

二、1980 年代:作為思想啟蒙運動一部分的學術研究

中國現代文學研究重新煥發出生命力是在 1980 年代。伴隨著國家改革開放的大潮,中國現代文學迎來了重要的發展期。

新時期中國現代文學研究的首要任務是盡力恢復被極左政治掃蕩一空的文學記憶,展示中國現代文學歷史原本豐富多彩的景觀。一系列「平反」式的學術研究得以展開,正如錢理群所總結的,「一方面,是要讓歷次政治運動中被排斥在文學之外的作家作品歸位,恢復其被剝奪的被研究的權利,恢復其應有的歷史地位;另一方面,則是對原有的研究對象與課題在新的研究視野、觀念與方法下進行新的開掘與闡釋,而這兩個方面都具有重新評價的性質與意義」。〔註3〕在這樣的「平反」式的作家重評和研究視野的擴展中,原來受到批判的胡適、新月派、七月派等作家流派、被忽略的自由主義作家沈從文、錢鍾書、張愛玲等開始重新獲得正視,甚至以鴛鴦蝴蝶派為代表的通俗文學也在現代文學發展的整體視野中獲得應有的地位。突破了僅從政治立場審視文學的狹窄視野,以現代精神為追求目標的歷史闡釋框架起到了很好的「擴容」作用,這就是所謂的「主流」、「支流」與「逆流」之說,借助於這一原本並非完善的概括,我們的現代文學終於不僅保有主流,也容納了若干

〔註2〕王瑤:中國現代文學研究的歷史和現狀〔J〕,華中師大學報,1984(4):2。
〔註3〕錢理群:我們所走過的道路——《中國現代文學研究叢刊》100 期回顧〔J〕,中國現代文學研究叢刊,2004(4):5。

支流，理解了一些逆流，一句話，可以研究的空間大大的擴展了。

在研究空間內部不斷拓展的同時，80 年代現代文學研究視野的擴展更引人注目，這就是在「走向世界」的開闊視野中，應用比較文學的研究方法，考察中國現代文學與外國文學的關係，建立起中國現代文學和世界文學之間廣泛而深入的聯繫。代表作有李萬鈞的《論外國短篇小說對魯迅的影響》（1979年）、王瑤的《論魯迅與外國文學的關係》、溫儒敏的《魯迅前期美學思想與廚川白村》（1981 年）。陝西人民出版社推出了「魯迅研究叢書」，魯迅與外國文學的關係成為其中重要的選題，例如戈寶權的《魯迅在世界文學上的地位》、王富仁《魯迅前期小說與俄羅斯文學》、張華的《魯迅與外國作家》等。80 年代的現代文學研究首先是以魯迅為中心，建立起與世界文學的廣泛聯繫，這樣的比較研究有力地證明了現代文學的價值不僅僅侷限於革命史的框架內，現代文學是中國社會由傳統向現代的轉變中並逐步融入世界潮流的精神歷程的反映，現代化作為衡量文學的尺度所體現出的「進化」色彩，反映出當時的研究者急於思想突圍的歷史激情，並由此激發起人們對「總體文學」——「世界文學」壯麗圖景的想像。曾小逸主編的《走向世界》，陳思和的《中國新文學整體觀》、黃子平、陳平原和錢理群的《二十世紀中國文學三人談》，對 20 世紀 80 年文學史總體架構影響深遠的這幾部著作都洋溢著飽滿的「走向世界」的激情。掙脫了數十年的文化封閉而與世界展開對話，現代文學研究的視野陡然開闊。「走向世界」既是我們主動融入世界潮流的過程，也是世界湧向中國的過程，由此出現了各種西方思想文化潮水般湧入中國的壯麗景象。在名目繁多的方法轉換中，是人們急於創新的迫切心情，而這樣的研究方法所引起的思想與觀念的大換血，終於更新了我們原有的僵化研究模式，開拓出了豐富的文學審美新境界，讓中國現代文學的學術研究有了自我生長的基礎和未來發展的空間。與此同時，國外漢學家的論述逐步進入中國，帶給了我們新的視野，如夏志清《中國現代小說史》、司馬長風《中國新文學史》，給予中國學者極大的衝擊。在多向度的衝擊回應中，現代文學的研究成為 1980 年代學術研究的顯學。

相對於在和西方文學相比較的視野中來發掘現代文學的世界文學因素並論證其現代價值而言，真正有撼動力量的還是中國學者從思想啟蒙出發對中國現代文學學術思想方法的反思和探索。一系列名為「回到中國現代文學本身」的研究決堤而出，大大地推進了我們的學術認知。這其中影響最大的包

括王富仁對魯迅小說的闡釋，錢理群對魯迅「心靈世界」的分析，汪暉對「魯迅研究歷史的批判」，以及凌宇的沈從文研究，藍棣之的新詩研究，劉納對五四文學的研究，陳平原對中國現代小說模式的研究，趙園對老舍等的研究，吳福輝對京派海派的研究，陳思和對巴金的研究，楊義對眾多小說家創作現象的打撈和陳述等等。這些研究的一個鮮明特點，就是立足於中國現代作家的獨立創造性，展現出現代文學在中國思想文化發展史上所具有的獨特認識價值和審美價值。作為 1980 年代文學史研究的兩大重要口號（概念）也清晰地體現了中國學者擺脫政治意識形態束縛，尋找中國現代文學獨立發展規律的努力，這就是「二十世紀中國文學」與「重寫文學史」，如今，這兩個口號早已經在海內外廣泛傳播，成為國際學界認可的基本概念。

今天的人們對「文學」更傾向於一種「反本質主義」的理解，因而對 1980 年代的「回到本身」的訴求常常不以為然。但是，平心而論，在新時期思想啟蒙的潮流之中，「回到本身」與其說是對文學的迷信不如說是借助這一響亮的口號來祛除極左政治對學術發展的干擾，使得中國的現代文學研究能夠在學術自主的方向上發展，理解了這一點，我們就能夠進一步發現，1980 年代的中國學術雖然高舉「文學本身」的大旗，卻並沒有陷入「純文學」的迷信之中，而是在極力張揚文學性的背後指向「人性復歸」與精神啟蒙，而並非是簡單地回到純粹的文學藝術當中。同樣借助回到魯迅、回到五四等，在重新評估研究對象的選擇中，有著當時人們更為迫切的思想文化問題需要解決。正如王富仁在回顧新時期以來的魯迅研究歷史時所指出的：「迄今為止，魯迅作品之得到中國讀者的重視，仍然不在於它們在藝術上的成功……中國讀者重視魯迅的原因在可見的將來依然是由於他的思想和文化批判。」〔註4〕「回到魯迅」的學術追求是借助魯迅實現思想獨立，「這時期魯迅研究中的啟蒙派的根本特徵是：努力擺脫凌駕於自我以及凌駕於魯迅之上的另一種權威性語言的干擾，用自我的現實人生體驗直接與魯迅及其作品實現思想和感情的溝通。」〔註5〕80 年代現代文學研究中無論是影響研究下對現代文學中西方精神文化元素的勘探，還是重寫文學史中敘史模式的重建，或是對歷史起源的

〔註4〕王富仁：中國魯迅研究的歷史與現狀（連載十一）〔J〕，魯迅研究月刊，1994（12）：45。

〔註5〕王富仁：中國魯迅研究的歷史與現狀（連載十）〔J〕，魯迅研究月刊，1994（11）：39。

返回，最核心的問題就是思想解放，人們相信文學具有療傷和復歸人性的作用，同時也是獨立精神重建的需要。80年代的主流思想被稱之為「新啟蒙」，其意義就是借助國家改革開放和思想解放的歷史大趨勢，既和主流意識形態分享著對現代化的認可與想像，也內含著知識分子重建自我獨立精神的追求。因此80年現代文學不在於多麼準確地理解了西方，而是借助西方、借助五四，借助魯迅激活了自身的學術創造力。相比90年代日益規範的學術化取向，80年代現代研究最主要的貢獻就是開拓了研究空間，更新了學術話語，激活了研究者獨立的精神創造力。當然，感性的激情難免忽略了更為深入的歷史探尋和更為準確東西對比。在思想解放激情的裹挾下，難免忽略了對歷史細節的追問和辨析。這為90年代的知識考古和文化研究留下展開空間，但是80年代的帶有綜合性的學術追求中，文化和歷史也是80年代現代文學研究的自覺學術追求。錢理群當時就指出：「我覺得『二十世紀中國文學』這個概念還要求一種綜合研究的方法，這是由我們的研究對象所決定的。現代中國很少『為藝術而藝術』的純文學家，很少作家把自己的探索集中於純文學的領域，他們涉及的領域是十分廣闊的，不僅文學，更包括了哲學、歷史學、倫理學、宗教學、經濟學、人類學、社會學、民俗學、語言學、心理學，幾乎是現代社會科學的一切領域。不少人對現代自然科學也同樣有很深的造詣。不少人是作家、學者、戰士的統一。這一切必然或多或少、或隱或顯地體現到他們的思想、創作活動和文學作品中來。就像我們剛才講到的，是一個四面八方撞擊而產生的一個文學浪潮。只有綜合研究的方法，才能把握這個浪潮的具體的總貌。」〔註6〕，80年代對現代文學研究綜合性的強調，顯然認識到現代文學與社會歷史文化廣闊的聯繫，只不過80年代更多的是從靜態的構成要素角度理解現代文學的內部和外部之間的聯繫，而不是從動態的生產與創造的角度進行深入開掘，但80年代這樣的學術理念與追求也為90年代之後學術規範之下現代文學研究的「精耕細作」奠定了基礎。

三、1990年代：進入「規範」的中國現代文學研究

　　1990年代，中國社會發生了很大的改變。在國家政治的新的格局中，知識分子對1980年代啟蒙過程中「西化」傾向的批判成為必然，同時，如何借

〔註6〕陳平原、錢理群、黃子平：「二十世紀中國文學」三人談·方法〔J〕，讀書，
　　　1986（3）。

助「學術規範」建立起更「科學」、「理智」也更符合學術規則的研究態度開始佔據主流，當然，這種種的「規範」之中也天然地包含著知識分子審時度勢，自我規範的意圖。在這個時代，不是過去所謂的「救亡」壓倒了「啟蒙」，而是「規範化」的訴求一點一點地擠乾了「啟蒙」的激情。

1990 年代的現代文學研究首先以學術規範為名的對 1980 年代現代文學研究進行反思與清理。《學人》雜誌的創刊通常被認為是 1990 年代學術轉型的標誌，值得一提的，三位主編中陳平原和汪暉都是 1980 年代中國現代文學研究的代表性人物。

進入「規範」時代的中國現代文學研究有兩個值得注意的傾向：

一是學術研究從激情式的宣判轉入冷靜的知識考古，將學術的結論蘊藏在事實與知識的敘述之中。從 1990 年代開始，《中國現代文學叢刊》開始倡導更具學術含量的研究選題。分別在 1991 年第 2 期開設「現代作家與地域文化專欄」，1993 年第 4 期設「現代作家與宗教文化」專欄，1994 年第 1 期開闢「淪陷區文學研究專號」，1994 年第 4 期組織了「現代女性文學研究」專欄。這種學術化的取向，極大地推進了現代文學向縱深領域拓展，出現了一批富有代表性的成果。如嚴家炎主持的「二十世紀中國文學與區域文化叢書」（1995 年）和「二十世紀中國文學研究叢書」（1999～2000 年），前者是探討地域文化和現代文學的關係，後者側重文學思潮和藝術表現研究。在某一個領域深耕細作的學者大多推出自己的代表作，如劉納的《嬗變——辛亥革命時期的中國文學》（1998 年），從中國文學發展的內部梳理五四文學的發生；范伯群主編的《中國近現代通俗文學史》（2000 年），有關現代文學的擴容討論終於在通俗文學的研究上有了實質性的成果；再如文學與城市文化的研究包括趙園的《北京：城與人》（1991 年）、李今的《海派文化與都市文化》（2000 年）等研究成果。隨著學術對象的擴展，不但民國時期的舊體詩詞、地方戲劇等受到關注，而且和現代文學相關的出版傳媒，稿酬制度，期刊雜誌，文學社團，中小學及大學的文學教育等作為社會生產性的制度因素一併成為學術研究對象。劉納的《創造社與泰東書局》（1999）；魯湘元的《稿酬怎樣攪動文壇——市場經濟與中國近代文學》（1998 年）；錢理群主編的「二十世紀中國文學與大學文化叢書」等都是這方面具有代表性的研究成果。90 年代中期，作為現代文學學科重要奠基人的樊駿曾認為「我們的學科，已經不再年輕，正在走向成熟。」而成熟的標誌，就是學術性成果的陸續推出，「就整體而言，

我們正努力把工作的重點和目的轉移到學術建設上來，看重它的學術內容學術價值，注意科學的理性的規範，使研究成果具有較多的學術品格與較高的學術品位，從而逐步成為真正意義上的學術工作。」〔註7〕

　　二是對文獻史料的越來越重視，大量的文獻被挖掘和呈現，同時提出了現代文獻的一系列問題，例如版本、年譜、副文本等等，文獻理論的建設也越發引起人們的重視。從 80 年代學界不斷提出建立「中國現代文學文獻學」的呼籲。《中國現代文學研究叢刊》1985 年第 1 期刊登了馬良春《關於建立中國現代文學「史料學」的建議》，提出了文獻史料的七分法：專題性研究史料、工具性史料、敘事性史料、作品史料、傳記性史料、文獻史料和考辨史料。1989 年《新文學史料》在第 1、2、4 期上連續刊登了樊駿的八萬多字的長文《這是一項宏大的系統工程——關於中國現代文學史料工作的總體考察》，樊駿先生就指出：「如果我們不把史料工作僅僅理解為拾遺補缺、剪刀漿糊之類的簡單勞動，而承認它有自己的領域和職責、嚴密的方法和要求，特殊的品格和價值——不只在整個文學研究事業中佔有不容忽視、無法替代的位置，而且它本身就是一項宏大的系統工程，一門獨立的複雜的學問；那麼就不難發現迄今所做的，無論就史料工作理應包羅的眾多方面和廣泛內容，還是史料工作必須達到的嚴謹程度和科學水平而言，都還存在許多不足。」1989 年成立了中華文學史料學會，並編輯出版了會刊《中華文學史料》。借助 90 年代「學術性」被格外強調，「學術規範」問題獲得鄭重強調和肯定的大環境，許多學者自覺投入到文獻收藏、整理與研究的領域，涉及現代文學史料的一系列新課題得以深入展開，例如版本問題、手稿問題、副文本問題、目錄、校勘、輯佚、辨偽等，對文獻史料作為獨立學科的價值、意義和研究方法等方面都展開了前所未有的討論。其中的重要成果有賈植芳、俞桂元主編的《中國現代文學總書目》（1993 年）、陳平原、錢理群等編《二十世紀中國小說理論資料》五卷（1997 年），錢理群主編的「中國淪陷區文學大系」（1998～2000），延續這一努力，劉增人等於 2005 年推出了 100 多萬字的《中國現代文學期刊史論》，既有「中國現代文學期刊敘錄」，又有「中國現代文學期刊研究資料目錄」的史料彙編。不僅史料的收集整理在學術研究上獲得了深入發展，「五四」以來許多重要作家的全集、文集和選集在 90 年代被重新編輯出版。如浙

〔註 7〕 樊駿：我們的學科，已經不再年輕，正在走向成熟〔J〕，中國現代文學研究叢
　　　　刊，1995（2）：196～197。

江文藝出版社推出的《中國現代經典作家詩文全編書系》，共 40 種，再如冠以經典薈萃、解讀賞析之類的更是不勝枚舉。這些選本文集的出版，現代文學研究領域的許多學者都參與其中，既普及了現代文學的影響力，又在無形中重新篩選著經典作家。比如 90 年代隨著有關張愛玲各種各樣的全集、選集本的推出，在全國迅速形成了張愛玲熱，為張愛玲的經典化產生了重要作用。

　　1990 年代現代文學研究的學術化轉向，包含著意味深長的思想史意義。作為這一轉向的倡導者的汪暉，在 1990 年代就解釋了這一轉向所包含的思想意義：「學術規範與學術史的討論本是極為專門的問題，但卻引起了學術界以至文化界的廣泛注意，此事自有學術發展的內在邏輯，但更需要在 1989 年之後的特定歷史情境中加以解釋。否則我們無法理解：這樣專門的問題為什麼會變成一個社會文化事件，更無從理解這樣的問題在朋友們的心中引發的理性的激情。學者們從對 80 年代學術的批評發展為對近百年中國現代學術的主要趨勢的反思。這一面是將學術的失範視為社會失範的原因或結果，從而對學術規範和學術歷史的反思是對社會歷史過程進行反思的一種特殊方式；另一方面則是借助於學術，內省晚清以來在西學東漸背景下建立的現代性的歷史觀，雖然這種反思遠不是清晰和自覺的。參加討論的學者大多是 80 年代學術文化運動的參與者，這種反思式的討論除了學術上的自我批評以外，還涉及在政治上無能為力的知識者在特定情境中重建自己的認同的努力，是一種化被動為主動的社會行為和歷史姿態。」〔註 8〕汪暉為 1990 年代的學術化轉向設定了這麼幾層意思：1990 年代的學術化轉向是建立在對 1980 年代學術的反思基礎上，而且將學術的失範和社會的失範聯繫起來，進而對學術規範和學術史的反思也就對社會歷史的一種特殊反思，由此對所謂主導學術發展的現代性歷史觀進行批判。汪暉後來甚至認為：「儘管『新啟蒙』思潮本身錯綜複雜，並在 80 年代後期發生了嚴重的分化，但歷史地看，中國『新啟蒙』思想的基本立場和歷史意義，就在於它是為整個國家的改革實踐提供意識形態的基礎的。」〔註 9〕一方面認為 80 年代以新啟蒙為特點的學術追求是造成社會失範的原因或結果，一方面又認為這一學術追求為改革實踐提供了意識

〔註 8〕羅崗、倪文尖編：90 年代思想文選（第一卷）〔C〕，南寧：廣西人民出版社，
　　　　2000 年：6～7。

〔註 9〕羅崗、倪文尖編：90 年代思想文選（第一卷）〔C〕，南寧：廣西人民出版社，
　　　　2000 年：280。

形態基礎，在這帶有矛盾性的表述中，依然跳不出從社會政治框架衡量學術意義的思維。但由此所引發的問題卻是值得深思的：現代文學作為一門學科的根本基礎和合法性何在？1990 年代的學術轉向，試圖以學術化的取向在和政治保持適當的距離中重建學科的合法性，即所謂的告別革命，回歸學術，學術研究只是社會分工中的一環，即陳思和所言的崗位意識：「我所說的崗位意識，是知識分子在當代社會中的一種自我分界。……（崗位的）第一種含義是知識分子的謀生職業，即可以寄託知識分子理想的工作。……另一層更為深刻也更為內在的意義，即知識分子如何維繫文化傳統的精血」。〔註 10〕這就更顯豁的表達出 1990 年代學術轉型所抱有的思想追求，現代文學不再是批判性知識和思想的策源地，而是學科分工之下的眾多門類之一，消退理想主義者曾經賦予自身的思想光芒和啟蒙幻覺，回歸到基本謀生層面，以工匠的精神維持一種有距離的理性主義清醒。

不過，這種學術化的轉型和 1990 年代興起的後學思潮相互疊加，卻也開始動搖了現代文學這門學科的基礎。如果說學術化轉向是帶著某種認真的反思，並在學術層面上對現代文學研究做出了一定的推進，而 90 年代伴隨著後學理論的興起，則從思想觀念上擾亂了對現代文學的認識和評價。借助於西方文化內部的反叛和解構理論，將對西方自文藝復興至啟蒙運動所形成的「現代性」傳統展開猛烈批判的後現代主義（還包括解構主義、後殖民主義等等）挪用於中國，以此宣布中國的「現代性終結」，讓埋頭於現代化追求和想像的人們無比的尷尬和震驚：

> 「現代性」無疑是一個西方化的過程。這裡有一個明顯的文化等級制，西方被視為世界的中心，而中國已自居於「他者」位置，處於邊緣。中國的知識分子由於民族及個人身份危機的巨大衝擊，已從「古典性」的中心化的話語中擺脫出來，經歷了巨大的「知識」轉換（從鴉片戰爭到「五四」的整個過程可以被視為這一轉換的過程，而「五四」則可以被看作這一轉換的完成），開始以西方式的「主體」的「視點」來觀看和審視中國。〔註11〕

〔註 10〕陳思和：知識分子在現代社會轉型期的三種價值取向〔J〕，上海文化，1993（1）。

〔註 11〕張頤武：「現代性」終結——一個無法迴避的課題〔J〕，戰略與管理，1994（3）：106。

以西方最新的後學理論對五四以來的現代文學做出了理論上的宣判，作為「他者」狀況反映的現代文學的價值受到了懷疑。「現代性」作為 90 年代現代文學研究的核心關鍵詞，就是在這樣的質疑聲中登陸中國學術界。人們既在各種意義飄忽不定的現代性理論中進行知識考古式的辨析和確認，又在不斷的懷疑和顛覆中迷失了對自我感受的判斷。這種用最新的西方理論宣判另一種西方理論的終結的學術追求卻反諷般地認為是在維護我們的「本土性」和「中華性」，而其中的曖昧，恰如一位學人所指出的：「在我看來，必須意識到 90 年代大陸一些批評家所鼓吹的『後現代主義』與官方新意識形態之間的高度默契。比如，有學者把大眾文化褒揚為所謂『社會主義初級階段特色』，異常輕易地把反思都嘲弄為知識分子的精英立場；也有人脫離本土的社會文化經驗，激昂地宣告『現代性』的終結，歡呼中國在『走向一個小康』的理想時刻。這就不僅徹底地把『後現代』變成了一個完全『不及物』的能指符號，而且成為了對市場和意識形態地有力支持和論證。」〔註 12〕

正是在「現代性」理論的困擾中，1990 年代後期，人們逐漸認識到源自於西方的「現代性」理論並不能準確概括中國的歷史經驗，而文學做為感性的藝術，絕非是既定思想理念的印證。1980 年代我們在急於走向世界的激情中，只揭示了西方思想文化如何影響了現代文學，還沒有更從容深入的展示出現代作家作為精神文化創造者的獨立性和主體性。但是無論十七年時期現代文學作為新民主主義革命的有力組成部分，還是 1980 年代的現代化想像，現代文學都是和國家文化的發展建設緊密聯繫在一起，學科合法性並未引起人們的思考。1990 年代的學術化取向和現代性內涵的考古發掘，都在逼問著現代文學一旦從總體性的國家文化結構中脫離出來，在資本和市場成為社會主導的今天，現代文學如何重建自身的學科合法性，就成為新世紀以來現代文學學術研究的核心問題。作為具有強烈歷史實踐品格和批判精神的現代文學，顯然不能在純粹的學術化取向中獲得自身存在的意義，需要在與社會政治保持適度張力的同時激活現代文學研究在思想生產中的價值和意義。

四、新世紀以後：思想分化中的現代文學研究

1980 年代的現代文學研究貫穿著思想解放與觀念更新的歷史訴求：1990

〔註 12〕張春田：從「新啟蒙」到「後革命」──重思「90 年代」的中國現代文學研究〔J〕，現代中文學刊，2010（3）：59。

年代則是探尋學科研究的基礎與合法性何在，而新世紀開啟的文史對話則屬於重新構建學術自主性的追求。

面對遭遇學科危機的現代文學研究，1990 年代後期已經顯現的知識分子的思想分化在中國現代文學研究中更加明顯地表現了出來。圍繞對二十世紀重要遺產——革命的不同的認知，不同思想派別對中國現代文學的肯定和否定趨向各自發展，距離越來越大。「新左派」認定「革命」是 20 世紀重要的遺產，對左翼文學價值的挖掘具有對抗全球資本主義滲透的特殊價值，「再解讀」思潮就是對左翼——延安一直至當代文學「十七年」的重新肯定，這無疑是打開了重新認識中國現代文學「革命文化」的新路徑，但是，他們同時也將 1980 年代的思想啟蒙等同於自由主義，並認定正是自由主義的興起、「告別革命」的提出遮蔽了左翼文學的歷史價值，無疑也是將更複雜的歷史演變做了十分簡略的歸納，而對歷史複雜的任何一次簡單的處理都可能損害分歧雙方原本存在的思想溝通，讓知識分子陣營的分化進一步加劇。當然，所謂自由主義知識分子群體也未能及時從 1980 年代的「平反」邏輯中深化發展，繼續將歷史上左翼文化糾纏於當代極左政治，放棄了發掘左翼文化正義價值的耐性，甚至對魯迅與左翼這樣的重大而複雜的話題也作出某些情緒性的判斷，這便深深地影響了他們理論的說服力，也阻斷了他們深入觀察當代全球性的左翼思潮的新的理論基礎，並基於「理解之同情」的方向與之認真對話。

新世紀以來中國現代文學研究的推進和發展，首先體現在超越左／右的對立思維、在整合過往的學術發展經驗的基礎上建構基於真實歷史情境的文學發展觀，對中國現代文學研究更有推動性的努力是文學史觀念的繼續拓展，以及新的學術方法的嘗試。

我們看到，1980 年代後期的「重寫文學史」的願望並沒有就此告終，在新世紀，出現了多種多樣的探索。

一是從語言角度嘗試現代文學史的新寫作。展開了中國現代文學研究的語言維度的努力，先後出現了曹萬生主編的《中國現代漢語文學史》（2007 年）和朱壽桐主編的《漢語新文學通史》（2010 年）。這兩部文學史最大的特點是從語言的角度整合以往限於歷史性質判別和國別民族區分而呈現出某種「斷裂」的文學史敘述。曹著是從現代漢語角度來整合中國現代文學和當代文學，從而將五四之後以現代漢語寫作的文學作品作為文學史分析的整體，「中國現代漢語文學包容了啟蒙論、革命論、再啟蒙論、後現代論、消費性與傳媒論

所主張的內容」。〔註13〕那些曾經矛盾重重的意識形態因素在工具性的語言之下獲得了某種統一。在這樣的語言表達工具論之下的文學史視野中，和現代文學並行的文言寫作自然被排除在外，而臺灣文學港澳文學甚至旅外華人以現代漢語寫作的文學都被納入，甚至網絡文學、影視文學和歌詞也受到關注。但其中內涵的問題是現代漢語作為僅有百年歷史的語言形態，其未完成性對把握現代漢語的特點造成了不小的困擾，以這樣一種仍在變化發展的語言形態作為貫穿所有文學發展的歷史線索，依然存在不少困難。如果說曹著重在語言表達作為工具性的統一，那麼朱著則側重於語言作為文化統一體的意義。文學作為一種文化形態，其基礎在於語言，「由同一種語言傳達出來的『共同體』的興味與情趣，也即是同一語言形成的文化認同」，「文學中所體現的國族氣派和文化風格，最終也還是落實在語言本身」，〔註14〕那麼作為語言文化統一形態的「漢語新文學」這一概念所承擔的文學史功能就是：「超越乃至克服了國家板塊、政治地域對於新文學的某種規定和制約，從而使得新文學研究能夠擺脫政治化的學術預期，在漢語審美表達的規律性探討方面建構起新的學術路徑」〔註15〕。顯然朱著的重點在以語言的文化和審美為紐帶，打破地域和國別的阻隔、中心與邊緣的區分。朱著所體現的龐大的文學史擴容問題，體現出可貴的學術勇氣，但在這樣體系龐大的通史中，語言的維度是否能夠替代國別與民族的角度，還需要進一步思考。

二是嘗試從國家歷史的具體情態出發概括百年來文學的發展，提出了「民國文學史」、「共和國文學史」等新概念。早在1999年陳福康借助史學界的概念，建議「現代文學」之名不妨用「民國文學」取代。後來張福貴、丁帆、湯溢澤、趙步陽等學者就這一命名有了進一步闡發。〔註16〕在這帶有歷史還原意味的命名的基礎上，李怡提出了「民國機制」的觀點，這一概念就是希望進入文史對話的縱深領域，即立足於國家歷史情境的內部，對百年來中國文學轉換演變的複雜過程、歷史意義和文化功能提出新的解釋，這也就是從國

〔註13〕曹萬生主編：中國現代漢語文學史〔M〕，北京：中國人民大學出版社，2007：8。

〔註14〕朱壽桐主編：漢語新文學通史〔M〕，廣州：廣東人民出版社，2010：12～13。

〔註15〕朱壽桐主編：漢語新文學通史〔M〕，廣州：廣東人民出版社，2010：8。

〔註16〕參見張福貴：從「現代文學」到「民國文學」——再談中國現代文學的命名問題〔J〕，文藝爭鳴，2011（11）及丁帆：給新文學史重新斷代的理由——關於「民國文學」構想及其他的幾點補充意見〔J〕，中國現代文學研究叢刊，2011（3）等。

家歷史情境中的社會機制入手，分析推動和限制文學發展的歷史要素。〔註17〕
這些探索引起了學術界不同的反應，也先後出現了一些質疑之聲，不過，重
要的還是究竟從這一視角出發能否推進我們對現代文學具體問題的理解。在
這方面花城出版社先後推出了「民國文學史論」第一輯、第二輯，共 17 冊，
山東文藝出版社也推出了 10 冊的「民國歷史文化與中國現代文學研究」的大
型叢書，數十冊著作分別從多個方面展示了民國視角的文學史意義，可以說
是初步展示了相關研究的成果，在未來，這些研究能否深入展開是決定民國
視角有效性的關鍵。

　　值得一提的還有源於海外華文文學界的概念——華語語系文學。目前，
這一概念在海外學界影響較大，不過，不同的學者（如史書美與王德威）各
自的論述也並不相同，史書美更明確地將這一概念當作對抗中國大陸現代文
學精神統攝性的方式，而王德威則傾向於強調這一概念對於不同區域華文文
學的包容性。華語語系文學的提出的確有助於海外華文寫作擺脫對中國中心
的依附，建構各自獨特的文學主體性，不過，主體性的建立是否一定需要在
對抗或者排斥「母國」文化的程序中建立？甚至將對抗當作一種近於生理般
的反應？是一個值得認真思考的問題。

　　新世紀以來，方法論上的最重要的探索就是「文史對話」的研究成為許
多人認可並嘗試的方法。「文史對話」研究取向，從 1980 年代的重返歷史和
1990 年代的文化研究的興起密切相關。1980 年代在「撥亂反正」政策調整下
的作家重評就是一種基於歷史事實的文史對話，而在 1980 年代興起的「文化
熱」，也可以看成是將歷史轉化為文化要素，以「文化視角」對現代文學文本
與文學發展演變進行的歷史分析。在 1980 年代非常樸素的文史對話方式中，
我們看到一面借助外來理論，一面在「原始」史料的收集整理、作品閱讀的
基礎上，艱難地形成屬於中國文學發展實際的學術概念。而隨著 1990 年代西
方大量以文化研究和知識考古為代表的後學理論湧入中國後。特別是受文化
理論的影響，1980 年代基於樸素的文化視角研究現代文學的歷史化取向，轉
變為文化研究之下的泛歷史化研究。1990 年代的「文化研究」不同於 1980 年
代「文化視角」的區別在於：1980 年代文化只是文學文本的一個構成性或背
景性的要素，是以文學文本為中心的研究；而受西方文化研究理論的影響，

〔註17〕李怡：民國機制：中國現代文學的一種闡釋框架〔J〕，廣東社會科學，2010
　　　　（6）：132。

1990 年代的文化研究是將社會歷史看成泛文本，歷史文化本身的各種元素不再是論述文學文本的背景性因素，它們也是作為文本成為研究考察的對象。在文化研究轉向影響下的 90 年代中後期的現代文學研究，突破了以文學文本為中心，而從權力話語的角度將文學文本放在複雜的歷史文化中進行分析，這樣文化研究就和歷史研究獲得了某種重合，特別是受福柯、新曆史主義等理論的影響，文學文本和其他文本之間的權力關係成為關注的重點。

這樣就形成了 1980 年代作家重評與文化視角之下的文史對話，和 9190 年中後期已降的在文化研究理論啟發和構造之下的文史對話，而這兩種文史對話之間的矛盾或者說差異，根本的問題在於如何基於中國經驗而重構我們學術研究的自主性問題。1980 年代的文史對話是置身在中國學術走出國門、引入西方思潮的強烈風浪中，緊張的歷史追問後面飄動著頗為扎眼的「西化」外衣，而對中國問題的思考和關注則容易被後來者有意無意的忽略，特別在西方理論影響和中國問題發現之間的平衡與錯位中的學術創新焦慮，更讓我們容易將自己的學術自主性建構問題遮蔽。文化研究之下的權力話語分析確實打開了進入堅硬歷史骨骼的有效路徑，但這樣的分析在解構權力、拆解宏達敘述的同時，則很容易被各種先行的理論替代了歷史本身，而真實的歷史實踐問題則很容易被規整為各種脫離實際的理論構造。而且在瓦解元敘述的泛文本分析中，歷史被解構成碎片，文學本身也淹沒在各種繁複的話語分析中而不再成為審美經驗的感性表達，歷史和文學喪失了區分，實質上也消解了文史對話的真正展開。所以當下文史對話的展開，必須在更高的層次上融合過往的學術經驗。中國學術研究的自主性必須基於對自身歷史經驗的分析和提煉，形成符合中國文學自身發展的學術概念和話語體系，但是這樣強調本土經驗的優先性，特別是對「中國特色」和「中國道路」的道德化強調中，我們卻要警惕來自狹隘的民族主義的干擾和破壞；同時對於西方理論資源，必須看成是不斷打開我們認識外界世界的有力武器，而不能用理論替代對歷史經驗的分析。因此當下以文史對話為追求的現代文學研究，不僅僅是對西方理論話語的超越，更是對自身學術發展經驗的反思與提升。質言之，應該是對 1980 年代啟蒙精神與 1990 年代學術化取向的深度融合。

在以文史對話為導向的學術自主性建構中，作為可借鑒的資源，我們首先可以激活有著深厚中國學術傳統的「大文學」史觀，這一「大文學」概念的意義在於：一是突破西方純文學理論的文體限制，將中國作家多樣化的寫作

納入研究範圍，諸如日記、書信及其他思想隨筆，包括像現代雜文這種富有
爭議的形式也由此獲得理所當然的存在理由；二是對文學與歷史文化相互對
話的根據與研究思路有自覺的理論把握，特別是「大文學」這一概念本身的
中國文化內涵，將為我們「跨界」闡釋中國文學提供理論支撐。當然在今天
看來，最需要思考的問題是如何在「文史對話」之中呈現「文學」的特點，文
史對話在我們而言還是為了解決文學的疑問而不是歷史學的考證。如此在呈
現中國文學的歷史複雜性的同時，也建構出屬於我們自己的具有自主性的學
術話語體系，從而為未來的現代文學研究開闢出廣闊的學術前景。

此文與王永祥先生合著

星星不會熄滅——為王學東「《星星》詩刊研究」題辭

謝　冕

　　那是一個早春時節，一時風平浪靜，天宇澄清，草木復甦。中國開始和平建設的生活，人們自然地想到歌唱。百花時代，一個響亮而又誘人的召喚。在北京，由詩壇前輩領銜的《詩刊》創刊。在四川，在那誕生過李白以及杜甫生活過的地方，那裡的浣花溪和望江樓也在醞釀著另一份詩歌刊物。於是，在成都，一群酷愛詩歌的人們開始集結和籌劃。他們向浩瀚的天宇撒開了漫天花瓣，他們撐起了一片綴滿星星的天空。也是難忘的 1957 年，《星星》詩刊在風暴到來之前誕生。

　　發刊詞充滿激情。它列舉了天上諸多的星星的名稱。人們堅信，它不會是流星，因為它的參與者堅韌而有定力。在人們看來，這個新生的刊物更像是一顆啟明星，昭示著光明、溫暖，也預示著希望。可是，誕生的喜悅並不長久，隨之而來的是問責、質疑、而後是嚴厲的批判。一個清清淺淺的甜蜜之「吻」，居然釀成了驚天大罪；幾棵平平常常的樹或小草，居然造成了天塌地陷的災難！〔註1〕《星星》料想不及，它為避禍，匆忙取消它原先的稿約，那也無濟於事！災禍還是自天而降！它的編者們陷入深淵。一個白航，一個流沙河，一個石天河，還有其他的人，他們被列入另冊，他們為《星星》的升起和發光付出了代價。

　　星星不會熄滅，經歷狂風暴雨，它死而復生。在遙遠的西南，在中國廣袤的大地和天空，星星依舊明亮地閃著光，在暗處，在天邊，照耀著人們勇

─────────────

〔註 1〕這裡指的是曰白的短詩《吻》，和流沙河的散文組詩《草木篇》。

決地前行。星星告訴我們，美好的願望終將永存，生活本身有自己的規律。學者王學東有感於這本詩刊奇蹟般的出現和生存的事實，潛心研究，廣為積累，積數年之功為之立傳，為中國當代文學史和詩歌史作出了重大的貢獻。

王學東治學謹嚴，資料掌握豐富，論述客觀準確，體現他深厚的學養。我衷心祝賀他，也感謝他為這份令人刊物的艱難「身世」傳播給後人，警醒世人記住歷史，不再重複我們痛心的既往。

2022 年 1 月 6 日於北京大學

序：當代詩歌期刊史研究的一個標本

吳思敬

1957 年初，正是在「百花齊放，百家爭鳴」的大背景下，祖國的大西南，冉冉升起了一顆詩的「星星」：

> 我們的名字是「星星」。天上的星星，絕沒有兩顆完全相同的。人們喜愛啟明星、北斗星、牛郎織女星，可是也喜愛銀河的小星，天邊的孤星。我們希望發射著各種不同光彩的星星，都聚到這裡來，交映成燦爛的奇景。所以，我們對於詩歌來稿，沒有任何呆板的尺寸

這是刊登在《星星》1957 年第 1 期創刊號上的「稿約」，也可視作《星星》的發刊詞。這「稿約」最基本的意義莫過於展示編輯部同人的一種身份認同。《星星》詩刊最早的四位編輯——白航、石天河、流沙河、白峽，正是通過這份「稿約」，發出了他們心靈的呼喚，這動情的聲音迴蕩在 50 年代的詩壇，振聾發聵，堪稱絕響。自此，各種流派、風格的詩歌在這裡展示，一代代詩歌新人從這裡出發，至於《星星》的創辦者和後繼者所承受的苦難以及他們的堅持與抗爭，更是見證了中國新詩走過的一條艱難曲折的道路，在中國當代文學史上書寫了輝煌的一頁。

王學東教授的《〈星星〉詩刊（1957～1960）研究》，以《星星》詩刊作為研究對象，展示了《星星》詩刊從創刊到停刊的來龍去脈，為早期的《星星》留下了一份真實的傳記，也為中國當代文學史留下了一份珍貴的文學檔案。

翻閱這百萬字的書稿，我的第一感覺是作者太不容易了。他做的工作是那麼深入，他走過的路是那麼艱難。就我的閱讀經驗，當下還沒有任何一種對詩歌刊物的研究，能像這部書那樣細緻、豐富、厚重。

　　《〈星星〉詩刊（1957～1960）研究》最突出的特點就是以史實為依據，讓材料說話。作者引述有關《星星》的史料，全部是按原貌實錄，作者的觀點則寓於史實的敘述之中。這種寫法的最大好處是盡可能把事實真相擺在讀者面前，讓讀者進入當年的歷史現場，面對紛紜複雜的現實，做出自己的判斷。

　　毫無疑問，這樣一種寫法是極富挑戰性的。不同於某些文學史敘述中的「以論帶史」的傾向，王學東更強調「論從史出」，也就是說不是用某一先驗的理論框架去套史實，而是在充分地把握史實的基礎上去提煉觀點。作者研究《星星》，是從《星星》所發表作品的文本出發的，但又不只是停留在文本上，而是把探索的觸角延伸到文本以外，諸如《星星》誕生的背景、《星星》創刊的發起人、《星星》的主管者、《星星》的編輯者、《星星》的運作機制、《星星》在政治運動中的遭遇、《星星》的改組、《星星》的停刊……這一切全是靠作者調查與搜集的材料來說話，從而真實地還原了《星星》從創刊到停刊的歷史過程。看得出來，他的論文在材料的發掘、史實的展示上是下了大工夫的。作者調查與搜集材料的來源除去《星星》詩刊的文本外，還包括了特定階段的中央相關文件、黨報的文章、編者的回憶、詩人的書信、地方黨委宣傳部的文件、文聯的檔案、運動中被審查的人員的交待材料等等，其中許多材料被塵封多年，現在被作者一一發掘出來了。以圍繞《草木篇》事件的材料說，不只引用了當時四川報刊與中央報刊上所發表的爭鳴與批判文章，更引用了四川文聯為 1957 年 11 月 8 日至 12 月 2 日召開的四川省文學藝術工作者代表會議專門編輯的四本會議參考資料：《「草木篇」批判集》（會議參考文件之七）、《四川省文藝界大鳴大放大爭集》（會議參考文件之八）、《四川文藝界右派集團反動材料》（會議參考文件之九）、《是香花還是毒草？》（會議參考文件之十）。這些材料距今已相隔 60 餘年，又不是正式出版物，只有在檔案館中才能找到，作者為查詢、抄錄、複製這些資料所費的周折，所下的工夫，可以想見。除去圖書館、檔案館的相關文獻資料外，王學東在做這個課題的過程中還走了群眾路線，以《星星》詩刊編輯部和西華大學中文系的名義，向《星星》作者、讀者、評論家、詩人們等徵集 1957 年至今《星星》詩刊的相關史料，包括：《星星》作者、讀者、評論家、詩人們與《星星》詩刊編輯的來信、約稿、通知等紙質文獻，以及《星星》詩刊 1957 年以來相關活動，如采風、詩會、研討會、筆會、座談、考察、函授班、講習所、詩文庫、夏令營等活動的實物、圖片、照片等材料。還包括《星星》作者、讀者、評論

家、詩人們與《星星》詩刊編輯部、星星詩歌編輯等的交流、往來的回憶文章，以及《星星》作者、讀者、評論家、詩人們對《星星》詩刊等相關的評說、研究性文章。

正是在大規模的細緻全面的收集、整理資料的工作基礎上，《〈星星〉詩刊（1957～1960）研究》一書提供了有關《星星》的從創刊到停刊的豐富的原始資料，這是極其寶貴的，既為今天和未來的學者研究《星星》奠定了基礎，也為中國當代詩歌期刊史的研究提供了一個真實的標本。

不過，把《〈星星〉詩刊研究（1957～1960）》的成功僅僅歸結為提供了豐富的原始資料上，未免低估了作者的寫作意圖。作者深知，史料不會自己說話，史料只有經過反覆搜集、比較、選擇、提煉，下過一番去粗取精、去偽存真的工夫，才能呈現出價值和意義，呈現出文學發展的方向、動力和規律。這裡關鍵在於作者要掌握整合史料的歷史闡釋方法，明確史料研究應從社會需求出發，將其從技術層面提升到哲理層面，以求真相、求意義、求價值實現作為最終旨歸。作者的這一思路是相當明確的，他知道這部書稿不只是為《星星》詩刊的研究提供豐富的史料，更是要通過《星星》這一個案的研究，對當代文學的生產體制問題做出新的思考。

在作者看來，詩歌刊物不僅在新詩的發生、發展過程中是重要的傳播載體，而且能有效地把作品與社會，詩人與讀者等聯繫在一起，從而構成這一時代的詩歌生態與文化生態。因此作者不僅充分展示了《星星》詩刊的自身發展歷程，而且把重點放在《星星》詩刊的發生、發展的深層機制的思考上，探討編輯部內部運作、編輯部與其主管部門的關係，解讀「運動」中的《星星》，進而呈現當代文學史上「官方詩刊」的文學生產機制及其獨具的詩學價值，為觀照與研究當代詩歌提供了一個新的闡釋框架。此外，對地方刊物《星星》的解剖，也拓展了當代期刊研究的途徑，在與「國刊」《詩刊》的比較中，可從宏觀和微觀不同層面展示當代詩歌發展的實際形態。

從方法論的角度說，《〈星星〉詩刊（1957～1960）研究》固然以詩歌文本的研究為基礎，但是又超越了一般的美學研究，而是運用歷史學、社會學的方法進行闡釋，展示《星星》詩刊從創刊到復刊的整體的來龍去脈，以及其內部構成、運作，即讓《星星》詩刊展示其歷史的真相，從而呈現出當代詩歌發展的特定階段的生態特徵。從全書的結構安排而言，則是以《星星》詩刊誕生與發展過程中的「事」為中心，這從全書章節的題目中就可以看出來。

全書共七章，題目依次是：《星星》詩刊創刊、白航時期的《星星》詩刊、流沙河與《草木篇》、石天河與《星星》詩刊、《星星》事件、李累時期的《星星》詩刊、安旗時期的《星星》詩刊。這種以「事」為中心的敘述，可以凸顯問題意識，從內容上說，它更側重在新詩與社會的關係；從形式上說，它側重在考據與論斷的結合，因此它的價值不只是在詩歌美學上的，而且也是在詩歌社會學、詩歌文化學上的。

　　《〈星星〉詩刊（1957～1960）研究》雖說是理論著作，但由於展示了《星星》詩刊從創刊到停刊過程中的大量史實，兼具學術性與可讀性，不只是關心詩歌的詩人與讀者，包括文學史學、歷史學、社會學、文化學等領域的學者，也會從這部書中汲取豐富的思維成果。徵得作者同意，我已從《〈星星〉詩刊（1957～1960）研究》中選取了「《星星》詩刊創刊始末」、「《草木篇》事件的前前後後」、「《星星》『詩歌下放』論爭」、「《星星》詩刊為何停刊？」等部分章節內容作為單獨的學案，列入我所主持的教育部人文社會科學重點研究基地重大項目「百年新詩學案」中，不僅可以擴大這一成果的影響，而且也將會令我們的項目大為增色。

2022 年 2 月 10 日

目

次

緒　論

　　1957 年 1 月 1 日，《星星》詩刊在成都創刊，雖偏居西部卻與北京的《詩刊》一起並列為新中國創刊最早的「專門的詩刊」。《星星》詩刊創刊以來，各種流派、風格的詩人及其作品在這裡相聚，一代又一代詩人和讀者與《星星》結下了不解之緣。《星星》詩刊與中國當代詩歌的這一同步發展，不僅見證了中國詩人的成長，也見證了中國當代新詩發展的軌跡，可以說是建國後中國詩歌發展的歷史縮影，在中國當代詩歌史、文學史上都有著重要的意義。為此，對於《星星》詩刊，學術界展開了一些討論和研究，讓我們更加清晰地看到了《星星》詩刊的獨特價值，也看到了進入當代詩歌、當代文化的一個獨特與廣闊的新視域。不過，這些對《星星》詩刊研究的視野和範圍還相對不足，還有著較大的研究空間。

一、研究述評

　　從《星星》詩刊創刊至今，對其研究已不少，也出現了一些比較重要的成果。首先在「《星星》史料」的整理與彙編方面，已經形成了一定的文獻史料成果。從 1957 年創刊至今，《星星》詩刊走過了近 60 年的歷史，留下了大量的詩歌文本和文獻材料。因此對《星星》詩刊的研究，就需要紮實而細緻的史料收集整理工作。而《星星》詩刊相關文本史料的收集整理，主要是以《星星》詩刊社為主體展開的，學界參與的文獻史料的收集整理工作幾乎還沒有起步。這主要集中在《星星》詩刊創刊三十週年（1987 年）、創刊四十週年（1997 年）、創刊五十週年（2007 年）之際，《星星》詩刊社都分別出刊了相關的紀念專號，發表了詩人、編輯部成員等人一系列介紹《星星》詩刊的

文章，對《星星》詩刊的發展歷程進行了回顧和闡釋。如在 1987 年星星詩刊創刊三十週年之際，《星星》詩刊第 1 期發表了本刊評論員所撰的《〈星星〉三十歲》，該文就重點介紹了《星星》詩刊發展歷史過程中前八期曲折發展的歷史，以及復刊後的種種努力和經過，還原了《星星》詩刊創刊、復刊的一些重要的史實。1997 年《星星》詩刊第 1 期為《星星詩刊創刊四十週年（1957～1997）·紀念專號》，設置了「賀詞」、「昨日星光──《中國星星四十年詩選》摘錄」、「星心相應四十年」等欄目。這裡既有臧克家、賀敬之、公木、李瑛、屠岸、牛漢、綠原、邵燕祥、曾卓、鄭玲等人的賀詞，也有牛漢的《寫在〈星星〉創刊四十年之際》、宮璽的《〈星星〉情結 40 年》、白航的《〈星星〉創刊 40 週年隨想》、木斧的《我的祝福》等談論《星星》詩刊的文章〔註1〕，不同程度地凸顯了《星星》詩刊在中國當代詩歌史上的價值和意義。2007 年《星星》詩刊創刊五十週年之際，第 1 期設置了一個特別的欄目「《星星》老照片」〔註2〕，披露了《星星》詩刊發展歷程中的 15 張老照片。這些獨特的圖片資料，生動鮮活地呈現出了《星星》詩刊的另一種歷史，讓我們進入到了具體的歷史現場。此外，《星星》詩刊相關詩歌文本和文獻的整理，也是由《星星》詩刊社牽頭完成。這些成果主要包括，葉延濱選編的《星星抒情詩精選（1979～1989）》〔註3〕、楊牧主編的《中國·星星四十年詩選（1957～1997）》〔註4〕和梁平主編的《中國〈星星〉五十年詩選（1959～2007）》（三卷）〔註5〕等。其中梁平主編的《中國〈星星〉五十年詩選》，不僅收集整理了大量重要的詩歌文本，而且在《星星》詩刊文獻史料的整理方面也有非常重要意義。該書的「上下卷」為《星星》詩刊五十年來的詩選，梁平提到，「這是一個浩大的工程，之所以我們必須認真，因為這裡包含了幾代星星人五十年的心血，是自 1957 年創刊以來，有名字記錄的一萬三千多位詩人思想成果和藝術成果，是共和國五十年新詩發展的見證。《中國〈星星〉五十年選》裏

〔註1〕《星星詩刊創刊四十週年（1957～1997）·紀念專號》，《星星》，1997 年，第 1 期。

〔註2〕見《星星》，2007 年，第 1 期。

〔註3〕葉延濱選編：《星星抒情詩精選（1979～1989）》，成都：四川大學出版社，1990 年。

〔註4〕楊牧主編：《中國·星星四十年詩選（1957～1997）》，重慶：重慶出版社，1997 年。

〔註5〕梁平主編：《中國〈星星〉五十年詩選（1959～2007）》（三卷），《星星》詩刊雜誌社，2007 年。

收入五百六十二件作品……這個選本和五十年來四百二十期刊物永遠是一個整體。」〔註6〕而「附錄」一卷則收錄了「《星星》五十年大事記」、「《星星》五十年老照片」、「《星星》五十年工作人員名單」、「《星星》五十年歷年獎項」、「《星星》五十年總目」等內容，堪稱對《星星》詩刊文獻史料最重要的一次大集結。這些史料的整理和彙編，是研究《星星》詩刊的重要參考資料。當然，這些史料主要側重於詩歌文本的編輯整理，以及對編輯部相關史料的整理，從內容上來說也還較為單薄，如相關的報刊《四川日報》《成都日報》《草地》《文匯報》等，四川檔案館的「四川省文聯」的檔案，還有流沙河、石天河、曉楓、譚興國、白航等人回憶錄、口述史，以及四川省委、四川省文聯的相關文件等，都還有著相關的豐富的文獻資料，如果這些史料闕如，也就大大限制了《星星》詩刊研究的縱深拓展。

　　對《星星》詩刊的辦刊特色，或者說對其精神特徵的探究，也是相關研究的一個重點。當然，對《星星》詩刊的辦刊特色以及精神特徵的凝練，這大多建立在《星星》詩刊社對自身歷史回溯的基礎上。儘管是《星星》詩刊社從自我編輯辦刊方針中凝練出來的精神特徵，但這對我們研究《星星》詩刊的深入，也有非常重要的啟示意義。比如在 1957 年《星星》詩刊創刊號上的《稿約》，就奠定了《星星》詩刊開放、包容的姿態和特色：「我們對於詩歌來稿，沒有任何呆板的尺寸」、「我們歡迎各種不同流派的詩歌」、「我們歡迎各種不同風格的詩歌」、「我們歡迎各種不同形式的詩歌」、「我們歡迎各種不同題材的詩歌」、「我們只有一個原則性的要求：詩歌，為了人民！」〔註7〕此後，這樣一些開放、多元的精神特徵，便成為了我們理解《星星》詩刊的最重要的維度。在 1987 年《星星》第 1 期本刊評論員所撰的《〈星星〉三十歲》中，還總結了《星星》詩刊三十年的編輯特色，「編輯必須有一定的職業抱負和犧牲精神」、「編輯應該公正」、「編輯有發言權力」、「編輯應多聽取群眾對作品的意見」〔註8〕。這是除了在《星星》詩刊「稿約」之外，《星星》詩刊對自身「編輯方針」比較完整的介紹和總結，不僅顯示了星星編輯部的編輯理念，也進一步強化我們對《星星》詩刊編輯部的認同。1997 年在《星星》詩刊四

〔註 6〕梁平：《讓我們共同創造——序《中國〈星星〉五十年選》，《中國〈星星〉五十年選（上卷）》，《星星》詩刊雜誌社，2007 年。
〔註 7〕石天河：《稿約》，《星星》，1957 年，第 1 期。
〔註 8〕本刊評論員：《〈星星〉三十歲》，《星星》，1987 年，第 1 期。

十歲之際，《星星》詩刊社又一次凝練了自己的辦刊特色，或者說一種詩歌精神：「從誕生起，星星就是一個有遠見的刊物，它的歷屆編者集體無意識地倡導和完善了一種精神：對人民的忠貞；對時代的愛念；對詩歌規律和藝術人格的尊重；對詩歌多元化格局的尊重；對本職工作的兢兢業業；對新人成長的拳拳之心。」〔註 9〕此外，到了《星星》詩刊五十週年的時候，因為有了這五十年的積澱，所以主編梁平就認為，「應該說，在新中國的新詩發展中，《星星》不僅實實在在地培育了四川豐厚的詩歌土壤，而且更為重要的是，它跨越了地域界限，在半個世紀的歲月裏，立足展示詩歌文本演變，見證詩壇新人崛起，成為新中國詩歌的一塊高地。」〔註 10〕但在學術界的研究中，從具體文本、編輯方針、扶持新人等方面上對「《星星》詩刊精神特徵」的研究分析卻相對乏力。當然，對於《星星》詩刊所體現出來的精神特徵，也有一些學者進行了簡要闡釋，如洪子誠就極為看重《星星》詩刊的「多元化」特徵，「《星星》創刊之初的打破單一規範的舉動，表現得更為明顯。在創刊號的『稿約』中寫道：『我們的名字是「星星」。天上的星星，絕沒有兩顆完全相同的。人們喜愛啟明星、北斗星、牛郎織女星，可是，也喜愛銀河的小星，天邊的孤星。我們希望發射著各種不同光彩的星星，都聚集到這裡來，交映著燦爛的光彩。』」〔註 11〕然而，洪子誠的研究並沒有展開，也沒有對《星星》詩刊的這種多元化精神予以深入分析。相關學者也都主要提到了創刊之初的《星星》詩刊，但還沒有結合到相關的詩歌文本等予以論述，也還沒有結合到《星星》詩刊完整歷史的展開研究，這是甚為遺憾的。

在特殊的歷史背景之下，《星星》詩刊在創刊之初就被推到了時代的風口浪尖，成為了一次重要的政治、歷史事件。進而，《草木篇》事件和「星星詩禍」，就是研究界《星星》詩刊研究中極為關注和用力較多的著力點。當然，這兩個事件其實是有著非常密切的關聯的，「《草木篇》事件」主要以《星星》詩刊編輯流沙河為中心，而「星星詩禍」則更多是以石天河為主。我們知道，1957 年創刊號上的「情詩」欄目發表了流沙河的《草木篇》，就引發了一場意想不到系列的批判，從《四川日報》《草地》，到《文匯報》《詩刊》《文藝報》，

〔註 9〕本刊編輯部：《〈星星〉四十歲感言》，《星星》，1997 年，第 1 期。

〔註 10〕梁平：《詩歌：人類永遠的精神家園》，《星星》，2007 年，第 1 期。

〔註 11〕洪子誠、劉登翰：《中國當代新詩史》（修訂版），北京：北京大學出版社，2005 年，第 25 頁。

都有鋒芒畢露的批判文章。如沙鷗就認為流沙河的《草木篇》是「對新社會的仇恨之火燃燒」〔註12〕。而且在《四川日報》《成都日報》《重慶日報》《草地》等川內的報刊雜誌上，從1957年1月到3月間就發表了20餘篇針對《草木篇》的評論文章，有的就認為「《草木篇》宣揚的人生哲學並不是什麼好東西，而是不折不扣後真價實的毒菌！它散發著仇恨人民，仇恨現實的毒素！《草木篇》寫的不是詩，而是想人民發出的一紙挑戰書！」〔註13〕由此使得《草木篇》得到了文藝界的廣泛關注。特別值得一提的是，「《草木篇》事件」牽涉到毛澤東，「從五十年代到六十年代，毛澤東先後四次在不同場合以不同的態度點到其詩其人，更使其成為當代史上的一樁奇案」〔註14〕。毛澤東曾幾次明確提到了《草木篇》和流沙河，「還有一個流沙河，寫了個《草木篇》，那是有殺父之仇的人……接著他講《草木篇》的事，講著講著又講回來：我們要團結一切人，包括有殺父之仇的流沙河，也是我們團結的對象嘛！」〔註15〕可以看到，《草木篇》事件因為有了毛澤東的評論，更引起了的高度關注，更成為一個超越地域、超越文藝界的全國性大事件。之後，曉楓的《四川反右鬥爭前奏——〈草木篇〉事件》〔註16〕，胡尚元、蔡靈芝的《流沙河與〈草木篇〉冤案》，以及何三畏整理的《「如果不寫這個，我後來還是要當右派」——流沙河口述「草木篇詩案」》，都對「《草木篇》事件」有不斷地整理、分析，集中梳理這次事件的來龍去脈，以及在當代文化中的特有意義。這些研究，無疑為《草木篇》事件的研究打開了缺口，提供了新的史料，也提出了一些非常值得重視的觀點。當然，由於資料的限制，以及這些研究的維護當事人的立場，在一定程度上，使得這些研究還沒能還原這段歷史的真實面目。比如，作為這場事件主角的流沙河，毫無疑問是受害人，但是在複雜的歷史之下，在一定程度上他與很多人一樣又是加害人。因此，也只有還原了史實，我們才能為深入地理解流沙河，也才能對這段歷史作出更為有效的反思。

〔註12〕沙鷗：《「草木篇」批判》，《詩刊》，1957年，第8期。

〔註13〕余輔之：《「草木篇」究竟宣揚些什麼》，《四川日報》，1957年1月27日。

〔註14〕何三畏整理：《「如果不寫這個，我後來還是要當右派」——流沙河口述「草木篇詩案」》，《看歷史》，2010年，第6期。

〔註15〕胡平：《禪機：1957年苦難的祭壇》，廣州：廣東旅遊出版社，2004年，第123頁。

〔註16〕曉楓：《我所經歷的新中國　第一部〈翻天覆地〉》，無版權頁。

　　相比「《草木篇》事件」，「星星詩禍」則波及面更大，影響也更廣。我們知道，流沙河的《草木篇》是四川反右鬥爭的導火線，而以「石天河」為首的「星星詩禍事件」，則是整個四川文藝界反右鬥爭的高潮部分。石天河說，「『《星星》詩禍』的結局是：我被認定為『四川文藝界反革命右派集團』的首犯。『集團』裏的我和儲一天、陳謙、萬家駿、曉楓被判刑。邱原開除公職，其他人都被處勞教。白峽雖未列入集團，也被劃為右派，下放農村勞動。受集團牽累的著名學者、四川大學中文系主任張默生教授被劃右派。原成都市副市長、《大波》和《死水微瀾》的作者李劼人先生也被批判，險些劃右。其他同情《星星》的讀者，遭到批鬥的數以千計。」〔註17〕「星星詩禍」，作為當代文學、歷史的一個重大事件，也就引起了一些研究。除了石天河的回憶錄之外，劉成才的《石天河與一九五七年〈星星〉詩案研究》〔註18〕、巫洪亮的《「十七年」文學媒介權力結構探微——以1957年「〈星星〉詩案」為例》〔註19〕、姚洪偉的《規約與訓導：政治化語境中的詩歌生產及形態——以1957年的〈星星〉詩刊為例》、《「十七年」時期文學期刊的圖像敘事及其詩學價值——以〈詩刊〉和〈星星〉為中心》〔註20〕，以及高昌的《公木傳》〔註21〕中的「第二十八章 星星詩禍」，均從不同程度上給予了闡釋，豐富了我們對這次事件的認識。此外，四川師範大學謝小潔的碩士論文《〈星星〉詩刊（1957年第1～8期研究）》，按照石天河《逝川囈語》中的觀點，從「《星星》的創立」、「星星詩案第一波：來之兇猛，去也匆匆」、「星星詩案第二波：從和風細雨到暴風驟雨」三個部分展開研究。作者認為「《星星》詩刊是中國當代文學歷程的一個真切的見證，清晰地折射出文學發展的起伏變化。『《星星》

〔註17〕石天河：《回首何堪說逝川——從反胡風到〈星星〉詩禍》，《新文學史料》，2002年，第4期。

〔註18〕劉成才：《石天河與一九五七年〈星星〉詩案研究》，《揚子江評論》，2010年，第1期。

〔註19〕巫洪亮：《「十七年」文學媒介權力結構探微——以1957年「〈星星〉詩案」為例》，《揚子江評論》，2013年，第2期。

〔註20〕姚洪偉：《規約與訓導：政治化語境中的詩歌生產及形態——以1957年的〈星星〉詩刊為例》，《文藝爭鳴》，2017年，第6期；姚洪偉：《「十七年」時期文學期刊的圖像敘事及其詩學價值——以〈詩刊〉和〈星星〉為中心》，《江西社會科學》，2017年，第5期。

〔註21〕高昌：《公木傳》，廣州：廣東人民出版社，2008年。

詩案』是 1957 年中國知識分子大遭遇的一部分。」〔註22〕圍繞《星星》詩刊初期兩位主將「二河」，可以說，相關研究形成了較有深度的成果。但我們看到，一方面，這些研究佔有的資料還相對欠缺，還難以呈現相關歷史事實的面貌。另一方面，這些研究都有一定的個人立場，並沒有將《星星》詩刊創刊及其相關批判放在《星星》詩刊從創刊到復刊的歷程之中，特別是整個宏大的時代分為之中，由此就不足以支撐起相關的論點。另外，正如石天河的回憶，「有人說，外間傳言，我是毛主席點了名的。毛主席說：『四川有兩條河，大河石天河，小河流沙河，都是冒得用的河。』」〔註23〕毋庸諱言，這兩次事件與整個中國的政治氛圍有著極大的關聯，也飽含著較為複雜的政治因素。反過來，如果又僅將《星星》詩刊納入到政治視野之中，而忽視了詩刊本身的期刊因素，忽視當代詩學理論建構，忽視當代詩人個體的藝術追求等多個環節的複雜關係，這也是極為不合理的。

　　在對《星星》詩刊的相關研究中，還一個突出的特點就是重視對「初期《星星》詩刊」的研究，也就是說現有的大部分研究集中於對《星星》詩刊第 1～8 期的研究。在對「初期《星星》詩刊」（白航時期的《星星》詩刊）的研究方面，吳思敬主編《中國詩歌通史‧當代卷》中，霍俊明所撰寫的《第三章 百花時代與詩壇「反右」》的「第二節 詩壇『反右』」中的第三小節有「對流沙河的批判」，對這段歷史進行非常深入的研究。而且還在「第三節 運動中的《詩刊》與《星星》」，更專門介紹了「《星星》詩刊的悲劇命運」，這是目前對於「初期《星星》詩刊」最為系統的研究成果。該著認為，「通過 1957 到 1959 年間《星星》詩刊辦刊方針的變化和編輯部的改組可以相當清晰地看到當代中國新詩壇的晴雨表，而《星星》詩刊從最初的多元化辦刊到逐步走向一元化和政治化的辦刊宗旨也呈現出了當代新詩的普遍而尷尬的命運。」〔註24〕這一研究，對於我們認識《星星》詩刊的價值有著重要的意義。但該研究僅涉及到「雙百方針」「反右鬥爭」之下的《星星》詩刊，也忽視了這一時期《星星》詩刊在詩歌文本，以及詩學理論等多方面的全面努力。洪子誠

〔註22〕謝小潔：《〈星星〉詩刊（1957 年第 1～8 期研究）》（碩士論文），成都：四川師範大學，2014 年，第 70 頁。

〔註23〕石天河：《逝川憶語——〈星星〉詩禍親歷記》，香港：天馬出版有限公司，2010 年，第 129 頁。

〔註24〕吳思敬主編：《中國詩歌通史‧當代卷》，北京：人民文學出版社，2012 年，第 106 頁。

的《中國當代新詩史》，也僅僅談初期的《星星》詩刊，「這個時期專門的詩刊，只有同時創辦於 1957 年 1 月的《詩刊》和《星星》兩種，分別由中國作協和四川作協主辦。《星星》在流沙河、石天河、白航等人的主持下，開始曾實行『多樣化』的方針。這個方針因 1957 年的反右派運動受挫夭折，編輯部全面改組。」〔註 25〕另一方面，在相關研究的整體性研究中，對於八十年代以來《星星》詩刊的發展及其貢獻的研究還不夠。我們看到，在對八十年代、九十年代中國詩歌發展的書寫中，都用了大量的筆墨來寫《今天》《他們》《非非》等民間詩歌刊物，而對《詩刊》、《星星》等官方刊物的關注不夠，由此也就難以對《星星》詩刊有著全面的研究了。僅有張潔的碩士論文，研究八十年代以來的《星星》詩刊，「1979 年 10 月，曾因『反右』鬥爭停刊的《星星》復刊，此時，正值當代詩歌重要的轉型階段，《星星》在這一階段的諸多作為，在中國當代詩歌史上留下了頗為豐富的記錄和痕跡。本書試圖在對《星星》詩刊的活動的梳理中，再現《星星》在 1980 年代的詩學立場和詩學態度，挖掘刊物與 1980 年代詩歌發展之間的緊密關係。」總體上，論文從「《星星》與 1980 年代的新詩浪潮」、「生產與消費的介入與建構：1980 年代《星星》的詩歌活動」、「《星星》的海外及港臺詩歌引介」、「《星星》與 1980 年代詩歌理論的建構」四個部分展開，可以說拓寬了現有的《星星》的研究。而在研究內容上，「1980 年代的《星星》，是『文革』後詩歌活動的一個重要陣地，是中國當代詩歌史的一個深刻的見證。以文學思潮為主要依據，從刊物介入詩歌的生產、消費等方面展開追蹤，梳理《星星》與 1980 年代詩歌創作的關係，最後將落腳點放在《星星》對於詩歌理論的建構意義上。」〔註 26〕同樣，在對《星星》詩刊的相關研究中，大都是從一個小點展開的。如對《星星》詩刊中詩傳單、農村詩、兒童詩等主題的研究〔註 27〕，對《星星》詩刊論爭，

〔註 25〕洪子誠、劉登翰：《中國當代新詩史》（修訂版），北京：北京大學出版社，2005 年，第 24 頁。

〔註 26〕張潔：《介入與建構：1980 年代〈星星〉詩刊研究》（碩士論文），南充：西華師範大學，2017 年，第 70 頁。

〔註 27〕相關研究有：安旗：《詩送到工廠、農村、街頭去！——讀「星星」詩傳單》，《人民日報》，1958 年 5 月 27 日；洪鐘：《「星星」的詩及其偏向》，《紅岩》，1957 年，第 3 期；羅良德：《變革美——詩美的新內涵——兼評〈星星〉部分農村題材的詩歌》，《當代文壇》，1985 年，第 1 期；張繼樓：《兒童詩「成人化」的幾種類型——讀〈星星〉詩刊兒童詩專欄》，《論兒童詩》，陳子君等主編，南寧：廣西人民出版社，1988 年。

特別是對「詩歌教材」論爭的辨析〔註28〕，以及對星星詩刊編輯方針的研究〔註29〕，都出現了一些重要的成果。此外，《星星》詩刊的編輯兼詩人白航、石天河、流沙河、孫靜軒、高纓、葉延濱、楊牧、張新泉、梁平、龔學敏等，以及在《星星》詩刊上發表過詩歌的詩人們，研究界都有比較多單點研究。而這些研究大部分是對詩人的個案研究，均沒有納入到《星星》詩刊的體系之中，僅僅是對這些編輯兼詩人的詩學藝術有著研究，並沒有看到了他們與《星星》詩刊之間的複雜關係。由此，這些研究仍缺少對《星星》詩刊的一個整體把握。總之，這些研究是在當代文學史的某一種視野之下展開對《星星》詩刊某一部分的思考，缺少對於《星星》詩刊進行全局打量的眼光，最終也就難以形成一個完整的《星星》詩刊的整體輪廓和形象。

二、問題與反思

　　此前對於《星星》詩刊的研究，讓我們更加清晰地看到了《星星》詩刊的獨特價值，也看到了進入當代詩歌、當代文化的一個獨特與廣闊的視域。但與此同時，這些對《星星》詩刊的研究也為我們留下了深入研究的空間，需要我們進一步深入探討。

　　總的來說，作為當代詩歌史上有著重要影響力的詩歌刊物，《星星》詩刊非常需要有一個完整的歷史演變的研究。在之前的這些研究中，的確存在著重視初期《星星》詩刊而輕之後《星星》詩刊的現象。相關研究視野中的《星星》詩刊，更多的是初期的《星星》詩刊，但僅僅是 1957 年第 1～8 期的《星星》詩刊，甚至還不包括 1958 年至 1960 年的《星星》詩刊。另外，較多的

〔註28〕如：余三定：《中學語文教育的解構與重建──〈星星〉等報刊的爭論綜覽》，《雲夢學刊》，2001 年，第 2 期；柳從厚：《中學語文教育起風波──由〈星星〉詩刊與錢理群等人挑起的爭鳴》，《改革還是改向》，劉貽清主編，北京：大眾文藝出版社，2001 年；金紹任：《「輕薄為文」的典型──評〈星星〉詩刊有關「中國詩歌教材的討論」文章》，《改革還是改向》，劉貽清主編，北京：大眾文藝出版社，2001 年；燎原：《太陽說：來，朝前走──話說〈星星〉詩刊關於詩歌教材的討論》，《1999～2005 中國新詩金碟回放》，吳海歌主編，西寧：青海人民出版社，2007 年。

〔註29〕莊偉傑：《審美視野與讀者眼中的文學期刊──以〈星星〉詩刊為例》，《智性的舞蹈：華文文學、當代詩歌、文化現象探究》，南昌：百花洲文藝出版社，2006 年；曹紀祖：《銳意進取　穩中求新──評〈星星〉詩刊的編輯方針和近一年來發表的部分作品》，《批評與思考：中國新時期詩歌》，成都：四川文藝出版社，2006 年。

研究是單個作家的創作研究，以及單個《星星》現象的個案研究，並不是對《星星》詩刊全面整體的透視。因此，全面梳理《星星》詩刊，即從 1957 年創刊至停刊的《星星》詩刊發展歷程，而不僅僅是 1957 年的《星星》詩刊，才是研究《星星》詩刊的目標。所以，對《星星》詩刊的研究，就需要整體、系統地研究它在當代新詩史上留下的完整的歷史軌跡。只有這樣，才能更清晰地呈現《星星》詩刊在當代新詩的發生、發展過程中的獨特作用，呈現出中國新詩發展中、乃至中國當代文化中的「《星星》詩刊現象」。

而與此同時，論及《星星》詩刊的時候，特別是在討論和研究五六十年代《星星》詩刊的時候，我們更趨向於認同《星星》詩刊精神特徵的同仁色彩，這是非常不妥的。「這個刊物是一批青年詩歌愛好者創辦的，在當時文藝報刊都是機關主辦的情況下，這個刊物帶有同仁辦刊的性質。」〔註 30〕事實上，《星星》詩刊本身就是一個官方刊物，「全國第一個地方詩刊、四川文聯繼『草地』文藝月刊創辦的第二個刊物——『星星』詩歌月刊」〔註 31〕。所以，我們相關的研究，還非常缺乏對《星星》詩刊特有的「官刊」身份研究。作為「官方詩刊」，《星星》詩刊的內部構成、運作模式，具有中國當代「官刊」的典型特徵，與政治保持密切的關係。而《星星》詩刊的複雜性也正是在於此，它與北京的《詩刊》有著相同的「官刊」性質和同樣的詩歌地位，但同時卻沒有《詩刊》的「皇家身份」，保持了一定的邊緣和自由身份。梁平曾說，「作為中國老牌詩歌刊物，《星星》和《詩刊》的編輯都有很好的朋友關係，彼此有很多交流、交融和互補。所以，才能夠這麼多年來，兩刊一南一北一直堅挺在中國詩歌的前沿。如果一定要說《星星》的特點，可能《星星》更活潑一些、更放鬆一些，皇家刊物有皇家刊物的難處嘛。但正因為是皇家刊物，《詩刊》運作大的活動就比《星星》更有優勢。」〔註 32〕由於《星星》詩刊一直以來所追求的「多元」、「自由」價值，這使得《星星》詩刊在當代「官刊」中具有特別的意義，才更值得注意。由此，以《星星》詩刊為中心，研究在當代新詩發展背後「官方詩刊」的重要影響，就具有特殊的意味了。這不

〔註 30〕黎之：《文壇風雲錄》，河南人民出版社 1999 年版，第 68 頁。

〔註 31〕《「星星」詩刊將於明年元旦創刊》，《中國青年報》1956 年 11 月 6 日；《文匯報》1956 年 11 月 6 日。另，四川省檔案館也收藏有這份「徵稿啟事」，見《四川省文聯（1952～1965）》，建川 127～130。

〔註 32〕《〈星星〉——詩歌之根，心靈之家——〈星星〉主編梁平訪談錄》，《星星》，2007 年，第 1 期。

僅要研究《星星》詩刊作為「官方詩刊」對當代新詩的顯形建構作用，以思考「官方詩刊」文學生產機制對中國當代詩學理論、當代新詩美學風格、當代詩歌活動等方面的具體影響，展示「官方詩刊」對當代詩歌、當代文學期刊、當代審美，乃至當代文化的建構。同時，我們也必須思考作為「第二身份」的《星星》詩刊，在一定程度上所展開的對自我「官刊」身份的隱形拆解以及詩學意義。

此外，《星星》詩刊作為歷史較長，涉及面極廣的一個複雜的社會樣本，其存在和影響並不僅限於在詩歌領域。而我們的現有的研究，較多的是重視《星星》詩刊的詩歌文本整理和研究，而缺少對作為當代重要社會文化現象的《星星》詩刊的文獻整理和研究。所以，對《星星》詩刊的研究，除了立足於中國當代新詩的發展，發掘出《星星》詩刊背後的一些詩歌現象和詩歌史料，進一步深入到當代新詩發展過程中的歷史現場之外，更為需要通過對《星星》詩刊文獻的整理研究，深入到中國當代文化、當代歷史的現場。如 1957 年出版的《右派言論選輯》（成都市委宣傳部辦公室編），不僅有章伯鈞、羅隆基等人，也有流沙河、石天河的言論；中共四川省委宣傳部辦公室編的《四川省右派言論選輯》（10），更涉及「以石天河為首」的「四川文藝界右派反革命集團」分子曉楓、丘原、儲一天、李伍丁、張默生、張宇高、徐榮忠、陳謙、王志傑、李加建等言論；四川省文聯在 1957 年 11 月 10 日同一天編印的《「草木篇」批判》、《四川省文藝界大鳴大放大爭集》、《四川文藝界右派集團反動材料》、《是香花還是毒草？》等，就包括流沙河、石天河等與「星星事件」相關的大量言論……這些史料，都有著非常重要的史料價值。所以，整理與《星星》詩刊相關的歷史文獻，不僅僅是為了構建出《星星》事件，全面展示《星星》詩刊的發展歷史。同時，也正是為了重返文學現場，重返歷史，為進入到當代文化、當代歷史的發生與發展的歷史肌理之中，提供新的闡釋的可能。

總之，我們看到此前的相關研究，無論在史料上還是理論上，都為我們呈現出了《星星》詩刊獨特的意義，特別是呈現出了《星星》詩刊在當代詩歌史上的獨特價值和意義。但同時，我們也看到《星星》詩刊在中國當代思想史、期刊史、文化史上也有著極為獨特而重要的意義，也是進入中國當代歷史的一個重要的入口，卻無史料基礎，無整體形象。由此，對於與新中國一

同成長，距今六十年歷程的《星星》詩刊，就非常有必要圍繞「《星星》詩刊本身」，進行一次系統的整理與研究。

三、內容與方法

在此基礎上，本書的研究內容主要是：一方面，全面梳理《星星》詩刊從創刊至復刊的發展歷程。即整體、系統地研究《星星》詩刊在當代新詩史上留下的歷史軌跡，梳理分析《星星》詩刊的文學生產機制，以清晰地呈現《星星》詩刊在當代新詩的發生、發展過程中的獨特作用，呈現出中國新詩發展中的「《星星》維度」。另一方面，以《星星》詩刊為中心，研究在當代新詩發展背後「官方詩刊」的重要影響。由此研究官方詩刊對當代新詩的顯形建構作用，著力研究和思考當代新詩發展背後的「官方詩刊」文學生產機制對當代詩學理論、當代新詩美學風格、當代詩歌活動等方面的具體影響。最終展示「官方詩刊」對新詩的「當代特徵」的建構有怎樣的貢獻和啟示。

在當代新詩研究領域，本書是第一次對《星星》詩刊的歷史進程系統、整體、全面的梳理和內部運作的研究，彰顯《星星》詩刊對當代新詩發展的獨特意義。既讓《星星》詩刊具有歷史的內容，呈現出當代新詩發展的階段特徵；又深入其編輯部的內部運作，展示當代「官方詩刊」的文學生產機制。具體而言，本著作以《星星》詩刊作為研究的基點，主要運用一些歷史學、社會學的方法進行闡釋，以展示《星星》詩刊從創刊到復刊的整體的來龍去脈、以及其內部構成、運作。同時，本書以「官方詩刊」文學生產機制這一重要而獨特視野來打量當代新詩，較為深入地清理「官方詩刊與當代新詩」之間的複雜關係，展示中國當代新詩發展的重要一面。另外，圍繞《星星》詩刊，該研究將發掘和展示當代新詩中被忽視的一些新的詩歌史料。

進而，本書的研究希望完成完成和達到這些目標：一、對「《星星》詩刊」做一個全面、完整和系統的思考和研究，重新梳理《星星》詩刊的發生、發展，展現《星星》詩刊自身發展歷程。在此歷史梳理的基礎上，探討《星星》編輯部內部運作、文學生產機制，全面展示其詩學價值。二、闡釋當代新詩中「官方詩刊」的文學生產機制及其詩學價值。以《星星》詩刊為中心，從「官方詩刊」的角度，解讀當代新詩的發展，著力闡釋中國當代新詩發展中「官方詩刊」的獨特力量，為闡釋和理解當代新詩提供一個全新的闡釋框架。三、發掘新的詩歌史料。從「《星星》詩刊」的角度出發，立足於中國當代新

詩的發展，正是為了發掘出《星星》詩刊背後的一些詩歌現象和詩歌史料，為進一步闡釋當代新詩、當代文學提供紮實的文獻基礎。四、重返文學現場，回到當代詩歌的發生與發展的歷史肌理之中。從《星星》詩刊這一立足點出發，重新闡釋當代新詩發生、發展中的詩歌現象和詩學問題，諦聽當代新詩史生長的內在聲音。同時，也重返歷史現場，著力探討新中國文學生產機制對當代詩學理論和美學風格、期刊運作、文學活動以及作家個體命運等方面的深刻影響。

　　《星星》詩刊的發展至今，已經有半個多世紀。在這段時間中，由於歷史原因，最值得關注的是《星星》詩刊從創刊到復刊的歷史，不僅在中國當代詩歌史上有著重要的意義，同時對於釐清建國後的文藝生態也有著重要的意義。由此，本書主要集中於《星星》詩刊從創刊到復刊歷史的研究，部分涉及到新時期的《星星》詩刊。當然，進入新時期後，《星星》詩刊也保持了積極的探索精神，走在了中國當代詩歌的前列，開展了豐富多彩的詩歌活動，為當代新詩推出了無數優秀的詩人和詩歌文本，這非常值得我們繼續關注。由於涉及到的詩學內容也非常豐富，這將在我的下一個課題中繼續研究，並全面展開。

　　最後，還需要特別說明的是，由於《星星》詩刊的初期歷史，不僅牽涉到眾多的歷史人物，也牽涉到建國後較多的重大歷史事件，因而本書在論述中全部以史料為主，盡量客觀呈現這段歷史。本著讓史實說話的原則，故而對相關史料的引述，也全部按原貌實錄，目的僅僅是為了還原當代詩歌的歷史現場。特此說明。

第一章 《星星》詩刊創刊

　　1957 年 1 月 1 日《星星》詩刊在成都創刊，雖偏居西部卻與北京《詩刊》一起並列為新中國創刊最早的「專門的詩刊」〔註1〕。《星星》詩刊是 1956 年中共中央所提出的「百花齊放，百家爭鳴」方針的產物，但其創刊卻是一個複雜的過程。在談及《星星》詩刊創辦的時候，有學者特別關注到她的「同仁」色彩，「這個刊物是一批青年詩歌愛好者創辦的，在當時文藝報刊都是機關主辦的情況下，這個刊物帶有同仁辦刊的性質」〔註2〕，將目光鎖定在白航、石天河、流沙河、白峽身上，認為《星星》詩刊的管理者只有這四個編輯，或者說《星星》詩刊就是這四個編輯創辦的。其實《星星》詩刊就是一個典型的省級刊物，「全國第一個地方詩刊、四川文聯繼『草地』文藝月刊創辦的第二個刊物」〔註3〕，《星星》詩刊並非簡單的幾個人、幾句話就可以辦起來的。也就是說，《星星》詩刊的創辦，必須按照省級刊物申辦的程序來操作，其創辦過程在當代文學期刊的創辦過程中具有普遍性。當然，作為「第二刊物」的《星星》詩刊，其創辦過程又具有特殊性。因此，對《星星》創辦始末的考察，不僅有助於理解《星星》詩刊的雙重身份，而且對於我們理解五六十年代文學期刊的生產機制，也有著特別的意義。

〔註1〕洪子誠、劉登翰：《中國當代新詩史（修訂版）》，北京：北京大學出版社，2005年，第 24 頁。

〔註2〕黎之：《文壇風雲錄》，鄭州：河南人民出版社，1999 年，第 68 頁。

〔註3〕《「星星」詩刊將於明年元旦創刊》，見《中國青年報》，1956 年 11 月 6 日；《文匯報》，1956 年 11 月 6 日。另四川省檔案館也收藏有這份「徵稿啟事」，見《四川省文聯（1952～1965）》，建川 127～130，四川省檔案館。

第一節 《星星》詩刊的創辦

一、「雙百方針之子」

　　談到《星星》詩刊創辦的背景，一致都認為是「雙百方針」的直接影響，這是毋庸置疑的。在 1957 年《星星》剛剛出刊的時候，《成都日報》記者曉楓在採訪的時候就說到，《星星》詩刊是在雙百方針的直接影響下辦起來的，「主編這個刊物的編輯興奮地告訴記者：『要是沒有黨中央提出的百花齊放，百家爭鳴方針，詩刊是辦不起來的』。」〔註4〕在當年對《草木篇》的批判過程中，傅仇也提到，「四川省文聯的兩個刊物《草地》、《星星》，都是受雙百方針的影響而創辦的：黨中央提出『百花齊放，百家爭鳴』方針後，一年來，作了些什麼呢？只談一件事。『草地』和『星星』，都是在『百花齊放，百家爭鳴』的鼓舞下而創辦的新刊物。」〔註5〕作為《星星》詩刊的主編白航，在回溯《星星》詩刊的歷史時，也都多次表明，《星星》詩刊是在「雙百方針」的鼓動下而產生的。「1956 年毛主席在最高國務會議上提出了『雙百方針』後，給了文藝界以極大的鼓舞，在四川文聯當時幾位寫詩的同志——石天河、流沙河、白航、白堤（已去世）、傅仇等人的倡議下，要求四川辦一個詩刊。」〔註6〕在星星創刊三十週年的時候，他還對這段歷史進行了詳細的描述：「1956 年 5 月，黨中央公布了『百花齊放、百家爭鳴』繁榮社會主義文藝的指導方針，極大地鼓動起文藝界的創作願望。當時肅反與審幹已接近尾聲，在一種和緩、寬鬆的氣氛中，躍躍欲試的被壓抑了的文藝生產力和創造力得到了解放與鼓舞。四川的一些寫詩的青年人傅仇（已去世）、白堤（已去世）、白航、石天河、流沙河、白峽等提出要創辦一個詩刊，當時討論的氣氛很熱烈，陽光也很明亮，因此，得到了四川文聯領導的支持而被批准了。」〔註7〕同樣作為《星星》詩刊編輯，在《草木篇》批判中受到了影響的流沙河，也說，《星星》詩刊，是受「雙百方針」的影響而創辦。「那個時候就想，既然百

〔註4〕《文壇上初開的花朵 「星星」出版》，《成都日報》，1957 年 1 月 8 日。

〔註5〕《傅仇對文匯報歪曲報導有關「草木篇」問題提出抗議·傅仇就文匯報刊登「錦城春晚」那篇文章含沙射影、迂迴曲折的誣衊成都文藝界一事提出抗議，並且要求文匯報表示態度》，《四川省文藝界大鳴大放大爭集》（會議參考文件之八），四川省文聯編印，1957 年 11 月 10 日，第 148 頁。

〔註6〕辛心：《我們的名字是星星——〈星星〉創刊史話》，《星星》，1982 年，第 4 期。

〔註7〕本刊評論員：《〈星星〉三十歲》，《星星》，1987 年，第 1 期。

花齊放百家爭鳴，我就不必創作了，不當這個專業。我就主動提出，我們來辦一個詩刊，而且把名字都取好了，丘原取的，叫『星星』。領導人李累他們也支持。就辦起來了。」〔註8〕儘管在流沙河的敘述中，《星星》詩刊創辦的歷史細節還需要進一步考察分析，但認為《星星》詩刊的創辦與「雙百」方針有直接關係，這是完全是符合歷史事實的。可以說，沒有「雙百方針」，就沒有《星星》詩刊。《星星》詩刊，就是「雙百方針」的直接產物，是「雙百方針之子」。

在 1956 年「雙百方針」的影響之下，中國期刊出現了空前繁榮的現象，不僅期刊數量多，而且刊名個性十足，可以說出現了一個當代期刊歷史的「百花時代」。隨著 1956 年政策的鬆動，作為文藝界重要的組成部分的文學期刊，也就必然獲得了創刊機會。中國作家協會在這一年就多次召開過有關文學期刊工作的會議，如在 2 月 25 日至 3 月 6 日召開的第二次理事會會議（擴大）上，就有如何繁榮文學的一些討論。黎之在《回憶與思考——從「知識分子會議」到「宣傳工作會議」》中說，「由於這次會議的特殊歷史背景，黨中央對這次會議非常重視。三月二日毛澤東、劉少奇、周恩來、陳雲、彭真、康生接見了與會理事。以毛澤東為首接見一次作協理事會的代表，這是唯一一次。三月三日陳毅作了發展文藝創作問題的報告。周恩來、陳毅多次參加會議的活動，出席會議期間的聯歡會，同與會代表親切交談。周、陳對文藝界的關心是文藝界人所共知的。」〔註9〕因此，到了 7 月中共中央批准作家協會黨組關於作協第二次理事會議（擴大）和全國青年文學創作者會議情況的報告中說要「準備在第四季度召開一次全國文學報刊編輯會議」，並指出，「今年二、三、四季度的工作主要是：組織作家深入群眾生活（理事會會議後，我們已與人民日報共同組織一批作家下去寫作特寫等短篇作品；又組織了一批作家和青年作者參加全國先進生產者代表會議，寫作反映先進生產者的事蹟的特寫、報告等），督促和幫助作家完成他們的創作計劃，加強批評和創作討論的活動；繼續深入地開展批判文藝上的各種資產階級思想；繼續整頓作家的隊伍；改進培養青年作家和發展兄弟民族文學的工作；改辦『文藝報』為三日刊，改進文藝報刊的編輯工作，準備在第四季度召開一次全國文學報刊編輯

〔註 8〕何三畏整理：《「如果不寫這個，我後來還是要當右派」——流沙河口述「草木篇詩案」》，《看歷史》，2010 年，第 6 期。
〔註 9〕黎之：《回憶與思考——從「知識分子會議」到「宣傳工作會議」》，《新文學史料》，1994 年，第 4 期。

會議，討論改進文學報刊的編輯工作和提高質量等問題。」〔註 10〕總之，我們可以看到，繁榮創作，加強期刊的創辦工作，在 1956 年成為了中央工作的一個重心，「十一月二十一日到十二月一日召開的文學期刊編輯會議，開得更加活躍。會議是郭小川作全面的組織工作。他這時已由中宣部調任作協秘書長。會上周揚講話中講不要怕片面性，他說，你一個片面，我一個片面，加起來不就全面了麼。（毛澤東在後來召開的宣傳工作會議上反覆批評了這個觀點）。同時，周揚提出可以考慮允許辦同仁刊物，他這個講話影響很大，後來文藝界不少人準備辦同仁刊物。」〔註 11〕文藝界積極落實，期刊發展出現了新的氣象，呈現出一個期刊大繁榮時代。具體表現在：第一，大批期刊產生。如《詩刊》、《萌芽》、《北方》、《處女地》、《奔流》、《山花》、《紅岩》、《草地》、《星星》、《雨花》、《新港》、《新苗》、《東海》、《延河》、《芒種》、《蜜蜂》、《海燕》、《灕江》、《青海湖》、《邊疆文藝》等，中國各地省級文學期刊大抵都是在這一期間創刊的。不僅是文學期刊，也還有很多其他的期刊。據納拉納拉楊‧達斯，在《百花齊放運動中湧現出的新創期刊和面目一新的舊刊》中統計，科學技術類有 70 種，其他有 63 種。〔註 12〕第二，在刊名的改變也有鮮明的體現，此時，所有期刊都改變了之前以地區名稱命名的慣例，取出了更有個性的名字，朝著更有藝術性的方向發展。如大家熟悉的《河北文藝》改為《蜜蜂》，《貴州文藝》改為《山花》，《湖南文藝》改為《新苗》，《廣西文藝》改為《灕江》，《四川文藝》改為《草地》，《甘肅文藝》改為《隴花》，《青海文藝》改為《青海湖》，《新疆文藝》改為《天山》，《山西文藝》改為《火花》，《內蒙古文藝》改為《草原》，《遼寧文藝》改為《春蕾》，《江蘇文藝》改為《雨花》，《江西文藝》改為《星火》等等，這便是在「雙百方針」的影響下中國期刊發展的「百花時代」。《星星》詩刊正是其中一個重要成員。

　　儘管在「百花時代」有著大量文學期刊產生，但《星星》詩刊還是非常特別的。她是省市文聯文學刊物的補充，或者說發展。我們看到，在建國初，

〔註 10〕中共中央批准作家協會黨組關於作協第二次理事會議（擴大）和全國青年文學創作者會議情況的報告〔DB／OL〕，團史展覽館——中國共青團網，2007年 4 月 23 日。

〔註 11〕黎之：《回憶與思考——從「知識分子會議」到「宣傳工作會議」》，《新文學史料》，1994 年，第 4 期。

〔註 12〕【英】納拉納拉楊‧達斯：《中國的反右運動》，欣文、唐明譯，西安：華嶽文藝出版社，1989 年，第 49～54 頁。

一般來說一個省級文聯或者作協，只能創辦一個文學期刊。但四川省的省級文藝刊物，不僅已經有了《草地》，而且重慶也在此時創辦了自己的《紅岩》。所以，在這點上《星星》是比較特別的省級文學刊物，成為了地方性文藝刊物的一個特例。

《星星》詩刊能在四川創辦，也與整個四川文學的發展密切相關。首先，建國初的四川文學創作平臺相對較少，對創辦文學刊物的要求迫切。在《四川省文聯一九五六至一九六七年工作規劃的初步意見（草案）》中曾提到，「我省目前是創作不旺，批評缺乏，創作水平和理論水平低下，文學創作隊伍（專業的、業餘的）人數少，質量不高，要改變這樣的情況，我們必須要勇敢地突破常規，迅速積極地工作。」〔註13〕所以，「雙百方針」出現，便是這樣一個迅速積極地開展工作的契機，也使得四川文壇對「雙百方針」抱有極大的激情。1957 年 6 月 1 日，為瞭解四川文藝界對「雙百」方針的反應，中國作協領導劉白羽、沙鷗來蓉。為此，省文聯專門召開了文藝座談會，到會文藝工作者約 70 人。〔註14〕這次交流，對整個四川文藝界解放思想，還是有很大的影響的。同樣，四川省文聯和負責文藝的相關部門採取了積極措施，創辦新刊物。正如傅仇在 1957 年的總結，「成都有六個文學藝術刊物：一個是少年兒童刊物『紅領巾』，一個是供給農民閱讀的通俗刊物『農村俱樂部』，一個音樂刊物『園林好』，一個詩歌刊物『歌詞創作』，兩個文學刊物『草地』和『星星』；還有幾個報紙的付刊。」〔註15〕在 1956 年，除了有傅仇提到的兒童刊物《紅領巾》，《四川文藝》更改的《草地》，以及創辦的專門發表演唱文學的《農村俱樂部》，發表音樂作品的《園林好》，發表歌詞的《歌詞創作》和《星星》詩刊之外，還有《四川日報》的文藝欄改為的文藝副刊《百草園》，《成都日報》的《文藝園地》和《文化俱樂部》兩種副刊，以及其他如省人民出版社、廣播電臺、專區報紙的文藝副刊，以及一些市文聯創辦的內部刊物等。所以，《星星》詩刊的創辦，是整個四川文藝期刊、報紙大發展的一部分。

〔註13〕 見《四川省文聯一九五六至一九六七年工作規劃的初步意見（草案）》，《四川省文聯（1952～1965）》，建川 127～18，四川省檔案館。

〔註14〕 「文藝座談會記錄整理材料」1956 年 6 月 1 日，《「成都文藝界知名人士名單及文藝座談會記錄」（1956 年 3～9 月）》，建川 127～128，四川省檔案館。

〔註15〕 《傅仇對文匯報歪曲報導有關「草木篇」問題提出抗議．傅仇就文匯報刊登「錦城春晚」那篇文章含沙射影、迂迴曲折的誣衊成都文藝界一事提出抗議，並且要求文匯報表示態度》，《四川省文藝界大鳴大放大爭集》（會議參考文件之八），四川省文聯編印，1957 年 11 月 10 日，第 148 頁。

其次，四川有著豐富的詩歌傳統。建國初的四川文學創作，特別是詩歌創作也顯示出勃勃的生機。在中國文學的發展史上，四川文學都是一支相當重要的力量。漢賦四大家就有司馬相如、揚雄二人；唐詩「雙子星」中李白是蜀人，杜甫在蜀中草堂寫下了傳世名篇；唐宋八大家蜀中就有三家。「自古詩人皆入蜀」，漫長而深厚的歷史滋養，為四川奠定了深厚的文化傳統，記錄了漫長的詩人名單。「五四」以後，四川現代作家同樣在中國文學中佔有重要的地位，為新文學的誕生與成長作出了突出的貢獻。根據《中國現代作家大辭典》、《中國文學家辭典・現代分冊》等工具書的統計，在中國現代文學中，四川作家在總體數量上是居全國第三位。以詩歌而言，就有郭沫若、康白情、吳芳吉、何其芳、陳敬容等等。建國初的四川，是當代詩歌「歌頌與建設」主題的中堅。以郭沫若、何其芳為代表的老詩人，開啟了中國當代新詩的「頌歌」潮流。而入川的雁翼、顧工、孫靜軒、高平等與梁上泉、高纓、流沙河等，更是拉開了新中國詩歌「建設」的大主題。四川當時寫詩的人很多，正如冉莊所說，「一批朝氣蓬勃的新詩人，把時代腳步聲帶入詩中，參加了全國新時代詩歌大合唱，如梁上泉、雁翼、流沙河、孫靜軒、張永枚、高纓、傅仇、唐大同、陳犀、周綱、賃常彬、陸棨、王群生、楊星火、葉知秋、張繼樓、陳官煊、昊琪拉達等。」〔註16〕但四川詩人眾多，卻面臨「作品多、園地少」的困境。據李累工作報告的粗略統計，1955 年 1 月到 1956 年 11 月，四川省作家、作者在全省和全國各報刊發表的作品中，詩歌最多，有 702 篇，小說、散文、特寫共有 397 篇，話劇 49 個，雜文 93 篇。〔註17〕詩作多，卻少有發表之地。正如《關於創辦詩刊的建議》中指出的：「『四川日報』，詩稿 400 多件。一件以最低數字 3 首詩計算，共是 1200 首，占其他文學稿件 80%，刊用的約占 2 ～3%。7 月只出 10 多首，約 400 行。『草地』月刊，詩稿 460 件。1 件以最低數字 3 首詩計算，共是 1380 首，占其他文學稿件 30%。刊用的占 3～5%。7 月只出刊 20 首，約 1000 行。音協的『詩歌創作』，歌詞來稿 142 首，7 月只採用了 14 首。文聯『詩歌組』，詩稿 150 首，能採用的占 20%。」〔註18〕

〔註16〕冉莊：《建國初期及社會主義時期的四川詩歌創作》，《冉莊文集 文藝理論與文學評論卷》，成都：四川民族出版社，2004 年，第 86 頁。

〔註17〕李累：《我們的文學創作——在四川省文學創作會議上的報告》，《草地》，1957年，第 1 期。

〔註18〕《關於創辦詩刊的建議》，《四川省文聯（1952～1965）》，建川 127～130，四川省檔案館。

正是由於四川是這樣一個詩歌大省，《星星》詩刊的創辦才獲得了肥沃的土壤。因此，《星星》既作為一個省級刊物，又是一個專門的詩歌刊物，這在所有的地方刊物中是很突出的。幾乎所有地方刊物，均是綜合性的文學刊物，不是專門的刊物。更重要的是，由於四川獨特的詩歌文化傳統，創辦這樣一個專門的詩刊，又與整個四川濃厚的詩歌傳統是密不可分的。

二、共同提議，傅仇推動創辦詩刊

《星星》詩刊是「雙百方針」政策下的產物，但其創刊也是一個複雜的過程，而且還必須按照「官方刊物」的系列程序來辦理。

那麼到底是誰提出要創辦一個詩刊的呢？是什麼時候提出來的呢？對於這些問題，有著不同的說法。第一種說法，「流沙河提出」。在 2010 年對《星星》詩刊編輯流沙河的採訪中，流沙河自述，《星星》詩刊的創辦是他主動提出來的。「那個時候就想，既然百花齊放百家爭鳴，我就不必創作了，不當這個專業。我就主動提出，我們來辦一個詩刊，而且把名字都取好了，丘原取的，叫『星星』。領導人李累他們也支持。就辦起來了。」〔註19〕在這個採訪的敘述中，流沙河說《星星》詩刊是他主動提出的創辦的。這個觀點，應該不是採訪者的個人意圖，而是流沙河的個人意見。一方面，作為《星星》詩刊的一員，而且在五十年代因《草木篇》而遭受連續批判，流沙河可以說是《星星》詩刊歷史中最重要的人物之一。所以，流沙河自述《星星》詩刊是他提出來他創辦的，也就不會有太多的反對意見。但是，另一方面，作為一個歷史事實，這一說法僅為孤證，而且與其他的人說法都不一致。所以，提出創辦《星星》詩刊不可能是流沙河。不過在這裡流沙河比較清醒的是，雖然說創辦《星星》詩刊是由他提出來的，但他還重點提到了《星星》詩刊是由幾個人辦起來的。他認為創刊《星星》詩刊，是「我們」共同的努力，而且還特別提到了「領導人李累他們」的支持。這表明，《星星》詩刊並不是一個民間刊物，不是流沙河一個人或者幾個人就能辦得起來的，必須獲得領導、組織的同意才能創辦起來，這點對於理解《星星》詩刊非常重要的。

第二種說法，「共同提出」。作為《星星》詩刊的主編白航，在回溯《星星》詩刊的歷史時，也都多次表明，創辦《星星》詩刊，是大家共同的努力。

〔註19〕何三畏整理：《「如果不寫這個，我後來還是要當右派」──流沙河口述「草木篇詩案」》，《看歷史》，2010 年，第 6 期。

「1956年毛主席在最高國務會議上提出了『雙百方針』後，給了文藝界以極大的鼓舞，在四川文聯當時幾位寫詩的同志——石天河、流沙河、白航、白堤（已去世）、傅仇等人的倡議下，要求四川辦一個詩刊。」〔註20〕在星星創刊三十週年的時候，他還對這段歷史進行了詳細的描述，「四川的一些寫詩的青年人傅仇（已去世）、白堤（已去世），白航、石天河、流沙河、白峽等提出要創辦一個詩刊，當時討論的氣氛很熱烈，陽光也很明亮，因此，得到了四川文聯領導的支持而被批准了。」〔註21〕白航所提到的創辦詩刊的提出者，就包括石天河、流沙河、白航、白堤、傅仇，以及白峽，共6人。這表明，白航對《星星》詩刊的第一個提出者並不清楚，或者白航並不關注到底是誰第一個提出來的，在白航看來，《星星》詩刊的創辦本來就是一個集體共同討論的結果。因此，在2014年對《星星》詩刊主編白航的訪談中，就成為「白航等人」提出創辦。「1956年初，白航在四川文聯任創作研究組任組長。他回憶道，大家談到四川文藝的未來發展時，很多人提到，『四川的詩人比較多，詩歌創作是一個優勢。但是寫詩的人雖然多，但苦於沒有足夠的發表空間。』於是，白航等人就想到，不如大家辦一個詩歌刊物。在大家熱情高漲的商議後，集體決定讓白航寫一份報告，上交給省委宣傳部。幾個月後，報告被獲得批准。」〔註22〕從這裡我們可以看到，在白航自己的回憶文章中，始終是認為創辦《星星》詩刊是共同討論的結果。不過，因為白航是《星星》詩刊創刊時的編輯部主任（即主編），所以在此後的訪談中，將創辦《星星》詩刊提出者說成「白航等人」，有意突出白航，這應該就不是白航的個人意見了。值得注意的是，在這些敘述中，白航提供《星星》詩刊創辦的兩個非常重要的線索：一是由他寫出一份創辦詩刊的報告；二是報告上交省委宣傳部，這讓我們看到了《星星》詩刊創辦的具體流程。總之，白航認為《星星》詩刊的創辦是共同的努力，並不清楚到底是誰第一個提出的。但是在此後創辦過程中，他不僅參與了創辦詩刊意見的討論，而且寫了報告，成為了《星星》詩刊創辦過程中不可或缺的一個重要人物。

第三種觀點，傅仇推動創辦詩刊。在1957年年6月28日，四川省文聯

〔註20〕辛心：《我們的名字是星星——〈星星〉創刊史話》，《星星》，1982年，第4期。

〔註21〕本刊評論員：《〈星星〉三十歲》，《星星》，1987年，第1期。

〔註22〕張傑、茍超：《和詩歌相伴一生——訪詩人、原〈星星〉詩刊主編白航》，《詩江南》，2014年，第1期。

的座談會上,傅仇就說清楚了提出創辦詩刊的具體過程。此次座談會的內容
後來刊登於 6 月 29 日《四川日報》,題為《省文聯繼續舉行作家、詩人、批
評家座談會 駁斥張默生流沙河等的錯誤言行 傅仇對文匯報歪曲報導有關
「草木篇」問題提出抗議》,「去年 7 月,成都和重慶的幾位青年詩人,看見
黨中央提出『百花齊放,百家爭鳴』方針,心情十分振奮;那時,我們感到全
國還沒有一個詩刊,就主張辦一個詩刊,繁榮詩歌創作,推進詩歌運動。那
時我們想在『四川日報』闢一個詩歌付刊,最好是辦一個詩歌刊物。我向文
聯的黨領導同志談了我們的想法,領導上表示百分之百的支持,並且認為這
是最可貴的積極性,是一個新事物,大力支持,鼓勵我們去積極辦這個刊物。
就這樣,很快的就把『創辦詩刊』的建議提交文聯行政會上討論,得到熱烈
支持;這個建議又在文聯黨組討論,同意了;又送給省委宣傳部,同意了;省
委也同意了。《星星》就這樣順利的誕生了。」〔註23〕在這段敘述中,傅仇還
原了《星星》詩刊創辦的具體歷史細節:首先他說,創辦詩刊的具體時間是
在 1956 年 7 月,即在「雙百方針」政策提出後提出的。而關於創辦的原因,
主要是認為當時全國還沒有一個詩刊,需要創辦一個詩刊。由此他們提出了
兩種方案:一是在《四川日報》上辦一個詩歌副刊,二是新辦一個詩歌刊物。
值得注意的是,傅仇這裡其實也沒有明確說明是誰第一個提出創辦詩刊的,
也只說「我們」,或「成都和重慶的幾位青年詩人」。所以,創辦詩刊的想法,
「成都和重慶的幾位青年詩人」都有可能是《星星》詩刊創辦的第一個提出
者。也就是說,傅仇、白堤、石天河、流沙河、白航、白峽……都可能是提出
創辦詩刊的人。但直接推動的《星星》創辦的,毫無疑問,就是傅仇。他說
「我向文聯的黨領導同志談了我們的想法」,是傅仇第一個向黨組織提出了創
辦詩刊的想法。既然創辦詩刊的事情是由傅仇向黨組織彙報,那麼,提出創
辦詩刊的人最有可能的就是傅仇。傅仇的這次發言是大會發言,相關參會的
人員很多都是見證人。據 1956 年 4 月 10 日中共四川省委宣傳部《省委關於

〔註23〕 《省文聯繼續舉行作家、詩人、批評家座談會 駁斥張默生流沙河等的錯誤言
行 傅仇對文匯報歪曲報導有關「草木篇」問題提出抗議》,《四川日報》,1957
年 6 月 29 日。後來以《傅仇對文匯報歪曲報導有關「草木篇」問題提出抗
議·傅仇就文匯報刊登「錦城春晚」那篇文章含沙射影、迂迴曲折的誣衊成
都文藝界一事提出抗議,並且要求文匯報表示態度》為標題,收錄入《四川
省文藝界大鳴大放大爭集》(會議參考文件之八),四川省文聯編印,1957 年
11 月 10 日,第 148 頁。

調整省文聯黨組成員的批示》中，確定常蘇民、李累、李友欣、羊路由、安春振、李漠、朱丹南、劉蓮池、郝力民、李亞群、白紫池 11 人為黨組成員，常蘇民為黨組書記。〔註24〕《四川日報》中記載，6 月 29 日「參加會議的有林如稷、段可情、常蘇民、穆濟波、石璞、蕭蔓若、帥士熙、蕭崇素、陳欣、袁珂、傅仇、楊威、王永梭、施幼貽、劉思久、李昌陞、蕭長潘、李累、李友欣、藍庭彬、儲一天、李伍丁等七十餘人，張默生因事未能到會。在會上發言的李昌陞、劉冰、石璞、潘述羊、劉君惠、蕭蔓若、藍庭彬、穆濟波、袁珂、陳之光、文辛、帥士熙、李友欣、傅仇等。」〔註25〕那麼，當時的黨組書記常蘇民、黨組成員李累、李友欣都在大會上，傅仇的發言應該是可靠的。所以，提出創辦詩刊這樣的事情是不能隨便亂說的，傅仇也不敢在大會發言中說是自己創辦《星星》詩刊，以此為自己貼金。

誰第一個提議創辦《星星》詩刊，對於澄清《星星》詩刊的歷史是有一定意義的。可以看到，提出創辦詩刊的人可能是白航、傅仇。但最有可能的是傅仇，而且，他還真正推動了《星星》詩刊創辦。正是通過傅仇，以及其他四川詩人們的共同努力，四川省文聯在 7 月份才正式啟動了創刊新詩刊的工作。

三、白航起草創辦文件

根據傅仇、流沙河、白航等人的敘述，提出了創辦的意見之後，領導大力支持，鼓勵去積極辦這個刊物。那麼具體過程是怎樣的呢？傅仇說，「就這樣，很快的就把『創辦詩刊』的建議提交文聯行政會上討論，得到熱烈支持。」而傅仇所說的這個「創辦詩刊的建議」是怎樣形成的呢？有哪些人參與起草的呢？

在 1956 年 8 月 3 日《創作輔導委員會 1956 年 7 月份工作簡報》中提到，「文學組所屬的詩歌組正在醞釀創辦『詩刊』的問題。8 月初即可提出關於創辦『詩刊』的建議。送交文聯黨組研究。……文學組所屬的詩歌組轉給『草地』月刊 22 首詩，（方赫的 3 首、李華飛的 3 首、孫貽蓀的 16 首）轉給四川日報 13 首（流沙河的 3 首、傅仇的 10 首）。組織了關於『月琴的歌』的批評

〔註24〕 見《省委關於調整省文聯黨組成員的批示》，《四川文聯（1952～1956）》，建川 127～130，四川省檔案館。

〔註25〕 《省文聯繼續舉行作家、詩人、批評家座談會 駁斥張默生流沙河等的錯誤言行 傅仇對文匯報歪曲報導有關「草木篇」問題提出抗議》，《四川日報》，1957年 6 月 29 日。

文章 5 篇。彝族吳琪拉達的『孤兒的歌』詩歌組決定 8 月份內幫組作者進行修改。」〔註 26〕由此可以看到，白航、傅仇等人在 1956 年 7 月提出創辦詩刊的問題後，經文聯黨組的同意，便在 8 月初由文聯文學組下屬的詩歌組開始醞釀。文聯詩歌組有那些人員呢？《創作輔導委員會 1956 年 6 月份工作簡報》中提到，「以群眾意見與各領導機關負責領導幹部意見相結合的工作方法協商了詩歌組 1956 年 7～12 月的詩歌組工作計劃，和詩歌組長的後備人選等問題，所以詩歌組的成立會開的還較好。」〔註 27〕可見，在 6 月初的詩歌組才剛剛成立，而且沒有確定詩歌組長。《四川日報》也曾提到，省文聯創作輔導委員會下設的各個小組，是在 6 月份成立的，「為了繁榮文藝創作，貫徹『百花齊放、白家爭鳴』的方針，四川省文學藝術工作者聯合會的創作輔導委員會自 6 月份以來，先後成立了文藝理論批評組、詩歌組、散文組、電影文學創作組、戲劇組。自各個文藝小組成立後，近兩月來積極展開各種活動……此外，創作輔導委員會還幫助業餘文學創作者修改作品，並組織他們進行假期創作，現在已有幾位業餘文藝創作者，到工廠、農村及涼山地區體驗生活去了。」〔註 28〕在《草地》創刊號上，也記錄了詩歌組成立的基本情況，「同月二十九日，詩歌組也正是成立。改組大體確定今年下半年要進行這樣一些活動：討論彝族詩人吳琪拉達整理的長詩『月琴的歌』及其他作者的一些作品；舉辦兩次中國古典詩歌報告會；三次詩歌朗誦會；舉行一次抒情詩和詩的技巧的討論等等。」〔註 29〕但《四川日報》、《草地》中對詩歌組成立的報導，都沒有提到創辦詩刊的問題。8 月 3 日後，創作輔導委員會的簡報也均未提到創辦詩刊的問題。

但是，從 7 月向文聯黨組提出創辦詩刊的想法並得到支持後，創辦詩刊的具體工作便提上了日程。於是，因為工作業務的原因，四川文聯創作部「詩歌組」便承擔起起草創辦詩刊意見的任務。因資料的限制，四川文聯創作輔導部詩歌組的具體構成情況不清楚。但此時「詩歌組」應該已經開始開展「創辦詩刊」的相關事宜。在這樣的情況下，四川省文聯創作輔導部部長李累，

〔註 26〕《創作輔導委員會 1956 年 7 月份工作簡報》，《四川省文聯（1952～1965）》，建川 127～130，四川省檔案館。

〔註 27〕《創作輔導委員會 1956 年 6 月份工作簡報》，《四川省文聯（1952～1965）》，建川 127～130，四川省檔案館。

〔註 28〕《省文聯理論批評等組積極展開活動》，《四川日報》，1956 年 7 月 27 日。

〔註 29〕《文藝活動》，《草地》，1956 年，第 1 期。

是不可能直接來完成「創辦詩刊的建議」的起草的。根據《文聯工作人員名單 1956.12.29》的檔案，白航此時為文聯創作輔導部副部長〔註 30〕，就必然要承擔起這個任務。白航的回憶，正好補充了這樣一個歷史環節，「在大家熱情高漲的商議後，集體決定讓白航寫一份報告，上交給省委宣傳部。幾個月後，報告被獲得批准。」〔註 31〕所以，白航敘述的由他來起草「創辦詩刊的建議」，應該是可信的，白航應該是起草《創辦詩刊的建議》的直接負責人和參與者。由此從 7 月開始到 8 月初，在白航等人的共同努力之下，完成了創辦詩刊建議的起草，這使得「詩刊的創辦」有了可實施的具體指南。由於沒有查閱到白航報告的原件，所以「創辦詩刊的建議」的原始稿件怎樣不得而知。白航的報告，與後來成型的文件《創辦詩刊的建議》有怎樣的區別，也不清楚。但白航的《創辦詩刊的建議》，無疑對創辦新詩刊邁出了最重要的一步。

另外，值得關注的是，作為《星星》詩刊創辦的提議者之一，並且還主動向文聯彙報情況的傅仇。他說，「我向文聯的黨領導同志談了我們的想法，領導上表示百分之百的支持，並且認為這是最可貴的積極性，是一個新事物，大力支持，鼓勵我們去積極辦這個刊物。」〔註 32〕但在後來的《星星》詩刊創辦的一系列過程中，他不僅沒有參與「創辦詩刊的建議」的起草，同時而且也沒有成為星星詩刊的編委、編輯，這很令人驚奇。當然，《星星》詩刊的創辦，本身就是省文聯的一件大事，而不是同仁刊物，那麼相關的人事安排，就完全就是由四川省文聯來掌控了。遺憾的是，作為提議者和彙報者的傅仇，最終卻沒有成為《星星》詩刊的元老。

四、四川省文聯創作輔導委員會的創辦建議

從 8 月初白航等人完成了《創辦詩刊的建議》，再到 8 月 10 日定型的正式文件，中間經過了創作輔導委員會的集體討論和補充。在四川省文聯中，

〔註 30〕 《文聯工作人員名單 1956.12.29》，《四川省文聯（1952～1965）》，建川 127 ～18，四川省檔案館。

〔註 31〕 張傑、荀超：《和詩歌相伴一生——訪詩人、原〈星星〉詩刊主編白航》，《詩江南》，2014 年，第 1 期。

〔註 32〕 《省文聯繼續舉行作家、詩人、批評家座談會 駁斥張默生流沙河等的錯誤言行 傅仇對文匯報歪曲報導有關「草木篇」問題提出抗議》，《四川日報》，1957 年 6 月 29 日。

創作輔導委員會是一個非常重要的部門。在 1956 年 5 月 11 日，中國共產黨四川省文聯支部委員會發給省委宣傳部的《關於調整文聯組織機構與創辦新刊物的請示報告》中，我們看到，文聯下設編輯委員會、創作輔導委員會、辦公室三個機構：「編輯委員會的任務在於辦好文藝刊物與大力培養新生力量；創作輔導委員會的任務在於組織業餘創作、輔導創作、開展文藝批評及舉行有關文學藝術問題的報告、講座等社會活動；辦公室為完成文聯工作任務需要管理會員、機關幹部的政治思想、人事工作及其他行政事務工作。」所以，在文聯中，具體開展文學業務的部門，正是創作輔導委員會。在該文件中，還專門對創作輔導委員會作了具體說明，「創作輔導委員會可有較多的同志組成，以文聯的專職幹部為基礎，吸收團省委、報社、文化局、軍區文化部四個方面搞組織工作的同志參加，同時吸收我省文藝界老作家、新生力量並有可能參與創作輔導工作的人士，努力做到，既能動員社會力量參與工作又不流於形式。（名單附後）創作輔導委員會分設文學、戲劇、文藝理論批評組。文學組可根據需要設詩歌、散文。兄弟民族文藝、少年兒童文學等小組。」〔註33〕另外，在《關於調整文聯組織機構與創辦新刊物的請示報告》中，還提供了一份具體的「創作輔導委員會名單」：段可情、蕭崇素、雁翼、李漠、黃化石、李累、白航、陳新、林如稷、榴紅、流沙河、劉蓮池、席明真、李友欣、劉冰、崔之富、張舒揚、伍陵、安春振、程獲希。〔註34〕那麼，1956 年8 月 10 日定形的《關於創辦詩刊的建議》，應該是經過創作輔導委員會這些委員的集體討論，或者說審閱過的，也就不再僅僅是白航的個人觀點了。

因此，8 月 10 日定稿的《關於創辦詩刊的建議》的正式建議，絕對不是白航一個人的成果，而是創作輔導委員會的共同成果。特別是其中對於整個四川詩壇的宏觀把控，這明顯就是四川文聯的一份工作報告。另外，像孫靜軒等人都曾提到，給予過新詩刊支持和幫助，「說實在的，我和鄒絳同志以及另外幾個寫詩的同志們，是十分歡迎『星星』創刊的，我們都想盡力地給它一些支持。」〔註35〕所以，這份定型的《創辦詩刊的建議》，不僅是創作輔導委員會的集體決議，離不開整個四川文聯詩歌組、四川文聯創作輔導委員會，

〔註33〕《關於調整文聯組織機構與創辦新刊物的請示報告》，《四川省文聯（1952～1965）》，建川 127～18，四川省檔案館。
〔註34〕《關於調整文聯組織機構與創辦新刊物的請示報告》，《四川省文聯（1952～1965）》，建川 127～18，四川省檔案館。
〔註35〕孫靜軒：《石天河的反共叫囂》，《四川日報》，1957 年 7 月 25 日。

而且還凝聚了其他四川詩人們的共同心血。儘管最後成形的《關於創辦詩刊的建議》文件或許與白航原始稿件有出入，也是四川詩人們共同努力的結果，但這份「創辦詩刊的建議」的基礎，是白航起草的。所以，雖然有各位創作輔導委員會委員的意見，但其中的基本框架和觀點，是出自於白航，這點是不能否認的。8月10日定稿的《關於創辦詩刊的建議》〔註36〕，全文如下：

關於創辦詩刊的建議

我們生活的時代，是詩歌的時代。詩歌，已經受到了廣大青年的熱愛。可是，我們還沒有一個詩刊，這和我們的時代是很不相稱的。我們的詩集也出版得不多。我們的報刊還沒有足夠的篇幅容納詩歌。我們的詩歌確也還存在著許多問題。我們的詩歌還沒有達到黃金時代。這就是我們的詩歌在當前所處的狀況，也就是為了改變這個狀況，讓詩歌趨向繁榮，我們才建議四川文聯創辦這樣一個詩刊。

青年需要詩歌

青年需要詩歌，特別是學生和各個工作崗位的知識青年，他們常常舉行詩歌朗誦會，在他們的書桌上可以找到詩歌，在他們的筆記本裏，也可以找到詩歌。可是我們出版的詩集，報刊上發表的詩歌，總是不能滿足他們的需要。不能滿足的原因有兩個：出版的詩集和發表的詩歌太少。如中國作家協會編的「詩選」，只出版了12000冊，書剛到各地，就賣光了。很多詩集，很難出到1萬冊，都是幾千冊。好詩集總是難買到手。這當然涉及到出版者對詩歌的觀點，暫且不說。這說明了詩歌是受人們歡迎的。另一個原因，我們的好詩還不多。不能使人們滿足，這就說明人們是多麼喜愛詩歌，才有這麼嚴格的要求。這會使詩歌創作更趨活躍，好詩將不斷湧現出來。

幾個報刊的詩歌來稿情況

各報刊的來稿，詩歌最多。瞭解了幾個報刊，以7月份為例，詩歌來稿情況時很可觀的。

「四川日報」，詩稿400多件。一件以最低數字3首詩計算，

〔註36〕《關於創辦詩刊的建議》，《四川省文聯（1952～1965）》，建川127～130，四川省檔案館。

共是 1200 首，占其他文學稿件 80%，刊用的約占 2～3%。7 月只出 10 多首，約 400 行。

「草地」月刊，詩稿 460 件。1 件以最低數字 3 首詩計算，共是 1380 首，占其他文學稿件 30%。刊用的占 3～5%。7 月只出刊 20 首，約 1000 行。

音協的「詩歌創作」，歌詞來稿 142 首，7 月只採用了 14 首。

文聯「詩歌組」，詩稿 150 首，能採用的占 20%。

詩稿的來源很大，投稿者主要是學生及知識青年。雖說質量目前還不高，但是量多質變，會有不少好詩出現的。若是出現了一個詩刊，來稿的數字會更驚人。「紅岩」、「草地」今年的詩稿已經發不完了。就是說還有好些好詩正愁著沒有地方發表，這就是產生了一種情況令人擔心；今年還有 5 個月，這 5 個月還有多少詩稿。陸續出現的好詩，它的出路怎麼辦？必須給詩歌解決出路問題，最好的辦法就是應該有一個詩刊。

詩歌作者隊伍

四川的詩歌作者的隊伍是很大的。四川文聯「詩歌組」，只是成都市的作者，聯繫的就有 40 幾人。全省的作者，當在 100 人左右。寫作已達到相當水平的作者，約有 20 人。經常在各報刊發表作品的約在 30 人左右。一般來說，創作水平還不一致。當然永遠也不可能一致。還必須看到最好的一個情況，今年新湧現的年青的詩歌作者，已有 7、8 個，不斷地湧現出來。

這些作者散佈各地，極大部分都是業餘作者。

詩歌編輯人員的解決辦法

詩刊只需要 5 個編輯就夠了。這 5 個編輯從這些方面調動：

「草地」月刊的散文詩歌組，調出 1 個詩歌編輯。以後，「草地」的詩稿由詩刊處理。每期保證供給「草地」的優秀詩歌。

音協的「歌詞創作」停刊，調出「歌詞創作」的編輯（1 人）。以後，詩刊每期應有足夠篇幅發表歌詞。

詩歌組的活動轉入詩刊的工作去。詩歌組現在有兩個人，還要兼散文組工作；兩個人抽出後，散文組工作暫由其他組代理。

文學組的各組人員這樣調動後，各組同志的兩個月業餘創作時

間，可以延到今年11、12月執行；因為那個時候，相繼的就有同志回來了，就可以解決業餘創作時間了。至於說以後回來的同志的業餘創作時間問題，可以在明年延期兩月，補足今年的創作時間。詩歌組的同志今年要是因詩刊工作而無時間進行創作，可以在明年多給兩個月的創作時間。

這樣編輯人員就夠了，「草地」抽出1人，「歌詞創作」抽出1人，「詩歌」組抽出2人，共是4人。理論組同志，負責詩歌理論。

這樣，人馬就齊全了。

這是一個什麼樣的詩刊

這個詩刊，不是同仁堂刊物。如果只是幾個詩人的刊物，只為幾個詩人「服務」的刊物，那就錯了，根本就用不著創辦這個詩刊。

這個詩刊是給工農兵及知識分子看的，特別是給廣大知識青年看的。

這個詩刊，它還有一個主要的任務，培養新詩人，擴大詩人的隊伍。每一期，應該有新的作者的詩歌。

這個詩刊，是月刊。16開本。每期15篇，30頁，容納3000行詩的篇幅。

詩刊的名字，初步考慮了幾個出來：新鼓、戰鼓、百花潭、百花、花溪。

這個詩刊，應該有它的個性，應該有它的獨特作風。它的個性是從編輯藝術、詩的形式、詩的內容形成的。

詩的形式，容許各種形式的發展，互不排斥，應該讓它百花齊放。

豐富多彩的生活內容，是詩歌的生命，也是這個詩刊的生命。應該全面的反映我們國家的生活，應該充分反映我們時代的精神面貌。

詩刊每期，應該出現這6個專欄：

「祖國美好的生活」：反映我們國家的各方面的生活。

「在我們各民族的大家庭裏，充滿了幸福和友誼」：各民族現代生活的詩歌。

「江山如畫載民歌」：詩畫，古典詩畫，現代詩畫。

「大地處處是歌聲」：每一期，有 1 支好歌曲，有足夠的篇幅容納歌詞。

「我們的朋友遍天下」：」蘇聯、民主國家的詩歌。資本主義國家的進步詩歌。——這個專欄的名字或叫：「和平、民主、只有」。

「探索詩歌世界」：理論。最好每期有一篇短而精的關於詩歌問題的文章，以及詩創作問題的討論。

其他，如古詩今譯、民歌、詩的語錄，也應該容納。

以上談的，是綜合了一些詩人及作者的意見，提出了這個建議。也許還有些問題還沒有想到。我們想，問題總有辦法解決。

四川文聯詩歌組

創作輔導部討論通過詩歌組關於創辦詩刊的建議，同意創辦詩刊，雖然困難時有的。請黨組討論。

四川文聯創作輔導委員會

1956 年 8 月 10 日

這份《關於創辦詩刊的建議》呈現出了創辦《星星》詩刊的全部情況，對於《星星》詩刊的創辦具有重要的意義。《建議》由「青年需要詩歌」、「幾個報刊的詩歌來稿情況」、「詩歌作者隊伍」、「詩歌編輯人員的解決辦法」、「這是一個什麼樣的刊物」這五個部分構成，全面展示了創辦詩刊的緣由、具體實施辦法和辦刊方向，並奠定了《星星》詩刊創辦的基礎。在《關於創辦詩刊的建議》中，落款分別是「四川文聯詩歌組」和「四川文聯創作輔導委員會」。正如前面所說，經過詩歌組討論通過的這份建議，完全是四川文聯的集體成果。在建議中，重點提出了具體的詩刊編輯部的人事安排，這應該是經過文聯創作輔導委員會認可後提出的。而其中所提出的辦刊方針，與此後白航等人之後的創辦理念很相同，這應該是白航的主張：「這個詩刊，應該有它的個性，應該有它的獨特作風。它的個性是從編輯藝術、詩的形式、詩的內容形成的。詩的形式，容許各種形式的發展，互不排斥，應該讓它百花齊放。豐富多彩的生活內容，是詩歌的生命，也是這個詩刊的生命。」因此，在提出創辦意見之初，《星星》就已經體現出了白航等人要創辦出有個性的詩刊的想法。

在這份《建議》中，最重要的就是提出辦詩刊的重要性，除此之外還提出了編輯部人員的問題，以及辦刊方向的問題。但創辦詩刊該如何落實，要

怎樣開展活動，這份報告並沒有進一步的涉及。但此後 8 月 25 日四川省文聯詩歌組召開的「詩歌座談會」上，「八月二十五日上午，四川省文聯詩歌組召開了一個『詩歌座談會』。共有作者、愛好者、編輯三十多人。發言的人們肯定了詩歌已經取得的成就，就直率地提出問題。」〔註37〕並沒有提到創辦詩刊的問題。《四川日報》也詳細記載了這次詩歌座談會，「中國作家協會重慶分會住成都會員組詩歌組、四川文聯創作輔導委員會詩歌組，於 8 月 25 日就目前詩歌創作上存在的問題，聯合舉行了一次座談會，有二十七人到會。」〔註38〕也完全沒有提到創辦詩刊的相關問題。可以說，由於創刊詩刊的建議還沒有正式通過，還在等文聯黨組的決定，所以此時創辦詩刊還只是在小範圍內討論，並沒有在大範圍內公開宣傳。

五、四川省文聯黨組的請示報告

正是在 8 月 10 日經過文聯創作輔導部委員會通過的《關於創辦詩刊的建議》基礎上，這份決議上報到了四川省文聯黨組。文聯黨組在 9 月 15 日便召開了黨組會議，對建議進行了討論。進而，省文聯還聯繫了相關部門，在落實了辦刊的相關工作後，才於 1956 年 9 月 25 日形成了《文聯黨組關於創辦詩刊的請示報告》。這份報告，在《關於創辦詩刊的建議》基礎上有一定程度的調整和深入。相對於《關於創辦詩刊的建議》，《文聯黨組關於創辦詩刊的請示報告》不僅僅是簡單的支持與同意，而且加強了辦刊的可操作性，在大量的前期準備工作上，對創辦詩刊的問題提出了具體的解決辦法。這樣，《星星》詩刊的創辦，才能真正得以落實。《文聯黨組關於創辦詩刊的請示報告》〔註39〕，全文實錄如下：

文聯黨組關於創辦詩刊的請示報告

文聯黨組在九月十五日，討論了創作輔導部提出的「關於創辦詩刊的建議」。同意創辦詩刊。創辦詩刊的有利條件與理由如下：

1. 青年需要詩歌

青年需要詩歌，特別是學生和在各個工作崗位的知識青年，他們常常舉行詩歌朗誦會。他們經常收聽中央和各地方廣播電臺的

〔註37〕本刊記者：《簡介「詩歌座談會」》，《草地》，1956 年，第 4 期。
〔註38〕《詩歌作者座談詩歌創作》，《四川日報》，1956 年 8 月 28 日。
〔註39〕《文聯黨組關於創辦詩刊的請示報告》，《四川省文聯（1952～1965）》，建川127～126，四川省檔案館。

「詩歌朗誦會」節目。四川文聯在 8 月嘗試舉行了一次小型「詩歌朗誦會」，聽眾就有三百人多；電臺錄音播放出去，引起了學生和機關幹部的興趣，要求經常舉行朗誦會。

今年，全國出版了大量的詩集。據目前所知，上半年已出版五十種（實際上不止五十種），印行數字在 50 萬冊以上。今年下半年，中國青年出版社計劃出版 11 本詩集，估計其他全國出版社和地方出版社至少有 50 本詩集出版。

一般詩集，每本印數都在 1 萬冊左右，有的印行幾萬冊。這個印行數字還是太少，好詩集剛到書店就賣光了，有許多詩集在書店買不到。愛好文藝的廣大青年，一般說，他們最初接觸的是詩，他們喜歡讀詩，學寫詩，需要詩。

2. 詩歌創作的情況

各報刊的來稿，詩歌最多。各報刊的詩歌，來稿數字和刊用數字是不平衡的，也不可能平衡。

第一、從「草地」月刊，「四川日報」的詩歌來稿情況來看：

「草地」月刊，詩稿 460 件。1 件以最低數字 3 首詩計算，共是 1380 首，占其他文學稿件百分之三十，刊用的占百分之三至五。7 月只出刊 20 首，約 1000 行。

「四川日報」，詩稿 400 多件。一件以最低數字 3 首詩計算，共是 1200 首，占其他文學稿件百分之八十，刊用的約占百分之二至三，七月只出十多首，約 400 行。

全國性的幾個文學刊物，詩稿情況我們不知道。但從省文聯詩歌組聯繫的四川詩歌作者投去的詩稿來看，有不少詩稿投去後在幾個月甚至一年多才刊出。有的刊物因組稿擁擠，只好把詩稿轉介紹到其他刊物。

第二、從四川地區的詩作者和詩創作來看：

四川地區的詩歌作者（包括作協重慶分會和四川文聯聯繫的）有 100 多人。在全國報刊發表詩歌的有十幾人，常在四川地區報刊發表詩歌的有 30 多人左右。報刊上也不斷在湧現出新作者。

在今年下半年，北京中國青年出版社計劃出版的 11 本詩集中，有兩本是四川地區作者的作品。四川地區作者送給北京作家出版

社、人民文學出版社的詩集有 3 本（最近要出一本）；送給武漢長江文藝出版社的詩集有 3 本（已出版一本）；送給重慶人民出版社和四川人民出版社的詩集在 5 本以上（已出版一本）。總計有十三本，實際不止這個數字。

目前，據不完全的統計，正在進行創作和修改的長詩有十本（千行以上的）；已完成的可用的短詩，在各報刊和作者手裏存放的就有 300 首左右，約有 1 萬行。這些詩的水平，報刊都可以發表。但報刊的篇幅還沒有很大的容量，來不及發完這批已經完成的詩時，新的詩篇又產生了。

3. 有利於培養新生力量。

有了詩刊陣地，更有利於培養新生力量。從「草地」文藝月刊情況來看，便較顯著。「草地」從七月創刊號到十月號止，便發表了 24 名新的詩歌創作者的詩，其中尚有彝族 2 名，藏族 2 名，如新出現的李侖、徐興銘、吳琪拉達（彝）、碎石、阿魯斯基（彝）、靳丹珍（藏）等作者的詩作，都較為優秀，得到一般讀者歡迎。

創辦了一個詩刊，將會更加刺激詩歌的創作，吸引住更多的詩作者和讀者。可以預見詩歌日趨繁榮。

4.「歌詞創作」已為創辦詩刊打下了一些基礎。

中國音樂家協會成都分會，一直出版著鉛印的內部刊物「歌詞創作」，這已經為創辦詩刊需要的奠基，以及需要聯繫的作者、讀者甚至發行工作，打下了一些基礎。

創辦詩刊存在的問題與困難及其解決辦法

1. 紙張問題

辦一個刊物，需要紙張。目前紙張供應情況較為緊張。我們主張辦一個篇幅不大、不多的小型詩刊。不過分增加紙張的用量與負擔。經與出版社出版部商量，為了繁榮文學藝術創作，貫徹執行「百花齊放」，出版社表示：若詩刊能經宣傳部批准，文聯訂好紙張需用量的計劃，文化局可以調配紙張（朱丹南同志在黨組會上表示可以解決）。我們還考慮到為了節約紙張，好紙不夠用時，詩刊可以用較次的紙張。

2. 編輯力量問題

詩刊的編輯人員,也是一個困難。全國未能創辦詩刊,據我們所知,就是編輯人員很難解決,一般詩人只願寫詩,不願作無名的詩刊編輯工作。現在,省文聯不少詩作者,自願參加詩刊編輯工作。我們初步考慮:詩刊只要有五個編輯(原「歌詞創作」只有一個編輯),可以從這幾個方面調配:詩歌組兩人,理論批評組一人,成都音協一人(音協「歌詞創作」停,原有歌詞編輯一人抽出),創作輔導部副部長白航同志(中共正式黨員)兼管詩刊工作。抽出力量編詩刊後,如文聯工作能妥善安排,不致影響其他工作。雖然有些困難。

3. 其他

創辦一個詩刊,確還是一個新的工作。關於這個詩刊的個性,編輯工作等,必然遭遇許多困難,甚至在某些方面犯錯誤。如果多研究,多準備,不斷探索經驗,是可以克服許多困難,避免犯錯誤的。

經我們討論研究後,認識到創辦一個刊物,不僅可以滿足青年讀者的要求。同時可以培養一大批青年詩人。就在詩歌創作上,能夠更好的探討一些問題,解決一些問題,提高詩歌創作力量,讓詩歌百花齊放,欣欣向榮。

我們的意見,擬於 1957 年元月創刊。這是一個新工作,也是一個新事物,雖然有困難,但應支持。

是否可行,請批示。

(附上「關於詩刊的方針任務及讀者對象等問題的初步意見」)

1956 年 9 月 25 日

附:

《關於詩刊的方針任務及讀者對象等問題的初步意見》

這是一個小型精悍的詩刊,是四川省文聯領導的刊物。

1. 詩刊讀者讀者對象:

具有初中以上文化水平的工農兵及知識青年。

2. 詩刊的方針任務:

貫徹黨的「百花齊放,百家爭鳴」方針,大力培養青年詩人,擴大詩歌隊伍,繁榮詩歌創作。反映多彩的現實鬥爭生活,滿足廣大詩歌讀者的文化生活需要。

3. 詩刊編輯 5 人。

創作輔導部付部長白航同志（中共正式黨員）兼詩刊編輯主任。另外，由周天哲、流沙河、白堤、白峽同志擔任編輯。

4. 詩刊有這樣的幾個專欄：

「祖國美好的生活」：反映我們國家特別是四川人民各方面生活的詩歌。

「在我們各民族的大家庭裏，充滿了幸福和友誼」：反映四川各民族現代生活的詩歌。

「詩畫」：古典詩畫，現代詩畫。

「大地處處是歌聲」：歌詞。每期都有足夠的篇幅容納歌詞。

其他，如民歌、古詩今譯，也應該有一定的篇幅容納。

5. 這個詩刊，是月刊。24 開本或 32 開本。每期 20 篇（40 頁），容納 3000 行詩的篇幅。

詩刊將從下面幾個名字或其他名字定名：如戰鼓、百花潭、百花、花溪、浣花溪、金沙、春草。

1956 年 9 月 25 日。

此時，四川文聯黨組是怎樣構成的呢？我們知道，經過建國初行政區劃的幾次調整，四川省文聯黨組的構成也比較複雜。在 1956 年到 1957 年間的主要情況是，「1955 年冬，中央決定西康省併入四川。原西康省委宣傳部長、文藝戰線老戰士李亞群同志來四川省委宣傳部任專管文藝工作的副部長，以加強對文藝工作的領導。此時由他來兼任省文聯黨組書記。從西南作協合併來的戈壁舟、曾克同志任副書記。」〔註 40〕此時，四川文聯黨組書記由李亞群兼任，副書記有戈壁舟、曾克；文聯主席沙汀，副主席有李劼人、陳翔鶴、段可情、常蘇民等，常蘇民兼秘書長。另外，據 1956 年 4 月 10 日中共四川省委宣傳部《省委關於調整省文聯黨組成員的批示》中，確定常蘇民、李累、李友欣、羊路由、安春振、李漠、朱丹南、劉蓮池、郝力民、李亞群、白紫池 11 人為黨組成員，常蘇民為黨組書記。〔註 41〕所以在 1956 年 9 月 15 日這次

〔註 40〕黎本初：《四川省文聯六十年發展歷程（代前言）》，《四川文聯文集（1953～2013）》，四川省文學藝術界聯合會編，2013 年，第 8 頁。

〔註 41〕見《省委關於調整省文聯黨組成員的批示》，《四川文聯（1952～1956）》，建川 127～130，四川省檔案館。

討論會上，他們都應該參加了會議，並提出了具體的意見的。換言之，這些具體的意見，特別是與《關於創辦詩刊的建議》中不同的觀點，都是經過他們的共同討論並定奪的。

　　具體來看，《文聯黨組關於創辦詩刊的請示報告》分為三個部分：創辦詩刊的有利條件與理由、創辦詩刊存在的問題與困難及其解決辦法、關於詩刊的方針任務及讀者對象等問題的初步意見。其中第二部分「創辦詩刊存在的問題與困難及其解決辦法」完全是全新的內容；第一、第三部分則與《關於創辦詩刊的建議》差不多，但在一些具體數據上，以及內容上和表述方式上也還是有一定的差別。先說第一部分「創辦詩刊的有利條件與理由」中，除了從青年需要詩歌，詩歌創作數量龐大來闡述創辦的意義之外，更為著重強調了刊物有利於培養新生力量，特別是對四川詩人的培養，這使得創辦詩刊有了更現實的意義。另外，這一部分的最後也專門列出了由文聯下面的機構中國音樂家協會成都分會，所出版的鉛印的內部刊物《歌詞創作》，為創辦詩刊奠定了基礎，不僅提供了需要聯繫的作者群、讀者群，而且也已經有了一定的發行工作經驗和基礎，由此進一步論證了創辦詩刊的可行性。在對創辦詩刊問題的考慮上，還將《歌詞創作》納入到詩歌刊物來討論。所以第一部分對於創辦詩刊的現實意義和可行性方面的論證，確實比《關於創辦詩刊的建議》更明確，也更有說服力。再來看第二部分的內容，這份請示報告重點考慮了創辦詩刊最為直接的紙張問題和編輯人員的問題。其中提到，「文化局可以調配紙張（朱丹南同志在黨組會上表示可以解決）」，作為黨組成員的朱丹南，積極支持新詩刊的創辦。我們看到，為了解決紙張問題，文聯黨組與出版社出版部聯繫，商量解決辦法，並還積極與文化局的溝通。所以，《星星》詩刊的創辦，完全是多個部門協同的結果。在解決編輯部人員問題上，這份請示就更加明確了新創辦詩刊的具體人員。先是在這一部分提出了自願原則、黨員兼管原則和不影響工作的原則之後，就在第三部分提出了具體的編輯部5位成員名單，即「三白兩河」（白航、白堤、白峽；石天河、流沙河）。只是在後來的《星星》詩刊的正式編輯名單中，卻沒有了白堤。這份請示報告的第三部分，是附件《關於詩刊的方針任務及讀者對象等問題的初步意見》，對即將創辦的刊物的對象、方針、編輯、欄目、開本等問題的具體描述，與《關於創辦詩刊的建議》最大的差異就是在於，其對象、方針更加明確，特別是增加了「為廣大工農兵服務」的目標，在內容上也還突出了四川特色。由此，

整個請示報告就完全去掉了《關於創辦詩刊的建議》中關於新人、個性、獨特作風的表述，也刪除了對蘇聯、民主國家、資本主義國家等較為敏感的表述，然後增加國家意識和民族特色的表述。這樣，從《創辦詩刊的建議》到《文聯黨組關於創辦詩刊的請示報告》，《星星》詩刊就完全納入到統一的意識形態中了。

六、四川省委宣傳部的批覆

作為「官方刊物」，《星星》詩刊的創辦，也必須獲得四川省委宣傳部的審批同意。在白航、石天河、流沙河、傅仇等人對《星星》詩刊創辦的歷史描述中，都重點強調了「經省委宣傳部的批准」這一重要信息。如《星星》詩刊主編白航，「之後，得到了當時文聯創作研究部及黨組負責同志的支持，上報省委宣傳部，正式批准。」〔註42〕川大教授張默生也說過，「『草木篇』是在『星星』創刊號刊出的，『星星』是文聯刊物之一，而且得到黨委宣傳部的大力支持，訂戶很踴躍。」〔註43〕以及四川省文聯的歷史記載，「經省委宣傳部批准《星星》詩刊創刊。白航為編輯部主任。」〔註44〕當然，在這些回顧過程中，我們看到，經省委宣傳部同意，是《星星》詩刊創辦成功的決定性步驟。其實，在中國作協《詩刊》的創辦過程中，獲得中宣部的同意，也是具有決定性意義的一環。1956 年 9 月 18 日中國作家協會黨組給中央宣傳部寫了「關於呈請批准在 1957 年創辦詩刊的報告」。報告說：「抗日戰爭以前和抗戰期間，國內曾有多種詩刊出版，解放後也曾有詩刊出版，但不久就停刊了。近年來，許多詩人和讀者，多次要求出版一個專門刊登詩歌創作的刊物。」「我們覺得，創辦一個這樣的刊物還是必要的，但需進行一些準備。我們計劃先在『北京日報』編一個刊登詩創作的付『副』刊（這方面已在進行接洽），在 1957 年 5 月 1 日正式創辦詩刊（月刊）。其人員編制：正、副主編三人，業務人員十二人，共十五人。不知妥否？請予批示。」9 月 24 日，中央宣傳部批覆（1956 年發文第 1291 號），「同意你們創辦『詩刊』月刊。關於每期的

〔註42〕 辛心：《我們的名字是星星——〈星星〉創刊史話》，《星星》，1982 年，第 4 期。

〔註43〕 《張默生談對「草木篇」和「吻」的批評》，《省文聯邀請部分文藝工作者繼續座談 對教條主義和宗派主義進行尖銳批評》，《四川日報》，1957 年 5 月 21 日。

〔註44〕 《四川文聯四十年》，四川省文學藝術界聯合會編，1993 年，第 407 頁。

印數等問題，請同文化部具體商定。」沒有中宣部的同意，《詩刊》是不可能創辦起來的。同樣，沒有四川省委宣傳部的同意，《星星》詩刊也是不可能辦起來的。雖然我們沒有查閱到具體的批覆文件，但《星星》詩刊的創刊絕對不可能沒有省委宣傳部的批覆。

四川省文聯由四川省委宣傳部主管，其直接負責人是宣傳部副部長李亞群。此時，李亞群也還是文聯黨組書記，文聯的第一負責人，所以可以肯定的是，他不僅參加了文聯黨組《文聯黨組關於創辦詩刊的請示報告》的討論和制定，而且也是他直接向四川省委宣傳部、四川省委傳達了創辦詩刊的請示報告。譚興國在《草木篇事件的前前後後》中，講述了這段歷史，「文聯是歸他管轄的，《星星》詩刊是得到他的支持並由他向省委報告批准創辦的，連《星星》編輯部的人事安排也是文聯黨組提出經他批准同意的。」〔註45〕不僅如此，李亞群在四川省文聯還有著非常重要的地位和作用，很多在四川省文聯工作過的人都曾提及，對他表達了由衷的敬意，「1954年四川與西康合省之後，李亞群同志到四川省委宣傳部主管文藝。……他是在較長一段時間兼任文聯黨組書記，文聯成立他第二個家，幾乎是三天兩頭往文聯跑。許多重大問題都是他在集思廣益後拍板定下的。1956年中央初次提出『雙百』方針時，是他決定改變過去只注意為工農兵服務、以演唱為主的通俗文藝刊物《群眾文藝》，很快出刊了《草地》、《星星》兩刊，對活躍文藝創作和學術空氣，起來很大的作用。」〔註46〕所以，在《星星》詩刊創辦的最後關鍵性的一步中，省委宣傳部副部長李亞群起了決定性作用。

當然，這並不是說李亞群一個人促成了《星星》詩刊最後的審批。省委宣傳的其他部長，如杜心源、明朗，他們都見證了四川文聯的成長，也積極支持了《星星》詩刊的創辦。在1953年四川省文聯成立大會上，他們都參加了大會，「大會選出沙汀同志等31人組成主席團，常蘇民同志為秘書長。大會由沙汀同志致開幕詞。省委第二書記、省長李大章同志作報告，常蘇民同志作文聯工作報告。原定省委第一書記李井泉同志到會講話，因外出開會未回而由省委副書記、宣傳部長杜心源講話。省委宣傳部分管文藝的副部長明

〔註45〕譚興國：《草木篇事件的前前後後》，內部自費印刷圖書，2013年，第48～49頁。
〔註46〕李友欣：《回顧與祝願》，《四川文聯四十年》，四川省文學藝術界聯合會編，1993年，第27～28頁。

朗同志在閉幕會上講話。」〔註 47〕而且他們也都有著特殊的文學情結，對於詩刊的創辦，肯定也是大力支持的。如杜心源曾經就參與過《四川文學》的前身《四川文藝》的創辦，「四川省委和省府成立後，立即決定四個區文聯合併為四川省文聯，辦公地址設在成都，在原川西文聯地址辦公。並成立了以省委宣傳部及省府文教委主任杜心源為首的文聯籌備領導小組，決定由原川西區文聯負責人陳翔鶴、常蘇民負責接待其他區文聯來成都的同志和具體籌備工作並編輯出版《四川文藝》試刊，準備盡快召開第一屆省文代會。」〔註 48〕李友欣還回憶所說，杜心源非常重視文藝工作，「省委宣傳部，繼承了黨重視文藝工作的優良傳統，把文藝工作當做政治思想教育事業的重要助手之一，在當時百廢待興、極為困難的條件下，從物質到思想指導等方面，對文聯都極為重視與關懷。杜心源同志常擠出時間到文聯來瞭解情況，找同志隨意擺談，有什麼困難，都設法盡可能予以解決，尤其關心同志們的政治學習、搞好團結、加強集體領導和廣泛聯繫作者、認真為工農兵和廣大群眾服務。」〔註 49〕另一位宣傳部長明朗，也是熱心於文藝工作，「明朗同志當時兼管文藝工作，既嚴格要求，又耐心說服教育。每次文聯研究工作和討論作品，他都親自參加，耐心聽取大家發言，最後簡明扼要地進行疏導和指示，既堅持原則，又不加強於人。」〔註 50〕所以，當李亞群在向省委宣傳部傳達《文聯黨組關於創辦詩刊的請示報告》後，作為省委副書記、宣傳部長的杜心源，以及宣傳部副部長明朗，都給予了積極的支持。同樣，作為省委第一書記的李井泉、省委第二書記、省長的李大章，也都熟悉和瞭解文聯。進而在杜心源、明朗、李亞群等人的介紹下，他們也就支持了《星星》詩刊的創辦。當然，李井泉、李大章、杜心源、明朗、李亞群等人支持創辦《星星》詩刊，背後的直接原因還是在於為了貫徹執行黨的「雙百」方針。可以說，如果沒有「雙百」方針，四川要想在已經有了一個省級文學綜合刊物《草地》之後，再

〔註 47〕 黎本初：《四川省文聯六十年發展歷程（代前言）》，《四川文聯文集（1953～2013）》，四川省文學藝術界聯合會編，2013 年，第 2 頁。

〔註 48〕 黎本初：《四川省文聯六十年發展歷程（代前言）》，《四川文聯文集（1953～2013）》，四川省文學藝術界聯合會編，2013 年，第 1～2 頁。

〔註 49〕 李友欣：《回顧與祝願》，《四川文聯四十年》，四川省文學藝術界聯合會，1993年，第 26～27 頁。

〔註 50〕 李友欣：《回顧與祝願》，《四川文聯四十年》，四川省文學藝術界聯合會，1993年，第 27 頁。

辦一個詩刊，不是說完全不可能，其難度是相當大的。正是由於「雙百」方針政策，《星星》詩刊的創辦，才減少了制度障礙，特別是獲得了領導們的一致支持。

七、《草地》：另一種創辦歷史

正如前面所說，在 50 年代由於四川省文聯與作協沒有分家，一般來說，一個省級文聯只有一個綜合性的文學刊物。所以，與《星星》詩刊的創刊比較，作為四川省文聯的官方刊物《草地》，她在 1956 年的創辦就要簡單得多。《草地》的創刊，有著直接的歷史原因。我們看到，由於社會變遷，四川省文聯和作協的歷史也是比較複雜的。四川省文聯於 1952 年 9 月在成都成立，1955 年合併了西康文聯，一直在成都辦公。而四川省作協前身為 1953 年 4 月在重慶成立的西南文協，1956 年後更名為中國作家協會重慶分會，直到 1959 年 8 月才更名為中國作家協會四川分會，11 月才遷到成都辦公。所以，四川省文聯的刊物《草地》主要是以成都為主陣地。而其前身就有《川西文藝》、《四川文藝》、《四川群眾》等名字。1950 年 7 月 22 日成都文協主辦，由西戎主編了綜合性的文藝刊物《川西文藝》。至 1952 年 9 月由於四川撤銷四個行政區合併為一個省，川東、川西、川南、川北四個區文聯也合併為四川省文聯，由此停辦各區刊物，統一編輯出版《四川文藝》。到了 1954 年 11 月，根據中央人民政府委員會第 32 次會議通過《關於撤銷大區一級行政機構和合併若干省、市的決議》，正式撤銷中共中央西南局和西南行政委員會。西南大區撤銷後，1956 年 5 月西南文協更名為中國作家協會重慶分會，中國作家協會重慶分會與重慶文學藝術聯合會在重慶合署辦公，便創辦期刊《紅岩》。但是直到 1959 年 8 月，作家協會重慶分會在成都市召開理事擴大會，正式決定將作家協會重慶分會更名為中國作家協會四川分會，11 月由重慶市遷至成都市，與省文聯合併，但中國作協重慶分會（即四川省作協前身）並沒有搬到成都辦公。所以，在 1956 年 5 月中國作協重慶分會（即四川省作協的前身）在重慶創辦一個新刊物時，四川省文聯創刊一個綜合性的文藝刊物，也就是必然的了。

因此，在 1956 年 5 月 11 日中國共產黨四川省文聯支部委員會發給省委宣傳部的《關於調整文聯組織機構與創辦新刊物的請示報告》〔註 51〕中，對

〔註 51〕《關於調整文聯組織機構與創辦新刊物的請示報告》，《四川省文聯（1952～1965）》，建川 127～18，四川省檔案館。

於《草地》的創辦，省文聯並沒有單獨打報告，而是與「調整組織機構」的報告合在一起報告的。

為貫徹執行「繁榮文學創作，培養新生力量」的方針及今年三月中宣部召開的文藝處長會議，對文聯工作任務的指示，文聯黨組在五月十一日首先討論了調整文聯黨組機構與創辦新刊物兩個問題。

（一）關於調整組織機構（略）

（二）關於創辦新刊物

1. 新刊物定名為「□□」。它是地方性、通俗性的綜合性文學月刊。

2. 主要對象是高小文化水平以上的工農兵群眾及知識分子，特別是其中的青年。

3. 它的任務是組織創作、發表創作、評論創作、鼓勵創作。特別是注意發掘培養新生力量，以擴大文學隊伍，逐步繁榮文學創作。適應人民日益增長的文化生活的需要。

4. 它以主要的篇幅刊登文學藝術作品。大力反映四川各組人民的豐富多彩的現實鬥爭生活，並適當注意反映革命歷史的提艾，以社會主義、愛國主義精神教育人民。

題材力求新穎、尖銳、廣闊。

形式力求生動、活潑多樣。特別提倡報告、特寫、小品等短小的文學樣式，其他小說、詩歌、劇本、電影文學劇本、說唱、民間故事、童話、寓言、雜感隨筆等均所歡迎（中篇、長篇可以連載或選載），也要適當注意發表青年所喜愛的科學文藝小品、驚險小說。

注意文圖並茂。多登插圖，適當選登美術音樂作品。

5. 它通過尖銳及時的文藝批評指導創作，提倡有原則的自由論辯。

注意指導青年文學創作者和愛好者的寫作與閱讀。

對優秀作品（特別是青年的優秀作品）要組織評論，大力推薦。

每期要有「編後記」，說明編輯意圖。

要重視讀者意見，歡迎群眾批評

6. 篇幅、開本。……

7. 一九五六年七月創刊。(《四川文藝》出自六月廿日終刊。)

編輯委員會名單:(略)

創作輔導委員會名單:(略)

以上意見是否妥當,請及早批示,以便進行刊物的組織與宣傳等項工作。

文聯黨組

一九五六年五月十一日

由此我們看到,與此時《星星》詩刊的創辦相比,《草地》這個啟事就非常簡單。一方面我們可以看到,這個新辦的刊物,明顯是四川省文聯主管刊物《四川文藝》的升級版,所以相關的程序就簡單得多。另一方面,這是作為四川省文聯主管的唯一的綜合性文學刊物,所以《草地》創辦的必要性,就比《星星》創刊更為重要了。反過來看,作為「第二刊物」的《星星》詩刊的創辦,也就顯得非常獨特了。

八、四川省新聞出版處、文化局的註冊登記

《星星》詩刊的創辦,在省委宣傳部批准後,還有最後一道程序「註冊登記」。只有完成了最後的註冊登記,《星星》詩刊創辦的工作才算完成。由於沒有查到《星星》詩刊的登記證,我們這裡只能從同時期其他期刊的《登記》來推測了。更為重要的是,通過這些期刊的登記證,才能更清楚地釐清《星星》詩刊的創辦歷史。先來看《四川文學》的前身之一的《四川群眾》的登記證:

登　記〔註52〕

四川省人民政府新聞出版處 期刊登記證 期字第007號

茲有四川省人民出版社出版四川群眾半月刊,遵照中央人民政府公布「期刊登記暫行辦法」申請登記,經審查合格,准予登記。

本登記有效期限:至五四年九月七日止。期滿一個月前,應重新申請登記。

本證發給後兩個月不創刊者,本證即行無效;如有正當理由需要延期者,需重新申請本處批准。

本證發給申請登記人 李友欣、帥雪樵 收執。

〔註52〕《登記》,《四川省文聯(1952~1965)》,建川127~204,四川省檔案館。

處長 古詰

四川省人民政府新聞出版處印

一九五三年十月八日

從《四川群眾》的登記表明，要創辦一個期刊，在獲得了宣傳部的許可後，還必須遵照中央人民政府公布「期刊登記暫行辦法」申請登記。在登記表中，給期刊發放期刊登記號。同時，將創辦的期刊必須要有已經確定的出版社、負責人。而且特別注明了有效期限，「如果登記後兩個月不能創刊，必須重新登記」。當然，這份《登記》是 1953 年的，雖然顯示出了當代期刊登記中的一些特點，但與 1956 年《星星》的登記應該還是有一定差別的。

比《星星》詩刊早半年創辦的《草地》，其登記就應該與《星星》詩刊差別不大。當然，作為一個省文聯主管的刊物《草地》，其創辦的速度也是相當快的。1956 年 5 月 11 日才發出《關於調整文聯組織機構與創辦新刊物的請示報告》，7 天後，即在 5 月 18 日《草地》就收到了四川省文化局要求辦理上級核批的手續，而且還發來了《登記表》。

四川文藝編委會

你們即將在本年七月改為「草地」文藝月刊。且內容與對象也有變更。因此，按中央規定，必須報請上級核批辦理手續，此事必須從速辦理。茲發去「報紙、雜誌登記表」三份，詳細填報我局二份，一份留存。

此致，

敬禮。

四川省文化局

1956 年 5 月 18 日〔註 53〕

我們重點來看《登記表》。《草地》的「登記表」，分為表頭、表格和表底，主體部分是中間的表格。在這裡的表格欄中，沒有填寫的內容，在原始資料中也沒有填寫。在表頭中，將《草地》的類別分為「第二類」。應該是按照國家級、省級刊物限定，國家級是第一類，省級刊物是第二類。因此，《星星》詩刊應該也是第二類。這裡的編號未填，應該是期刊號，需要審核批准後發放的。在表格中，包括名稱基本情況、印刷發行、主辦者、編輯方針、沿革、負責人、人員設備、批准信息、備註等。在這些內容中，主要內容是對刊物本

〔註 53〕見《四川省文聯（1952～1965）》，建川 127～205，四川省檔案館。

身的介紹。這份表格填寫了《草地》的開本、頁數、發行分數、日期等的具體信息，這裡主要填寫這些內容，應該是為了解決《草地》的紙張問題和出版問題。另一個主要內容是主管部門，負責人的信息完整。在表底，再次明確了《草地》雜誌的主管部門和主管領導。由此，從四川省文化局 1956 年 5 月所下發的《報紙、期刊登記表》，到 1956 年 9 月底《星星》詩刊完成了批准，進入到最後的登記程序，總體間隔時間不長，因此《星星》詩刊的登記表應該與《草地》的登記表是一致的。如果按照《星星》詩刊的「創刊建議」中具體內容，再加上從《星星》詩刊創刊號開始，在版權頁上的內容，我們能大部分還原《星星》詩刊的登記表。先看《星星》創刊號版權頁：

> 編輯者：星星編委會（成都市布後街 2 號）；
>
> 出版者：四川人民出版社（成都狀元街 20 號）；
>
> 印刷者：四川人民印刷廠（成都人民北路）；
>
> 總發行處：四川成都郵電局；
>
> 訂閱出：全國各地郵局、代辦所；
>
> 代訂銷處：各地新華書店。
>
> 定價：每期 1 角 5 分（郵費在內‧掛號另加）。

由此，在相關史料的基礎上，我們草擬了《星星》詩刊的「登記表」：

（表頭）

> 類別：第二類　　　　　　　　　　　　　　編號：

（正表）

> 名稱：星星
>
> 刊期：月刊（每逢 1 日出版）
>
> 開本：32 開本。
>
> 雜誌每冊頁數：40
>
> 每冊定價：1 角 5 分
>
> 讀者對象：具有初中以上文化水平的工農兵及知識青年。
>
> 計劃發行份數：每期 2.5 萬份（根據創刊號印數）
>
> 創刊日期：1957 年 1 月 1 日。
>
> 印刷方式：
>
> 主辦者：四川省文聯星星編委會
>
> 經濟來源：銷售不足由事業費補貼

發行範圍：主要是四川省

編輯方針任務及主要內容：貫徹黨的「百花齊放，百家爭鳴」方針，大力培養青年詩人，擴大詩歌隊伍，繁榮詩歌創作。反映多彩的現實鬥爭生活，滿足廣大詩歌讀者的文化生活需要。

報紙或雜誌沿革（包括變動和本報紙、雜誌情況）

負責人及主要工作人員：

編委：白航、……

編輯：周天哲、流沙河、白堤、白峽

人員配備：編輯人員 4 人

附設印刷廠主要設備：四川人民印刷廠（成都人民北路）

編輯者：周天哲、流沙河、白堤、白峽

出版者：四川人民出版社（成都狀元街 20 號）

發行者：四川成都郵電局

批准機關、日期及文號

備註：

（表底）

填表日期：

申請登記單位：四川省文學藝術工作者聯合會

負責人：常蘇民

在這張還原的登記表中，具體的內容，為筆者按照《草地》登記表所擬定。我們看到，除了四川省文聯之外，四川省新聞出版處、文化局、四川人民印刷廠、四川人民出版社，四川成都郵電局等單位也都參與到了《星星》詩刊的創辦過程中。也只有到了這裡，經過系列的程序，《星星》詩刊才能獲得他的本刊代號：62～8。只有完成了最後的登記，《星星》詩刊才有了一個合法的身份，《星星》詩刊才可以說正式完成了創辦的手續。

總之，雖然是「雙百方針」這樣一個特殊的歷史機遇讓《星星》詩刊的成功創辦，但我們也看到《星星》詩刊本身就是官方刊物。她創辦的過程中，就必須經過層層的討論，完成各種相關的行政審批。正如譚興國所說，「誰最先提議創辦並不重要，重要的是，他是官辦刊物。他的主辦單位是省文聯，他是省文聯的機關刊物之一。它享有省文聯的一切資源，省文聯有權要求它代表自己發聲名，自然，省文聯也得為其承擔責任。這，正是它得以創辦和

生存的基本條件。」〔註54〕可以說《星星》詩刊還沒有創辦，就已經完全被各種行政力量控制起來了。但與此同時，《星星》作為四川省文聯主管的第二家官辦刊物，雖非「同仁刊物」，但已經顯示出與《草地》不一樣的身份和特徵。因此，創刊後的《星星》在編輯方針中不斷追求「藝術性」和「個性」，不斷地發出一些具有個性的獨特聲音，這種特徵又是非常鮮明的。由此，既是作為一般的官方刊物有著時代的「共性」，同時又作為「第二刊物」並彰顯出別樣的個性，這讓《星星》詩刊在當代文學中有了重要的意義。

第二節　《星星》詩刊的管理

　　《星星》詩刊本來就是一個省級刊物，正如《星星》詩刊的廣告所說，「全國第一個地方詩刊、四川文聯繼『草地』文藝月刊創辦的第二個刊物——『星星』詩歌月刊」〔註55〕，是由四川省文聯主管、主辦的「第二個刊物」。所以，她不僅在創辦的過程中，必須經過層層政治審批，完成當代期刊出版的各種程序。〔註56〕而且在實際運作過程中，《星星》詩刊也必須受到相關主管部門的直接領導。由此，對初期《星星》詩刊組織管理的研究，不僅還原了《星星》詩刊的「官刊」身份和管理方式，同時對於新中國初期文藝期刊的運作機制的理解，也有著非常重要的意義。

一、《星星》詩刊的三級管理

　　我們看到，在初期《星星》詩刊封底可以看到的「星星編委會」的字樣，這當然不是一個空洞的符號，而是具有權力的管理機構。《星星》版權頁上所注明的「星星編委會」，是具有實際管理職責的真正的「編輯者」。換句話說，我們在討論和研究《星星》詩刊的時候，不僅需要關注「星星編輯部」這樣一個《星星》詩刊的直接施行者，實際上，我們還更應該關注到對於《星星》詩刊來說更為重要的管理者。

　　在當代期刊的出版登記中，所有刊物都必須有的主管部門，這是有非常

〔註54〕譚興國：《草木篇事件的前前後後》，內部自費印刷圖書，2013 年，第 44 頁。
〔註55〕《「星星」詩刊將於明年元旦創刊》，《中國青年報》，1956 年 11 月 6 日；《文匯報》，1956 年 11 月 6 日。另，四川省檔案館也收藏有這份「徵稿啟事」，見《四川省文聯（1952～1965）》，建川 127～130。
〔註56〕王學東：《〈星星〉詩刊創刊始末》，《詩探索・理論卷》，2019 年，第 4 輯。

明確的表述的。比如《草地》雜誌，在創刊的時候，其《報紙、雜誌登記表》中有關於相關管理機構的明確表述：

> 主辦者：四川省文聯草地編委會
>
> 經濟來源：銷售不足由事業費補貼
>
> 負責人及主要工作人員：
>
> 編委：李友欣、帥雪樵、文辛
>
> 編輯：周新、牟康華、李嶠
>
> 人員配備：編輯人員 12 人
>
> 申請登記單位：四川省文學藝術工作者聯合會
>
> 負責人：常蘇民〔註57〕

而由於從四川省文化局 1956 年 5 月所下發給四川省文聯「第一刊物」《草地》的《報紙、期刊登記表》，到 1956 年 9 月底「第二個刊物」《星星》詩刊完成了批准，進入到最後的登記程序，間隔時間不長。並且，《草地》和《星星》同屬四川省文聯主管，因此四川省文化局統一主管的報紙雜誌的登記過程，其下發給《星星》的《報紙、雜誌登記表》的表格與《草地》應該是完全一樣的。由此，我們根據《草地》原始登記表內容，以及在《星星》詩刊創刊號開始版權頁上的內容「編輯者：星星編委會（成都市布後街 2 號）」的基礎上，可模擬出或者說還原出《星星》詩刊的《報紙、雜誌登記表》：

> 主辦者：四川省文聯星星編委會
>
> 經濟來源：銷售不足由事業費補貼
>
> 負責人及主要工作人員：
>
> 　編委：白航……
>
> 　編輯：周天哲、流沙河、白堤、白峽〔註58〕
>
> 人員配備：編輯人員 5 人
>
> 　　　編輯者：周天哲、流沙河、白堤、白峽
>
> 申請登記單位：四川省文學藝術工作者聯合會

〔註57〕見《報紙、雜誌登記表》，《四川省文聯（1952～1965）》，建川 127～206，四川省檔案館。

〔註58〕見《文聯黨組關於創辦詩刊的請示報告‧關於詩刊的方針任務及讀者對象等問題的初步意見》，《四川省文聯（1952～1965）》，建川 127～126，四川省檔案館。

負責人：常蘇民

根據這份模擬出來的《星星》詩刊登記表，結合《草地》雜誌，我們可以看出，創刊時的《星星》詩刊至少有三級管理，或者說三個層面的管理者。按照該表格的順序，三個管理層面如下：第一個層面「主辦者」，即四川省文聯星星編委會，簡稱星星編委會，這是最基礎的層面。我們看到，「草地編委會」是四川省文聯草地編委會的簡稱，那麼，《星星》詩刊版權頁上的「星星編委會」，也應該是四川省文聯星星編委會的簡稱。而且「星星編委會」這個主辦者不僅是《星星》詩刊的主辦人，而且正如此表格中所記錄的一樣，是「負責人」。由此可以說，「星星編委會」作為主辦者和負責人，是《星星》詩刊成立的發起、實施、建設、管理的正式組織機構。同時，在《星星》詩刊的版權頁上還提到，星星編委會還是「編輯者」〔註59〕。也就是說，星星編委會不僅只是管理，還能直接參與《星星》詩刊的組稿、發稿等具體業務之中。總之，《星星》詩刊的第一個重要的機構是「星星編委會」，全稱為「四川文聯星星編委會」，簡稱為「編委」。「星星編委會」是一個集主辦、負責、編輯《星星》詩刊為一體的全面機構。第二個層面是「主要工作人員」，即星星編輯部。按照《草地》的登記表來看，《草地》的編輯分為「主要工作人員」和「一般的編輯人員」。那麼，《星星》詩刊中作為「主要工作人員」的編輯，應該是指發稿編輯；而一般的編輯可能是既有選稿、發稿編輯，也還包含美編、文字校對、通聯收發等人員。第三個層面是「申請登記單位」，即四川省文學藝術工作者聯合會，負責人是常蘇民。四川省文聯是《星星》詩刊的主管機構，這裡表明了《星星》詩刊的主管部門是省文聯，也就說明《星星》詩刊的省級刊物身份。特別是在《草地》的這份登記表中，專門提到了「經濟來源問題」，提到「銷售不足由事業費補貼」，那麼這些經「事業費」，也就只能由四川省文聯補貼。所以，《星星》詩刊必須接受省文聯的管理。

由此可以看到，在《星星》詩刊管理機構的三個層面中，「主辦者」星星編委會是直接管理人；「主要工作人員」星星編輯部是《星星》詩刊的具體實施者；「申請登記機構」四川省文學藝術工作者聯合會，是《星星》詩刊的主管機構，是具有最後決定權的負責人。由此，形成了《星星》詩刊的三級管理：第一級管理機構，《星星》詩刊的主管機構四川省文聯；第二級管理機構，是《星星》詩刊主辦者和編輯者「星星編委會」；第三級管理機構，才是作為

〔註59〕《星星》，1957年，第1期，封三。

《星星》詩刊的具體實施者「星星編輯部」。是四川省文聯、星星編委會、星星編輯部這三級管理組織，一起參與到了《星星》詩刊的歷史建構中。

二、第一級機構：四川省文聯

我們先來看《星星》詩刊的「第一級管理機構」四川省文學藝術工作者聯合會。可以說，在這三級管理機構中，作為主管機構四川省文聯，是具有最後決定權的管理機構，但這也是我們研究《星星》詩刊完全忽視的一點。

作為《星星》詩刊第一級管理機構的四川省文聯，一般很少直接參與到具體的工作中，並不直接指導《星星》詩刊的業務。在 1956 年 11 月 29 日的全國文學編輯會中，就對此提出過具體意見，「文藝團體（文聯、作協）對所屬刊物，製作原則上的領導，不干涉其日常編輯業務。」〔註 60〕然而，該文件卻又在第五點提出，「文學團體對其所主辦的刊物的幹部，仍應予以管理，並根據實際需要配備編輯人員。」〔註 61〕由此我們看到，四川省文聯在原則上的領導、經濟的支撐、人事安排這三個方面管理著《星星》詩刊。於是，在平常，四川省文聯是不會直接插手《星星》詩刊的編輯工作的。但是到了特別時期，如在對《草木篇》等的批判過程中，對《星星》詩刊的管理，就完全由四川省文聯來直接指揮而推動的了。而且在這樣的特殊時期，星星編委會、星星編輯部也完全置於四川省文聯的管轄之下，由省文聯直接接管。所以，在研究《星星》詩刊的歷史中，四川省文聯是非常重要的一個部分，因為他對《星星》發展是起決定性作用的。

當然，也不是說每一位四川省文聯領導都會參與到《星星》詩刊的管理過程之中。據記載，此時四川省文聯的領導主要是由兩個方面組成：一方面領導人是文聯黨組。1956 年 4 月 10 日中共四川省委宣傳部《省委關於調整省文聯黨組成員的批示》中，確定常蘇民、李累、李友欣、羊路由、安春振、李漠、朱丹南、劉蓮池、郝力民、李亞群、白紫池 11 人為黨組成員，常蘇民為黨組書記。〔註 62〕另一方面的領導是文聯行政領導人。在《文聯工作人員

〔註 60〕《對於若干具體問題的意見》，《四川省文聯（1952～1965）》，建川 127～202，四川省檔案館。

〔註 61〕《對於若干具體問題的意見》，《四川省文聯（1952～1965）》，建川 127～202，四川省檔案館。

〔註 62〕見《省委關於調整省文聯黨組成員的批示》，《四川文聯（1952～1956）》，建川 127～18，四川省檔案館。

名冊 1956.12.29》中就有沙汀、段可情、常蘇民、李累、李友欣、白航、蕭崇素、帥雪樵、李彬、劉棟等人〔註63〕。所以，在此後的特殊時期，四川省文聯黨組成員，以及相關行政領導，都可能是《星星》詩刊的第一級管理者。他們在初期都參與了《星星》詩刊的創辦，而後來，也都相應地介入到了《星星》詩刊的批判之中，對《星星》詩刊直接展開了討論和批評，以這種方式參與刊物的監管。

這其中，李亞群便是《星星》詩刊「第一級管理」的重要一員。此時，他是四川省委宣傳部的分管四川省文聯的副部長，並一度兼任四川省文聯黨組。同時他更是《星星》詩刊創辦的重要推動著，「1954 年四川與西康合省之後，李亞群同志到四川省委宣傳部主管文藝。……許多重大問題都是他在集思廣益後拍板定下的。1956 年中央初次提出『雙百』方針時，是他決定改變過去只注意為工農兵服務、以演唱為主的通俗文藝刊物《群眾文藝》，很快出刊了《草地》、《星星》兩刊。」〔註64〕所以，《星星》詩刊的創辦，以及在星星編輯部人事的安排上等問題上，李亞群都不僅參與了，而且還都有著非常重要的貢獻。同時，在《星星》詩刊創刊後，李亞群化名為春生發表文章了《百花齊放與死鼠亂拋》批判詩歌《吻》〔註65〕，率先發起了對《吻》和《星星》詩刊的批判，直接干預《星星》詩刊的編輯方針和選稿內容，而這也正是他作為管理者身份的一種體現。李友欣是四川省文聯刊物《草地》的主要負責人，由於他有著主管刊物的經驗，所以他也肯定有監管《星星》詩刊的任務。正如石天河所說，李友新是有實權的領導人，「因為組織聯絡部和《草地》編輯部，主要是對外聯繫的部門，內部工作人員不多，故其實權次於李累。」〔註66〕而且唐大童也提到，「經常給我們布置工作任務的，只能是主持作協日常工作的『二李』。」〔註67〕更重要的是，在對流沙河《草木篇》的批判中，李友欣化名曦波寫的《白楊的抗辯（外一章）》文章〔註68〕，批評《草木篇》。

〔註63〕《文聯工作人員名冊 1956.12.29》，《四川省文聯（1952～1965）》，建川 127～18，四川省檔案館。

〔註64〕李友欣：《回顧與祝願》，《四川文聯四十年》，四川省文學藝術界聯合會編，1993 年版，第 27～28 頁。

〔註65〕春生：《百花齊放與死鼠亂拋》，《四川日報》，1957 年 1 月 14 日。

〔註66〕石天河：《逝川憶語——〈星星〉詩禍親歷記》，香港：天馬出版有限公司，2010 年，第 35～36 頁。

〔註67〕唐大童：《「二李」》，《歧路難回》（下），無版權頁，第 264 頁。

〔註68〕曦波：《「白楊」的抗辯（外一章）》，《四川日報》，1957 年 1 月 17 日。

由此引起了流沙河寫了一篇抗議《白楊的抗辯（外一章）》，真正挑起了對《草木篇》的批判。所以在這個過程中，李友欣也負有對《星星》詩刊的監管責任。

還有就是文聯主席常蘇民，也肯定是《星星》詩刊的第一級管理者。關於常蘇民的生平，英群在《我們永遠懷念常蘇民老院長》〔註69〕中作過詳細介紹。常蘇民的政治資歷以及文藝影響，在建國初的四川文壇是明顯的。常蘇民自己也介紹說，「53年四川行政區合併後，從川東、川南、川北來了一些同志，合併成立四川省文聯，我擔任副主席兼黨組書記，兼音協主席，協助文聯主席沙汀同志，作了大量工作。」〔註70〕可見，在常蘇民所作的大量工作中，管理刊物就是其中的一個。特別是在《吻》和《草木篇》早期批判後，作為主席的常蘇民甚至就直接參與到了《星星》詩刊的工作中，「石天河只編了兩期刊物便宣布『停職反省』，《星星》繼續出版，此後每期清樣，必須經過文聯黨組常蘇民審完才能付印」〔註71〕。可以說，此時的常蘇民，不僅是管理者，而且還可以說是這一時期《星星》詩刊的真正主編。

總之，我們看到，在《星星》詩刊的運作過程中，四川省文聯是《星星》詩刊的第一級管理機構。按照當時的刊物的管理原則，這一級機構主要職能是原則上的領導、經濟的支持和人事的安排，所以《星星》詩刊的創辦這一機構都有著重要的貢獻。而矛盾性在於，「第一級管理機構」一般不直接參與到刊物的編輯過程之中，似乎只是一個象徵性的機構，但是在特殊時期卻又直接監管刊物，成為真正意義上的管理者。於是，作為第一級管理機構的四川省文聯，就與第三極管理機構的星星編輯部，就存在著了天然的裂痕。

三、第二級機構：星星編委會

「主辦者」星星編委會，是《星星》詩刊「第二級管理機構」。該機構一方面聽從《星星》的第一級管理機構四川省文聯的指示和安排，另外一面又主辦《星星》詩刊，指導星星編輯部的編輯業務，也有著較大的權力。

據相關史料，在「主辦者」星星編委會上面，還有一個「四川省文聯編

〔註69〕英群：《我們永遠懷念常蘇民老院長》，《音樂探索》，1993年，第1期。
〔註70〕常蘇民：《春潮滾滾憶當年》，《四川文聯四十年》，四川省文學藝術界聯合會編，1993年，第12頁。
〔註71〕譚興國：《草木篇事件的前前後後》，內部自費印刷，2013年，第109頁。

輯委員會」。1956 年 5 月 11 日四川省文聯支部委員會發給省委宣傳部的《關於調整文聯組織機構與創辦新刊物的請示報告》,其中在「關於調整組織機構」中,就對文聯編輯委員會的工作和職責作了說明,提出「編輯委員會是編輯部的領導機構」。〔註72〕所以草地編委會是草地編輯部的領導機構,而星星編委會就是星星編輯部的領導機構。連敏認為,「如果說主編相當於一個刊物的靈魂,那麼編委則具有標誌性的意義。編委作為一種社會職務,而非行政職務,通常由一些有影響力的人物來擔當,他們雖然沒有直接參與詩刊編輯部的具體工作,但對刊物的出版、傳播、發展起著重要的導向作用。」〔註73〕對於一個刊物來說,編委是重要的,既有象徵意義,又實際影響著刊物的發展方向,《草地》《星星》均不能例外。

那麼,作為領導機構的文聯編輯委員會又是由哪些人構成的?同樣,在這一份文件中,對於四川文聯的編輯委員會(主要是草地編輯委員會)人選設計了兩種方案,「第一種方案:常蘇民、李累、李友欣、帥雪樵、史維安、文辛。第二種方案:林如稷、常蘇民、張舒揚、李累、李友欣、劉健、文辛。」〔註74〕在編委會人選的兩種方案中,其相同的基點是都是以文聯的幹部為主。而兩種方案的差別在於,一個是完全由文聯的幹部擔任,另外一種就是適當吸收文藝界的人士參加。在《草地》5 月 18 日以後所填的《報紙、雜誌登記表》中,我們看到了《草地》的「編委:李友欣、帥雪樵、文辛」〔註75〕。而這三個人都出現在第一個方案的名單中,那麼可以說,文聯編輯委員會所選擇的是第一種方案,即所有編委會人選均由文聯幹部擔任,並沒有外部文藝界的人士。星星編委會與草地編委會在構成原則上,是一樣的。根據四川文聯草地編委會的原則,星星編委會的成員,首先也必須是文聯的專職幹部。而且,正是由於《星星》詩刊屬於文聯的「第二個刊物」,所以星星編委會的成員,與草地編委會成員肯定有一定的交叉。

〔註72〕《關於調整文聯組織機構與創辦新刊物的請示報告》,《四川省文聯(1952~1965)》,建川 127~18,四川省檔案館。

〔註73〕連敏:《〈詩刊〉(1957~1964)研究》(博士論文),北京:首都師範大學,2007年,第 29 頁。

〔註74〕《關於調整文聯組織機構與創辦新刊物的請示報告》,《四川省文聯(1952~1965)》,建川 127~18,四川省檔案館。

〔註75〕《報紙、雜誌登記表》,《四川省文聯(1952~1965)》,建川 127~206,四川省檔案館。

　　星星編委會的核心人物是李累。石天河回憶說，「李累當時是文聯黨支部書記、創作輔導部長，兼任《星星》的編委，是直接監督《星星》工作的領導人。」〔註76〕因為李累既是文聯領導，同時他的工作之一就是分管《星星》詩刊。從李累自身的經歷來看，他也是星星編委會的最佳人選之一，「李累是從川東調來的，擔任了創作輔導部長。當時文聯沒有成立作協，所有從事文學創作的幹部，都歸創作輔導部領導；加上他又兼任了文聯的黨支部書記，並是文聯機關黨委的成員之一，音協、美協的事，他都可以干預。所以他是文聯掌握實權的人物。」〔註77〕另一方面，在李累的職責範圍中，分管《星星》詩刊還是他的主要工作之一。譚興國回憶說，「省文聯辦了兩個文學期刊，按黨組分工，李友欣分管《草地》、李累負責《星星》。他不一定終審全部稿件，但重要稿件他可以抽看。」〔註78〕同樣，唐大同也在回憶中提到，「李累分管行政事務和《星星》，李友新主要分管《四川文學》。有時『二李』輪換值班，值班的『李』行政事務、刊物編輯事務、文學組織工作以及黨的工作都得管。」〔註79〕此後的「草木篇事件」中，石天河就特別提到了在刊登《草木篇》前，專門將詩歌給李累看，「在《草木篇》由流沙河交給我的時候，發稿之前，李累曾拿去看過，並私下向我說：『這篇東西，有點像王實味的《野百合花》，是不是不發？』」〔註80〕可見，李累在審稿過程中，作為編委會成員之一的李累，在《星星》詩刊中起著重要的作用。

　　另外，作為編輯部主任的白航，肯定也是星星編委會的委員之一。由於他負責著刊物更具體的編輯工作，我們把他放到第三級管理「星星編輯部」中。由此，作為《星星》詩刊的第二級管理，或者說主要負責機構的星星編委會，主要是由李累、白航等人組成。當然，主管機構四川省文聯的領導與星星編委會應該有重合之處，草地編委會與星星編委會成員之間也有重合之處。當然作為四川省文聯的「第二個刊物」，《星星》詩刊也不可能再有自己相對獨立的編委會。

〔註76〕石天河：《逝川憶語──〈星星〉詩禍親歷記》，香港：天馬出版有限公司，2010年，第17頁。

〔註77〕石天河：《逝川憶語──〈星星〉詩禍親歷記》，香港：天馬出版有限公司，2010年，第35～36頁。

〔註78〕譚興國：《草木篇事件的前前後後》，內部自費印刷，2013年，第82～83頁。

〔註79〕唐大童：《「二李」》，《歧路難回》（下），無版權頁，第264頁。

〔註80〕石天河：《逝川憶語──〈星星〉詩禍親歷記》，香港：天馬出版有限公司，2010年，第25頁。

四、第三級機構：星星編輯部

「星星詩刊編輯部」，是《星星》詩刊的第三級管理機構。但這並不是說星星詩刊編輯部完全處於第一級、第二級機構話語權的控制下，完全受到這兩者的直接干預，而毫無主動性。誠然，第一級、第二級機構作為《星星》詩刊的一個領導層以及刊物的整體設計者，對刊物的發展有著主導性的影響。而與此同時，作為編輯部的編輯，他們才是刊物方向、刊物理念的實際操作者，在稿件的選用、刊物的設計、對外聯繫等方面，還有相當大的個人空間。

在1956年11月29日的全國文學編輯會中，對文學編輯提出了具體的指導意見，「這個編輯部都應當充分地發揮全體成員的積極性和創造性。編輯人員應參與刊物方針和重大問題的討論，使這個編輯部充滿學術上的自由論辯空氣和嚴肅的工作作風。但編輯部又需要有高度的集中，主編（或某些實際負責人）對於稿件和版面處理有最後的決定權。主辦部門可根據實際需要決定是否成立編委會。如果成立，並規定其職權的範圍。」〔註81〕這份文件中，重點提到了「編委會」與「編輯部」的區別和聯繫，特別強調了「編委會中應當包括一定數量的編輯部內部人員」，所以白航既是星星編委會成員，又兼任了編輯部主任。對於「編輯部」這一管理機構，這份文件明確了其主要職責和任務是處理稿件和發現新人，當然也提到了編輯部成員應該積極介入到「編委會」等組織機構中。這裡雖區分了「編委會」與「編輯部」的不同職能，但更強調了二者之間的緊密聯繫。

那麼，此時「星星編輯部」是怎樣構成的呢？在《關於詩刊的方針任務及讀者對象等問題的初步意見》中，就提出過星星編輯部的編輯名單，以及相關的分工：「詩刊編輯5人：創作輔導部付部長白航同志（中共正式黨員）兼詩刊編輯主任。另外，由周天哲、流沙河、白堤、白峽同志擔任編輯。」〔註82〕但是，在此後的材料中，白堤並沒有列入星星編輯部。據四川省文聯《文聯工作人員名單 1956.12.29》中記錄，星星編輯部是4人：白航，文聯創作輔導部副部長；周天哲，《星星》編輯部編輯；流沙河，星星詩刊編輯；

〔註81〕《對於若干具體問題的意見》，《四川省文聯（1952～1965）》，建川127～202，四川省檔案館。
〔註82〕《文聯黨組關於創辦詩刊的請示報告》，《四川省文聯（1952～1965）》，建川127～126，四川省檔案館。

白峽，星星編輯。〔註83〕與之前的名單不一樣的是，這一份名單中只有 4 人，也沒有了白堤。而且在這份名單中，也完全沒有提到白航在《星星》編輯部中的身份。而另外三人，則分別明確表明了他們在《星星》詩刊中的身份，如《星星》編輯部編輯、星星詩刊編輯、星星編輯。雖然表述有差異，但實際上應該均為「星星詩刊編輯部編輯」的不同稱呼而已。由此，如果按照發稿編輯來說，星星編輯部就是 3 人。但如果再加上編輯主任白航，則是 4 人。所以，此後談到創刊初期星星編輯部的成員構成，我們一般認為是「四人編輯部」。

我們常提到的「星星編輯部」，即「二白二河」這四人。那麼省文聯為什麼選白航作星星編輯部主任，石天河、流沙河、白峽為星星編輯呢？曉楓曾提到，「詩刊有四位工作人員，主編白航，一位老區來的文藝工作者，而且是個原則性很強的黨員，負責撐握詩刊的發展方向；第二位叫白峽，南下的文藝工作者，也是黨字號人物，和靄大度，人際關係不錯，負責詩刊組稿等日常事務；第三位是石天河，本名周天哲，聽說他原是中共川南行署文藝處長，後不知犯了什麼錯誤，黨藉、職務全抹。他專事文藝理論研究，對現代詩歌有獨到見解，為執行編輯。第四位就是流沙河，年少氣盛，很有才華。」〔註84〕作為《星星》詩刊的編輯，在創辦詩刊的建議中就說，必須首先是作家自願。但是，要成為星星編輯部的成員，自願是一個基本條件，更重要的是還必須經四川省文聯創作輔導部、四川省文聯黨組、四川省委宣傳部的討論通過。那麼，這四個編輯能獲得他們的一致認可，有一些怎樣的具體原因呢？

要成為星星詩刊的編輯，其第一個原因，也是最重要的因素，是這幾個人在詩歌創作上，都有非常突出的創作成績。首先是白航，在作為星星編輯部主任之前，他就以詩歌《佃客朱老三》獲川北區文藝創作甲等獎，歌詞《列車在輕輕搖盪》獲 1955 年中央音樂學院創作獎，產生了一定的影響。陳仿微曾評論說，「這兩篇詩已給我們指出了一條寬敞的道路。大家從事創作，只要肯順著這條道路發展是一定會產生出為人民大眾所喜愛的詩篇的，是必

〔註83〕《文聯工作人員名單 1956.12.29》，《四川省文聯（1952～1965）》，建川 127 ～18，四川省檔案館。

〔註84〕鐵流：《反右鬥爭前奏曲〈草木篇〉事件》，《我所經歷的新中國 第一部〈翻天覆地〉》，無版權頁，第 354～355 頁。

定會產有社會價值有藝術光輝的詩篇的。」〔註85〕石天河也在當時也寫出了有一定影響的詩歌，他的童話詩《無孽龍》，1953 年 10 月在北京的《新觀察》第二十期上發表，被四川的劇團編成了川劇《望娘灘》。不久，北京的一個中央一級文工團又把它編成了舞劇，江蘇人民出版社還出了給兒童看的連環圖小書。〔註86〕在當時，這首詩在社會上產生了相當廣泛的影響，「有的人就以為我真的要成為名詩人」。〔註87〕流沙河在當時，更是四川當代詩人中最明亮的一顆星。他 1955 年在《西南文藝》上發表《寄黃河》等優秀詩篇，便受到好評。1956 年流沙河出席全國青年創作會議，會後被中國作協安排去採訪先進生產者，並列席全國先進生產者代表大會。此後，流沙河進中央文學講習所（第三期）學習，同年出版短篇小說集《窗》、詩歌集《農村夜曲》，1957 年又出版了詩集《告別星火》。〔註88〕最後，編印過個人詩集，發表了近百首詩歌的白峽，也當然就成為了星星編輯部的首選人員。所以譚興國說，「在編輯部內，他手下三員大將，除了那個從『歌詞創作』編輯部來的白峽之外，一個是文藝理論和詩歌創作、研究上都有很大成就，稱得上四川權威的石天河，一個是如日中天，省內外都連連出版了詩集的青年詩人流沙河，在省的創作會議上作詩歌創作的總結發言就是他。」〔註89〕在這裡，他更是以「四川權威」、「如日中天」這樣的詞語，可見選擇這些人作為星星編輯，確實與他們的詩歌創作成就密不可分的。

但是，如果僅僅是由於創作成就選擇了他們作為星星編輯部成員，理由還不充分，還必須考慮到的一個根本問題，即個人的政治問題。「整個文藝體制就是在政治性的組織框架內搭建的，文學期刊作為體制的一部分，在組織管理上強調黨的絕對領導，在內部管理層上黨的領導佔據主導，人事組織關係等都是按照政治機構的模式來構建的，文學期刊的組織機構、管

〔註85〕陳仿微：《「佃客的話」和「佃客朱老三」讀後感》，《川北日報》，1951 年 3 月 19 日。

〔註86〕石天河原著，嵇錫林繪圖，《無孽龍》，江蘇人民出版社，1954 年 5 月第 1 版，1954 年 10 月第 2 版，1956 年 1 月第 5 次印刷，計 55000 冊。

〔註87〕石天河：《說詩謇語二則》，《石天河文集》，第一卷，香港：天馬圖書有限公司，2002 年，第 433 頁。

〔註88〕流沙河：《窗》（短篇小說集），中國青年出版社，1956 年；流沙河：《農村夜曲》（詩歌集），重慶人民出版社，1956 年；流沙河：《告別星火》，作家出版社，1957 年。

〔註89〕譚興國：《草木篇事件的前前後後》，內部自費印刷，2013 年，第 75 頁。

理方式與政治保持著高度的一致與相通，政治上『一元化』的管理與整個文學期刊的管理是相統一的。」〔註90〕所以在星星詩刊編輯部人員的考慮過程中，政治方向正確是重要的原則之一。因此，作為編輯部的主任，必須由共產黨白航擔任。另外，石天河是共產黨黨員，流沙河是共青團團員，白峽也是在黨報《川東報》中工作過的，所以這些身份對他們來說，也是非常重要的。

此外，星星詩刊編輯「二白二河」的構成，還有一個因素，那就是建國初的四川行政區劃的影響。1950 年 1 月中共中央決定，撤銷四川省，分別設立川東行政公署（重慶）、川南行政公署（自貢）、川西行政公署（成都）、川北行政公署（南充）。1952 年中央人民政府委員會舉行第十七次會議，通過了《關於調整地方人民政府機構的決議》：成立四川省人民政府，撤銷川東、川西、川南、川北人民行政公署。〔註91〕1955 年，中共中央批准四川、西康合併，西康省併入四川，當代四川的版圖基本形成。這樣的行政機構的變化，也就影響到了四川文學組織的變化。在此之前，四川各地軍管會先後召開文藝界座談會，如 1950 年 10 月川西文聯正式成立，1951 年 12 月川北區文聯成立。在 1952 年 9 月川東、川西、川南、川北 4 個行署區合併後，統一成立了四川省文學藝術界聯合會籌委會，1953 年正式成立四川省文學藝術界聯合會。而「星星編輯部」的這四個編輯，白航來自於川北，石天河來自於川南，流沙河來自於川西，白峽來自於川東，他們的組合，就完全代表了一種地域性的現實選擇。雖然在 1956 年，四個行政區合併四川省已經都四年多，但他們內部還是有一定的派系鬥爭。而星星編輯部的組建，也正是為了平衡這樣的內部矛盾。

最後我們來看，在《文聯黨組關於創辦詩刊的請示報告》提出白堤到星星編輯部，而最後卻沒有他呢？據相關史料：白堤（1920～1975），原名周志寧，還有楊華、白玲等筆名。祖籍四川宜賓，出生於廣西南寧。早年隨父母到過廣東、澳門、杭州等地。抗戰爆發前就讀於杭州安定中學。因酷愛白堤，故以此為筆名。抗戰爆發後，遷回成都，就讀於成都縣中。中學時代開始創作，

〔註90〕李明德：《當代中國文化語境中的文學期刊研究》（博士論文），蘭州：蘭州大學，2006 年，第 74 頁。

〔註91〕華偉《20 世紀中國省制問題的回顧與展望（中）》，《中國方域：行政區劃與地名》，1998 年，第 5 期。

1939 年冬天，與杜谷、蔡月牧、等人發起成立華西文藝社，出版《華西文藝》月刊。1941 年考入金陵大學經濟系，1942 年與杜谷、蔡月牧、蘆甸、方然、葛珍、孫躍冬等成立平原詩社。童年，加入「文協」成都分會。1945 年畢業後在成都任中學教員。新中國成立後，在中國音樂家協會成都分會工作，參與《歌詞創作》、《西南音樂》的編輯，並從事歌詞創作。〔註 92〕我們看到，在創作上，白堤是現代詩歌中具有「風土特色」的詩人，其作品《小土屋》，還被入選《中國抗日戰爭大後方文學書系·詩歌卷》〔註 93〕。因此，在《關於詩刊的方針任務及讀者對象等問題的初步意見》的提名中有白堤，就是看重他在詩歌創作中的能力。而《星星》詩刊最後沒有選擇白堤，除開一些人際因素之外，一則因為他沒有積極的政治傾向，不是黨員。第二是在詩歌人才濟濟的川西，白堤並沒有優勢。所以《星星》詩刊最後確定的編輯中，便沒有了白堤。

　　總之，雖然我們看到，選擇了白航、石天河、流沙河、白峽這四人編輯，正是由於他們的創作成就、政治身份，以及對現實行政區劃的照顧，似乎是很完美的一個編輯部。但實際上，對《星星》詩刊的多層級管理，也存在著內在的矛盾和隱憂。

　　第一個矛盾性，就在於新創刊的《星星》詩刊不設主編。為何不設主編，這其中有著複雜的原因。從黨的出版文化事業的歷程來看，擔任刊物負責人或者說期刊主編，其所需的條件是比較嚴格的，需要「有較高的馬克思主義理論水平，有一定文化功底和譯介能力。」〔註 94〕具體來看，四川文聯對星星編輯部不設主編，就體現出對現有星星編輯部成員還是持一定的保留態度。石天河就說，「本來，刊物通常都是應該有主編、副主編的。但是，一則因為白航和我都還很年輕，知名度不高，似乎不夠當主編、副主編的資格。……我們既設立了編委會，又不設主編或由編委輪值的執行編委，卻設立了一個編輯主任，一個執行編輯。這說明，在四川文聯領導人的心目中，這個刊物

〔註 92〕參見：徐迺翔主編：《中國現代文學辭典·詩歌卷》，南寧：廣西人民出版社，1990 年；海夢主編《中國當代詩人傳略》第 4 集，成都：四川文藝出版社，1993 年。

〔註 93〕臧克家主編：《中國抗日戰爭時期大後方文學書系 第 6 編 詩歌 第 2 集》，重慶：重慶出版社，1989 年，第 434 頁。

〔註 94〕李白堅：《中國出版文化概說》，南寧：廣西教育出版社，1999 年，第 103～106 頁。

的編輯班子，是由兩個不很夠格的人來負責的。」〔註95〕由於不設主編，這肯定在星星編輯部主任白航的心中留下了陰影。由此，在《星星》詩刊的具體編輯過程中，原本作為星星編委會的白航，就開始偏向了星星編輯部。因此，在《星星》詩刊創刊之時，白航的編輯方針就一度淡化了政治意識，如忽視了李累對於《草木篇》的意見，由此引發了更大的矛盾。

第二個矛盾性在於，星星編輯部四人雖然堪稱是一時之選，但他們自身都有著無法迴避的「問題」，甚至可以說是致命的「個人問題」。這其中，作為編輯部主任的白航的問題不太嚴重，而只是資歷較淺的問題，「白航是從川北調來的，資歷較淺，不是機關黨委成員，所以擔任《星星》編輯主任而沒有『主編』名義，就是這種類似『梁山泊英雄排座次』的人事體制『論資排位』排定的。」〔註96〕而問題較大的就是石天河與流沙河。作為執行編輯的石天河，是「黨外的布爾什維克」，在 1952 年的整黨運動中被開除黨籍。在肅反運動中，還由於在南京時和「七月派」作家路翎見過面，且收存八本胡風的論文集，一度被認作與胡風集團有關係的嫌疑分子而受到審查。而且最後還查出了他曾於抗戰中在國民黨軍統特務息烽西南電訊訓練班受訓一年的「特嫌」問題。〔註97〕這對於石天河來說，是非常致命的。同樣，作為編輯的流沙河也有著致命的「個人問題」，「父親曾在國民黨金堂縣政府任職軍事科長，在土地改革運動中，民憤甚大，被處死刑。」〔註98〕所以，此後流沙河批判無限升級，這與他自身的「個人問題」是有著密切關係的。

我們看到，《星星》詩刊不僅並不具有一定同仁色彩，而完全是一個典型的「官方刊物」，其組織管理中嚴密的政治管控在五六十年代中具有普遍性。作為《星星》詩刊的操作者編輯部，在人員的安排過程時候，經過了多層的研究和考慮，將之完全納入到政治體系、管理制度和出版計劃的層層設計之中，使得《星星》詩刊成為一個不折不扣的官方刊物。但同時另一方面，作為四川省文聯的「第二刊物」，《星星》詩刊在管理上，其管理組織又相對鬆

〔註95〕石天河：《逝川憶語──〈星星〉詩禍親歷記》，香港：天馬出版有限公司，2010 年，第 1 頁。

〔註96〕石天河：《逝川憶語──〈星星〉詩禍親歷記》，香港：天馬出版有限公司，2010 年，第 35～36 頁。

〔註97〕石天河：《回首何堪說逝川──從反胡風到〈星星〉詩禍》，《新文學史料》，2002 年，第 4 期。

〔註98〕流沙河：《自傳》，《鋸齒嚙痕錄》，北京：三聯書店，1988 年，第 12 頁。

懈，由此使得刊物在編輯過程中顯得相對自由。特別是由於組織管理上的多層級管理帶來的問題，以及編輯個人歷史的複雜性，使得《星星》詩刊在此後的運作中出現了複雜的悖論。乃至於在《星星》創刊後出至第 8 期，四川文聯就對星星編輯部改組，更換了全部編輯，其中的結論就是：「去年，我們對《星星》編輯部的人員安排，喪失了應有的政治警惕」。〔註99〕正是在這「一緊一鬆」之間，使得《星星》詩刊在創辦之初，具有相當鮮明的個性特色。而當政治環境一發生變化，這「一緊一鬆」的管理便又翻轉過來，成為了《星星》詩刊的「致命性」問題，進而引發出了一系列的大批判。當然，也正是這樣一種複雜性，使得《星星》詩刊在五六十年代文學刊物中有著別樣的意義。

第三節 《星星》詩刊的刊名

在四川文聯與四川省委宣傳部的領導之下，作為四川文聯的第二個省級刊物的《星星》詩刊已經獲得了正式創辦的許可，可以說進入了正式的創辦階段。但是，此時還只是四川省委宣傳部在程序上同意了創辦詩刊，而星星詩刊要正式創刊，要落實的具體事情還相當多。首先是這個刊物還並沒有一個正式的命名，因此接下來，《星星》詩刊面臨的第一件大事便是為新詩刊取名。而《星星》詩刊最初的命名過程，也體現出了《星星》詩刊在時代話語與個性話語之間的對立與溝通。

一、備用名

在《星星》創刊之時，由於「雙百方針」的影響，幾乎所有的以省、市的名字來命名刊物，都更名為更有文學性的名字，如《山東文學》更名《前哨》；《河北文藝》改名《蜜蜂》；《山西文學》改為《火花》等，四川省的《四川文藝》改成《草地》，《西南文藝》改為《紅岩》。所以作為新創辦的刊物，特別是作為當時全國唯一一個詩歌刊物，其命名就顯得極為重要了。於是在四川省文聯創辦詩刊的申請中，就提出了一些具體「備用名」，這應該是對新詩刊的第一次集中命名。最早的命名設想是在 1956 年 8 月 10 日《關於創辦詩刊的建議》中提出的五個名字，「詩刊的名字，初步考慮了幾個出來：新鼓、戰

〔註99〕常蘇民：《石天河、流沙河、白航等右派分子把持「星星」的罪惡活動》，《四川日報》，1957 年 8 月 31 日。

鼓、百花潭、百花、花溪」。〔註100〕首先，雖然這個文件是由白航起草的，但這是一個經過四川文聯創作輔導委員會共同討論的文件，所以提出這些名字的，應該是共同討論的結果。因此，對於這些初步提出了的命名，我們也無法推測哪個名字由哪一個人提出的。但我們看到，《星星》詩刊最初的這五個命名，即《新鼓》詩刊、《戰鼓》詩刊、《百花潭》詩刊、《百花》詩刊、《花溪》詩刊。這次命名呈現出了三種命名傾向：「戰鼓」、「新鼓」這些命名，更多的強調刊物的政治作用，即宣傳、戰鬥的作用；而「百花」命名，則讓新刊物更接近於時代特徵，即包含政治意識又具有鮮明的時代意識；取名「花溪」，則體現了新刊物的詩性特徵，彰顯出一定的地域色彩。而「百花潭」這命名，則兼具了時代特徵，又有地域色彩。所以，這些命名，應該是詩刊創辦的第一次討論，或徵集的結果。

此後，四川文聯黨組在 1956 年 9 月 25 日的《文聯黨組關於創辦詩刊的請示報告》中，「詩刊將從下面幾個名字或其他名字定名：如戰鼓、百花潭、百花、花溪、浣花溪、金沙、春草。」〔註101〕這裡對創辦詩刊建議中的名字，進行了增刪，刪掉了「新鼓」，增加了「浣花溪、金沙、春草」，總共為新創辦的刊物取出七個名字。儘管有這樣的增刪，但在對刊物命名傾向上總體沒有多大的變化。其中值得注意的是兩點：一方面是刪掉了「新鼓」，其實也就否定了把把刊物變成宣傳、戰鬥工具的辦刊傾向。當然，這並不代表文聯黨組全盤否定刊物的政治宣傳作用，因為其中也還是保留了「戰鼓」這一命名。另一方面是加強了刊物地域性色彩，不僅保留了「百花潭」，更增加了「浣花溪」、「金沙」具有成都特色的命名，由此取名為：《百花潭》詩刊、《浣花溪》詩刊、《金沙》詩刊。在唐宋時期，浣花溪和百花潭其實是指同一個地方，宋代祝穆在《方輿勝覽》就曾記載說「浣花溪在城西五里，一名百花潭。」明代曹學佺《蜀中名勝記》也記載，「浣花溪之處，一名百花潭，溪上民家之女任氏，家境貧微，為人勤勞善良，一日在潭邊為病僧洗滌袈裟，蓮花輒應手而出，整個水面漂滿百花，故名『百花潭』。」所以，百花潭、浣花溪這些名字本身就代表了詩歌和詩意。「百花潭」、「浣花溪」更以著名詩人杜甫而聞名。

〔註100〕 《關於創辦詩刊的建議》，《四川省文聯（1952～1965）》，建川 127～130，四川省檔案館。
〔註101〕 《文聯黨組關於創辦詩刊的請示報告》，《四川省文聯（1952～1965）》，建川 127～126，四川省檔案館。

杜甫居所草堂，就在百花潭和浣花溪附近，他寫下了「萬里橋西一草堂，百花潭水即滄浪」、「兩個黃鸝鳴翠柳，一行白鷺上青天。窗含西嶺千秋雪，門泊東吳萬里船」等著名詩歌。此後，更有詩人不斷在此尋章摘句，如陸游寫有「當年走馬錦城西，曾為梅花醉似泥。二十里路香不斷，青羊宮到浣花溪」等優美的詩歌。如果說「百花潭」、「浣花溪」命名兼顧了地域色彩和詩性精神，那麼增加了命名「金沙」，取名為《金沙》詩刊，則著重強調了刊物的成都特徵。年代約為公元前 1200 年至公元前 600 年金沙遺址，是最古老的成都城。也應該是三星堆文明衰落後巴蜀文化的又一個政治、經濟、文化中心，即古蜀國晚期的都邑所在，金沙完全可以作為成都的象徵符號。而大量金器、玉器、象牙等，特別是太陽神鳥，體現出非凡的藝術創造力與想像力，精湛工藝水平。在「《百花潭》詩刊」這一命名之後，又增加了「《浣花溪》詩刊」、「《金沙》詩刊」這兩個命名，這可以看出四川文聯黨組在《星星》詩刊創辦之初，對這個新刊物的地域性特徵，以及藝術追求都有著很大的期待。

但奇怪的是，此後所有關於《星星》詩刊創辦的命名，包括星星編輯部的成員，都絲毫沒有提到這批名字，而完全是另起爐灶重新命名。或許這些命名也只是一個權宜之計，僅僅是為了詩刊能創辦成功而提出的命名。總之，由於資料限制，我們無法知道這批命名為何不被接受，以及為何銷聲匿跡的具體原因。但這些命名，也讓我們看到了四川省文聯對新詩刊的多重期待。

二、《星》詩刊

在《文聯黨組關於創辦詩刊的請示報告》中，除了提出 7 個暫定的備用名字外，也說了「或其他名字定名」。當然，文聯為何不用此七個名字，而用「其他的名字」，我們不得而知。此時，為這樣一個新詩刊命名，最積極主動的，最快行動起來的，正是剛成立的「四人編輯部」。

在星星編輯部的命名中，便出現在了這「其他的名字」中。「星」或者說《星》詩刊，是星星編輯部提到過的第一個新詩刊名字。而提出「星」這個命名的，正是星星詩刊的編輯流沙河和石天河。流沙河說，「創刊前，我和石天河主張刊名就是一個『星』字（我明明知道列格勒曾有一個因犯了錯誤而受到處分的刊物名字就叫《星》）。」〔註102〕有意思的，流沙河在這裡說是他和

〔註102〕流沙河：《我的交代 1958.8.3 至 8.11》，《四川文藝界右派集團反動材料》，四川省文聯編印，1957 年 11 月 10 日，第 6 頁。

石天河一起主張取名為「星」，而且也只提到了當時只有他們兩個人在場。而在石天河的回憶中說，「在給刊物取名字的時候，有人提出取名『星』，白航說：『不好。』因為蘇聯有個《星》雜誌是被日丹諾夫封了的，那名字似乎不吉利。」〔註 103〕石天河這裡的敘述與流沙河有差異，第一，石天河說的是「有人提出取名」，並沒有具體指是流沙河；第二，接著就是白航說不好，那麼白航當時也在場。其實我們看到，流沙河在 1958 年的交代與此後石天河的回憶結合起來看，「星」應該是由流沙河提出的，而且石天河、白航也都在場。也就是說，這可能是他們在編輯部正式確定後的一次小型聚會中提出來的。由於不可能是一起提出，在題名的時候必須有先有後，所以應該是流沙河提出後，石天河也同意這個名字，而不是他們一起提出的。

為一個詩刊命名這麼重要的一件事，而且命名為「《星》詩刊」又暗合了此後的《星星》詩刊，命名很有象徵意義，那麼此時的流沙河為什麼要拉著石天河「一起」來命名呢？或者讓石天河也享受這一小小的榮譽呢？一方面的原因在於，1958 年石天河已經劃為右派，成為一切問題的核心，所以流沙河要將石天河一起拉入到取名「星」的隊伍中。另一方面，也更為重要的就是，這涉及到「星」這個命名背後的更為複雜的政治原因，流沙河不願自己承擔起這樣的政治責任。那就是，他們兩人在回顧「星」這個命名中，都有意無意地指向了蘇聯的刊物《星》。在回憶中，流沙河就明確指出「我明明知道列格勒曾有一個因犯了錯誤而受到處分的刊物名字就叫《星》」。換句話說，流沙河在接受新詩刊的編輯任務後，就試圖將這個刊物辦成蘇聯的《星》。在訪談中，白航也談到，「白航與同事們，立即搭起編輯班子，徵稿和徵集刊名的工作立即展開。白航回憶說，『一開始大家認可「星」作為這本詩歌刊物的名字，後來，有人發現蘇聯有本雜誌就叫做《星》，這又出現了爭議。』」〔註 104〕

蘇聯《星》雜誌到底是怎樣的一個刊物呢？涉及《星》雜誌的問題，當然並不是一個雜誌的小問題，而是涉及到衛國戰爭後蘇聯文藝政策的調整，以進一步強化文藝思想的政治性的時代大問題。「蘇共中央發出《關於糾正對

〔註 103〕 石天河：《逝川憶語——〈星星〉詩禍親歷記》，香港：天馬出版有限公司，2010 年，第 2 頁。

〔註 104〕 張傑、荀超：《和詩歌相伴一生——訪詩人、原〈星星〉詩刊主編白航》，《詩江南》，2014 年，第 1 期。

歌劇〈偉大的友誼〉、〈波格丹·赫美爾尼茨基〉和〈全心全意〉的評價中的錯誤》的決議。年紀大一些的文藝工作者會清楚的記得蘇聯在一九四六年到四八年那次大規模的文藝批判運動，以及這次批判運動對我國文藝界的深遠影響。……事情是由《星》雜誌發表左琴科的所謂誹謗蘇聯人民的小說《猴子歷險記》和《列格勒》雜誌發表阿赫瑪托娃的被認為『空洞的、無視政治的詩作』而引起的。」〔註105〕因此，左琴科及其小說《猴子奇遇記》不僅是蘇聯《星》雜誌停刊的直接原因，而且也是那場浩大批判運動的導火線。1946年《星》雜誌在五、六期合刊上登了左琴科的兒童故事《猴子奇遇記》。這篇小說本身沒有什麼奇特之處，是以一隻猴子逃出動物園的故事，教育孩子們要愛護動物。但奇怪的是，第一，該小說多次重複發表。《猴子奇遇記》是左琴科在四五年為學齡前兒童讀物《髒孩子》寫的，並收入《兒童故事選》一書，在《星》雜誌上已經是第三次發表了。第二，這樣一篇兒童故事雖然發表在大型文學刊物上，但轉載前並沒有徵得左琴科的同意。而這背後，又與斯大林有著複雜的關聯。在1940年前左琴科的小說《列寧故事》曾就得罪過斯大林，「斯大林恨我，找機會跟我算舊帳。《猴子》先前發表過，可沒人注意。清算舊帳的時刻終於到了。不是《猴子》，即便是《樹林裏長了棵小椴樹》，我也在劫難逃。戰前我發表《列寧與哨兵》後，斧子便懸在我頭上。戰爭使斯大林無法分心，他一得空便收拾我了。我犯了一個專業作家不可饒恕的錯誤。我在這篇故事裏先寫了一個『留山羊鬍子的人』。但從他的舉止上一眼便能看出捷爾任斯基來。但我並不想寫具體人，便把山羊鬍子改成小鬍子。可那時誰留小鬍子？小鬍子已成為斯大林的特徵……您回想一下，我寫的留小鬍子的人如何不知分寸，蠻橫粗暴，列寧像訓斥小孩那樣訓斥他。斯大林認為我寫的是他，或別人提醒了他，因此恨上我。」〔註106〕因此，小說發表後不就，1964年8月9日上斯大林在大理石廳會見文藝工作者，一開口便提到《猴子奇遇記》，「小說絲毫不能令人信服。《星》是本好雜誌，現在為何給拙劣作品提供園地？……他沒見過戰爭，沒看到戰爭的殘酷。這個題材他沒寫過一個字。左琴科寫的鮑里索夫市的故事，猴子的奇遇，能提高雜誌的聲響？不能！……我為什麼不喜歡左琴科？左琴科專門寫沒有思想性的東西，不允許

〔註105〕 黎之：《回憶與思考──從「知識分子會議」到「宣傳工作會議」》，《新文學史料》，1994年，第4期。

〔註106〕 藍英年：《日丹諾夫報告的背後》，《隨筆》，1996年，第5期。

他位於領導崗位上，……社會不能按照左琴科的意願改變，而他應改變自己適應社會，如不肯改變就讓他滾蛋！」〔註107〕同時遭到批判的，還有詩人阿赫瑪托娃。衛國戰後她的一些詩發表在《星》和《列格勒》兩雜誌上，與左琴科的作品同刊一處，由此也一同成為被批判的對象。日丹諾夫在報告中說阿赫瑪托娃的詩是「除了有害，一無是處」，攻擊女詩人「一半是尼姑，一半是蕩婦，說得確切些，是混合著淫穢和禱告的蕩婦和尼姑」。總之，對《星》雜誌的批判，其核心是對於左琴科《猴子奇遇記》中諷刺藝術的批判。批判的結果是，1946 年 8 月蘇聯當局決定撤銷《列格勒》雜誌，改組《星》雜誌編輯部。並於 1946 年 8 月 14 日通過關於《星》和《列格勒》兩雜誌決議前，稱這兩種雜誌「為左琴科的卑鄙下流、誹謗誣衊的言論和阿赫瑪托娃的空泛無物、不問政治的詩作提供了場所」。其中還重點提到，「《星》的重大錯誤是把文學論壇供給了作家左琴科，而他的作品卻是與蘇聯文學背道而馳的。《星》的編輯部知道：左琴科早就專門寫作空洞的、無內容的和庸俗的東西……左琴科最近發表的一篇小說《猴子奇遇記》（《星》第五至第六期），就是對蘇聯生活方式和蘇聯人的卑鄙的誹謗。左琴科以醜惡的漫畫形式描繪蘇維埃制度和蘇聯人，以誹謗的筆調把蘇聯人表現為粗野的、沒有文化的、愚蠢的、帶有庸俗趣味和習慣的人。左琴科對我國現實的這種惡毒無恥的描繪，還夾帶著反蘇的攻擊。」〔註108〕最後，左琴科、阿赫瑪托娃均被開除出作家協會。此後赫魯曉夫曾為許多錯案平反昭雪，但卻未能廢除這次決議，未能為左琴科和阿赫瑪托娃平反。直到 1988 年 10 月 20 日蘇共中央政治局決定廢除《關於〈星〉和〈列格勒〉兩雜誌》的決議，才最終為左琴科和阿赫瑪托娃平反。所以，在《星》雜誌事件中，左琴科的小說，阿赫瑪托娃的詩歌受到嚴厲的批判，《星》雜誌被勒令徹底整頓。由此如白航所說，將新辦詩刊取名為「星」，是不吉利。當然，從另外一個方面來看，流沙河取名為《星》刊詩，不是他不知道這背後的事件，而是他就是要將新刊物辦《星》雜誌一樣，具有鮮明諷刺特色的詩刊。

　　由於《星》詩刊的命名在當時就被白航否定了，如果流沙河不交代出來，是沒有人知道的。此後流沙河在 1958 年的「交代」中提出此事，更多的是為自己辯護，而不是彰顯《星星》詩刊的異端色彩了。不過，此後《星星》的辦

〔註107〕藍英年：《日丹諾夫報告的背後》，《隨筆》，1996 年，第 5 期。

〔註108〕曹葆華：《蘇聯文學藝術問題》，北京：人民文學出版社，2000 年，第 33 頁。

刊方針，還是體現出了一定的非常強烈的「諷刺」特徵，也專門開闢了「諷刺詩」專欄，這在一定程度上有著蘇聯《星》雜誌影響的因子。而其後《星星》被改組，也似乎重蹈了《星》雜誌被勒令改組的命運。所以，「星」是《星星》詩刊歷史上，不可忘記的一個刊名。蘇聯《星》雜誌，是《星星》詩刊創辦之初的精神偶像。同樣，《星星》詩刊也重蹈了《星》雜誌的覆轍。

三、《豎琴》詩刊

星星編輯部提出的另外一個值得注意的名字是「豎琴」，這是作為執行編輯的石天河所取的名字。在他的回憶中，他說，「我曾經想取名『豎琴』，用魯迅先生寫的那兩個字做刊頭。大家沒有同意，說再想想。」〔註109〕看來，取名為「豎琴」，首先就沒有得到編輯部同仁的認可。不過，石天河取名「《豎琴》詩刊」，體現出了《星星》詩刊在創刊之初的另外一種追求。

石天河取名「豎琴」，並用魯迅所寫的字做刊頭，應該是來源於魯迅的《豎琴》。《豎琴》是魯迅編譯的蘇聯「同路人」作家短篇小說集的上編，1933年1月由上海良友圖書印刷公司出版，為《良友文學叢書》之一。所收譯文十篇，魯迅譯七篇，柔石譯兩篇，靖華譯一篇，另外還有魯迅的《前記》和《後記》。3月份同樣由良友圖書出版公司出版、魯迅編譯的「下編」《一天的工作》，所收譯文十篇。其中，魯迅譯八篇，以及文尹譯包括用作書名的《一天的工作》在內的兩篇。此後，這是魯迅擬編《新俄小說家二十人集》之上下冊，良友圖書印刷公司將兩冊合編，並更名為《蘇聯作家二十人集》於1936年7月出版。1953年人民文學出版社重新出版的《豎琴》，共印三萬冊。我們知道，石天河對魯迅有過專門研究，所以1956年的石天河，應該是非常熟悉魯迅編譯的《豎琴》這本書的，並由此將之作為新詩刊的刊名。

那麼，石天河取名「豎琴」，為什麼沒有編輯部的同意呢？關於「豎琴」的編譯，魯迅在《〈豎琴〉前記》中曾提出比較有意思的「綏拉比翁的兄弟們」和「同路人」思想。什麼是「綏拉比翁的兄弟們」呢？魯迅提出，「至一九二〇年頃，新經濟政策實行了，造紙，印刷，出版等項事業的勃興，也幫助了文藝的復活，這時的最重要的樞紐，是一個文學團體『綏拉比翁的兄弟們』（Serapionsbrüder）。這一派的出現，表面上是始於二一年二月一日，在列

〔註109〕石天河：《逝川憶語——〈星星〉詩禍親歷記》，香港：天馬出版有限公司，2010年，第2頁。

寧格拉『藝術府』裏的第一回集會的，加盟者大抵是年青的文人，那立場是在一切立場的否定。淑雪兼珂說過：『從黨人的觀點看起來，我是沒有宗旨的人物。這不很好麼？自己說起自己來，則我既不是共產主義者，也不是社會革命黨員，也不是帝制主義者。我只是一個俄國人，而且對於政治，是沒有操持的。大概和我最相近的，是布爾塞維克，和他們一同布爾塞維克化，我是贊成的。……但我愛農民的俄國。』這就很明白的說出了他們的立場。」〔註110〕由此，魯迅進一步分析了「同路人」概念，「但在那時，這一個文學團體的出現，卻確是一種驚異，不久就幾乎席捲了全國的文壇。在蘇聯中，這樣的非蘇維埃的文學的勃興，是很足以令人奇怪的。然而理由很簡單：當時的革命者，正忙於實行，惟有這些青年文人發表了較為優秀的作品者其一；他們雖非革命者，而身歷了鐵和火的試練，所以凡所描寫的恐怖和戰慄，興奮和感激，易得讀者的共鳴者其二；其三，則當時指揮文學界的瓦浪斯基，是很給他們支持的。托羅茨基也是支持者之一，稱之為『同路人』。同路人者，謂因革命中所含有的英雄主義而接受革命，一同前行，但並無徹底為革命而鬥爭，雖死不惜的信念，僅是一時同道的伴侶罷了。這名稱，由那時一直使用到現在。」〔註111〕應該說，這裡的「綏拉比翁的兄弟們」的這種「一切立場的否定」，並傾向於「布爾什維克化」，但同時僅僅是支持革命，作為「同路人」這樣的一些思想，對石天河是有著一定影響的，當然也是非常危險的。

由此，將新詩刊取名為「豎琴」，而且還要用魯迅的字體作為刊名，這就深深體現了石天河對於魯迅的獨特情感。我們知道，在建國後周天哲（石天河）就多次專門就魯迅做過發言和演講。1950 年 10 月 19 日，瀘州市文聯籌委會舉辦的魯迅先生逝世十四週年紀念上，周天哲（石天河）就「如何發揚魯迅先生雜文的革命傳統」發言〔註112〕；1951 年 10 月 19 日，瀘州市文化館舉行了魯迅先生逝世十五週年紀念晚會。周天哲就強調，「魯迅先生生前為了希望得到像今天這樣偉大的人民的時代，所以他堅強地站在反帝反封建鬥爭的最前線。今天我們紀念魯迅先生，就應該學習他這種戰鬥精

〔註110〕 魯迅：《〈豎琴〉前記》，《魯迅全集》，第 4 卷，北京：人民文學出版社，2005年，第 444～445 頁。

〔註111〕 魯迅：《〈豎琴〉前記》，《魯迅全集》，第 4 卷，北京：人民文學出版社，2005年，第 445 頁。

〔註112〕 《魯迅逝世十四週年 瀘州市文藝界開會紀念》，《川南日報》，1950 年 10 月21 日。

神。」〔註113〕應該說石天河對魯迅是有著持續的關注的，所以當 1953 年人民文學出版社出版了《豎琴》，其中對於這樣一種「綏拉比翁的兄弟們」和「同路人」思想的介紹，應該會在此得到石天河關注。之後史維安在《忠實的繼承》中對石天河的批判中就說，石天河自認為是魯迅的繼承者，「右派分子石天河無恥地說自己是屈原、魯迅的繼承者，揭開看來，原來是反革命胡風的忠實信徒。」〔註114〕而且黎本初也批判中，專門提到了石天河等人的「魯迅資源」，「他們還引了魯迅先生說的：『根本問題是在作者可是一個革命的人』，『從噴泉裏出來的都是水，從血管裏出來的都是血』，以證明他們的謬論。實際上，是歪曲魯迅的原意。魯迅在這裡是說明觀點、立場，作者的世界觀的重要性，（資產階級的知識分子寫工農兵，很可能是工農兵衣服，資產階級知識分子的靈魂。這完全是事實。）並沒有否認題材涵義沒有區別，都是一樣。魯迅先生說過：『能寫什麼，就寫什麼』，但接著又說：『但也不可苟安於這一點，沒有改革，以致沉沒了自己——也就是消滅了對於時代的助力和貢獻』。（『二心集』：『關於小說題材的通訊』）我認為這種說法是正確、全面的。這批右派分子，不是正要消滅文藝工作者對於時代的助力和貢獻嗎？」〔註115〕所以，在一個新的詩刊成立之時這樣一個特殊的時刻，石天河選擇了魯迅編譯小說名字「豎琴」作為新詩刊的名字，不僅表達了他對魯迅的尊敬，還體現出他對魯迅「同路人」精神的繼承和發揚。

換言之，用「豎琴」來命名新詩刊，取名為「《豎琴》詩刊」，就體現了石天河試圖在新詩歌刊物《星星》中，主動傳承魯迅精神的強烈意識。儘管舉起了魯迅這一面旗幟，但由於涉及到托洛茨基等極度敏感的人物，這一命名也是絕無有被准許的可能。

四、《星星》詩刊

應該說，在創辦詩刊的建議得到省委宣傳部的同意後，四川文聯以及剛組建起來的星星編輯部，便開始了新詩刊的命名活動。但那些由於申請需要而提出的「備用名」，並沒有進入備選名單。而剛成立的編輯部所取的名字，

〔註113〕《瀘州市文藝界集會 紀念魯迅逝世十五週年》，《川南日報》，1951 年 10 月 24 日。
〔註114〕史維安：《忠實的繼承》，《四川日報》，1957 年 7 月 25 日。
〔註115〕黎本初：《是反對教條主義還是復活胡風思想？——斥右派分子石天河、流沙河等的反動文藝理論》，《四川日報》，1957 年 9 月 14 日。

又沒有得到大家的一致認可，所以星星編輯部便開展了在文聯內部廣泛「徵求刊名」的活動。

在白航的回憶中，最早是「廣泛徵求意見」，「經過廣泛的徵求意見，新刊定名為《星星》，取意為天上的星星看不盡、數不清，閃爍而微小，也預期這未來的詩壇正如這滿天繁星一樣的美麗」〔註116〕之後，是白航還提到「公開徵求刊名」活動，「開始公開徵求刊名，在機關食堂的門口，便貼出了一張醒目的徵求刊名的公告（被採用後，還將以人民幣 5 元的獎勵，這在當時也是一種破天荒的舉動），以後，在收到的若干刊名中，選中了『星星』這兩個閃光的字，無非取其神秘，有詩意及『星星之火，可以燎原』的多種含意。創刊號的『星星』二字，便是從《星火燎原》上描下來的。」〔註117〕白航的回憶有兩點值得注意：一是，從廣泛徵求意見，到公開徵求刊名，雖然有些許差異，但在文聯內部開展徵求刊名的活動應該是有的。並且他對徵名過程有詳細的細節回顧，特別提出公開徵求刊名不僅有公告，有獎金，最後也出了結果。在此後的訪談中，白航都還專門重複了徵名的獎金問題，「我們還商量好，誰的名字起得好，就獎勵 10 塊錢。」〔註118〕所以，從白航的敘述來看，刊名應該是在公開徵求刊名、廣泛徵求意見後確定下來的。二是，白航對新刊名「星星」，白航提到了新名字體現出神秘、詩意，以及由「遠大發展」這樣三層意蘊，所以他也是認可這一名字的。

在流沙河的敘述中，他首先強調了他參加「星星」的籌備工作，但並沒有提到徵求刊名活動，卻提出「星星」的命名者是邱原。「『星星』這個名字是邱原同志取的，他在『文化大革命』中自殺身死於監獄了，願他靈魂快樂！」〔註119〕可以看到，流沙河提出《星星》詩刊的命名權是邱原，同時對他後來的結局也還做了相關的介紹。但在四川省文聯編印《四川省文藝界界大鳴大放大爭集》（會議參考文件之八）中，其《第一編 草木篇事件 第三輯 揭穿右派分子邱原（即邱漾）借「草木篇」事件向黨進攻的真相》〔註120〕，有大

〔註116〕 辛心：《我們的名字是星星——〈星星〉創刊史話》，《星星》，1982 年，第 4 期。
〔註117〕 本刊評論員：《〈星星〉三十歲》，《星星》，1987 年，第 1 期。
〔註118〕 黃里：《因詩歌而閃亮的〈星星〉》，《四川日報》，2013 年 2 月 22 日。
〔註119〕 流沙河：《自傳》，《鋸齒齧痕錄》，北京：三聯書店，1988 年，第 20 頁。
〔註120〕 見《第一編 草木篇事件 第三輯 揭穿右派分子邱原（即邱漾）借「草木篇」事件向黨進攻的真相》，《四川省文藝界界大鳴大放大爭集》（會議參考文件之八），四川省文聯編印，1957 年 11 月 10 日，第 58～70 頁。

量文章對邱原展開批判，過均沒有提到邱原命名過「星星」。而且白航也表示，由於「星星」是集思廣益得來的，冠名獎金也沒有發出去。〔註121〕如果是白航關於徵求刊名活動事件是真實的，那麼最後刊物定名為「星星」，就肯定會有人獲獎。但白航特別說獎金沒有發出去，而且作為編輯部主任的他，對於命名新刊物這樣一件重要的大事，從未提到過邱原命名「星星」這一事實。另外，因事過情遷，只有流沙河一人提出，所以「星星」這一名字是否是來源於邱原，可能性不大。但不可否認的是，邱原與「星星」其實還是有著非常重要的關係的，他也是《星星》發展史上的一個重要人物。正如在這本四川文聯編印的《草木篇事件》第一編中，邱原的問題就名列在流沙河後之後，是草木篇事件中的重要參與者之一。據鐵流記載，「邱原是文聯創作輔導部電影組組長，很有創作才華，無論小說、詩歌、散文都在行。他的電影文學劇本《青蛙少年》正在《草地》上連載，文筆十分不錯。」〔註122〕最後，由於「草木篇事件」他批評「宗派主義」，受到批判，「他有戲劇創作的才能，可惜死得太早，沒有留下成名的作品。」〔註123〕由於邱原是文聯內部的人，供職於草地編輯部，所以在文聯內部對新刊物進行廣泛的徵名舉措，他應該也是參與到了命名活動中。

同樣，在石天河在後來的回憶中，雖然沒有說徵求刊名的活動，但也沒有說是邱原最先的命名，「後來，七想八想，覺得還是叫『星星』好，大概是因為『星星』給人光明、美麗、神秘、永恆的印象，作為詩的象徵，也是很合適的。」〔註124〕他只是說「七想八想」，這一表述，與白航有相同之處，也就說說「星星」這個名字，應該是集體的結晶。而且他說，「覺得還是叫星星好」，這表明，新刊物所取的名字應該很多，而且還經過了多次反覆討論，才最終確定下來。只不過，在這集體的智慧中，我們難以明確指出，是哪一位詩人最先說出「星星」這個刊名了。

雖然「星星」的命名權還不能確定，但刊名「星星」的題名字體用毛澤

〔註121〕黃里：《因詩歌而閃亮的〈星星〉》，《四川日報》，2013 年 2 月 22 日。

〔註122〕鐵流：《四川文壇的多事之秋》，《我所經歷的新中國 第一部〈翻天覆地〉》，無版權頁，第 342 頁。

〔註123〕石天河：《逝川憶語——〈星星〉詩禍親歷記》，香港：天馬出版有限公司，2010 年，第 237 頁。

〔註124〕石天河：《逝川憶語——〈星星〉詩禍親歷記》，香港：天馬出版有限公司，2010 年，第 2 頁。

東的字體，則是由石天河提出的。而在為《星星》詩刊題名的過程，也出現了一個小插曲。「於是就定下來，馬上找人去請著名書法家謝无量先生寫刊頭字。謝先生的字本來寫得很好，可我忽然想起毛主席寫的『星星之火，可以燎原』那幾個字，就決定用毛主席寫的『星星』兩字作刊頭字。為這事，弄得請謝无量先生寫字的同志，很不好意思的去向謝先生道歉。但是，用毛主席的字作刊頭，大家都覺得好。畢竟那時候，我們和讀者大眾對毛主席的崇拜還是習慣了的，刊物能借『星星』這兩個刊頭字而沾上一點毛主席的靈光，也許會有祛邪辟鬼的功效，豈不妙哉？」〔註125〕石天河也沒有說是誰提議由謝无量題寫刊名，也沒有提到由哪位同志去聯繫的。但提請由四川人，同時也是著名學者、詩人、書法家的謝无量來題寫刊名，確實是一個極好的建議。但謝无量題寫刊名的過程，以及最後刊名的保存情況，我們都不得而知。由於毛主席的影響太大了，所以在星星詩刊的歷史中幾乎就忽略了謝无量題寫刊名這個細節。不過實際上，《星星》詩刊也沒有辦法聯繫由毛澤東直接題寫刊名，所以，「創刊號的『星星』二字，便是從《星火燎原》上描下來的。」〔註126〕當然，借毛澤東來擴大刊物的影響力，其實也並非《星星》一家為之，《詩刊》在這方面更有過之而無不及的努力。

「星星」這個名字不僅得到了編輯部、省文聯的通過，而且由於充滿了詩意，也得到了社會的廣泛認可。在《人民日報》中的一篇文章提到，「前一段時期，各地文藝刊物的名稱，一律是在地名之下加上文藝兩個字，佳作某地文藝。有人說這就像流行的幹部服一樣，穿起來男女不分，是許多文藝刊物一般化，缺乏自己的獨特風格的一種表現。於是，許多刊物群起改名，新出的刊物當然更要起一個好聽的名字，如『草地』、『前哨』、『星星』、『雨花』等等。作家協會瀋陽分會出版的『文學月刊』還向讀者重價徵求刊名，結果選中了『處女地』三個字。」〔註127〕我們看到，「星星」與「草地」、「前哨」、「雨花」、「處女地」……等刊物一樣，擁有了完全是詩意化的名字，一同見證了「雙百方針」下的文學繁榮。一顆善良的、富有詩意的「星星」，在中國當代詩歌版圖上冉冉升起。

〔註125〕石天河：《逝川憶語——〈星星〉詩禍親歷記》，香港：天馬出版有限公司，2010年，第2頁。
〔註126〕本刊評論員：《〈星星〉三十歲》，《星星》，1987年，第1期。
〔註127〕江君：《崇實》，《人民日報》，1957年1月20日。

第四節 《星星》詩刊的稿約及宣傳

作為四川文聯的主管的刊物，《星星》詩刊的辦刊方針必然要與整個時代意識緊密聯繫在一起的。另外，由於《星星》詩刊是四川文聯的「第二個刊物」，所以在管理上，以及在辦刊方針上，又與作為單一的文聯機關刊物就有了完全不同的個性色彩。但是，我們在談論《星星》詩刊那份「極具個性色彩」《稿約》的時候，不僅忽視了創刊前後的《星星》詩刊並非只有一份《稿約》這樣一個問題，同時我們也忽視了《星星》詩刊《稿約》並非只有一個版本。因此，我們需要全面梳理《星星》詩刊的稿約，呈現《星星》詩刊發展過程中的複雜歷史和多重面貌。

一、「最初稿約」與「黨組稿約」

《星星》詩刊從創辦之初，首先就是作為四川省文聯的「機關刊物」而產生的。在 1956 年 8 月 10 日四川省文聯詩歌組，以及四川省文聯創作輔導委員會所討論通過的《關於創辦詩刊的建議》中，就有著非常鮮明的表述，「這個詩刊，不是同仁堂刊物。如果只是幾個詩人的刊物，只為幾個詩人『服務』的刊物，那就錯了，根本就用不著創辦這個詩刊。」〔註128〕也就是說，《星星》辦刊從創辦之初，就不具有「同仁色彩」，而且是明確反對將之辦成「同仁堂刊物」。所以，作為機關刊物的，必須符合政治意識形態的要求，這才是《星星》詩刊的底色。這份「建議」，可以說是《星星》詩刊作為機關刊物的「最初稿約」。

然而問題的複雜性在於，這份最早《星星》詩刊的「最初稿約」，又在一定程度上體現出了詩人們試圖創造出一種具有特色詩歌刊物的努力。所以，在時代政治意識的總體規劃之下，四川省文聯又對這份新創辦的詩歌刊物充滿了期待。在《這是一個什麼樣的詩刊》部分中，他們也對新詩刊提出了一些「期望」：「這個詩刊是給工農兵及知識分子看的，特別是給廣大知識青年看的。這個詩刊，它還有一個主要的任務，培養新詩人，擴大詩人的隊伍。每一期，應該有新的作者的詩歌。……這個詩刊，應該有它的個性，應該有它的獨特作風。它的個性是從編輯藝術、詩的形式、詩的內容形成的。詩的形式，容許各種形式的發展，互不排斥，應該讓它百花齊放。豐富多彩的生活

〔註128〕 《關於創辦詩刊的建議》，《四川省文聯（1952～1965）》，建川 127～130，四川省檔案館。

內容，是詩歌的生命，也是這個詩刊的生命。應該全面的反映我們國家的生活，應該充分反映我們時代的精神面貌。詩刊每期，應該出現這 6 個專欄：『祖國美好的生活』：反映我們國家的各方面的生活。『在我們各民族的大家庭裏，充滿了幸福和友誼』：各民族現代生活的詩歌。『江山如畫載民歌』：詩畫，古典詩畫，現代詩畫。『大地處處是歌聲』：每一期，有 1 支好歌曲，有足夠的篇幅容納歌詞。『我們的朋友遍天下』：蘇聯、民主國家的詩歌。資本主義國家的進步詩歌。——這個專欄的名字或叫：『和平、民主、只有』。『探索詩歌世界』：理論。最好每期有一篇短而精的關於詩歌問題的文章，以及詩創作問題的討論。其他，如古詩今譯、民歌、詩的語錄，也應該容納。」〔註 129〕從這裡可以看出，在設計新詩刊辦刊方針過程中，「最初稿約」是四川省文聯詩歌組的成員，以及四川省文聯創作輔導委員會的詩人共同討出來的，即「一個任務、三大個性、六個專欄」。當然，在這份「最初稿約」內容是非常豐富的，同時也就蘊藏著諸多的矛盾性。第一，在服務對象上，一是為工農兵服務，二是為知識分子服務。提倡「為工農兵」服務，這是當時所有刊物必須執行的基本原則。但《星星》一個獨特的之處在於，除了要為「知識分子服務」之外，他們還提出了一個「新詩人」的概念和目標，並把「新詩人」作為新刊物的重要任務來抓，或者說作為刊物的發展方向。而這個「新詩人」概念，本身就是一個更為廣泛的概念，偏離或者模糊了固有的「為工農兵服務」概念。由此把目標任務鎖定在「新詩人」的培養上，也讓我們看到了《星星》在創辦之初，其辦刊方針不是以踐行某種政治意識為目的來辦刊，更多的是回到詩歌本身，以培養更多的詩人。第二，正是為了培養「新詩人」的任務，創辦之初的《星星》提出了編輯理念的「三大個性」：編輯藝術的個性、詩的形式的個性和詩的內容的個性。但這個創辦詩刊的「建議」中，並沒有談什麼是「編輯藝術的個性」，以及如何體現出編輯藝術的個性。而對「詩的形式的個性」，他們提出的方針是「容許各種形式」，力圖擺脫某種固定的詩歌形式；在「詩的內容的個性」方面，提出「豐富多彩的生活」，具體指「應該全面的反映我們國家的生活，應該充分反映我們時代的精神面貌」。如果綜合起來看，《星星》辦刊方針的三大個性，其實就是一個編輯核心，即不對詩歌寫作做任何限制，允許任何詩歌形式的存在，也允許寫各類不同生活，以

〔註 129〕 《文聯黨組關於創辦詩刊的請示報告》，《四川省文聯（1952～1965）》，建川
127～126，四川省檔案館。

真正體現文學創作的自由精神，實現詩歌的「百花齊放」。第三，是對新刊物本身的構想，提出要設置「六個欄目」。這主要涉及到兩個部分，一是在主題上，新刊物在擬定編輯內容之時，最重要考慮是「三個主題」，即國家主題、各民族主題、世界和平主題。之前《星星》所確立的編輯藝術的個性、詩的內容的個性、詩的形式的個性，其實又是統一在這樣的一些主題之下中。二是形式上，確定了詩畫、歌曲、詩論三大部分，同時又補充的古詩今譯、民歌、詩的語錄等內容。換而言之，這完全體現了新刊物創刊時對形式自由的訴求。

所以從創辦之初的「最初稿約」來看，詩人們以「百花齊放」為理論依據，試圖在政治與詩藝之間平衡、調和，創辦出一個具有個性的詩歌刊物。但是，隨之四川文聯黨組 9 月 25 日在《關於創辦詩刊的建議》基礎上的《文聯黨組關於創辦詩刊的請示報告》〔註130〕，其附錄《關於詩刊的方針任務及讀者對象等問題的初步意見》，就已經發現了《關於創辦詩刊的建議》中編輯方針的矛盾與衝突。所以，經過四川文聯黨組修改後的「請示報告」，及四川省文聯的「黨組稿約」，就進行了大刀闊斧的刪減和補充，特別刪掉了刊物的「個性」追求，而直接呈現了刊物編輯方針的政治意識。「這是一個小型精悍的詩刊，是四川省文聯領導的刊物。1. 詩刊讀者讀者對象：具有初中以上文化水平的工農兵及知識青年。2. 詩刊的方針任務：貫徹黨的『百花齊放，百家爭鳴』方針，大力培養青年詩人，擴大詩歌隊伍，繁榮詩歌創作。反映多彩的現實鬥爭生活，滿足廣大詩歌讀者的文化生活需要。……4. 詩刊有這樣的幾個專欄：『祖國美好的生活』：反映我們國家特別是四川人民各方面生活的詩歌。『在我們各民族的大家庭裏，充滿了幸福和友誼』：反映四川各民族現代生活的詩歌。詩畫：古典詩畫，現代詩畫。『大地處處是歌聲』：歌詞。每期都有足夠的篇幅容納歌詞。其他，如民歌、古詩今譯，也應該有一定的篇幅容納。」與《關於創辦詩刊的建議》不同的是，在這份附《關於詩刊的方針任務及讀者對象等問題的初步意見》中，首先就明確表明，「這是四川文聯領導的刊物」，是「官方刊物」，而並非「同仁堂刊物」。在刊物的任務和編輯方針上，「黨組稿約」也就有了完全不同的側重點，甚至完全取消了「三大個性」的表述，根本不提刊物「個性」，這是從「最初稿約」到「黨組稿約」的最大

〔註130〕 《文聯黨組關於創辦詩刊的請示報告》，《四川省文聯（1952～1965）》，建川127～126，四川省檔案館。

變化。一方面，在新刊物的任務上，增加了兩項任務，總共提出新刊物的三大任務。即在《關於創辦詩刊的建議》中，創辦詩刊核心任務，就是培養新詩人。而在「黨組稿約」中，重點增加了兩大政治任務，「反映多彩的現實鬥爭生活」和「滿足廣大詩歌讀者的文化生活需要。」雖然，「最初稿約」和「黨組稿約」，都著力於發現和培養新詩人，但實際上兩份「稿約」實質是不一樣的。「最初稿約」側重與對新詩人、新詩藝的發現；而「黨組稿約」則側重在於「現實鬥爭生活」和「廣大詩歌讀者的需要」等現實政治任務的落實。所以，「黨組稿約」的表述，是在保留「最初稿約」的基礎上，將這任務具體化和政治化。另一方面，「黨組稿約」在詩刊欄目的設置上，減少了幾個欄目，更加凝練了新詩刊的方向。完全取消了外國詩歌，對於如何選擇外國詩歌，是一個相對危險的領域，所以四川文聯黨組就取消了這個欄目。同時取消了詩論、詩的語錄，創辦的新詩刊並不需要新理論，也不需要理論創新。所以，總的來看，「黨組稿約」中對於新詩刊的定位是非常保守的。

當然，四川文聯黨組對於新詩刊的定位，也是有依據的。這樣的編輯方針，與我們最熟悉的《人民文學》的「稿約」也是完全一致的，「作為全國文協的機關刊物，本刊的編輯方針當然要遵循全國文協章程中所規定的我們的集團的任務。在第一點中提出了積極參加人民解放鬥爭和新民主主義國家建設，通過各種文學形式，反映新中國的成長，表現和讚揚人民大眾在革命鬥爭和生產建設中的偉大業績，創造富有思想內容和藝術價值，為人民大眾所喜聞樂見的人民文學，以發揮其教育人民的偉大效能。」〔註131〕從這裡我們就可以看到，這裡所已提出的「國家」、「新中國」、「廣大人民群眾」、「教育人民」等核心理念，便是《星星》詩刊創辦之初所參照的編輯體系。但相比而言，同時期創辦的《詩刊》，就有很大程度上的突破，《詩刊》是一個詩歌月刊，定於1957年1月在北京出版。它的任務主要是在『百花齊放』的方針指導之下，繁榮詩歌創作，推動詩歌運動。它的內容包括：詩創作，詩翻譯，詩的理論批評，詩歌活動報導等等。它將是全國詩歌作者和詩歌愛好者的共同園地。」〔註132〕《詩刊》在廣告中就明確表明，其創刊的任務就是繁榮詩歌創作，推動詩歌運動，也就是「詩本位主義」一種追求。而且在內容上，不僅提倡詩歌創作，而且還包括了翻譯、詩論、詩消息等方面的豐富內容。如果

〔註131〕《發刊詞》，《人民文學》，1949年，第1期。
〔註132〕《〈詩刊〉廣告》，《文藝報》，1956年11月30日，第22號。

對照《詩刊》的創辦，我們發現《星星》作為一個省級刊物，四川省文聯的「黨組稿約」還是顯得過於保守了些。

《星星》詩刊在創辦之初，其作為期刊刊物的「最初稿約」和「黨組稿約」，就已經在個性與政治之間掙扎。他們一致否認了將之辦成「同仁堂刊物」，但是作為建議創辦詩刊的詩人們，對於「四川省文聯的第二個文學刊物」，他們都盡力將之辦成有個性的新刊物。當然，雖然有這種努力之下，而作為主管部門的四川文聯，希望新刊物配合政治，發揮出「省級刊物」應有的作用，這也是他們最初對新刊物的「頂層設計」。

二、「編輯部稿約」

如果「最初稿約」與「黨組稿約」，還只是作為機關刊物的一種大政策範圍內的「頂層設計」，那麼星星編輯部具體的「編輯部稿約」，就具有直接的指導性。作為剛成立的星星編輯部，對於新創辦刊物時充滿了熱情，寄予了無限希望。「當時，我們對毛澤東提出的『百花齊放、百家爭鳴』的方針，滿懷熱望，癡心妄想地以為，在蘇聯批判斯大林以後，中國實行這樣的方針，是黨中央接受蘇聯『無產階級專政』的歷史教訓，在思想領域開始『解凍』的一個信號。這是『反胡風』、『肅反』運動後，中國文藝復興的一個好機會。所以，我們一心想抓住機會，把這個刊物，辦成一個能突破各種教條主義清規戒律、真正體現『百花齊放』的詩歌園地。」〔註133〕所以，此時的星星編輯部，他們並沒有注意到四川文聯的「黨組稿約」中刪掉了新詩刊的「個性」表述。他們無比放大了「百花齊放」這一樣一個歷史機遇，力圖認真貫徹執行「百花齊放」的方針，力圖創辦出具有「突破性意義」的新刊物。

基於這樣的認識，星星編輯部曾在1956年的「南郊公園小聚」中，專門研討了《星星》詩刊的編輯方針，形成了《星星》詩刊的「編輯部稿約」。流沙河在《我的交代》中，就敘述了這次「南郊公園小聚」，並詳細交代了星星編輯部主任白航對「編輯部稿約」的最初設計。他說，「白航首先提出：（1）帶有宗派性質的『非名人路線』，對老詩人和稍有名氣的詩人不爭取，但也不得罪；（2）強調刊物的『個性』和『特色』，但一字不提基調和立場；（3）不強調配合政治任務；（4）免除一些制度，如批評檢討會議制度（我稱之為形

〔註133〕石天河：《逝川憶語──〈星星〉詩禍親歷記》，香港：天馬出版有限公司，2010年，第2頁。

式主義），如嚴格上下班制度（我斥之為奴隸勞動）。石天河則提出『團結一批人』『發現新生力量』作為對第一條的補充。我則提出多發情詩作為對第三條的補充。」〔註134〕作為《星星》詩刊編輯部主任，白航著重強調了四個原則：「非名人」、「個性」、「不強調政治」、「免除一些制度」。在這四個方面，對具體編輯有影響的是前三個原則，基本奠定了初期《星星》的辦刊方向。此後在回溯「編輯部稿約」的歷史時，白航就不斷在這三個原則上重新闡述「編輯部稿約」。在1982年，白航就回憶說，「我們有一個執著的信念，就是當編輯要看稿不看人，要重視發現新人，重視詩歌形式的多樣化，重視詩歌的藝術質量，而不贊成過多地、機械地配合『當前』政治任務。」〔註135〕雖然白航這裡重申了他們初期的編輯信念，即「發現新人」、「形式多樣」、「藝術質量」、「不贊成過多的政治任務」這四個方面。白航這裡所提出的編輯方針中，「發現新人」、「不配合政治」是與1956年他們所提的編輯理念是一致的；同時將最初他對新詩刊的「個性」訴求，具體化為「新詩多樣」、「強調質量」。在《星星》創刊三十年的時候，白航又進一步闡釋了「編輯部稿約」的「三條原則」，「關於《星星》的辦刊方針，在出刊前四個編輯（白航——編輯部主任、石天河——執行編輯、流沙河、白峽）曾在成都南郊公園小聚，大家商定了三條原則：一是《星星》的讀者對象應為青年人或學生；二是刊物不應機械的配合政治任務；三是容納百家，歡迎各種流派、各種風格、各種形式的作品在《星星》上發表。來稿注重質量而不看作者的名氣。」〔註136〕又把「編輯部稿約」再進一步具體化了：其「新人」指向「青年人或學生」；「多樣化」訴求則不僅是形式多樣，還包括「容納百家，歡迎各種流派、各種風格、各種形式」等內容、形式、風格等的多樣化。在1997年星星創刊40週年的時候，白航再一次總結了他們「編輯部稿約」，闡釋了星星編輯部最初的辦刊方針，「（1）刊物以青年及學生為主要對象。（2）不強調配合政治任務，因為那樣做常會影響稿件質量。（3）要培養新人和新的作者群。名人和非名人在稿件面前一律平等。（4）要多發些純愛情詩和諷刺詩，因為當時這兩方

〔註134〕流沙河：《我的交代（1957.8.3至8.11）》，《四川文藝界右派集團反動材料》（會議參考文件之九），四川文聯編印，1957年11月10日，第6頁。
〔註135〕辛心：《我們的名字是星星——〈星星〉創刊史話》，《星星》，1982年，第4期。
〔註136〕本刊評論員：《〈星星〉三十歲》，《星星》，1987年，第1期。

面都屬於禁區。『百花齊放』理應給這些詩作以一席之地。」〔註137〕總結來看，以白航為代表的星星編輯部，他們在新刊物創辦之初，就有了自己的「編輯部稿約」，「發現新人」、「辦出個性」、「不配合政治」是他確定的辦刊的基本原則。

當然，「編輯部稿約」的基本原則，並非就是白航一個人的觀點，這也是整個星星編輯部共同討論的結果。石天河雖然沒有回顧過這次編輯回憶，但他也認同星星創辦之初所提出的編輯方針，「創刊之前，關於『刊物怎麼辦』的問題，我們的意見是一致的：要搞『百花齊放』；『辦娃娃班』（主要發表青年詩人的作品）；我們都是商量過的。」〔註138〕更為重要的是，他們不僅與白航的編輯理念一致，而且還進一步補充和豐富了相關內容。流沙河在1957年《我的交代》中，就補充了他自己的兩方面的觀點。第一方面，關於新刊物如何辦出個性和特色，流沙河突出了「情詩」和「諷刺詩」，「我個人的編輯方針是：（1）多發不滿現實的諷刺詩；（2）多發感傷頹廢的情詩；（3）多發小巧玲瓏的玩意兒。」〔註139〕所以，在《星星》創刊號中，設有專門的「情詩」和「諷刺詩」專欄，呈現出辦刊的多元化特色，流沙河是功不可沒的。第二個方面，流沙河還著重闡述了內部管理制度的「自由風格」和「民主精神」。「《星星》是一個小王國，絕對自由，想放假就放假，不開會，不請示彙報，不批評檢討。我常向人說：『白航不擺官架子。我們最民主！』別的右派成員對此很羨慕。我向陳謙說：『為什麼他們把《星星》看成眼中釘？因為怕我們的民主空氣波及到《草地》去！』陳謙說：『我們這裡不行，因為有個李友欣。』我把《星星》的無政府主義狀態說成是『集體負責』，到處宣揚，使《草地》的右派分子有了藉口和先例。」〔註140〕這雖然不是對星星編輯方針的闡述，但星星編輯部這種辦刊風格追求，與整個時代氛圍是很不一樣的。此後對《星星》詩刊的批判和改組，其辦刊方針便是一個重要原因。

作為四川文聯的「機關刊物」，需要星星詩刊具有鮮明的「黨刊」特徵；

〔註137〕白航：《〈星星〉創刊40週年隨想》，《星星》，1997年，第1期。

〔註138〕石天河：《逝川憶語──〈星星〉詩禍親歷記》，香港：天馬出版有限公司，2010年，第32頁。

〔註139〕流沙河：《我的交代（1957.8.3至8.11）》，《四川文藝界右派集團反動材料》（會議參考文件之九），四川文聯編印，1957年11月10日，第7頁。

〔註140〕流沙河：《我的交代（1957.8.3至8.11）》，《四川文藝界右派集團反動材料》（會議參考文件之九），四川文聯編印，1957年11月10日，第8頁。

而星星編輯部又試圖辦成「同仁刊物」，讓星星詩刊具有個性和特色。因此星星的編輯方針，在創辦之初就出現了矛盾，只不過由於矛盾沒有激化，一直隱而不顯。而只有到了對《星星》展開批判的時候，我們才清楚地看到了多種訴求交織後的矛盾與衝突。1957 年 8 月對《星星》詩刊的批判，便認為《星星》詩刊「編輯部稿約」是「反動綱領」：「去年黨中央提出『百花齊放、百家爭鳴』方針以後，白航便認為這下可以自由了，可以不要政治，只要藝術了。因而當文聯黨組織決定派他到『星星』詩刊去擔任編輯主任以後，由於他和右派分子石天河、流沙河等人在政治上、文藝觀點上臭味相投，在『星星』還未創刊以前，便和石天河、流沙河等右派分子密謀篡改了『星星』的政治方向，制定了一套把『星星』拉向右轉的反動綱領。在右派分子流沙河別有用心地提出：多發諷刺共產黨的詩；多發頹廢、失望和灰色的詩的編輯方針時，白航也提出了所謂不走名人路線（實際是藉此排斥進步、正派的作家）；不機械地配合政治（實際是藉此反對文藝為政治服務）的所謂編輯方針。」〔註 141〕這裡批判《星星》詩刊的辦刊方針，很明顯是來自於流沙河的「交代」。認為「編輯部稿約」的核心是「不要政治，只要藝術」：將流沙河提出的多發諷刺詩，認為是「多發諷刺共產黨的詩」；將不走名人路線的方針，指為排斥進步、正派作家；將不機械地配合政治，理解為反對文藝為政治服務。經過這次批判之後，《星星》詩刊的「個性」就完全失去，「編輯部稿約」也在詩壇消失。

三、「正式稿約」

我們所眾所周知的「稿約」，其實是《星星》詩刊的《發刊詞》，我這裡稱之為「正式稿約」。「正式稿約」的寫作過程是比較清楚的，石天河說，「那《稿約》是我和白航商量後，由我起草的。……我們當時沒有寫《發刊詞》，有故意用《稿約》來代替《發刊詞》的意思。」〔註 142〕白航提到，「出力最多的是石天河，他又要策劃組稿，又要劃版，又要跑工廠校對，轟動全國的《稿約》，就是經過整體商量後，由他起草，再經流沙河的修改，交我審定後，完成的。」〔註 143〕所以，這個《稿約》既是石天河的個人勞動成果，也是一次

〔註 141〕 《省文聯揭發黨內右派分子白航 他在石天河流沙河的反共小集團中充當坐探》，《四川日報》，1957 年 8 月 8 日。
〔註 142〕 石天河：《逝川憶語──〈星星〉詩禍親歷記》，香港：天馬出版有限公司，2010 年，第 1 頁。
〔註 143〕 白航：《我們的名字是「星星」》，《星星》，2006 年，第 7 期。

星星編輯部的通力合作的結晶。但是問題在於，研究界均未注意到《稿約》有幾種版本，而且各種版本之間也存在一定的差別。石天河的回憶中，關於這個「正式稿約」，他也僅提到流沙河修改過，「在交流沙河去在報上作廣告時，他私下改了幾個字，記得是把『明亮的彗星』改成了『天邊的孤星』，我有點不高興，因為『彗星』有把生命的光輝延續到最後的象徵意義，而『孤星』則只對應於個人的孤寂心情。但我也沒有計較。」〔註144〕此外，白航、石天河、流沙河均沒有提到過「正式稿約」的多種版本。

其實，在《星星》詩刊上的「正式稿約」發出之前，還有「正式稿約第一版本」、以及刊登在其他報紙雜誌上的「正式稿約第二版本」。多種版本「稿約」的出現，其實也就體現了星星詩刊在創刊過程中編輯方針的變化。回到「星星」的歷史，在星星編輯部的「南郊公園小聚」之後，確定了新詩刊的「編輯部稿約」，然後在此基礎上，便出現了《星星》詩刊的第一個「正式稿約」，即「正式稿約第一版本1」。這就是《四川日報》1956年10月15日所發布《一顆星星快出現了》〔註145〕中的「徵稿」：

一顆星星快出現了

在百花齊放的方針下，歡迎一切敘人民之事和抒人民之情的各種題材、各種流派、各種風格、各種題材的詩歌（包括歌詞）。

「正式稿約第一版本1」這是《星星》詩刊的第一次在正式公開發表自己的編輯方針。該「稿約」信息，突出了「百花齊放」的要求，著重指出了《星星》詩刊的辦刊的兩種向度，「一切」和「各種」。從這裡可以看出，《星星》詩刊的「正式稿約第一版本1」，儘管雖然簡短，沒有完全體現出了「星星編輯部稿約」的主要原則，但還是體現了新刊物辦刊的多樣化訴求。

在「正式稿約第一版本1」的基礎上，11月6日《中國青年報》、《文匯報》上，同時發布了徵稿廣告，即「正式稿約第一版本2」：

「星星」詩刊將於明年元旦創刊

全國第一個地方詩刊、四川文聯繼「草地」文藝月刊創辦的第二個刊物——「星星」詩歌月刊，定於1957年1月1日和讀者見面。

〔註144〕石天河：《逝川憶語——〈星星〉詩禍親歷記》，香港：天馬出版有限公司，2010年，第1頁。
〔註145〕《一顆星星快出現了》，《四川日報》，1956年10月15日。

　　「星星」將本著「百花齊放」方針，刊用各種題材、各種流派、各種風格、各種體例的抒情和敘事的好詩。另外，歌詞、民歌、詩歌評論、古詩今譯等等，也將經常刊載。詩刊並將大力注意培養青年詩人和廣大青年對詩歌的閱讀、寫作興趣。

　　詩刊版式已確定為二十八開，篇幅五十到六十頁，每期可容詩作三千行左右。它將以本省讀者為主，面向全國發行。

　　目前，該刊編輯人員正積極向本省和外地詩歌作者約稿和編輯處理各地作者來稿。〔註146〕

　　「正式稿約第一版本2」，是對「正式稿約第一版本1」的豐富和完善，而且是非常中規中矩的一份稿約。該稿約由原來的一個方面的內容，增加了對刊物性質、刊型、約稿三方面的內容介紹。在對《星星》辦刊方針的介紹中，將「正式稿約第一版本1」中的「一切」去掉，同時在此堅持了「百花齊放」和「各種」原則。另外，突出了刊物「培養青年詩人」的追求。「星星編輯部」所設定的「發現新人」、「形式多樣」、「多發情詩和諷刺詩」、「不贊成過多的政治任務」等辦刊原則中，「發現新人」、「形式多樣」兩大原則得到極大的凸顯，而「多發情詩和諷刺詩」和「不贊成過多的政治任務」則就逐漸在「正式稿約」中淡化乃至消失。儘管這樣，這份「正式稿約」，也著力彰顯出《星星》辦刊的開放姿態。

　　在「正式稿約第一版本」之後，還有「正式稿約第二版本」，而且這也不是我們經常所談到的「稿約」。但是《星星》詩刊的第一個完整的《稿約》，在11月10出版的《草地》第十一月號上，我們稱之為「正式稿約第二版本1」：

四川省文聯星星編委會主編

星星（詩歌月刊）明年元旦創刊

全國各地郵局或代辦所都可預訂，每期一角五分。

稿　約

　　1. 我們的名字是「星星」。天上的星星，絕無兩顆完全相同的。人們喜愛火星、啟明星、北斗星、牛郎織女星，也喜歡銀河的小星和天邊的孤星。我們希望閃著各種不同光芒的星星都聚到這裡來，

〔註146〕《「星星」詩刊將於明年元旦創刊》，《中國青年報》，1956 年 11 月 6 日；《文匯報》，1956 年 11 月 6 日。另四川省檔案館也收藏有這份「徵稿啟事」，見《四川省文聯（1952～1965）》，建川 127～130，四川省檔案館。

交映成燦爛的奇景。因此，我們取捨詩歌來稿沒有任何呆板的尺寸。只要是有光有熱的星，我們都歡迎。

我們歡迎各種不同風格的詩歌。「大江東去」的豪放，歡迎；「曉風殘月」的清婉，也歡迎。我們歡迎各種不同形式的詩歌；在形式方面，我們並不厚此薄彼。我們歡迎各種不同題材的詩歌。在題材方面，我們並不限制個人的廣闊自由的天地。

我們歡迎各種不同流派的詩歌：現實主義的，歡迎；浪漫主義的，也歡迎。

我們只有一個原則的要求：詩歌，為了人民！

2. 我們需要「古詩今譯」「古詩解說」之類的文字；需要能夠配曲傳唱的歌詞；需要詩意畫。一句話，我們不是狹義的「詩歌月刊」。

3. 我們需要詩歌評論、詩歌讀後感，以及有關詩歌問題的漫談、隨筆、通信等等。但請務必短些，短些，再短些。

4. 請注意幾件小事：（一）來稿橫寫，請寫清楚，不要兩面寫；（二）不願刪改的請先聲明；（三）因編輯部人手太少，無法做到每稿必退，故一般不退稿。稿件寄來後，上了兩個月尚未收到我們的回信，即表示不用了；（四）稿件自貼郵票，寄成都市布後街二號四川省文聯星星編輯部。〔註147〕

到 1956 年 11 月 21 日的《四川日報》上也發布了「稿約」，由於與《草地》上的「正式稿約第二版本 1」有一定差異，我們稱之為「正式稿約第二版本 2」。這份稿約，不僅刊登在了《四川日報》上，也以完全相同的內容、版式在 11 月 26 日的《人民日報》上刊登。此後，《四川日報》於 1956 年 12 月 4 日再次發布了這份稿約。

星星（詩歌月刊明年元旦創刊）

稿 約

1. 我們的名字是「星星」。天上的星星，絕無兩顆完全相同的。人們喜愛火星、啟明星、北斗星、牛郎織女，也喜歡銀河的小星和

〔註147〕 《四川省文聯星星編委會主編 星星（詩歌月刊）明年元旦創刊 全國各地郵局或代辦所都可預訂，每期一角五分 稿約》，《草地》，1956 年，第 11 期，封底。

天邊的孤星。我們希望閃著各種不同光芒的星星都聚到這裡來，交映成燦爛的奇景。因此，我們取捨詩歌來稿沒有任何呆板的尺寸。只要是有光有熱的，我們都歡迎。

我們歡迎各種不同風格的詩歌。「大江東去」的豪放，歡迎；「曉風殘月」的清婉，也歡迎。我們歡迎各種不同形式的詩歌；在形式方面，我們並不厚此薄彼。我們歡迎各種不同題材的詩歌；在題材方面，我們並不限制個人的廣闊自由的天地。我們歡迎各種不同流派的詩歌：現實主義的，歡迎；浪漫主義的，也歡迎。

我們只有一個原則的要求：詩歌，為了人民！

2. 我們需要「古詩今譯」「古詩解說」之類的文字；需要能夠配曲傳唱的歌詞；需要詩意畫。一句話，我們不是狹義的「詩歌月刊」。

3. 我們需要詩歌評論、詩歌讀後感，以及有關詩歌問題的漫談、隨筆、通信等等。但請務必短些，短些，再短些。

4. 請注意幾件小事：（一）來稿橫寫，請寫清楚，不要兩面寫；（二）不願刪改的請先聲明；（三）因編輯部人手太少，無法做到每稿必退，故一般不退稿。稿件寄來後，上了兩個月尚未收到我們的回信，即表示不用了；（四）稿件自貼郵票，寄成都市布後街二號四川省文聯星星編輯部。〔註148〕

在《星星》創刊號上的「稿約」之前，《星星》最初在其他報刊的廣告所用的《稿約》，都應該是「正式稿約第二版本2」。比如青年詩人曰白所看到的稿約，就是舒其德轉給他的這份稿約，「當我讀到載於四川日報上的『稿約』後，又馬上剪下來給了寄了過去。他在信中寫道：『讀了星星的稿約剪紙，確實又有些心動。看來這刊物不是那枯燥的乾草堆。雖然咱們的青草不開花，但也會把美麗的花壇襯托得更鮮豔些。好，就這樣吧，由你選兩首去。』」〔註149〕曰白就是在閱讀了《四川日報》的「正式稿約第二版本2」後，才將詩歌《吻》等作品投給了《星星》詩刊的。相比較，《四川日報》「正式稿約第二版本2」與《草地》上「正式稿約第二版本1」幾乎是完全一樣的，僅有一點小小差別，即少了兩個「星」字：第一版稿約中的「牛郎織女星」，變成了

〔註148〕《星星（詩歌月刊明年元旦創刊） 稿約》，《四川日報》，1956 年 11 月 21 日。

〔註149〕見《四川省文聯（1952～1965）》，建川 127～208，四川省檔案館。

現在「牛郎織女」；原來的「只要是有光有熱的星，我們都歡迎」變成了「只要是有光有熱的，我們都歡迎」。

不過在 1957 年 1 月 1 日《星星》創刊號上的《稿約》，我們稱之為「正式稿約第三版本」，與「正式稿約第二版本」在字詞表達和格式上，就有一定的變化：

一、我們的名字是「星星」。天上的星星，絕沒有兩顆完全相同的。人們喜愛啟明星、北斗星、牛郎織女星，可是，也喜歡銀河的小星，天邊的孤星。我們希望發射著各種不同光采的星星，都聚到這裡來，交映成燦爛的奇景。所以，我們對於詩歌來稿，沒有任何呆板的尺寸。

我們歡迎各種不同流派的詩歌。現實主義的，歡迎！浪漫主義的，也歡迎！

我們歡迎各種不同風格的詩歌。「大江東去」的豪放，歡迎！「曉風殘月」的清婉，也歡迎！

我們歡迎各種不同形式的詩歌。自由詩，格律詩，歌謠體，十四行體，「方塊」的形式，「梯子」的形式，都好！在這方面，我們並不偏愛某一種形式。

我們歡迎各種不同題材的詩歌。政治鬥爭，日常生活，勞動，戀愛，幻想，傳奇，童話，寓言，旅途風景和歷史故事，都好！雖然我們以發表反映各族人民現實生活的詩歌為主，但我們並不限制題材的選擇。

我們只有一個原則的要求：詩歌，為了人民！

二、我們十分重視人民群眾的口頭創作。所以，我們歡迎投寄從各民族人民中採集來的民歌。

我們以繼承祖國古典詩歌偉大豐富的遺產而自豪。所以我們歡迎「古詩今譯」或「古詩解說」。

我們需要選載一些能夠配曲傳唱的歌詞。還需要選載一些優美的「詩意畫」。一句話，我們不是狹義的「詩歌月刊」。

三、詩歌需要評論，需要批評家的評論，也需要讀者們的評論。詩評，讀後感，以及有關詩歌的漫談，隨筆，通信，我們都歡迎。但請務必「短些，短些，再短些」。

四、我們不登從外國翻譯來的作品，請勿投寄譯稿。

五、請注意這樣幾件小事：

1. 詩稿請寫清楚，一律橫寫，不要兩面寫。

2. 請把真實姓名，通信地址注明，筆名聽便。

3. 不願刪改的，請事先申明。

4. 稿件，信件，都請自貼郵票，寄給：成都布後街二號「星星」編輯部。〔註150〕

　　將《星星》的幾份「正式稿約」相比較，首先是個別字詞的表述有差異，如「正式稿約第二版本」中提到的「火星」在創刊號的「正式稿約第三版本」中被刪除。其次，兩份稿約在內容上，乃是在精神氣質上還是有一定的差異的。第一，《四川日報》等的「正式稿約第二版本」共 4 個部分，而創刊號上的「正式稿約第三版本」則有 5 個部分。最大的差別就在於，在創刊號上正式推出的《稿約》中單列了一個部分，即不登外國詩歌。是否刊登外國詩歌，在報紙上「星星稿約第二版本」中既沒有肯定，也沒有否定。而在創刊號中的《稿約》則明確否定了翻譯外國詩歌，這是一個重大的變化。第二，《四川日報》的「正式稿約第二版本」可歸納為「一個原則、四個歡迎、四個需要」，而創刊號上的「正式稿約第三版本」則可歸納為「一個原則、四個歡迎，四個需要」。「一個原則」，即「詩歌，為了人民」這一個基本原則都是相同的。「四個需要」，即需要古詩今譯、需要歌詞，需要詩意畫、需要評論，兩個稿約也是一樣的。「四大歡迎」，即「歡迎各種不同風格、歡迎各種不同形式、歡迎各種不同主題、歡迎各種不同流派」，這些，兩類《稿約》也是一樣的，只是在順序上有差異。另外，在具體的闡釋上，「正式稿約第三版本」的「四個歡迎」更完善些。更重要的，特別提出了歡迎「投寄從各民族人民中採集來的民歌。」由此，與「正式稿約第二版本」相比，「正式稿約第三版本」更明確了對於民歌的歡迎，這是又一大變化。第三，「正式稿約第二版本」沒有創刊號上的「正式稿約第三版本」具體。比如在說到「歡迎不同形式的詩歌」時，「正式稿約第三版本」則點出了「自由詩、格律詩、歌謠體、十四行體、『方塊』的形式，『梯子』的形式」等具體形式。同樣，在說到「歡迎各種不同題材的詩歌」，「正式稿約第三版本」則列出了「政治鬥爭，日常生活，勞動，戀愛，幻想，傳奇，童話，寓言，旅途風景和歷史故事」等具體題材。由

〔註150〕《稿約》，《星星》，1957 年，第 1 期。

此,「正式稿約第三版本」,對於《星星》詩刊的選稿標準,便有著更為直接的指導意義。

我們看到,《星星》創刊號上的「正式稿約第三版本」對《四川日報》「正式稿約第二版本」做出更為具體的闡釋,也更有利於星星編輯部的操作。但實際上,創刊號上的「正式稿約第三版本」,其實也就沒有了報紙上「正式稿約第二版本」更為廣闊的自由度。換而言之,創刊號上的「正式稿約第三版本」,表面上是「歡迎各種不同的風格、形式、題材、流派」,實際上是對不同的風格、形式、題材、流派做出了具體的限定。最為突出的變化就是:非常明確取消了外國詩歌,而特別加強「古典」和「民歌」在新刊物中的比重。那麼,是誰參與了調整和修改?我們猜測,應該是《稿約》在報刊上發表後,四川文聯便在「正式稿約第二版本」的基礎上進行了調整,最後形成了所謂的轟動全國的創刊號上的「正式稿約第三版本」。當然,不可否認的是,即使是修改後的《星星》「正式稿約第三版本」,在當代文學語境中也還是相當特別的。一方面,在稿約的表述方式上,突破了一般稿約的公式化、模式化特徵。特別是對刊名「星星」的描述,極富詩意,這使得《星星》的《稿約》相當別致。第二,雖然創刊號上的《稿約》經過了調整和修改,但還是在很大程度上保留了「編輯部稿約」的宗旨和目標。正如流沙河所說,「我們發出資產階級自由主義的詩歌宣言——稿約。上面故意不提社會主義現實主義和工農兵方向,而代之以『現實主義』和『人民』字樣。這不是偶然的。在這以前,我就向丘原說過,社會主義現實主義是斯大林授意,高爾基上當,個人崇拜的年代裏,教條主義的產物。石天河沒有公開這樣說。但他對我說過可惜馬克思死早了,否則今天的文藝理論不會是這樣。」〔註151〕他們實際上是用「現實主義」代替了「社會主義現實主義」,用「人民」代替了「工農兵」,這在當時還是相當大膽的,也就成為後來批判的重點。

總之,從《星星》詩刊的《稿約》的幾種不同版本,我們看到,《星星》詩刊的「正式稿約第一版本1」與「正式稿約第二版本」才更接近「星星」編輯部原初的辦刊方針。而創刊號上的「正式稿約第三個版本」經過了四川文聯的局部調整和修改,實際上也是部分認同了《星星》詩刊「百花齊放」的訴求。

〔註151〕流沙河:《我的交代》,石天河:《逝川憶語——〈星星〉詩禍親歷記》,香港:天馬出版有限公司,2010 年,第 163 頁。

四、「編後草」

在《星星》詩刊的「正式稿約第三版本」之後，星星編輯部還通過其他的形式，對《星星》詩刊的編輯方針進行闡釋和補充，進一步完善和充實了《星星》詩刊的辦刊方針。其中最重要的表現就是以《編後草》、《編後記》的方式來展現。而這兩篇文章，均出自石天河之手：「《星星》詩刊，在一月份創刊，我是主要編輯人之一，創刊之前，我擬了一個『稿約』，創刊之後，我負責編輯了一二兩期，寫了兩篇『編後草』；第一期上，發表了《吻》和《草木篇》；第二期的『編後草』裏面，我提出了抒情詩要『七絃交響』的文學主張。這便是我擔任《星星》編輯工作的全部『罪狀』。」〔註152〕《星星》創刊號上石天河所寫的「編後草」《新的歌》，就提出了一種「新的歌」的詩學觀念：「新的歌，是時代詩的歌，是生活的歌，歌唱一切！」「唱吧！時代是如此，生活是如此廣闊。讓生活迸射出星星火花，化為詩篇。讓詩，美化生活！」〔註153〕在這裡，石天河思考了詩歌的本質問題。在藝術與政治結合緊密的時代要求之下，石天河專門提出「美」、「美化生活」的詩學觀點，這正是對星星《稿約》的重要補充。

另外，還值得注意的是，在《星星》「創刊號」中，他們還以《摘錄》的形式，進一步補充了《稿約》的編輯方針和理念。如「愛社會主義國家不能只是抽象地，而必須是具體地，也就是說，必須同時愛她的自然、田野、森林、工廠、集體農莊、國營農場等等。——加里寧」、「詩這東西的長處就在它有無限的彈性，變得出無窮的花樣，裝得進無限的內容。——聞一多」、「一首詩的勝利，不僅是那些詩所表現的思想的勝利，同時也是那詩的美學的勝利。而後者，竟常常被理論家們所忽略。——艾青」、「回想回想馬克思所說的：『藝術作品創作理解藝術並且能夠欣賞美學的公眾。』這句話，是有益處的。——安東諾夫」。〔註154〕在《星星》創刊號中就編有 4 次摘錄，數量是比較大的。而所選取的評論家，既有兩位中國詩人，也有兩位蘇聯人評論家，總體上是比較具有代表性的。而且其中還引用馬克思的言論，力圖使這些觀點稱為成為詩學界的共識。摘錄的這些觀點，實際上包含了如何處理「抽象

〔註152〕 《石天河的書面發言（即萬言書）》，《四川文藝界右派集團反動材料（會議參考文件之九）》，四川省文聯編印，1957 年 11 月 10 日，第 78 頁～79 頁。
〔註153〕 《新的歌》，《星星》，1957 年，第 1 期。
〔註154〕 《摘錄》，《星星》，1957 年，第 1 期。

與具體」、「有限與無限」、「思想與藝術」之間矛盾的詩學命題。由此,《星星》詩刊通過「摘錄」的形式,進一步補充了「稿約」的內容:「詩是具體的」、「詩是無限的」、「詩也是美學的」、「詩是藝術的」。當然,以格言的「摘錄」的形式,來表現自己的方針,僅僅是星星編輯部的一種策略。但此後由於《吻》、《草木篇》的批判升級,即使是這樣一種比較隱晦的策略,也不能繼續在《星星》詩刊上使用。儘管這樣,「摘錄」這種特別的形式,讓我們看到了《星星》創辦之初的多種努力,以及對詩性的大膽追求。

雖然此後《星星》沒有了「摘錄」這種特別形式,但《編後草》依然是《星星》詩刊發出自己辦刊方針的一個重要手段。在《星星》第2期上的「編後草」欄目上的《七絃交響》一文,石天河再次對自己詩學觀念,也對《星星》詩刊的辦刊方針作了具體闡釋:

> 人民有七種感情:喜、怒、哀、樂、愛、惡、欲。
>
> 繆司有七根琴弦:喜、怒、哀、樂、愛、惡、欲。
>
> 詩人的心,就是繆司的七絃琴。
>
> 詩,總是要抒情的。沒有不抒情的史詩,沒有不抒情的敘事詩,沒有不抒情的風景詩,也沒有不抒情的哲理詩。
>
> 中國有六億人民,六億人民的感情,是一個無比寬闊的大海。如果誰說「抒人民之情」會限製詩,那真是一件奇事。但如果誰要偏愛著「單弦獨奏」,只准抒某一種情,那也只能說是一種怪癖。
>
> 「百花齊放 百家爭鳴」,在詩應該是讓七絃交響。
>
> 「剛啟封的嗓音」,是好的,它高昂地響奏著,對偉大祖國的狂熱的讚歌。
>
> 而「彈琴的老人」也是好的,他親切地流露了,對普通人民深摯的愛。
>
> 有一支長歌,如一股勁疾的風,吹越群山,向作瓦山的戰友,送去遠方的思念。
>
> 有一支小調,卻帶著同情,又帶著幽默,給庸俗的金絲雀,投予了睥睨的一瞬。
>
> 人民的情感是豐富的,各式各樣的。往往在一首詩裏有各種不同的情感交織在一起。
>
> 讓七根琴弦交響起來吧!只不要忘記,這七根琴弦的基調,是:

愛人民！愛祖國！愛生活！〔註155〕

與石天河起草的《稿約》相比，他的這篇《七絃琴》，從「人民有感情」，到「詩要抒情」，最後再到「豐富情感」這樣三個層面展開，核心就是談到了詩歌中的「情」問題。石天河首先強調了人的本質屬性是「情感」，那麼詩歌的本質也就應該是「情感」。進而，石天河用了一個標題「七絃琴」，表明他不僅強調詩歌的「情感」本質屬性，而且還表明詩歌的情感應該是多元的，豐富的，就像人有「喜怒哀樂愛惡欲」一樣，詩歌也應該有多種情感。石天河在這裡，特別強調了詩歌情感的複雜性，也就暗暗地反對了「抒人民之情」的主流觀點，用「七絃琴」來彰顯詩歌「百花齊放」觀點。正如此後對石天河的批判所說，「不僅《星星詩刊稿約》有人批，我在《星星》第二期『編後草』一欄中所寫的《七絃交響》也有人批。似乎我主張詩歌的『百花齊放』就是要『七絃交響』（要讓詩人的『喜怒哀樂愛惡欲』都能在詩中得到表現），也是『反黨反社會主義』的主張。」〔註156〕這裡將表達人的多種情感這樣的一種「百花齊放」精神，最後認定為「反黨反社會主義」。石天河在參與了《星星》詩刊第二期的編輯後，就因「停職反省」而退出了星星編輯部，不再參與到《星星》的編輯工作了。

此時，由於四川省文聯對《星星》創刊號上的詩歌《吻》、《草木篇》已經展開了批判，在《星星》第3期的《編後記》中，白航也就不再重提「稿約」了，而更多的是為前兩期《星星》詩刊辯護。白航在這裡主要緊緊圍繞「百花齊放，百家爭鳴」政策，以「百花齊放」的理論方針，試圖為《星星》的多元化編輯理念找到強有力的理論依據：「如果認為『百花齊放，百家爭鳴』的一方面，是：首先讓他放，讓他爭；而且要大膽的放，大膽的爭；那麼，另一方面：要放，要爭，卻又必須是有立場的放，有立場的爭。所謂立場，自然是人民的立場，工人階級的立場。以上二者，我們認為不可偏廢，都是應該堅持的。如果說在『百花齊放，百家爭鳴』的方針下，歡迎各種不同流派的詩歌在我們的詩壇上出現的話，那麼，社會主義現實主義的詩篇，則應該占一席為首的地位。」〔註157〕在這篇《編後記》中白航立足於「百花

〔註155〕《七絃交響》，《星星》，1957年，第2期。
〔註156〕石天河：《逝川憶語──〈星星〉詩禍親歷記》，香港：天馬出版有限公司，2010年，第31頁。
〔註157〕《編後記》，《星星》，1957年，第3期。

齊放 百家爭鳴」，認為，既要堅持「百花齊放」，大膽的放，大膽的爭，又要堅持放、爭要有立場，「二者不可偏廢」。同樣，他也提出必須將不同流派的詩歌與社會主義實現主義的詩篇並存，還認為，「現在鳴放還不夠，不同流派的詩歌還不多」。正因為如此，流沙河與石天河均提到了白航寫這篇《編後記》的複雜心態。流沙河說，「第三期的編後記，他是違反自己的意願寫出來的，給我看過。我叫他把『批評』改成『爭論』。於是，『……兩篇詩已在四川日報上受到批評』和『這樣的批評對我們的文藝事業有利』兩句就變成『引起爭論』和『爭論有利』了。」〔註158〕石天河也談到了白航寫作《編後記》的複雜動機，「白航在這一期封底的『編後記』裏，重申了『百花齊放百家爭鳴』方針，表示歡迎各種不同流派的詩歌，並不排斥社會主義現實主義的首席地位；也說明『放』和『爭』，自然是人民的立場，工人階級的立場。同時說『本刊創刊後，曾收到全國各地讀者寄來的鼓勵與批評的信件，對此，我們表示深深的感謝。』這顯然是『綿裏藏針』的筆法，表示除了你們的粗暴批評，也還有許多讀者在鼓勵我們。（白航後來與我一同劃入了所謂『把持《星星》詩刊』的『右派集團』，打手們就是以這篇『編後記』作為他的『罪證』之一。）」〔註159〕所以，與「稿約」自由闡發自己的詩學觀念和編輯主張不同的，《編後記》成為了《星星》詩刊的一種策略行為，即既要符合政治意識形態的標準，同時又想傳達出刊物的個性化編輯理念，力圖在二者之間取得平衡。

　　總之我們看到，與《稿約》的開放性、自由化相比，《編後草》更多是對某一詩學問題的具體的、深入的闡釋，是《星星》稿約的重要補充。而且從《編後草》到《編後記》，我們更看到了星星編輯部不斷調整自己的理論方針，為堅守自己編輯理念所做出的努力。但《星星》詩刊的這種掙扎和努力，已是最後吶喊，並成為絕唱。此後的《星星》詩刊，再也沒有發出自己個性化的聲音了。《星星》詩刊的「稿約」，就必須重新規劃，納入到整個統一的意識形態之中，與整個時代意識保持一致。

〔註158〕流沙河：《我的交代》，《逝川憶語──〈星星〉詩禍親歷記》，香港：天馬出版有限公司，2010年，第164～165頁。
〔註159〕石天河：《逝川憶語──〈星星〉詩禍親歷記》，香港：天馬出版有限公司，2010年，第32頁。

五、「最終稿約」

　　《星星》詩刊從第四期到第八期，不再重提「稿約」，也沒有再發出自己的理論聲音，表達自己的詩學理論。《星星》詩刊第九期刊出「本刊編輯部」的《右派分子把持「星星」詩刊的罪惡活動》批判文章之後，於第十期星星編輯部拋出了新《稿約》，我們稱之為「正式稿約第四版本」。在此之後的 50～60 年代間，「正式稿約第四版本」便成為了《星星》詩刊的最終的，也是此後唯一的「稿約」。

　　　　「星星」詩刊，是社會主義的詩歌陣地。為工農兵服務的文藝方針，是「星星」詩刊堅定遵循的方針。

　　　　我們的詩歌，應該是社會主義偉大時代的戰鼓，鼓舞人民去建設社會主義事業。

　　　　我們的詩歌，在政治思想上，應該符合毛主席所提出的六條標準：

　　　　（一）有利於團結全國各族人民，而不是分裂人民；

　　　　（二）有利於社會主義改造和社會主義建設，而不是不利於社會主義改造和社會主義建設；

　　　　（三）有利於鞏固人民民主專政，而不是破壞或者削弱這種專政；

　　　　（四）有利於鞏固民主集中制，而不是破壞或者削弱這種制度；

　　　　（五）有利於鞏固共產黨的領導，而不是擺脫或者削弱這種領導；

　　　　（六）有利於社會主義的國際團結和全世界愛好和平人民的國際團結，而不是有損於這些團結。

　　　　我們的詩歌，在這六條標準之下，作者可以有自己的風格、形式、體裁，讓我們的詩歌百花齊放。〔註160〕

　　在這「正式稿約第四版本」中，《星星》詩刊就開門見山地提出了「社會主義的詩歌陣地」和「為工農兵服務」兩條方針。然後在「兩條方針」之下，突出《星星》詩刊辦刊的「六條標準」。而這「六條標準」，是 1957 年毛澤東在《關於正確處理人民內部矛盾的問題》中「六條政治標準」，「究竟什麼是

〔註160〕《稿約》，《星星》，1957 年，第 10 期。

我們今天辨別香花和毒草的標準呢？在中國人民的政治生活中，應當怎樣來判斷我們的言論和行動的是非呢？我們以為，根據中國的憲法的原則，根據中國最大多數人民的意志和中國各黨派歷次宣布的共同的政治主張，這種標準可以大致規定如下：（一）有利於團結全國各族人民，而不是分裂人民；（二）有利於社會主義改造和社會主義建設，而不是不利於社會主義改造和社會主義建設；（三）有利於鞏固人民民主專政，而不是破壞或者削弱這個專政；（四）有利於鞏固民主集中制，而不是破壞或者削弱這個制度；（五）有利於鞏固共產黨的領導，而不是擺脫或者削弱這種領導；（六）有利於社會主義的國際團結和全世界愛好和平人民的國際團結，而不是有損於這些團結。這六條標準中，最重要的是社會主義道路和黨的領導兩條。」〔註161〕正如毛澤東所言，這「六條標準」，是用以鑒別人們的言論和行動是否正確的標準，鑒別究竟是香花還是毒草的標準，是一條政治標準。但同時毛澤東也指出，這六條政治標準，也完全適用於鑒別科學論點的正確或者錯誤，以及鑒別藝術作品的藝術水準如何。由此，這「六條標準」也成為了檢驗文學的重要依據。所以，在「正式稿約第四版本」中，將「六條標準」作為《星星》詩刊的編輯方針，作為評判詩歌的標準，也是理所當然的。從最初追求個性特徵的編輯理念開始，到星星編輯部的改組，以及對「稿約」的修正，《星星》詩刊就已經完全納入到時代共鳴之中，不再具有矛盾與衝突，走向為時代而歌的「單一音調」。

六、稿約批判

在《星星》發展的歷史中，一面是作為四川文聯的「機關刊物」，另一面是作為星星編輯部的「同仁刊物」，雖然星星編輯部在不斷平衡這二者矛盾衝突，但實際上，這種平衡最終並沒能實現。所以，在《星星》的「正式稿約」刊出以後，對「稿約」的批判也一直在持續。

對於《星星》「稿約」的最早批判，是 1957 年 1 月《星星》剛創刊後柯崗、曾克的批判。他們提到，「我們在『星星』的稿約裏，看到了：『現實主義的，歡迎！浪漫主義的，也歡迎！』但是，並沒有看到社會主義現實主義的『歡迎』和『也歡迎』。並且，稿約裏還說：『我們只有一個原則要求：詩歌，

〔註161〕毛澤東：《關於正確處理人民內部矛盾的問題》，《人民日報》，1957 年 6 月 19 日。

為了人民！」這是不是說社會主義現實主義的詩歌就不是為人民呢？這是不對的。因為刊物的稿約是刊物取稿的原則態度，既然是百花齊放，何以對社會主義現實主義這朵主要的花不表示歡迎呢？我們認為應該首先歡迎社會主義現實主義的作品才好。」〔註162〕石天河對此文，有詳細的回應，「在《四川日報》上，由曾克、柯崗共同署名的文章，緊緊抓住《稿約》裏面所說的兩句話，『現實主義的，歡迎！浪漫主義的，也歡迎！』『我們只有一個原則性的要求：詩歌，為了人民！』針對這兩句話，曾克、柯崗的批判是奇妙的：『何以對社會主義現實主義這朵主要的花不表示歡迎呢？』『是不是說社會主義現實主義的詩歌就不是為人民呢？』由曾克單獨署名，在《草地》上發表的文章，其批判的理由更妙：說『為了人民』的『人民』，包括工人階級、農民階級、小資產階級和資產階級，不提『為工農兵服務』的主要方向，只說『為了人民』，可見是用『人民』這個概念，掩蓋『為資產階級和小資產階級服務』的目的。——這樣的批判文章，把『反社會主義現實主義』和『反對為工農兵服務』的兩頂大帽子，輕輕巧巧地就送給了我。而這兩頂大帽子，實際上就等如『反社會主義』、『反毛澤東文藝思想』。……作家張滗後來在 1957 年 7 月的《紅岩》雜誌上，發表了一篇《語言、文學的『厄運』》，針對曾克、柯崗批《稿約》的上述表演，作了正義的反駁。結果呢，在『反右運動』中，張滗被打成了『右派』。而且，張滗的主要『罪證』，就是這篇文章。」〔註163〕由此，柯崗、曾克對「稿約」的批判，就扣上了極為嚴重的帽子，「反社會主義」、「反毛澤東文藝思想」，這也成為以後批判的基本觀點。之後，在四川省文聯五月的一次整風座談會上，黃化石也從「稿約」出發，對星星編輯部展開了批判。「但『星星』剛把稿約拿出來後，有的人就擺出了一副相當驕橫的面孔，在創作會議上，有個編輯說，我們的『星星』與別的刊物不同，我們不像他們那樣（意思是說不像他們那樣糟），這種驕橫的口吻和氣勢，在以後相當長時期中還在流露。如他們常說：『我們這期刊登了好多好多作品，還有莫斯科寄來的哩。』這樣的態度，這樣的刊物怎能聯繫更多的作者呢？」〔註164〕

〔註162〕柯崗、曾克：《讀了「星星」創刊號》，《四川日報》，1957 年 1 月 24 日。

〔註163〕石天河：《逝川憶語——〈星星〉詩禍親歷記》，香港：天馬出版有限公司，2010 年，第 30～31 頁。

〔註164〕《黃化石說成都市話劇領導同志有股官威，「星星」某些編輯人員面孔驕橫》、《省文聯邀請部分文藝工作者繼續座談 圍繞「草木篇」問題發表意見》，《四川日報》，1957 年 5 月 17 日。

他一方面批判了星星的「稿約」，另外一方面，他還對星星詩刊編輯部的傲慢態度，極為不滿。所以，此後孫靜軒對「稿約」的批判中，就認為，「事實已經證明『星星』詩刊的稿約是由右派分子石天河親手擬寫，他是蓄意要控制『星星』，把社會主義現實主義排擠在門外的。」〔註 165〕但這些批判都還是零星的，不成系統的。

對《星星》詩刊「稿約」和編輯方針的集中批判，主要體現在常蘇民和《星星》第 9 期的批判文章中。我們先來看常蘇民的批判，「一、多放毒草。流沙河提出多發諷刺（共產黨）的詩和多發對現實不滿的詩的主張，便是他們共同的主張。他們放毒草不是為了放出來讓大家識別，讓大家動手剷除，而是蓄意來攻擊黨、攻擊社會主義。……二、白航提出『不強調配合政治任務』的主張，流沙河則更具體提出多發頹廢、失望、灰色和哀怨的情詩的主張。為了他們這些共同的主張，對於這一類的貨色，儘管粗糙、潦草，他們也要反覆修改，儘量利用；而對於大部分具有社會主義內容和反映生活主流的稿件，則百般非難，甚至對毛主席的十八首詩詞，石天河也竭力反對轉載。……三、為了長期霸佔『星星』這塊陣地，他們所採取的一系列組織措施和編輯工作上的組織路線，也是異常反動的。第一、創刊後，他們就提出「編輯負責制」的口號，反對黨的領導，企圖把決定稿件的權力抓在手中。不久，流沙河提出把『星星』搬出文聯，企圖把『星星』搞成右派分子的獨立王國。……第二、排斥革命、進步的詩人。……第三、假借『培養新生力量』為名，暗中籠絡對黨不滿分子，擴充右派勢力。他們對和他們氣息相投的稿件，是不惜加工，濫予發表；他們自己的稿件，還採取化名的辦法一發再發。」〔註 166〕在這篇常蘇民的發言摘要中，首先將《星星》詩刊定性為「反黨、反社會主義的陣地」，然後從三個方面，談了《星星》詩刊的「反動綱領」。一是多放毒草。主要表現是刊發諷刺詩，特別是刊發了流沙河所寫的諷刺共產黨的詩歌。二是不配合政治，主要體現是多發情詩。三是編輯工作路線的反動，包括編輯制負責、排斥革命進步詩人、培植右派詩人。不過，從這些批判來看，從反面證實了作為「機關刊物」的《星星》詩刊在創辦之初，確實有著鮮明的「同仁刊物」傾向，而且在編輯方針上，也在努力探索著走出一條個性的，有特色

〔註 165〕 孫靜軒：《駁「紅岩」七月號的一株毒草》，《四川日報》，1957 年 8 月 8 日。
〔註 166〕 《石天河、流沙河、白航等右派分子把持「星星」的罪惡活動 常蘇民代表發言摘要》，《四川日報》，1957 年 8 月 31 日。

的編輯之路。

進而在 1957 年 9 月 1 日，由本刊編輯部書名發表的《右派分子把持「星星」詩刊的罪惡活動》一文中，對《星星》「稿約」和編輯方針的批判，幾乎完全重複了常蘇民的基本觀點，「他們在『詩歌，為了人民』的幌子下，煽動人民和黨離心離德，分裂人民；他們在『詩歌，美化生活』的幌子下，散佈資產階級思想感情，阻礙社會主義改造和社會主義建設；他們取消文藝為工農兵服務的方針，反對社會主義現實主義。」「一、多放毒草。流沙河提出多發諷刺共產黨的詩，多發頹廢、失望、灰色的詩的主張，就是他們共同的主張。」「二、對有右傾思想情緒的稿件敞開大門。白航提出『不強調配合政治任務』的主張，流沙河提出多發哀傷的情詩，多發小巧玲瓏的詩的主張，就是他們共同的主張。」「三、他們主張只『放』不『爭』，以抗拒批評。」〔註 167〕對《星星》「稿約」及編輯方針的這兩次總結性的批判，其觀點是完全一樣的。只是在舉例的時候，有一定的差別而已。由此可以說，對《星星》「稿約」和編輯方針的批判，並不是由常蘇民一個完成的，是出自四川省文聯。雖然是同樣的批判，但發表在不同報刊上，卻有著不同的含義。出現在《四川日報》上的常蘇民發言，所代表的是四川省文聯的意見；而出現《星星》詩刊上的評論，則代表了星星編輯部的自我批評。這樣一上一下，一外一內對《星星》及其「稿約」的批判，最終將《星星》在掙扎中所保留下的一點個性和特色，全部消解掉。由此，《星星》詩刊徹底納入到時代的大合唱之中。

七、廣告宣傳

在確定了詩刊的名字和方針後，進行宣傳和開展組稿工作，便成為了《星星》詩刊的頭等大事。

1. 廣告費問題

創刊之初，《星星》詩刊在廣告的投放上是較為積極的。1958 年 2 月 25 日的《四川日報》通訊，報導了「省文聯舉辦反浪費展覽會」，其中涉及到了《星星》詩刊創刊投放廣告的相關情況。因為僅僅時隔一年，所以其報導應該是很準確的。特別是提到了《星星》「廣告費」的問題，對我們瞭解到《星星》創刊時的宣傳有重要意義。這則通訊內容是，「最近，四川省文聯整風領

〔註 167〕 本刊編輯部：《右派分子把持「星星」詩刊的罪惡活動》，《星星》，1957 年，第 9 期。

導小組積極支持群眾揭發機關中的浪費現象，並舉辦了反浪費展覽會。據已
經揭發出來的事實，說明四川省文聯、成都音協、省文化局美術工作室等三
個單位，由於講闊氣、擺排場，單位之間各自為政和總務部門的官僚主義，
以致造成機關浪費業務經費和積壓物資的現象。如幾個單位在接待省內外作
家、藝術家和作者時，大多是不分情況地派小汽車迎送。三個單位已有攝影
機七部，工作上並無多大用途，常被私人借用，並公私不分地領用膠卷；『星
星』詩刊創刊時，又花大量經費買進一部閃光攝影機。『草地』、『星星』、『園
林好』等編輯部，在創刊前後刊登廣告也有浪費情況，單是「星星」創刊號在
省內外九個報紙上所花的廣告費，即達二千三百六十餘元。」〔註168〕這則通
訊，本來是報導四川文聯整風「反浪費」的成果，但實際上引出了《星星》創
刊時的宣傳問題。其中重點提到了《星星》詩刊的有兩次，一次是花經費購
買一部閃光攝影機的問題，二是在創刊前後刊登廣告的問題。特別提到《星
星》創刊號的在省內外九個報紙上的廣告，費用達到了二千三百六十餘元的
「廣告費問題」。由於經過 1957 年代反右，《星星》詩刊被推倒了風口浪尖，
因此這裡只提供了《星星》詩刊創刊時的「廣告費」的問題，並沒有展示《草
地》等的刊登廣告情況。所以，由於沒有《草地》、《園林好》這兩個刊物的廣
告情況比較，我們也無法瞭解《星星》的刊登廣告在當時到底是怎樣一個浪
費狀況。但我們這裡還是能就《星星》創刊前後刊登廣告的問題做一點思考。
通訊中所提到，「星星創刊號」的廣告費，按理應該是前文所說的是「星星」
在創刊前所刊登宣傳廣告的費用。

這則通訊中提到的「省內外九個報紙」，我們已經查閱到有相關廣告的到
包括：省內的《四川日報》和《草地》，省外的《人民日報》、《中國青年報》、
《文匯報》，總計在這 5 家報刊上刊登有《星星》廣告，其他相關「四個報紙」
的廣告現在暫時還無法瞭解。其次，通訊中所涉及到的費用，也是一個值得
注意的問題。1956 年 6 月，國務院通過《關於工資改革的決定》，全國實行行
政級別工資制，行政級從 1 級到 24 級，月工資從 594 元到 45 元不等，各黨
政軍系統都以此作為標準參照執行，而且一直延續到二十世紀八十年代末。
如果按普通的辦事員的月工資 45 元來看，《星星》廣告費二千三百六十元，
確實是一個不小的數目。但石天河認為，「例如說白航把《星星》稿約在《人
民日報》上登了個廣告，罪名是『不惜鉅資』。這就是『無邊誇大』的笑話。

〔註 168〕史維安：《省文聯舉辦反浪費展覽會》，《四川日報》，1958 年 2 月 25 日。

當時的一個廣告，大約是 30 多元人民幣，能叫『鉅資』嗎？《星星》創刊時，我們和其他報刊都是採取互相交換作廣告的方式，只有《人民日報》和少數一兩家報刊，他們不肯交換，才是花了廣告費的。《星星》創刊時窮得很，哪來『鉅資』呢？」〔註169〕由此，石天河否認了花鉅資打廣告的這一說法。其實在當時，《人民日報》、《中國青年報》、《文匯報》、《四川日報》、《草地》等報刊上登載廣告的比比皆是、每期多有一定數量的廣告。而對於文學期刊來講，正如是石天河所說，採取互相交換作廣告，也許是當時大多數期刊的一種廣告策略，並非都是需要花費鉅資的。當然，由於《星星》已經成為眾矢之的，批判《星星》「花鉅資打廣告」，或許只是一種批判的藉口而已。不管怎樣，《星星》創刊之時，刊登廣告的報刊數量較多，這是值得關注的。這表明，在《星星》創刊之處，四川文聯是給予了很大的支持，星星編輯部也在積極宣傳新詩刊。也正是這種努力，使得新創辦的《星星》，以及有著獨特編輯理念的《星星》，在一定程度上才能得到了較為廣泛的傳播。

2. 相關宣傳

《星星》最早的廣告，主要是宣傳《星星》創刊的廣告。《星星》詩刊首先在省內開展宣傳廣告，集中在《四川日報》上。四川省文聯的刊物《草地》上有一次廣告，但《成都日報》，以及《紅岩》雜誌上，均沒有《星星》宣傳的廣告。《四川日報》1956 年 10 月 15 日第一次發布了《一顆星星快出現了》，當然，在宣傳星星創刊時，也涉及到徵稿、主編、出版等信息的廣告。

一顆星星快出現了

星星（詩歌月刊）

1957.1.1.創刊

徵稿：在百花齊放的方針下，歡迎一切敘人民之事和抒人民之情的各種題材、各種流派、各種風格、各種題材的詩歌（包括歌詞）。

主編：四川文聯星星編委會。

出版：四川人民出版社。

訂閱辦法和每期定價即將公布。

從這裡可以看到，「星星」的命名，在 10 月 15 日前就正式確定了。而且在這個廣告中，最主要的目的，就是宣傳《星星》的創刊，特別醒目地用黑體

〔註169〕石天河：《逝川憶語——〈星星〉詩禍親歷記》，香港：天馬出版有限公司，2010 年，第 218 頁。

字標注「星星（詩歌月刊）1957.1.1.創刊」。對《星星》創刊的宣傳，是這次廣告的主要內容。另外，為了讓外界更清楚地暸解《星星》詩刊，所以在這一次創刊的廣告中，還專門提出了「星星」辦刊方針，「在百花齊放的方針下，歡迎一切敘人民之事和抒人民之情的各種題材、各種流派、各種風格、各種題材的詩歌（包括歌詞）」，這也是星星詩刊的一次闡述自己的編輯方針，也是為了能更好地組稿。同時，標注了主編「四川文聯星星編委會」、出版「四川人民出版社」，明確表明了這一個刊物的官方身份。正因為這一個創刊的宣傳廣告，所以將具體的訂閱等問題，留給了以後的廣告。

緊接著，四天後即 10 月 19 日的《四川日報》，第二次發布了《星星》詩刊創刊的廣告。這次廣告標題為《百花遍地鮮，星星燃滿天，一花一顏色，一星一詩篇。》，將第一次的《一顆星星快出現了》中的快要出現的「星星」，進行了星星的描述，讓我們看到「星星燃滿天」詩意形象。

百花遍地鮮，星星燃滿天，

一花一顏色，一星一詩篇。

星星

（詩歌月刊）

明年元旦創刊

請向全國各地郵局或代辦所預訂，每期定價 1 角 5 分。

歡迎來稿，寄成都市布後街二號，郵費自付。

四川省文聯星星編委會主編

在這個廣告中，其核心也是突出對《星星》創刊的宣傳。把 1957 年 1 月 1 日創刊的時間，用一種更為廣泛接受的「明年元旦」來表述，加強了受眾對《星星》創刊時間的接受。同時，主要補充了《星星》訂閱、定價、來稿方面的具體問題。如果說這兩次廣告，都在宣傳《星星》創刊的同時，一方面側重於宣傳《星星》的辦刊方針，更重要的是側重於《星星》的訂閱與投稿的問題。之後 10 月 20 日，《四川日報》再次發布了《星星》詩刊的《百花遍地鮮，星星燃滿天，一花一顏色，一星一詩篇。》的廣告，進一步加強《星星》的投稿和訂閱宣傳。

對於創刊、徵訂、徵稿的宣傳，最早在省外報刊的出現，是在 11 月 6 日這一天的《中國青年報》和《文匯報》上，且廣告的內容完全是一樣的。刊登在這兩報上的《星星》廣告，不僅有對《星星》創刊的宣傳，也包括主編、訂

閱、徵稿、郵寄等信息的廣告。

星星（詩歌月刊）

1957.1.1.創刊

　　主編：四川省文聯星星編委會

　　訂閱：向全國各地郵局或代辦所訂閱，每期一角五分。

　　徵稿：在百花齊放的方針下，歡迎一切敘人民之事和抒人民之情的

　　　　　各種題材、各種流派、各種風格、各種題材的詩歌（包括歌

　　　　　詞）。稿寄成都市布後街二號。來稿郵資自付。請自留底稿，

　　　　　來稿一般不退。

　　我們看到，11 月 6 日同時在《文匯報》和《中國青年報》上打出的《星星》詩刊廣告，首先側重的對《星星》「創刊」的宣傳，這與 10 月 15 日的《四川日報》上第一次打出了《星星》詩刊創刊的廣告是完全一致的。但同時，這次廣告也還突出了對《星星》「訂閱」、「徵稿」的宣傳。之後 11 月 15 日的《四川日報》繼續宣傳《星星》，發布了《草地（文藝月刊） 星星（詩歌月刊）擴大徵求 1957 年訂戶》的具體訂閱信息。在這個廣告，我們看到《星星》與《草地》一起都是四川文聯的刊物。這次廣告的重點則是徵求訂戶，是一次關於「訂閱」的宣傳廣告。所以這裡對《星星》詩刊，以及《草地》具體的出版社時間，每期的定價（1 角五分）、三個月的定價（4 角五分）、半年的定價（九角）、一年的定價（一元八角），以及郵費等問題都做了非常清晰的說明。緊接著 11 月 18 日《星星》首次在《人民日報》上刊登了訂閱信息。從內容上來看，與前三天在《四川日報》上所發的訂閱信息完全是一樣的。所以，經過「創刊」的宣傳後，《星星》集中開展了「徵訂」的宣傳。當然，在宣傳徵訂的過程中，也同時將「星星」的創刊，以及「徵稿」具體要求等一起廣而告之。

　　有了「創刊廣告」、「徵訂、徵稿廣告」，「星星」的宣傳轉向了第三個階段的廣告，即「稿約廣告」。從 10 月 15 日《四川日報》中《星星》第一次廣告中的「創刊」廣告，時間相隔了一個多月，我們才看到了《星星》詩刊編輯方針正式出現。這表明，要閱讀這份正式的《星星（詩歌月刊）稿約》，最早得在 1956 年 11 月 10 日了，發在同為四川省文聯主管的刊物《草地》11 月號上。前面徵訂信息上的稿約可以說是「正式稿約第一版本」，而《草地》上以及此後在《四川日報》上內容大致相同的稿約為「正式稿約第二版本」。而實

－100－

際上，真正引起廣泛關注的，也正是這個版本，這與星星編輯部對「正式稿約第二個版本」的廣泛宣傳也是分不開的。11 月 21 日的《四川日報》上也正式發布了《稿約》。11 月 24 日的《中國青年報》、11 月 26 日的《人民日報》上，便刊登了內容、版式與《四川日報》同樣的稿約，姑且稱之為星星稿約的「報紙版」。這三份報紙上的《稿約》，與在 11 月 10 出版的《草地》第 11 月號中的《稿約》，有一點差別。這幾個稿約內容是大致相同的。可見，在確定了「星星」詩刊的稿約後，即「正式稿約第二個版本」後，《星星》詩刊的宣傳，從「徵訂」主題，轉向了對辦刊方針「稿約」的宣傳。特別是這樣一份別致的《稿約》，在星星編輯部的大力宣傳之下，為新創辦的《星星》贏得了聲譽。

3. 創刊號內容預告

12 月 7 日《四川日報》正式發布了《星星創刊號內容預告》。這也是《星星》詩刊創刊前，在《四川日報》上的最後一次宣傳廣告，也是對於《星星》創刊號本身的宣傳。在這次《四川日報》上的內容預告，將《星星》創刊號上的全部目錄，包括欄目、作品等都全部列出來了，以便讓讀者更加清晰地瞭解《星星》創刊號。

我們看到，如果以「正式稿約」廣告發出的時間來看，從 11 月 21 日到 12 月 7 日這天，《星星》創刊號稿件的正式確定，間隔為 17 天。能及時從 11 月 21 日投稿，並能成功入選創刊號的可能性不大。所以，創刊號上的稿件，應該是看到了 10 月 15 日的《一個星星快要出現了》的「正式稿約第一版本」的廣告後，而開始投稿的。換句話說，《星星》詩刊創刊號上的稿件，更多的不是閱讀了「正式稿約第二版本」後而投寄的稿件，更不是「正式稿約的第三版本」後開始投稿的，而是根據 10 月 15 日上的《徵稿》方針而投稿的。因此可以說，《星星》創刊號與「正式稿約第二版本」、「正式稿約第三版本」的關聯都不大。但這並不影響，「正式稿約第二版本」中的編輯方針在整個《星星》詩刊歷史中的重要意義。12 月 14 日的《中國青年報》，刊登了《星星詩刊創刊號（1957 年 1 月 1 日出版）要目》。12 月 17 日的《人民日報》上，也刊登了內容預告《星星詩刊創刊號要目 1957 年 1 月 1 日出版》，與此前《中國青年報》上的《要目》內容一樣。

```
┌─────────────────────────────────────────────────────┐
│       星星詩刊    創    刊    號    要目              │
│              1957 年 1 月 1 日出版                     │
│ 晨風（長詩）………………………………………夢漁‧魯青│
│ 婁山短歌（7 首）………………………………………丁戈 │
│ 礦山紀事（4 首）………………………………………白峽 │
│ 孤兒的歌（長詩）………………………（彝族）吳琪拉達 │
│ 彝族情歌（5 首）………………………萬一‧蘆笛 整理 │
│ 詩簡………………………………………………………楊汝絅│
│ 大學生戀歌（2 首）…………………………………舒占才 │
│ 收穫期的情話（3 首）………………………………白堤 │
│ 吻…………………………………………………………曰白 │
│ 湖上情歌………………………………………………佟士奇 │
│ 在泉水邊………………………………………………山莓 │
│ 船夫曲（3 首）………………………………………譙貽昌 │
│ 峨眉歌…………………………………………………曾緘 │
│ 三峽小詩（2 首）……………………………………巴波 │
│ 一朵彩雲（外 2 首）…………………………………雁翼 │
│ 她為和平奔走（外 1 首）……………………………傅仇 │
│ 你們的刀………………………………………………石天河 │
│ 士兵與駱駝……………………………………………里沙 │
│ 詩經譯解（卷耳‧柏舟）……………………………公木 │
│ 參加工商界講習班有感（3 首）……………………李一宣 │
│ 牧童之歌………………………………………………艾鋼 │
│ 草木篇…………………………………………………流沙河 │
│ 星星……………………………………………………履冰 │
│ 歡迎來稿，寄成都市布後街星星編輯部。                │
│ 請向國內各地郵局訂閱，每期一角五分。如果訂閱不到，可直接│
│ 向成都市郵總局訂閱。                                │
└─────────────────────────────────────────────────────┘
```

此時，對《星星》詩刊的宣傳，主要就是集中在「創刊號」上了，重點推出創刊號上的作品。此後，《四川日報》上的《星星》廣告，與其他文學期刊一樣，主要是刊登每期的作品目錄。直到 1960 年 10 月 5 日，《四川日報》最

後一次發布了《星星詩刊 1960 年 10 月號要目》之後，《星星》詩刊要到 80 年代初才出現在《四川日報》上。

從上可以看出，《星星》詩刊的廣告主要經歷了三個階段，即對《星星》創刊的廣告、徵訂徵稿的廣告，以及對創刊號的廣告，這體現了星星編輯部在廣告過程中，是有階段性的考慮的。而這些廣告主要集中在《四川日報》上，省文聯的另外一個刊物《草地》也僅有一次，而《成都日報》上則沒有「星星」的廣告。這表明，《星星》的廣告，主要還是立足於四川，而且在《星星》創刊之初，星星編輯部也並沒有四處濫發廣告。另外，在《人民日報》上發了三次廣告，《中國青年報》、《文匯報》上也有一些包括徵訂信息、徵稿信息、創刊號要目預告，但其內容與《四川日報》上所發的內容一模一樣。但他們選擇的廣告的報紙也是很有意思的。選擇《人民日報》打廣告，毫無疑問是看重《人民日報》的權威性。選擇《中國青年報》打廣告，則看重《中國青年報》的「青年性」。而在《星星》辦刊的歷史過程中，扶持青年，發掘青年詩人，也正是他們一直以來的辦刊理念。最後，選擇《文匯報》打廣告，則是看重《文匯報》的「知識分子性」。《星星》詩刊創刊以來，一直在「知識分子」與「工農兵」之間搖擺，力圖保持著一種專業精神。而在《文匯報》上打廣告，也就體現了《星星》在創辦之初向「知識分子」靠近的訴求。

《星星》創刊之初的大面積廣告，首先引起了媒體的關注。其《稿約》和創刊，首先在省內《四川日報》和《成都日報》中廣泛傳播。同樣，北京的《工人日報》也有相關的文章，稱讚該《稿約》別致。《星星》的創刊甚至還引起了蘇聯的關注，「這個刊物是一批青年詩歌愛好者創辦的，在當時文藝報刊都是機關主辦的情況下，這個刊物帶有同仁辦刊的性質。它的創刊不僅引起國內文藝界的注意，蘇聯《文學報》還發了消息。」〔註170〕媒體的這種關注，主要集中於《星星》詩刊的《稿約》，以及對其帶有同仁性質的編輯方針的注意。這在一定程度上，進一步突出了《星星》的個性，也引來了更多人目光。《星星》別致的稿約，還引起了詩人們的廣泛關注。如老詩人公木、田間就積極來稿支持《星星》詩刊；青年詩人們也積極支持，踴躍投稿。舒其德在轉交曰白的投稿時，就提到，「我有一位朋友現在西安。當我一知道『星星』將要創刊時，就馬上把這喜訊告訴了他。他在信中寫道：『星星，多好的名字啊。盼望它早日出刊。但願它是多姿多彩的，而不是口號似的刊物。』當我讀

〔註170〕黎之：《文壇風雲錄》，石家莊：河南人民出版社，1999 年，第 68 頁。

到載於四川日報上的『稿約』後，又馬上剪下來給了寄了過去。他在信中寫道：『讀了星星的稿約剪紙，確實又有些心動。看來這刊物不是那枯燥的乾草堆。雖然咱們的青草不開花，但也會把美麗的花壇襯托得更鮮豔些。好，就這樣吧，由你選兩首去。』」〔註171〕據白航回憶，《稿約》的廣告發布後，效果非常好，他們編輯部每天都會收到約 150～200 件來稿。《星星》詩刊密集的廣告，也引起了中國作協的關注。特別是在創辦《詩刊》的時候，1956 年11 月 21 日《詩刊》編輯部在給毛主席的請示中，就專門提到了《星星》，並以此作為創辦《詩刊》的理由之一。「在詩歌的園地裏，已經顯露了百花齊放，百鳥囀鳴的春之來臨的跡象。西南的詩人們，明年元旦創刊《星星》詩雜誌；《人民文學》、《長江文藝》都準備來年初出詩專號；詩歌在全國報刊上都刊登得很多。這是一個歡騰的時代，歌唱的時代。熱情澎湃的詩歌的時代是到來了，《詩刊》因而誕生。」〔註172〕

　　總之，《詩刊》更多的佔據了「國刊」的地位，特別是爭取到了毛澤東的支持，並得到了廣泛關注。《星星》創刊之初，不僅沒有辦法擁有《詩刊》那樣的特別的地位，而且在四川省文聯中也沒有《草地》那樣的地位。所以，《星星》詩刊必須以別致的《稿約》和密集的廣告，來展示自己，才能引起社會的關注。

〔註171〕 《四川省文聯（1952～1965）》，建川 127～208，四川省檔案館。
〔註172〕 連敏：《〈詩刊〉1957～1964 研究》（博士論文），北京：首都師範大學，2010
　　　　年，第 25 頁。

第二章　白航時期的《星星》詩刊

　　《星星》詩刊初創時期的「個性」以及「多樣化」辦刊方針，與主編白航有著密切的關係。在初期《星星》詩刊的歷史中，白航無疑是其中的核心人物。他不僅全程參與了《星星》詩刊的創辦，而且在他的指導下，成就了初期《星星》詩刊的黃金時代。並且在此後的運動中，白航也是上下聯絡、多方溝通，艱難地維持著《星星》詩刊的發展。總之可以說，正是因為有了白航，初期《星星》才能彰顯出鮮明的個性色彩。

第一節　《星星》詩刊的白航時期

　　白航是《星星》最重要的創辦人之一。正如前面所述，白航是提出創辦詩刊的詩人之一，「大家談到四川文藝的未來發展時，很多人提到，『四川的詩人比較多，詩歌創作是一個優勢。但是寫詩的人雖然多，但苦於沒有足夠的發表空間。』於是，白航等人就想到，不如大家辦一個詩歌刊物。在大家熱情高漲的商議後，集體決定讓白航寫一份報告，上交給省委宣傳部。幾個月後，報告被獲得批准。」[註1] 更重要的是，在《星星》創辦初期，白航既參與了創辦詩刊意見的討論，而還起草了報告《關於創辦詩刊的建議》，為《星星》詩刊的創辦奠定了堅實的基礎。當然，從 8 月初白航等人完成了《關於創辦詩刊的建議》，再到 8 月 10 日定型的正式文件，中間經過了創作輔導委

〔註 1〕張傑、荀超：《和詩歌相伴一生——訪詩人、原〈星星〉詩刊主編白航》，《詩江南》，2014 年，第 1 期。

員會的集體討論和補充。儘管這份定型創辦詩刊的建議，離不開整個四川文聯詩歌組、四川文聯創作輔導委員會，是創作輔導委員會的集體決議，但都是建立在白航起草文件的基礎上。總之，從所起草的《關於創辦詩刊的建議》來看，對於新創辦詩刊，白航投入的精力是最多的。

白航也是《星星》詩刊的監管人。正是在 8 月 10 日經過文聯創作輔導部委員會通過的《關於創辦詩刊的建議》基礎上，這份決議上報到了文聯黨組，於 1956 年 9 月 25 日形成了《文聯黨組關於創辦詩刊的請示報告》。這份報告在大量的前期準備工作上，對創辦詩刊的問題提出了具體解決的辦法，其中《編輯力量問題》中就明確提出，由白航任星星詩刊的監管人。「詩刊的編輯人員，也是一個困難。全國未能創辦詩刊，據我們所知，就是編輯人員很難解決，一般詩人只願寫詩，不願作無名的詩刊編輯工作。現在，省文聯不少詩作者，自願參加詩刊編輯工作。我們初步考慮：詩刊只要有五個編輯（原『歌詞創作』只有一個編輯），可以從這幾個方面調配：詩歌組兩人，理論批評組一人，成都音協一人（音協『歌詞創作』停，原有歌詞編輯一人抽出），創作輔導部副部長白航同志（中共正式黨員）兼管詩刊工作。抽出力量編詩刊後，如文聯工作能妥善安排，不致影響其他工作。雖然有些困難。」〔註2〕從這份文件可以看出，作為星星詩刊監管人身份出現的，是由四川省文聯黨組討論通過，並最後認定的。因此，《星星》詩刊的「第一人」，也就是省文聯第一個明確參與到《星星》詩刊的詩人，正是白航。

最重要的，白航還是《星星》詩刊編輯部主任，即《星星》詩刊的第一任主編，全面負責《星星》詩刊的編輯工作。同樣，在這份《文聯黨組關於創辦詩刊的請示報告》的附件《關於詩刊的方針任務及讀者對象等問題的初步意見》中，已經明確提出了白航兼任星星編輯部主任，「詩刊編輯 5 人：創作輔導部付部長白航同志（中共正式黨員）兼詩刊編輯主任。另外，由周天哲、流沙河、白堤、白峽同志擔任編輯。」〔註3〕由於當時的《星星》沒有設主編，所以作為星星編輯部主任的白航，其實就是《星星》詩刊主編。當時成都日報記者曉楓記載：「幾經研究籌組，後經中共省委宣傳部批准，一個面目全新

〔註2〕《文聯黨組關於創辦詩刊的請示報告》，《四川省文聯（1952～1965）》，建川127～126，四川省檔案館。

〔註3〕《文聯黨組關於創辦詩刊的請示報告》，《四川省文聯（1952～1965）》，建川127～126，四川省檔案館。

的《星星》詩刊，於 1957 年 1 月正式創刊問世。詩刊有四位工作人員，主編白航，一位老區來的文藝工作者，而且是個原則性很強的黨員，負責撐握詩刊的發展方向。」〔註4〕所以，初期《星星》詩刊的編輯方針和發展方向，與作為編輯部主任或者說《星星》詩刊主編的白航密切相關。正如石天河所介紹，「白航和我還合得來，我們兩個都沒有多大的『官癮』，編輯部由他負全面領導責任，我則負責刊物的日常編輯業務。」〔註5〕在《星星》詩刊創辦後，初期的第 1 期到第 8 期，就完全是在白航的主持之下開展。「《星星》從我離開編輯部，第三期到第七期，仍然是白航主持，第七期上，還發表了白堤的一首詩。從第八期起開始發表配合『反右』運動的詩，第一篇便是傅仇的《我們在戰鬥中成長》。對『右派』用『詩』的形式進行批判。八月份，四川文聯的運動已經進入高潮，白航顯然已經站不住腳了。第九期起，李累、傅仇已經奪取了《星星》詩刊編輯部，白航已經劃入了『右派』。」〔註6〕可以說，早期的《星星》，是白航編輯思想以及整個編輯部思想的主要體現。由此，在編輯部組正式組建後，《星星》詩刊便進入到了白航時期。而談論《星星》詩刊的歷史，首先便應從白航開始。

一、白航生平

在對白航生平介紹中，最早的記錄保存在四川省文聯的幹部名冊中。在 1952 年的《四川省文聯幹部編製名冊　一九五二年十月七日》中，此時為川北、川南、川東、川西行署區剛合併之時，文聯的主要幹部中：沙汀為主任；陳翔鶴為文聯副主任；常蘇民為文聯副主任；西戎為創作研究部部長；羊路由為創作研究部副部長。其中白航職務為「創作研究部創作組組長」；出生地「河北交陽」；備註「曾在天津作過城市工作，敵工工作多年。華北聯大文藝學院學習二年多即轉入十八兵團文工團創作員，入川後轉區黨委宣傳部文藝科。50 年 9 月到川北文聯負責編輯出版部工作。」〔註7〕在這份備註中，對

〔註 4〕鐵流：《反右鬥爭前奏曲〈草木篇〉事件》，《我所經歷的新中國 第一部〈翻天覆地〉》，無版權頁，第 354 頁。

〔註 5〕石天河：《逝川憶語──〈星星〉詩禍親歷記》，香港：天馬出版有限公司，2010 年，第 1 頁。

〔註 6〕石天河：《逝川憶語──〈星星〉詩禍親歷記》，香港：天馬出版有限公司，2010 年，第 205 頁。

〔註 7〕《四川省文聯幹部編製名冊 一九五二年十月七日》，《四川省文聯（1952～1965）》，建川 127～18，四川省檔案館。

於白航的記載雖比較簡略，但也呈現了白航的主要生平。一年後的《四川文聯 美術工作室 西南音協 幹部名冊 53 年 10 月 19 日》，是四個行署合併後新組建的四川省文聯名單。在這份名單中，進一步補充了白航生平的一些細節。此時，白航的職務仍然是創作研究組組長。在備註欄中注明為，「四五年民革平康溝北方局城市幹部學習，後天津解放委員會（地下工作），冀中抗大二分校學習，冀中區黨委敵工部工作，冀中華北聯合大學文學系學習，十八兵團創作組員，川北文工團創作組員，川北區黨委宣傳部幹事，川北文聯編輯出版部主任。」〔註8〕比起第一份記載，這份幹部名冊中對白航的生平，完善和補充了第一份歷史檔案中的很多具體歷史，特別是記錄了白航生平中的重要事件。如先後在北方局城市幹部、抗大二分校、華北聯合大學文學系學習；先後於天津解放委員會、冀中區黨委敵工部、十八兵團、川北文工團、川北區黨委宣傳部、川北文聯等工作，編擔任過創作組員、宣傳幹事以及文聯編輯出版部主任等職務。因此，這份檔案，勾勒出了白航早期的主要生平活動，這讓我們對白航政治歷史有了一個完整的瞭解。這也讓我們看到了，正是有了這樣的政治歷史，此後白航才有可能被任命為《星星》負責人。但因為是幹部檔案，所以在這份檔案中，因記錄下來的更多涉及到的白航的政治活動歷史，所以沒有對於白航更多的生活歷史的記錄。此後白航自己的一系列回憶，主要是在《往事——白航回憶錄》〔註9〕中，進一步完善了他早期的政治活動等生平經歷的具體細節。

白航對自己生平經歷的回溯，要追溯到 1993 年。在由香港現代出版社出版的《白航詩選》中，詩集前有《詩人簡歷》，「白航 本名劉新民，1926年生於河北省高陽縣路臺營村。11 歲去北平，天津讀書。抗日戰爭勝利前夕進入解放區，作過地下工作，後入華北聯合大學文學系，畢業後參加中國人民解放軍。解放太原、西安後入川。1957 年創辦《星星》詩刊，被錯劃為右派。1978 年平反，續編《星星》十年後離休。」〔註10〕這份簡歷應該是白航自己撰寫的，其中更多的涉及到個人的生活，按照出生、求學、工作、創作這樣的模式來介紹，看到了一個詩人的成長歷史。此後在《二十世紀中國詩人

〔註8〕《四川文聯 美術工作室 西南音協 幹部名冊 53 年 10 月 19 日》，《四川省文聯（1952～1965）》，建川 127～18，四川省檔案館。

〔註9〕白航：《往事——白航回憶錄》，成都：四川美術出版社，2018 年。

〔註10〕《詩人簡歷》，《白航詩選》，香港：現代出版社，1993 年。

辭典》中〔註 11〕，讓我們看到了白航在建國後，從川北文聯出版部主任，到
《四川文藝》副主編、四川省文聯創作研究部副部長，再到《星星》詩刊負責
人的成長歷史。所以這些生平也表明，白航除了長期的革命鬥爭歷史，也有
著個人豐富的文學編輯經驗，這些都促成他最後成為《星星》詩刊的負責人。
所以，在白航早期的生平歷史構成中，主要展現了兩個方面：一是建國前的
革命歷史；二是建國後的文學編輯、創作、評論的歷史。2014 年白航再次對
自己早期的歷史也做了回顧，在《白航的詩》的欄目中，書前的「作者簡介」
有白航的生平介紹〔註 12〕。而對白航生平介紹最完整的是《川北區志》，其中
提到：「白航（1925～），本名劉新民，河北高陽縣人。民國 34 年（1945 年），
白航進入晉察冀解放區，在冀中軍區敵工部當上了一名工作人員。經過訓練，
白航被派回家鄉從事地下革命工作：在北日本佔領的區域，搜集情報。民國
35 年（1946 年秋），白航考取華北兩河大學文藝學院文學系。民國 37 年（1948
年）白航大學畢業，入伍從軍，在中國人名解放據第 18 兵團文工團創作組任
創作員，隨部隊轉戰太原、西安。1950 年初到川北區工作，在川北文聯創作
出版社任主任。1952 年 9 月後，任四川文聯創作研究組組長，《四川文藝》編
輯。1957 年創辦《星星》詩刊。1982 年加入中國作家協會，先後任中國作協
期刊委員會委員，全國新詩評獎委員會委員等。白航的詩歌創作多取材他的
現實生活，比如有自傳色彩的《長城外》、《入川記》、《嘉陵江》；回憶早年學
習及戰鬥經歷的《華北聯合大學》、《在太原前線》、《劍門關之夜》、《車過娘
子關》等。歌詞《列車在輕輕搖盪》獲 1955 年中央音樂學院創作獎。著有詩
集《藍色幽默》、《白航詩選》、《詩歌創作漫談》、古典文學論著《簡論李白和
杜甫》等。」〔註 13〕

　　此外，在《詩江南》雜誌中，張傑、荀超的訪談錄《和詩歌相伴一生──
訪詩人、原〈星星〉詩刊主編白航》中，也補充了他自己的一些生平，這成為
我們瞭解白航生平的一份較為完整的文獻。首先關於自己的出生，白航的介
紹比較簡單〔註 14〕，因為此前相關的文獻中都對此做過介紹。如在《一次偶

〔註 11〕《二十世紀中國詩人辭典》，北京：作家出版社，2006 年，第 65 頁。
〔註 12〕見《白航的詩》，《江南詩》，2014 年，第 1 期。
〔註 13〕《川北區志 1950.1～1952.9》，《川北區志》編纂委委員編，北京：方志出版
　　　　社，2015 年，第 380 頁。
〔註 14〕張傑、荀超：《和詩歌相伴一生──訪詩人、原〈星星〉詩刊主編白航》，《江
　　　　南詩》，2014 年，第 1 期。

然的秘密任務》〔註15〕和《難得糊塗的故事》〔註16〕中，白航也回憶了自己
在天津師範學校讀書的事情，然而並沒有涉及到相關的文學活動。第二，關
於求學經歷，白航則主要回憶了華北聯合大學文學系的讀書生涯，「1946 年
10月間，我由冀中區黨委聯絡部，介紹給聯大在河間的招生處，考入了華北
聯合大學。」〔註17〕他特別重點回憶了在文藝學院與艾青的交往。而省文聯
檔案材料中的他在北方局城市幹部、抗大二分校的學習情況，白航在自己的
簡介中就完全沒有提及。「1946年秋，白航考取了華北聯合大學文藝學院文學
系，學校在冀中束鹿縣的賈莊和杜科，校長是成仿吾，艾青是文藝學院的副
院長。老師有陳企霞（系主任）、廠民（嚴辰）、蕭殷、何洛、蔡其矯等，文藝
學院還有丁玲、朱子奇。據白航講述，……『在五一節的時候，我們文藝學院
出了一個牆報，我是文藝學院的牆報委員。當時辦牆報很困難，沒有現在的
印刷條件，我們就拿著白紙寫稿子，在外面牆上掛一張布，然後把稿件都釘
在布上，這就算是刊物了。』艾青負責指導學生們辦的牆報，於是白航就去
找艾青請教，『想要聽聽他的評價和建議。他說，可以，不過有些文章不新穎。
比如說，歌頌不能光用紅色，藝術手段要豐富、生動、多樣化。藝術性和思想
性都要好。他的評價，我聽了心服口服，一直記在心底。』解放後，很多詩人
在北京一起聚會，白航也去參加了。到聚會目的地之後，白航聽到艾青在喊
他，『他們那一桌有艾青、艾青的夫人，還有華北聯大的老師和同學。在飯餘，
艾青先生還贈給我了一句短詩，他很幽默，即興念出來這首詩，對我一笑：
白航不白航，只要有方向，一定能到達彼岸。他作詩，這是表達對我的希望，
希望我有所成就，我很感謝他。』。」〔註18〕我們看到，在白航看來，六里屯
小學、天津市立師範對他的影響不大，所以在回憶中只提了一下。「北方局城
市幹部學習」這一回憶有誤，應該為「北方局的城市幹部」，或者是在「北方
局管轄的包括首都北京和北京的大專院校」中學習。我們看到，由於白航認
為北方局對自己的影響並不大，所以也沒有一點北方局記錄。另外，在省文

〔註15〕白航：《一次偶然的秘密任務》，《德陽日報》，1995 年 7 月 2 日。
〔註16〕白航：《難得糊塗的故事》，《往事——白航回憶錄》，成都：四川美術出版社，
　　　　2018 年，第 6～9 頁。
〔註17〕白航：《圓了兩個夢——在華北聯合大學讀書隨想》，《往事——白航回憶錄》，
　　　　成都：四川美術出版社，2018 年，第 37 頁。
〔註18〕張傑、苟超：《和詩歌相伴一生——訪詩人、原〈星星〉詩刊主編白航》，《江
　　　　南詩》，2014 年，第 1 期。

聯檔案中提到的「抗大二分校」，白航在新世紀的回憶中，也並沒有具體歷史。
由於白航在軍事上並沒有成就，所以他也就淡化了這一段歷史。不過，雖然
淡化了抗大二分校的歷史，但白航的回憶卻強化了華北聯合大學中文系的求
學歷史。對於這樣一段重要的求學歷史，白航到是情有獨鍾。他說，「在聯大
學習的兩年期間，決定了我一生獻身於黨的文藝事業」〔註19〕，為此，白航
在《文學之夢的種子——華北聯大散記之九》中，就較為詳細地記載了華北
大學的文學氛圍，「當時，在文學系講課的老師有丁玲、艾青、陳企霞、何洛、
歐陽凡海、崔巍、嚴辰、蕭殷、蔡其矯等。課程有文學概論、近代中國文學
史、寫作練習、作品選讀、創作方法等。蔡其矯還講了有關《水滸》人物的性
格，蕭殷還講了《是故事先還是人物先》，引起了同學們的熱烈討論，他又講
了《創作方法十二種》，即『緒論、生活、思想、政策、形象、典型、素材題
材、主題、結構、風格』等。除了這短暫的聽課外，還有一門『生活課』，便
是和農民交朋友，瞭解人物性格，收集群眾的形象化語言。」〔註20〕華北聯
合大學，是白航文學的啟蒙之地，讓白航快速成長起來。第三，在這份回憶
中，白航還專門回顧了自己參加革命的歷史，以及入川的歷史，「『我參加革
命是1945年6月，日本已經佔領了大半個中國了。只剩下雲南、貴州、四川
三個省，沒佔領。大家都不願當亡國奴。我有一個同學，家里人都是中共地
下黨員。他可以介紹我去解放區去。我當時連正在讀的天津市立師範文憑，
都沒顧得上拿就出發了。當時我還跟母親扯了個謊，就說自己在外地找到了
工作。當時到解放區去，需要經過很多道關，需要對接頭暗號。』進入解放區
的白航，在冀中軍區敵工部當上了一名工作人員。經過訓練，白航被派回到
家鄉從事地下革命工作：在被日本佔領的區域，搜集情報。……1948年，白
航入伍從軍，在中國人民解放軍十八兵團文工團從事文藝創作，與戰友一起
創作、表演小戲劇、廣場劇。他曾坐車穿過娘子關到太原前線，體驗戰鬥生活，
搜集創作題材。……太原勝利解放後，白航又跟著部隊去解放大西北，從太原
向前進軍，過風凌渡到潼關，入西安，下寶雞，長途跋涉，行軍艱苦。」〔註21〕

〔註19〕白航：《圓了兩個夢——在華北聯合大學讀書隨想》，《往事——白航回憶錄》，
　　　　成都：四川美術出版社，2018年，第39頁。

〔註20〕白航：《文學之夢的種子——華北聯大散記之九》，《往事——白航回憶錄》，
　　　　成都：四川美術出版社，2018年，第59頁。

〔註21〕張傑、荀超：《和詩歌相伴一生——訪詩人、原〈星星〉詩刊主編白航》，《江
　　　　南詩》，2014年，第1期。

在《往事》中，也收錄了白航較多回憶這段歷史的文章，如《軍中記》、《入川記》、《突破劍門關》、《綿陽道上》、《一朵花凋謝在故鄉》、《軍行千里入成都》、《脫掉軍裝之前的一段故事》等。從這些回憶可以看到，此後白航能作為《星星》詩刊的負責人，正好與他的這些革命經歷是有重要的關係的。同時，在其他的一篇文章中，白航也還談論到了他早期所從事文藝工作的情況，「一月後的 11 月 1 號，我和兩名戰友背起背包和乾糧袋，爬上秦嶺，參加到進軍四川、解放大西南的英雄部隊裏，當上了一名體驗戰鬥生活的連隊文化教員。我的職責是教戰士們唱歌，活躍部隊文化生活，做一些戰場上力所能及的工作，並在血與火的戰場上，錘鍊我的詩句與靈魂。」〔註22〕而實際上，此時的白航已經發表了一些作品。1948 年他在十八兵團文藝工作團時，寫出了第一首快板詩《我是炊事員》，發表在華北軍區的《戰友》雜誌上。此後還寫出了《火線唱英雄》（歌曲），登在《華北人民日報》上。1949 年 11 月，還用老野的筆名，在西安的《群眾日報》副刊上，發表了較長的詩作《小攬活的》。

在這些回憶中，白航對自己建國後經歷的介紹也是相當少的。僅在《如夢如幻的南充》一文中有一些介紹，「來到南充後，一切工作從頭開始，不久我和高揚、黃丹、康工弟等同志調出文工團去搞川北文聯的籌委會工作，先從盲人曲藝、說唱組織開始，在組織改革川劇、文學音樂、戲劇，不久各種協會都組織起來了。10 來個工作人員把川北文藝鬧得紅紅火火，還編輯出版了《川北文藝》（川北日報刊，半月一期），出刊了《說說唱唱》。1951 年底就召開了川北區文學藝術工作者代表大會，正是成立各協會。」〔註23〕另外，在《川北鄉情》中，白航還介紹了自己的詩歌創作，「我寫了《農民翻身課本》等四本通俗讀物，作為他們識字的課本，我寫了《佃客的話》、《佃客朱老三》為他們鳴不平，我寫了《農民協會歌》、《減租退押歌》，傳唱於村村寨寨。」〔註24〕進而，他的回憶中除了會理之外，幾乎都是跳過建國後的歷史，而直接進入到對自己八十年的生平和工作的介紹。「可以這樣說，改革開放之於我有三喜：一喜，是我被錯劃右派的事情得到了改正，我的思想負擔得到了

〔註22〕白航、飾華：《連夜進軍廣元》，《晚霞》，2009 年，第 5 期。

〔註23〕白航：《如夢如幻的南充》，《往事——白航回憶錄》，成都：四川美術出版社，2018 年，第 103～104 頁。

〔註24〕白航：《川北鄉情》，《往事——白航回憶錄》，成都：四川美術出版社，2018 年，第 201 頁。

徹底解脫；二喜，是 1957 年由我和石天河、流沙河、白峽創辦的《星星》詩刊及《草木篇》詩作在反右時被錯誤批判和處理的事情得到了平反和改正，並被批准於 1979 年 10 月 1 日正式復刊。」〔註 25〕1978 年平反後，白航歷任《星星》詩刊副主編、主編等職，並出版了自己的詩集和研究專著。〔註 26〕

對於建國後到八十年代的這段歷史，由於涉及到各種政治運動，相關的歷史檔案較少。同時因為涉及文革期間的運動，因此對建國後到新時期這段時間，白航的歷史幾乎難以有一個完整的呈現。初期星星編輯部的「二白二河」這四人，對於建國後到新時期這段時間的歷史，石天河有《寒淵紀略》、流沙河有《鋸齒齧痕錄》，他們都非常詳細地記錄下來了，但白航卻並沒有此階段的個人歷史。雖然白航說提到自己有回憶錄，但筆者未見，所以難以瞭解其具體的情況。當然，也由於這段時間的歷史與本課題研究的關聯不大，所以也就不再重點關注。而建國後的報紙如《川北日報》、《四川日報》在一定程度上保留了白航的建國初的文學活動，這是值得我們關注的。

二、建國初白航的創作

建國後白航的文學活動，主要保存在《川北日報》中，這對於我們理解此後白航的文學編輯、文學創作均有著重要意義。1950 年 9 月，白航轉到川北，到川北文聯負責編輯出版部工作，便開始了的專門的文學創作和文學編輯活動。據《川北區志》記載：1950 年 7 月 2 日，川北區文學藝術界聯合籌備會成立，段可情任主任。1951 年 11 月 16 日至 25 日，川北區文學藝術界聯合會成立，段可情為川北區文學藝術界聯合會主任委員，白航任編輯部主任，張澤厚任文學部主任。〔註 27〕在《中國文藝家傳集》中也提到，「1949 年 12 月隨軍進入四川，解放成都後轉業於川北文聯，任編輯出版社主任，主編《川北文藝》。」〔註 28〕另外有介紹還提到，白航此時曾出版過詩集《川北土改喜事多》（川北人民出版社）〔註 29〕。1951 年 4 月 26 日，也就是剛轉入到川北

〔註 25〕白航：《感受改革開放的體溫》，《晚霞》，2008 年，第 2 期。

〔註 26〕白航：《感受改革開放的體溫》，《晚霞》，2008 年，第 2 期。

〔註 27〕《川北區志 1950.1～1952.9》，《川北區志》編纂委員會編，北京：方志出版社，2015 年，第 198 頁。

〔註 28〕「白航」詞條，《中國文藝家傳集（第一部）·文學卷》，蔣往、度純雙主編，重慶：西南師範大學出版社，1993 年，第 73 頁。

〔註 29〕見「白航」詞條，《中國文學家辭典 現代》，第 4 分冊，成都：四川文藝出版社，1979 年，第 82 頁。

文聯編輯出版部工作不久後，白航便以自己的作品《佃客朱老三》，獲得了「川北區文藝創作獎金」中的詩歌創作甲等〔註30〕，這是對白航1948年以來開始創作的肯定，也為此後白航的發展奠定了重要的基礎。此次獲獎作品，統一收錄到1950年川北行署文教廳編《川北文藝創作選（新文化教育叢書之十七）》中。據《川北區志》記載，「1950年10月，在第二期《川北文藝》上，川北區文聯籌委會公布了《頒發獎金條例草案》。」〔註31〕特別值得注意的是，這次獎勵中的三個獎項，均有白航的作品，如：《佃客朱老三》獲的詩歌創作獎甲等獎；《小倆口趕場（秧歌劇）》劇本創作丙等獎；《農民協會歌》獲得歌曲創作及填詞丙等獎。可見，在這次評獎中，白航可以說是一顆相當耀眼的文學新星。這些作品的創作時間在1950至1951年間，可以看作是白航創作的第一個高峰時期。而且，此後白航還把五十萬元的文藝獎金捐給了「魯迅號飛機」。對社會事業的關注，這無疑對白航此後的文藝事業有重要的作用。不久後，白航便被選為川北文協委員，成為新成立的川北區文學工作者協會委員的常務委員，進入到文學領導的行列，「川北區文學藝術工作者聯合會第一次委員會議，正式推選出段可情、袁毓明為正副主席，同時選出張澤厚、白航等十七名常務委員，組成了常務委員會。」〔註32〕此時，白航不僅入選了川北區文學工作者協會委員和常委委員，而且在排名中，白航也是比較靠前的。但此後，白航在川北文聯做了怎樣的工作，以及創作了怎樣的作品，由於資料有限，難以一一呈現。特別是白航升任川北文聯創作出版部主任等的具體歷史細節，我們很難知曉了。

　　白航的《佃客朱老三》能獲得了川北區文藝創作獎金，應該說與相關評論的推薦有一定的關係。關於《佃客朱老三》，在《中國文藝家傳集（第一部）‧文學卷》對白航的介紹中說是與人合作的詩集。〔註33〕白航也說：「我出版過的詩集：慚愧，只在50年代初，由民間木版刻印過幾首詩，是掛在一個木架子和《梁山泊和祝英臺》等唱本一起發賣的。後由川北人民出版社出過一本

〔註30〕《川北文聯創作獎金評委會　初步評定得獎作品（文聯通訊小組）》，《川北日報》，1951年5月5日。

〔註31〕《川北區志 1950.1～1952.9》，《川北區志》編纂委員會編，北京：方志出版社，2015年，第199頁。

〔註32〕《川北文聯召開首次委員會議　推選段可情袁毓明為正副主席　並正式組成了常務委員會（文聯通訊組）》，《川北日報》，1951年12月5日。

〔註33〕「白航」詞條，《中國文藝家傳集（第一部）‧文學卷》，蔣往、庹純雙主編，重慶：西南師範大學出版社，1993年，第74頁。

《佃客朱老三》（與人合集）。」〔註 34〕不過我們卻沒有找到相關的資料，只查閱到相應的一首詩歌。根據 1950 年川北行署文教廳編《川北文藝創作選（新文化教育叢書之十七）》，詩歌《佃客朱老三》內容如下，「坡連坡，山連山，／溝溝坎坎數不完。／黃樹蓮結的是黃蓮果，／溝溝裏住的是黃腳杆……／／朱家灣佃客朱老三。／種田種了四十年，／賠了娃兒賠了女，／賠了房子賠了田。／刀子穿心鹽巴醃，／說不盡的苦辣和酸甜。……石榴花開紅一片，／陰雲散盡晴了天，／要減租呵要退押，／掀掉石頭把身翻。／朱老三，兩眼笑成一條線，／呵！呵！共產黨來了比糖甜！」〔註 35〕不久陳仿微就對此作了評論。「廣大的群眾都喜歡它，它成了農民翻身的鬥爭武器，除了由於它的內容很有現實意義，配合了革命的中心任務外，皆因它具有幾個基本的特點。……作者熟練地掌握了組合語言的藝術，把民間語言提煉成了詩的語言，創造了典型的語言。……它的形式是民間形式的昇華，它從民間形式中來，而不是民間形式的翻板，是創造的新的形式。」〔註 36〕在這篇評論文章中，作者陳仿微首先就給予了白航極高的評價，「正是由於白航等人一年多來的詩歌創作，才改變了川北文學創作的荒涼景象」。進而，該文章還以白航的詩歌《佃客的話》和《佃客朱老三》，分析了白航對川北當代詩歌的重要貢獻。從主題上來看，陳仿微認為：由於配合了「革命的中心任務」，沉痛地控訴了地主階級對農民的殘酷剝削，倒出了佃客心裏的苦水，對提高農民的階級覺悟和鼓勵農民的鬥爭熱情，所以最後成為了「農民翻身的鬥爭武器」，這成為這兩篇詩歌作品成功的最重要原因。與此同時，陳仿微還認為這兩篇詩歌無疑是在繼承和發揚解放區文藝的傳統：在語言上，把民間語言提煉成了詩的語言，創造了典型的語言；在形式上，它的形式是民間形式的昇華，它從民間形式中來，而不是民間形式的翻板，是創造的新的形式。總之，從這個批評來看，陳仿微無疑是白航詩歌的一個重要推手。而評論者陳仿微，實際上也是一位詩人，他的曲藝《押佃嘟個退》和詩歌《太陽出來照山坡》也都曾獲過獎。另外，他也是一位名教師，據丁季達《回憶胡耀邦主任兩件事》中所記

〔註 34〕劉傑峰、葉凱編：《白航》，《詩人的自白》，哈爾濱：黑龍江人民出版社，1988年，第 77 頁。

〔註 35〕白航：《佃客朱老三》，《川北文藝創作選（新文化教育叢書之十七）》，川北行署文教廳編，1950 年，第 5～10 頁。

〔註 36〕陳仿微：《「佃客的話」和「佃客朱老三」讀後感》，《川北日報》，1951 年 3 月19 日。

載：「1951 年春，中學教師思想改造，結束時，據說語文教師陳仿微老師寫了一首《感謝共產黨》的詩，記不清誰為他的詩譜了曲，當時這首歌在遂寧專區教師中為流傳。」〔註 37〕可以看到，對白航的批評，是來自民間作者陳仿微的評價，並不是來自官方。作為一位比較活躍的評論者和創作者，陳仿微不僅自己有創作，而且還參與到新作品的評論之中，由此也將白航推到了川北文藝界的前臺。

　　儘管白航的這些詩歌創作，具有鮮明的解放區特色，被給予了很高的評價，但是不久仍然遭到了質疑，甚至是批判。周暉鍾就說白航的「佃客朱老三」，「既未能說明朱老三在解放前的反抗情緒，又不能說明共產黨，人民政府來了朱老三翻身後的感情和行動，『陰雲散盡晴了天』，嫌抽象，會給人從此革命成功，天下太平的印象」。周暉鍾在這篇批判文中，儘管面對的同樣一個文本《佃客朱老三》，也給予了充分的肯定，但是卻著重分析了作品中「表現革命力量還顯得不夠」的問題。特別重點強調了作品不能說明共產黨、人民政府來了朱老三翻身後的感情和行動，表明了作者深入體驗與瞭解不夠。最後，他還向白航提出了明確的要求，「須要大力從抗美援朝，土地改革與鎮壓反革命鬥爭中去發掘新的人物，新的事例，從而創作反映出這偉大變革時代中新生的，成長的一解」。〔註 38〕此時，周暉鍾僅為重慶潼南縣文化館的主任，並沒有與文藝界有著密切的關係，但在他這篇批判文章中我們看到，白航作品中所呈現出來的鮮明的政治意識，並沒有得到全認同。周暉鍾在《川北日報》上對白航的批判，也引起了川北文聯的注意。在對《佃客朱老三》的批判之後，1952 年 2 月川北文學界又開展了對白航民歌《我同哥哥鬥對鬥》的批判。與前次不同的是，前一次批判是一個批評家對作品的批評和商榷，這一次批判是各地作者的來信，比上一次規模更大，火藥味更濃。批判文章一開始就表明，「最近我們收到平昌、三臺、蓬溪、南充市等地讀者熊培修、楊茂華、李新民、汪省剛、楊大釗、羅紅、陳何」，來自 4 個地區的 7 名讀者，不約而同地對白航的《我同哥哥鬥對鬥》提出了質疑，我們可以看出這次的批判是有組織的一次批判。也就是說，正是周暉鍾的批判，引起了川北文聯的注意，於是開始組織文章對白航予以批判。不過，整個過程我們也難以知

〔註 37〕丁季達：《回憶胡耀邦主任兩件事》，《樂至文史資料選輯》，中國人民政治協商會議四川省樂至縣委員會文史資料研究組，1986 年，第 9 輯，第 7 頁。
〔註 38〕周暉鍾：《讀白航等同志的作品後》，《川北日報》，1951 年 6 月 15 日。

曉了。在這篇批判文章中，他們首先指出了白航的這篇作品的核心問題是歪曲了新婚姻法的精神實質，「他們均一致指出這篇東西歪曲了新婚姻法的精神實質；完全是在作者濃厚的小資產階級意識支配下所產生出來的低級、庸俗作品，是一篇有毒素的作品。」最後，對白航提出了嚴格的要求：第一是努力學習，徹底改造自己的非無產階級思想；第二，要在報紙上公開檢討自己的作品。〔註39〕可見，這篇作品問題嚴重。

那麼，為什麼在白航獲得川北區文藝獎金，進入川北文聯並升任文聯編輯部主任之後，川北文聯還要展開對白航的批判？應該說，這和全國整個「三反」、「五反」運動有關。從 1951 年 12 月 1 日，中共中央作出《關於實行精兵簡政、增產節約、反對貪污、反對浪費和反對官僚主義的決定》開始，到 12 月 8 日，中共中央的《關於反貪污鬥爭必須大張旗鼓地去進行的指示》，全國大規模地開展了「三反」運動。而對白航的《佃客朱老三》的批判正是在這個時期。1952 年 1 月 4 日，中共中央發出《關於立即限期發動群眾開展「三反」鬥爭的指示》，要求各單位立即按限期發動群眾開展鬥爭。很快，在全國出現了一個群眾性的檢查和揭發的高潮，「三反」運動進入高潮。所以，1952 年 2 月所開展高調地對白航民歌《我同哥哥門對門》的批判，正是三反運動的突出表現。所以，如果是正常的批評、論爭，白航應該是有相關的回應文章的。但正是由於這是一次全國性政治運動的背景，所以白航無法予以回擊，也就沒有寫出相關的批判文章了。從 1951 年 12 月 1 日中共中央的《關於實行精兵簡政、增產節約、反對貪污、反對浪費和反對官僚主義的決定》，到 1952 年 3 月 11 日政務院的《關於處理貪污、浪費及克服官僚主義錯誤的若干規定》中可以看到，「三反運動」的核心問題是檢查貪污、浪費、官僚主義的問題。但在對白航《佃客朱老三》和《我同哥哥門對門》的批判中，所涉及到的兩個重要問題分別是「表現革命力量不夠」和「濃厚的小資產階級」問題，似乎又與整個「三反運動」不符。所以，對白航的批評，又並非是「三反」運動的直接體現，而成為「三反」運動擴大化的一種表現。同樣，也正是由於處於這樣一個歷史轉折時期，對白航的批評才剛剛開始，就沒有了下文。1952 年 7 月，川北行署區黨委書記兼行署主任胡耀邦調到中央工作；1952 年 9 月，川北、川南、川東、川西行署均撤銷，合併為四川省；1952 年 10 月 25

〔註39〕《各地讀者來信：對白航同志的短詩「我同哥哥門對門」的批評》，《川北日報》，1952 年 5 月 28 日。

日，中共中央批准了關於結束「三反」的報告，「三反」運動宣告結束。所以，對白航的批判，也就隨之落幕。儘管 1952 年沒有形成對白航持續的大型的批判運動，但這次小型的批評，對白航的仕途並沒有受到多大的影響。他先後歷任《四川文藝》編輯，《四川文藝》副主編，四川省文聯創作研究部副部長，四川文聯創作研究組組長。但另一方面，對於白航來說，他仍留有餘悸，由此在武訓批判、紅樓夢批判以及胡風批判中，白航就沒有參與，也沒有寫過相關的批判文章。

三、白航的編輯方針

由於白航在川北文聯的資料，以及在四川文聯任《四川文藝》的資料的缺失，我們無法暸解他那時的對編輯出版的思考。當然，應該說更重要的是他成為《星星》詩刊負責人，才形成了對詩歌刊物的編輯理念和方針。儘管署名四川文聯詩歌組、四川文聯創作輔導委員會的《關於創辦詩刊的建議》〔註40〕文件，與白航當初所起草的原件有出入，但這份「創辦詩刊的建議」中的「這是一個什麼樣的詩刊」，也呈現出了白航對於創辦《星星》詩刊的重要思考，並且較為完整地體現出了白航主編《星星》詩刊的編輯方針。

從白航起草的這份創辦詩刊的建議來看，他辦刊的主要方針有：第一，反對同仁刊物。作為文聯的幹部，白航等人對於《星星》的定位，首先就是作為四川文聯的機關刊物而存在的，也就是說，政治性是刊物的生命。所以，《星星》辦刊從創辦之初，白航等人第一條就提出，新詩歌刊物並不具有「同仁色彩」、「個性追求」，而且是明確表明反對「同仁堂刊物」。所以，作為機關刊物，必須符合政治意識形態的要求，這才是白航辦刊的底色。作為機關刊物，也是《星星》詩刊得以存在的根本理由。由於在服務對象上，白航等人首先提出了為工農兵服務的方針，這也就構成了《星星》詩刊的主要使命和基本原則，但這並沒有限制住白航。第二，培養新人。《星星》詩刊一個獨特的之處在於，白航等人提出了一個「新詩人」概念和目標，並把「新詩人」作為新刊物的重要任務來抓，或者說作為刊物的發展方向。而這個「新詩人」概念，並沒有明確表明，是工人、農民、解放軍還是知識分子，而是一個更為廣泛的概念，其實就偏離或者模糊了固有的「為工農兵服務」概念。把目標任

〔註40〕 《關於創辦詩刊的建議》，《四川省文聯（1952～1965）》，建川 127～130，四川省檔案館。

務鎖定在「新詩人」的培養上，也讓我們看到了《星星》在創辦之初，其辦刊方針更多的是回到詩歌本身，從培養詩人出發，而不是以踐行某種政治意識為目的來辦刊。第三，提出「三大個性」。正是為了完成培養「新詩人」的任務，創辦之初的《星星》提出了辦刊的「三大個性」：編輯藝術的個性、詩的形式的個性和詩的內容的個性。但這個創辦詩刊的建議中，白航也並沒有談什麼是「編輯藝術的個性」，以及如何體現出編輯藝術的個性。而對「詩的形式的個性」，他們提出的方針是「容許各種形式」，力圖擺脫某種固定的詩歌形式；在「詩的內容的個性」方面，提出「豐富多彩的生活」，具體指「應該全面的反映我們國家的生活，應該充分反映我們時代的精神面貌」。如果綜合起來看，《星星》辦刊方針的三大個性，其實就是一個編輯核心，即不對詩歌寫作做任何限制，允許任何詩歌形式的存在，也允許寫各類不同生活，以真正體現文學創作的自由精神，或者說實現詩歌的「百花齊放」。這是就《星星》詩刊在創辦之初，所提出的「個性」編輯理念的具體體現。第四，設置六個欄目。這主要涉及到兩個部分，一是在主題上體現為國家、各民族、世界三大主題，二是形式上確定了詩畫、歌曲、詩論三大部分。如果說《星星》辦刊的「三大個性」是一種理想的表達，那麼在《欄目》這一部分則是對編輯方針的具體闡釋，或者說落腳點。如在詩畫、歌曲，詩論，以及後面補充的古詩今譯、民歌、詩的語錄，等詩歌形式方面，白航對新刊物也是沒有具體的內容限制的，只是提出了這樣的一些具體表現形式而已。換而言之，這完全體現了新刊物創刊時對形式自由的追求。當然，在這裡我們又看到，新刊物在擬定編輯內容之時，最重要考慮是「三個主題」，即國家主題、各民族主題、世界和平主題。換而言之，之前所謂的編輯藝術的個性、詩的內容的個性、詩的形式的個性，又都是統一在這樣的時代主題之下的。而這「六個欄目」的設置，其實也就是時代政治意識的具體體現。

　　正如前面所說，儘管這份文件是由白航起草的，但這份文件是集體的成果，並不是白航一個人的功勞。更為重要的是，這只是文件上的方針，僅具有指導性的意義，而在實際操作中所秉持的方針，才更具有操作意義。實際上，作為剛成立的星星編輯部，對於新創辦刊物時充滿了熱情，而且也對新刊物寄予了無限希望，「當時，我們對毛澤東提出的『百花齊放、百家爭鳴』的方針，滿懷熱望，癡心妄想地以為，在蘇聯批判斯大林以後，中國實行這樣的方針，是黨中央接受蘇聯『無產階級專政』的歷史教訓，在思想領域開

始『解凍』的一個信號。這是『反胡風』、『肅反』運動後，中國文藝復興的一個好機會。所以，我們一心想抓住機會，把這個刊物，辦成一個能突破各種教條主義清規戒律、真正體現『百花齊放』的詩歌園地。」〔註41〕星星編輯部只看到了「百花齊放」的機遇，並認真貫徹執行「百花齊放」的方針，力圖創辦出一個具有文學意義的新刊物。

當然，初期《星星》詩刊的編輯方針，並不是白航一個人的意見，也是整個編輯部的意見。而作為負責人的白航，又對星星編輯部的整個編輯方針有著關鍵性的作用。《星星》詩刊在創辦前，星星編輯部就曾在「南郊公園小聚」，專門研討了《星星》詩刊的編輯方針。與「創辦詩刊的建議」相比，這次「南郊公園小聚」對於星星詩刊的編輯方針，有著更為直接的指導意義。「大家商定了三條原則：一是《星星》的讀者對象應為青年人或學生；二是刊物不應機械地配合政治任務；三是容納百家，歡迎各種流派、各種風格、各種形式的作品在《星星》上發表。來稿注重質量而不看作者的名氣。」〔註42〕在回憶中，白航提到了這次聚會中《星星》詩刊辦刊所擬定的「三條原則」，並在最後加了一個原則，就是「注重質量」。而且這種表述，在 1997 年星星創刊 40 週年的時候，白航又再一次表達了《星星》詩刊的編輯方針，「以青年及學生為主要對象」、「不強調配合政治任務」、「要培養新人和新的作者群」、「要多發些純愛情詩和諷刺詩」。〔註43〕在這一次中，除了此前所提到的四大原則之外，白航補充了一個原則「多發純愛情詩和諷刺詩」。所以，在白航的回憶中，星星編輯部在創刊之初，應該是制定了「五大編輯方針」。另外，作為星星編輯的流沙河，在 1957 年的《我的交代》中，也詳細回顧了這次「南郊公園小聚」。流沙河的交代，還補充了這次小聚的細節。他說，「帶有宗派性質的『非名人路線』」、「強調刊物的『個性』和『特色』」、「不強調配合政治任務」、「免除一些制度」〔註44〕。在這裡，流沙河比較具體地呈現了這次小聚的基本情況。參加人員，僅有白航、石天河、流沙河三人。但在流沙河的交代中，明確表明這次「南郊公園小聚」的一個重要目的，就是策劃未來的《星

〔註41〕石天河：《逝川憶語──〈星星〉詩禍親歷記》，香港：天馬出版有限公司，2010 年，第 2 頁。

〔註42〕本刊評論員：《〈星星〉三十歲》，《星星》，1987 年，第 1 期。

〔註43〕白航：《〈星星〉創刊 40 週年隨想》，《星星》，1997 年，第 1 期。

〔註44〕流沙河：《我的交代（1957.8.3.至 8.11.）》，《四川省文藝界右派集團反動材料》（會議參考文件之九），四川文聯編印，1957 年 11 月 10 日，第 6 頁。

星》的方針路線。從流沙河的交代可以看出，對於星星的方針路線，其總設計者就是作為編輯部主任的白航。所以在總體上，流沙河的交代，與白航的回憶一起呈現了《星星》詩刊創辦之初的編輯理念。星星創辦之初的五大原則，其實是整個星星編輯部共同討論的結果。在這裡，流沙河對自己編輯方針在兩個方面進行了重點交代，其實最後不僅得到了白航的支持，也成為了《星星》詩刊重要的編輯方針。第一是關於「不配合政治」方面，流沙河突出了「情詩」和「諷刺詩」〔註45〕，所以，在《星星》創刊號中，設有專門的「情詩」和「諷刺詩」專欄，呈現出辦刊的多元化特色，流沙河是功不可沒的。第二個方面，流沙河還著重闡述了星星編輯部的「自由風格」和「民主精神」。「《星星》是一個小王國，絕對自由，想放假就放假，不開會，不請示彙報，不批評檢討。我常向人說：『白航不擺官架子。我們最民主！』別的右派成員對此很羨慕。我向陳謙說：『為什麼他們把《星星》看成眼中釘？因為怕我們的民主空氣波及到《草地》去！』陳謙說：『我們這裡不行，因為有個李友欣。』我把《星星》的無政府主義狀態說成是『集體負責』，到處宣揚，使《草地》的右派分子有了藉口和先例。」〔註46〕這雖然不是對星星編輯方針的闡述，但星星編輯部的這種辦刊風格，與整個時代氛圍是很不一樣的。此後對於星星的批判和改組，這也成為了一個重要的原因。石天河雖然沒有重點回顧這次編輯回憶，但他也認同星星創辦之初所提出的編輯方針。「創刊之前，關於『刊物怎麼辦』的問題，我們的意見是一致的：要搞『百花齊放』；『辦娃娃班』（主要發表青年詩人的作品）；我們都是商量過的。」〔註47〕儘管在這裡石天河沒說哪些觀點是哪一個人提出的，但他完全肯定了星星辦刊的兩大方針「百花齊放」和「辦娃娃班」，這兩點也是白航的辦刊三大原則中兩個基本原則。另外，石天河也強調，這是大家一同商量過的，是得到了大家公認的《星星》的辦刊原則。

　　在 1982 年白航回溯《星星》詩刊歷史的時候，白航對自己早期的編輯方針，做了一個總結，「我們有一個執著的信念，就是當編輯要看稿不看人，要

〔註45〕流沙河：《我的交代（1957.8.3.至 8.11.）》，《四川省文藝界右派集團反動材料》（會議參考文件之九），四川文聯編印，1957 年 11 月 10 日，第 7 頁。

〔註46〕流沙河：《我的交代（1957.8.3.至 8.11.）》，《四川省文藝界右派集團反動材料》（會議參考文件之九），四川文聯編印，1957 年 11 月 10 日，第 8 頁。

〔註47〕石天河：《逝川憶語——〈星星〉詩禍親歷記》，香港：天馬出版有限公司，2010 年，第 32 頁。

重視發現新人，重視詩歌形式的多樣化，重視詩歌的藝術質量，而不贊成過多地、機械地配合『當前』政治任務。」〔註48〕雖然他這裡沒有明確提到他的幾個原則，但所提出的編輯信念，核心在於「新人」、「多樣」、「質量」、「政治」這四個方面。如果回過頭來看，白航這裡所提出的信念，在一定程度上還原了他在創辦詩刊建議中對刊物所提出的個性訴求。

四、初期《星星》詩刊中的白航

作為四川文聯的「機關刊物」，《星星》詩刊需要具有鮮明的「黨刊」特徵；而星星編輯部又試圖辦成「同仁刊物」，讓星星詩刊具有個性和特色。因此星星的編輯方針，在創辦之初就出現了矛盾，只不過由於沒有激化，相關矛盾一直隱而不顯。

在初期《星星》詩刊的運行過程中，「黨刊」與「同仁刊物」的兩條路線確實是存在的。在初期《星星》編輯過程中，作為刊物的負責人，白航首先是堅持了刊物的「黨性」原則。第一，在《星星》一些大事件問題上，他必須按原則、程序辦事。如在對《吻》的批判過程中，石天河等三人，準備要在《星星》發表自己的反批評的文章，「從伍陵那裡回來，我們三個人嘰嘰咕咕地隨便交談了幾句，便決定在我們自己的刊物上，發表我們的反批評文章。……至少，這事情要取得白航的同意，才可以在文聯領導來不及干預的情況下，把反批評文章捅出去。……果然，第二天，白航把我們的意見反映上去，李累說，這問題要向黨組請示。」〔註49〕最後，這三篇文章沒有發表出來，而是被作為批判資料排印出來。在這整個過程中，白航是犧牲掉自己的編輯個性的。這就不難理解，在《吻》批判的總結大會上，白航對自己的編輯方針和刊物，做出了檢討，「報紙對『草木篇』和『吻』的批評，我個人是歡迎的，我們在詩刊上發表了一些壞的、不好的作品，這裡順便向讀者致歉。從批評中，我們接受到一點教訓，我們刊物的方針有些問題。」〔註50〕堅持「黨性」，既是白航辦刊的基本原則，也是作為刊物負責人的一種策略。第二，在稿件

〔註48〕辛心：《我們的名字是星星──〈星星〉創刊史話》，《星星》，1982 年，第 4 期。

〔註49〕石天河：《逝川憶語──〈星星〉詩禍親歷記》，香港：天馬出版有限公司，2010 年，第 16～17 頁。

〔註50〕《成都文學藝術界座談「草木篇」和「吻」》，《四川日報》，1957 年 2 月 14 日。

選擇上，相對於石天河、流沙河「個人化」努力，白航選擇了平衡。也就是在「南郊公園小聚」所設定的編輯方針的基礎上，白航必須讓《星星》堅持「為工農兵服務」的基本原則。如在流沙河的交代中所說，「可國的《秧歌》是白航選出的民歌體通俗詩，我曾次阻擾發出。白航主張應發一些民歌體，以便聯繫工農兵。我是反對的。我說《星星》就是給學生看的。鄒雨林的《婚禮》，白航叫刪去最後帶有哀愁的一段。我卻認為全詩的精華正好在那裡，拒絕了。」〔註51〕從這樣一個詩篇的選擇可以看出，不管白航出於什麼原因，他這樣一種平衡的態度，才讓初期《星星》詩刊獲得了一定的發展空間。

但堅持「黨性」原則，並沒有完全否定白航等人「南郊公園小聚」中所擬定的辦刊方針。所以，正是在「黨性」原則的平衡基礎上，白航等也在努力地辦出刊物的「個性」。首先，白航始終是在「黨性」與「個性」之間平衡，但卻處處流露出他的編輯「個性」。《星星》詩刊的稿約，雖然是由石天河起草的，但是白航是完全支持的。這在某程度上，也是白航自己編輯思想的表達。特別是在《星星》第3期的《編後記》中，白航就積極為《星星》詩刊的編輯方針辯護。白航在這裡主要緊緊圍繞「百花齊放，百家爭鳴」政策，揮舞著「百花齊放」的理論方針，試圖為《星星》的多元化編輯理念找到強有力的理論依據，「如果認為『百花齊放，百家爭鳴』的一方面，是：首先讓他放，讓他爭；而且要大膽地放，大膽地爭；那麼，另一方面：要放，要爭，卻又必須是有立場的放，有立場的爭。所謂立場，自然是人民的立場，工人階級的立場。以上二者，我們認為不可偏廢，都是應該堅持的。如果說在『百花齊放，百家爭鳴』的方針下，歡迎各種不同流派的詩歌在我們的詩壇上出現的話，那麼，社會主義現實主義的詩篇，則應該占一席為首的地位。」〔註52〕在這篇《編後記》中白航立足於「百花齊放 百家爭鳴」，一邊是要堅持「百花齊放」，而且是大膽的放大膽的爭，另一邊是放、爭要有立場，並且特別強調「二者不可偏廢」。由此，白航提出了「必須將不同流派的詩歌與社會主義實現主義的詩篇並存」的觀點。所以，在這裡白航的真正含義是，鳴放還不夠，不同流派的詩歌還不多。正因為如此，流沙河與石天河均專門提到並重視白航的這篇《編後記》。石天河談到了白航寫作《編後記》的複雜動機，「白航在

〔註51〕流沙河：《我的交代（1957.8.3.至8.11.）》，《四川省文藝界右派集團反動材料》（會議參考文件之九），四川文聯編印，1957年11月10日，第7頁。
〔註52〕《編後記》，《星星》，1957年，第3期。

這一期封底的『編後記』裏，重申了『百花齊放百家爭鳴』方針，表示歡迎各種不同流派的詩歌，並不排斥社會主義現實主義的首席地位；也說明『放』和『爭』，自然是人民的立場，工人階級的立場。同時說『本刊創刊後，曾收到全國各地讀者寄來的鼓勵與批評的信件，對此，我們表示深深的感謝。』這顯然是『綿裏藏針』的筆法，表示除了你們的粗暴批評，也還有許多讀者在鼓勵我們。（白航後來與我一同劃入了所謂『把持《星星》詩刊』的『右派集團』，打手們就是以這篇『編後記』作為他的『罪證』之一。）〔註53〕所以，與《編後草》自由闡發自己的詩學觀念和編輯主張不同的，白航的《編後記》成為了一種策略行為，既要符合政治意識形態的標準，同時又想傳達出刊物的個性化編輯理念，力圖在二者之間取得平衡。儘管這個天平已經向主流意識形態偏離了，但白航的這種掙扎和努力，幾乎成為了星星詩刊編輯部詩學主張的最後吶喊。此後在 50～60 年代中，《星星》詩刊再也沒有發出自己個性化的詩學主張和編輯理念了。

其次，在相關的會議上，白航也會維護《星星》的編輯理念，堅持自己的觀點和意見。在流沙河的敘述中，我們就看到了白航的這種抗爭。「白航的膽子也大了。我們在編輯部發牢騷，嘲笑靠攏黨的積極分子，讚揚《文匯報》的資產階級方向。我退團，白航是用沉默同情的。為了進一步擺脫黨的領導，我提出搬家。白航並不反對，只是說上面不會答應。開始討論內部矛盾時，白航用『工作忙』來抵制。我們故意不去。白航說：『文聯人與人的關係，過去都好，以後越來越壞，變得虛偽，彼此存戒心。這不是開開會就能解決的。』我說：『有些人吃了飯沒事幹，專門去促退別人的積極性！』我曾叫他去放。他說：『算了吧，少說話！』這和《星星》只放不鳴的方針是一致的。因此也不要編後記。用沉默抗拒爭鳴的方針，我們是一致的。中國青年報來信約稿，白航主張寫，用以挽回《星星》的聲譽。」〔註54〕在面對著「黨性」和「個性」矛盾之時，要麼以沉默支持。這個時候，白航卻以直接的行動來捍衛《星星》的「個性」。

但是，白航的平衡和堅守，卻並沒有得到各方面的理解。在對《星星》

〔註53〕石天河：《逝川憶語——〈星星〉詩禍親歷記》，香港：天馬出版有限公司，2010 年，第 32 頁。
〔註54〕流沙河：《我的交代（1957.8.3.至 8.11.）》，《四川省文藝界右派集團反動材料》（會議參考文件之九），四川文聯編印，1957 年 11 月 10 日，第 7 頁。

展開批判的時候，我們才清楚地看到了《星星》創辦之初白航的矛盾。在 1957
年 8 月對《星星》的批判中，其中便有專章《「星星」未創刊以前，白航和石
天河、流沙河等密謀，篡改了「星星」的政治方向》介紹星星編輯部辦刊的
「反動綱領」，也並沒有看到此後白航在「黨性」和「個性」之間所作的平衡：
「去年黨中央提出『百花齊放、百家爭鳴』方針以後，白航便認為這下可以
自由了，可以不要政治，只要藝術了。因而當文聯黨組織決定派他到『星星』
詩刊去擔任編輯主任以後，由於他和右派分子石天河、流沙河等人在政治上、
文藝觀點上臭味相投，在『星星』還未創刊以前，便和石天河、流沙河等右派
分子密謀篡改了『星星』的政治方向，制定了一套把『星星』拉向右轉的反動
綱領。在右派分子流沙河別有用心地提出：多發諷刺共產黨的詩；多發頹廢、
失望和灰色的詩的編輯方針時，白航也提出了所謂不走名人路線（實際是藉
此排斥進步、正派的作家）；不機械地配合政治（實際是藉此反對文藝為政治
服務）的所謂編輯方針。」〔註 55〕這個批判，主要是針對白航，由此作為對
整個《星星》詩刊編輯方針的批判。在批判中，認為白航辦刊的核心是「不要
政治，只要藝術」，將之上升為「反動綱領」。不過，這也從側面讓我們看到，
在創辦之初，《星星》確實與「機關刊物」有很大的差異，白航更傾向於辦成
「同仁刊物」。

　　在這樣的矛盾中，此後白航雖然沒受到較大的批判，但實際上在初期
《星星》詩刊中承受壓力則也是相當大的。正如石天河所說，「當我把第三期
的備用稿向白航交代的時候，白航無可奈何地說了一句：『唉，這樣子怎麼搞
呵！』我知道，白航這時候心裏也是很沉重的。他和我很合得來。創刊之前，
關於『刊物怎麼辦』的問題，我們的意見是一致的：要搞『百花齊放』；『辦娃
娃班』（主要發表青年詩人的作品）；我們都是商量過的。所以，在工作中，他
從不掣肘。上邊批評他，他就頂著抗著忍著挨著，從不遷怒於我。在出了事
以後，他也知道，我在，我會硬著頭皮擔擔子，不溜肩膀；我一丟手，擔子就
全壓在他身上了。」〔註 56〕所以，要想讓一個刊物在「黨性」和「個性」中
獲得平衡，事實上是相當難的。特別是在具體的實施過程中，不僅要面對不

〔註 55〕《省文聯揭發黨內右派分子白航 他在石天河流沙河的反共小集團中充當坐
　　　　探》，《四川日報》，1957 年 8 月 8 日。
〔註 56〕石天河：《逝川憶語──〈星星〉詩禍親歷記》，香港：天馬出版有限公司，
　　　　2010 年，第 33 頁。

僅有讀者，編輯部，還有上層領導，需要很好的平衡這兩者的關係，這便造成了白航辦刊的痛苦。雖然已時過境遷，白航仍然還有這樣深切的感受，「解放後更有大批的後繼者，在各自的編輯崗位上，兢兢業業地工作了幾十年，其中的苦辣酸甜，他們一定皆有親切而心酸的體會。一有風吹草動，編輯的心便不免悠悠然過速地跳蕩起來，真如『秋風吹渭水』而便『落葉滿長安』了。……相比之下，對領導和作者負責，難度就大一些，因為領導對文藝作品強調的是『教育作用』（或稱『歌功頌德』）；而作家詩人寫作品時，受感情支配，不免偏重在感情的『悲歡離合』上：側重點不同，對作品的看法，也就必然會出現差距。編輯呢，就常被夾於其中而『受難』了。有時，依了領導的意見，不免『冤屈』了作者（過去的例子有之），有時，依了作者，會難於向領導交代（例子也有之）。特別是詩，自古就有『詩無達詁』的說法（《詩經》的首篇就有三種解釋）。如果的確作者有錯，但在錯誤性質的分寸上也常會有不同的看法，特別是有關人民內部矛盾和敵我矛盾的問題，也即是否『違反四項墓本原則』的問題，易於產生分歧意見。這就難死編輯也，怪不得有些老編輯會『白髮三千丈』起來。」〔註57〕也正是由於白航明白其中的甘苦，才讓初期《星星》詩刊在「黨性」和「個性」之間做出了最大限度的平衡，在一定程度上保證了《星星》的「黨刊」屬性，也成就了《星星》的「個性」色彩。

第二節　初期《星星》詩刊

一、創刊號「內容預告」

　　《星星》詩刊的創刊號，其實早在正式出版前一個月就已經編好，以「創刊號內容預告」的方式出現在 1956 年 12 月 7 日的《四川日報》上。正式出版的創刊號與「內容預告」有一定調整。也正是通過這些調整，讓我們看到了《星星》詩刊在創刊之初的變化，以及星星編輯部最初所追求的編輯方針。
　　我們先來看《星星》正式「創刊號」的目錄，具體如下：

·長詩·	
晨風 ……………………………………………… 夢漁·魯青（1）	
孤兒的歌 ……………………………… （彝族）吳琪拉達（12）	

〔註57〕白航：《神聖而苦澀的職業──編輯隨想》，《飛天》，2000 年，第 Z1 期。

傣族小孩（彩墨）······························周昌穀作	
花（木刻）····································杜詠樵作	

在正式創刊號上，《星星》設置的欄目有：長詩、和平鴿哨、勞動曲、兵之歌、情詩、祖國風景線、生活漫吟、散文詩、詩歌遺產、歌詞、民歌（情歌專輯）等共 11 個欄目，以及插畫。在這些欄目中，第一是直接根據詩歌形式來命名的，如長詩、散文詩、詩歌遺產、歌詞、民歌，第二是根據內容來命名，如平鴿哨、勞動曲、兵之歌、情詩、祖國風景線、生活漫吟，這就包含了和平、勞動、士兵、愛情、祖國、生活等幾個關鍵主題。但在這最後的定稿之前，《星星》創刊號其實是經過了多次變化的。

其實，12 月 7 日《四川日報》就正式發布了《星星創刊號內容預告》。這既是《星星》詩刊創刊前在《四川日報》上的最後一次宣傳廣告，也是《星星》詩刊第一次在《四川日報》上進行內容預告，把即將出刊的《星星》創刊號上的全部作品目錄都列出來了。「內容預告」的目錄如下：

星星創刊號內容預告〔註58〕

·長詩·

晨風······································夢漁·魯青	
孤兒的歌····························（彝族）吳琪拉達	

·和平鴿哨·

130 歲的埃及老人··························胡荒	
你們的刀······························石天河	
她為和平奔走（外 1 首）···················傅仇	

·勞動曲·

夔山短歌（7 首）·······················丁戈	
船夫曲（3 首）························譙貽昌	
礦山紀事（組詩）·······················白峽	
牧童之歌······························艾鋼	

·兵之歌·

士兵與駱駝····························里沙	
軍郵員之歌····························楊大矛	

〔註58〕《星星創刊號內容預告》，《四川日報》，1956 年 12 月 7 日。

　　從《四川日報》的「內容預告」我們可以看到，1957 年 1 月 1 日出刊的《星星》詩刊創刊號的主要框架和內容，在 1956 年 12 月 7 日就已經確定下來了。正式出版的《星星》詩刊創刊號，是在《四川日報》上「內容預告」基礎上的增補。這份「內容預告」，與正式出版的創刊號相比，有這樣一些差異。在欄目上，就有三個變化。第一，《四川日報》上的內容預告中的「錦繡山河」欄目，在創刊號中被改為「祖國風景線」；這樣的修改，目的是為了能更加突出了《星星》辦刊方針中的「祖國」這一主題。第二，欄目位置的變化，在「祖國風景線」和最後一個欄目「情歌」中間，在創刊號上的欄目順序有了一些調整。原來「內容預告」中的欄目順序是：歌詞、詩歌遺產、生活慢吟，最後創刊號調整為：生活慢吟、散文詩、詩歌遺產、歌詞。這裡調整的重點，是將「生活慢吟」，提到了前面，這也是為了更加突出「生活」這一主題。所以，從「內容預告」到正式目錄，《星星》詩刊進一步突出了「祖國」和「生活」這兩大主題。第三，最值得注意的變化是，在這份「內容預告」僅有 10 個欄目，沒有設置「散文詩」欄目。而《星星》詩刊正式創號中，卻專設了「散文詩」欄目。更為重要的是，在專設的「散文詩」欄目中，僅僅刊登了一

組詩歌，那就是流沙河的《草木篇》。

其次是內容上也有變化。一是創刊號上對「內容預告」具體欄目下中詩歌順序作了調整。如「和平鴿哨」中的白峽《礦山紀事（組詩）》、艾鋼《牧童之歌》在創刊號中位置對調；在「兵之歌」欄目中里沙《士兵與駱駝》、楊大矛《軍郵員之歌》之間對調等等。還有如「情詩」欄目中，舒占才的《大學生戀歌（2首）》從「內容預告」的第一位，「創刊號」上被調到第三位。「生活漫吟」欄目中，履冰的詩歌《星星》從「內容預告」的第一位置，到創刊號中被調到了第四位置。總的來說，這些位置的調整，實際意義不大，對整個刊物沒有多大的影響。不過，有些調整，還是有一定指向意義的。如「情詩」欄目中舒占才的《大學生戀歌（2首）》從「內容預告」的第一位，到「創刊號」的第三位，這在一定程度上還是表明了對於「戀歌」主題的忌諱。另外一個問題是《星星》創刊號對「內容預告」中作品的增刪。刪去了原內容預告「錦繡山河」欄目中的曾緘的《峨眉歌》。另外，在創刊號上的欄目最後，增加了《編後草：新的歌》這一篇文章。《星星》創刊號對於「內容預告」的調整和增刪過程，以及相關的背景，我們難以知曉。不過，從這裡我們認為，《四川日報》上的「內容預告」，應該是星星編輯部最初編訂的方案，而最後出刊的創刊號則是經過省文聯討論的結果。所以，正式出刊的《星星》創刊號，由於有省文聯的參與，所以就更加突出了《星星》詩刊的「祖國」、「生活」這些主題，而隱藏了「大學生」戀歌這些主題。而對於星星編輯部來說，雖然有省文聯等參與調整和增刪，但《星星》內容預告中的整個欄目和內容大格局並沒有多大的變化，所以他們也接受了這些調整和增刪。星星編輯部在省文聯的調整之後，所做的最大的動作，就是在刊物的最後增加了《編後草：新的歌》，以表達自己詩學理念。

非常值得注意的一個問題是，《星星》正式創刊號為什麼要在原初內容預告的 10 個欄目基礎上，增加一個「散文詩」欄目？也就是說，為什麼「內容預告」中僅僅屬於「生活慢吟」中的一首詩歌，即流沙河的《草木篇》，而在創刊號上專門為他單設一個「散文詩」欄目？我們看到，在創刊號上，星星詩刊四個編輯，都有作品入選。石天河的《你們的刀》放入「和平鴿哨」欄目，白峽的《礦山紀事》（組詩）放入「勞動曲」欄目，白航即謝燕白，他整理的《四川情歌》放入了「情歌」欄目，但都沒有專門為自己的詩歌設置一個欄目。而唯獨只有流沙河的《草木篇》，從「內容預告」上的「生活慢吟」欄

目中單列出來，在創刊號上特設「散文詩」欄目，這是頗令人費解的。這到底是流沙河的主動要求，還是省文聯早已有了批判《草木篇》的意圖，要在創刊號上突出《草木篇》，我們不得而知。但增設「散文詩」欄目，這應該是流沙河的主動要求。正如譚興國所說，「白航處世低調，不張揚，不善言辭，膽小，不願得罪人。他說『未很好研究』，就發來那兩篇作品，其實『研究』又如何，及時發現有問題，他能說『不』嗎？別人要發表，他敢說『不』嗎？石天河就曾向人說過：『白航那個主編還不是那麼回事，他敢怎麼樣？我石天河說了算！』其實，石天河這個執行編輯『還不是是那麼回事』，流沙河要發表，他又『敢怎麼樣？』他寫的『稿約』，流沙河要改不就改了嗎？他雖然『有點不高興』，但『也沒有計較』，就連後來他寫的『萬言書』，流沙河扣下不發，他也無可奈何。」〔註59〕由此，這種變化和調整，其實也已經萌生了省文聯與《星星》詩刊之間，以及星星編輯部之間的不穩定、不和諧因素。

　　還有一個問題是，在《星星》詩刊創刊號上，為什麼要刪掉「預告」中「錦繡山河」欄目裏曾緘的《峨眉歌》呢？在「內容預告」中這首詩還是排在該欄目最前面的一首詩，並且在12月14日的《中國青年報》的《星星詩刊創刊號（1957年1月1日出版）要目》以及12月17日的《人民日報》的《星星詩刊創刊號要目 1957年1月1日出版》中都保留了這首詩歌，但到了正式出刊的《星星》後，曾緘的《峨眉歌》卻被刪掉了。對此，石天河曾回憶說，「（默老）在談到曾緘教授時，他特別鄭重地提醒我：『他的詩寫得好，很像蘇東坡！你看……』他把曾緘教授所寫的一首《峨眉歌》拿給我看。我一看，就被那行雲流水曠放自如的詩風迷住了。後來，在《星星》詩刊創刊時，我就把這首詩發表在1957年2月的第2期上。」〔註60〕從這裡可以看到，曾緘的《峨眉歌》是石天河在向張默生約稿時，由張默生推薦的。而且從發表情況來看，這首詩雖然沒有在創刊號上發表，但後來還是在《星星》第二期上發表了。但石天河的回憶有誤，他並沒有提到這首最先出現在「內容預告」的「錦繡山河」的欄目中，而且還是排在這個欄目的第一位。所以，在創刊號中，「錦繡山河」欄目雖然改為了「祖國風景線」欄目，但取締了排在這一欄目中第一位的詩歌《峨眉歌》，也是難以理解的。當然，早年就讀於北京大學

〔註59〕譚興國：《草木篇事件的前前後後》，內部自費印刷圖書，2013年，第76頁。
〔註60〕石天河：《憶默老》，《石天河文集》，第2卷，香港：天馬圖書有限公司，2002年，第16頁。

文學系的曾緘，曾受教於國學大師黃侃，被稱為黃門侍郎，他最重要的成就
還在於古文學和詩詞，而並非在於現代詩。特別是他北大畢業後到蒙藏委員
會任職，期間所翻譯的倉央嘉措的藏語情歌，在現行漢譯古本中公認成就最
高。他曾是四川大學中文系系主任兼文科研究所主任，解放後任四川大學中
文系教授，所以才有了張默生的推薦。當然，能否在《星星》創刊號上發表自
己的現代詩歌《峨眉歌》，對於曾緘個人來說，其實並無大多的意義。

　　在「內容預告」之後，《星星》詩刊還有「創刊號要目」廣告。星星編輯
部 12 月 7 日在《四川日報》上刊登了《星星創刊號內容預告》後，在 12 月
14 日的《中國青年報》，12 月 17 日的《人民日報》刊登了同樣的《星星》創
刊號的「要目」〔註61〕，這也值得注意。「創刊號要目」內容如下：

星星詩刊　創刊號要目　1957 年 1 月 1 日出版
晨風（長詩）……………………………………夢漁・魯青
婁山短歌（7 首）……………………………………丁戈
礦山紀事（4 首）……………………………………白峽
孤兒的歌（長詩）…………………………（彝族）吳琪拉達
彝族情歌（5 首）………………………萬一・蘆笛 整理
詩簡……………………………………………楊汝綱
大學生戀歌（2 首）…………………………舒占才
收穫期的情話（3 首）………………………白堤
吻……………………………………………日白
湖上情歌……………………………………佟士奇
在泉水邊……………………………………山苺
船夫曲（3 首）………………………………譙貽昌
峨眉歌………………………………………曾緘
三峽小詩（2 首）……………………………巴波
一朵彩雲（外 2 首）………………………雁翼
她為和平奔走（外 1 首）…………………傅仇
你們的刀………………………………………石天河

〔註61〕《星星詩刊創刊號（1957 年 1 月 1 日出版）要目》，《中國青年報》，1956 年
　　　　12 月 14 日；《星星詩刊創刊號要目　1957 年 1 月 1 日出版》，《人民日報》，
　　　　1956 年 12 月 17 日。

> 歡迎來稿，寄成都市布後街星星編輯部。
>
> 請向國內各地郵局訂閱，每期一角五分。
>
> 如果訂閱不到可直接向成都市郵總局訂閱。

在這兩份相同的《星星》詩刊的「創刊號要目」廣告中，將「內容預告」中的欄目全部去掉了，僅留下了入選詩歌作品的篇名目錄。當然，「要目」刪去了欄目，縮減內容和版面，應該是為了減少廣告費用。正是因為縮減了內容和版面，所以「要目」中的詩歌，是經過星星編輯部挑選後的有代表性的詩歌，更值得注意。由於是「要目」，是「緊要篇目」或者是「重要篇目」，所以這些入選為「要目」的詩歌，應該是星星詩刊編輯部認為最能代表《星星》特色的詩歌，也最能代表星星詩刊的編輯理念。所以，在「內容預告」之後的「要目」，對於理解《星星》詩刊，有著重要的指向意義。

在「要目」中，星星編輯部選擇了 23 人的詩歌。而這些篇目，完全打亂了在「內容預告」中的排列順序，當然也就與《星星》詩刊最後正式出版的創刊號的目錄順序完全不一樣。可以說，這兩份「要目」的排列，是「有意味的形式」。其中排在第一位的是夢漁・魯青的長詩《晨風》，看到了星星編輯不是首先與時代精神完全保持一致的，而是重視「新人」，特別是對年輕四川詩人的發現。「要目」中，放在最後壓軸的是履冰（李友欣）的詩歌《星星》。一方面履冰（李友欣）是四川文聯期刊《草地》的主編，所以，以他壓軸，既是對四川文聯領導的尊重，也又體現出對四川詩歌的重點關注和期待。另外一方面，這首詩歌的命名為「星星」，既指天空中的星星，也指向剛創刊的《星星》詩刊，有著象徵意義。所以，在「創刊號要目」的排列中，星星編輯部鮮明體現出對於青年詩人的關注，對於四川詩歌發展的扶持，以及與時代意識保持一致的傾向。正如將李友欣的詩歌《星星》排在最後壓軸一樣，入選「要目」的這些詩人，大部分是「四川詩歌界」的優秀詩人。所以，這次《星星》詩刊的「創刊號要目」，也是星星編輯部對建國初「四川詩人」的一次集中展

示。在這 23 人中，除開公木是外省詩人，以及曰白、丁戈、艾鋼、佟士奇這 4 人的具體情況不詳之外，其餘 18 位詩人，夢漁・魯青、白峽、吳琪拉達、萬一・蘆笛、楊汝綱、舒占才、白堤、山莓、譙貽昌、曾緘、巴波、雁翼、傅仇、石天河、里沙、李一宣、流沙河、履冰都是出生或工作於四川的詩人。推出四川詩人，在《星星》詩刊的創刊初期，就成為了他們最鮮明的特點。

同時，值得注意的是，在這些入選「要目」的作品中，各篇目的比例也是有象徵意義的。這些篇目的基礎是《四川日報》上的「內容預告」，從各欄目中詩歌選取數量的比例來看，是不一樣的。具體情況如下：「長詩」欄目中的 2 篇，在「要目」中全部入選；「和平鴿哨」欄目中的 3 篇，入選 2 篇；「勞動曲」欄目中的 4 篇全部入選；「兵之歌」欄目中的 2 篇入選 1 篇；「情詩」欄目中的 9 篇入選 6 篇；「錦繡山河」中的 8 篇入選 3 篇；「歌詞」欄目中的 2 篇均未入選；「詩歌遺產」中的 1 篇入選；「生活慢吟」中的 10 篇，入選 3 篇；「民歌」2 篇，入選 1 篇。在這些入選「要目」的各欄目中，「長詩」與「勞動曲」、「詩歌遺產」等欄目的「篇目」全部入選，而「歌詞」欄目中的作品均未入選。統計來看，「要目」中入選篇目最多的「情詩」欄目的 6 篇，而「兵之歌」1 篇、「錦繡山河」3 篇、「生活慢吟」3 篇。由此，從這裡可以看出，《星星》詩刊在創刊之初，除了突出時代主題，更進一步突出了「情詩」在《星星》創刊中的地位。

總之，在《星星》詩刊創號正式推出之前，星星編輯部以「創刊號內容預告」和「創刊號要目」的形式，宣傳了《星星》的創刊，同時也在這些宣傳中，傳遞了新刊物的編輯理念。

二、《星星》詩刊創刊號

1957 年 1 月 1 日，《星星》詩刊在成都正式出刊。創刊號為 32 開本，2 印張，封面為趙蘊玉畫作《舉杯邀明月》，封三上為《稿約》。期刊相關信息為：

星星（詩歌月刊）

1957 年 1 月 1 日

（創刊號）

編 輯 者：星星編委會（成都布後街 2 號）

出 版 社：四川人民出版社（成都狀元街 20 號）

印　刷　者：四川人民印刷廠（成都人民北路）

郵發行處：四川成都郵電局

訂　閱　處：全國各地郵局、代辦所

代訂銷處：各地新華書店

定　　　價：每期 1 角 5 分（郵費在內‧掛號另加）

本期印數：25，173

　　儘管從編輯者、出版者印刷者、郵發行處、訂閱處和訂代銷處這些信息中，我們看到《星星》詩刊是一個典型的「官刊」，並非同仁刊物。但《星星》詩刊與一般的「官刊」相比，她卻又有著別致的地方。

　　第一，詩畫結合。在創刊號上，《星星》詩刊在形式上的一個特色就是詩畫結合。在創刊號的封面上，有張大千的弟子蜀中畫家趙蘊玉的畫《舉杯邀月圖》，以及郭長林《孤兒的歌》，苗波的《130 歲的埃及老人》、毛鈞光的《在泉水邊》、周昌穀的彩墨畫《傣族小孩》和杜詠樵的木刻畫《花》，包括一張封面畫，三張插畫，二張插頁，共計 6 幅畫。在刊物中加入插畫，一個最重要的意義便在於增加刊物的美感和形式感。我們知道，創刊之初的《詩刊》，也非常重視「形式感」。 更為重要的是，這些插畫與《星星》詩刊的詩學追求是融合在一起的。如封面的趙蘊玉《舉杯邀月圖》，「畫家趙蘊玉草草幾筆就活畫了一個詩仙李太白出來」〔註 62〕，突出了巴蜀詩人李白的飄逸形象。在這幅簡單又具有張力的李白「舉杯邀明月」中，我們看到了《星星》詩刊在創刊之初對巴蜀詩人、浪漫情感、傳統詩歌等元素的關注。另外，中央美術學院的教授周昌穀作的彩墨畫《傣族小孩》，則展現了少數民族的新變化，具有時代意義。四川美術學院杜詠樵教授的木刻畫《花》，為我們展現了一盆正在怒放的花，這不僅張揚出了頑強的生命力，還與「百花齊放」的時代精神相通。四川省群眾藝術館郭長林的《孤兒的歌》，呈現了孤兒阿基抓住奴隸主從煙霧繚繞的山頂跳下黑暗的懸崖的一幕，表達出一種決絕的抗爭精神。此外，苗波的《130 歲的埃及老人》中，130 歲的埃及老人白髯飄飄，但充滿了力量；毛鈞光的《在泉水邊》在泉水邊的維吾爾族姑娘和遠方青年，充滿了生活情趣。這些插畫，可以說為《星星》詩刊增添了特有的藝術魅力。而在一本詩刊中放入較多的畫，對於「形式感」的重視，是《星星》詩刊創刊時的一種編輯

〔註 62〕辛心：《我們的名字是星星——〈星星〉創刊史話》，《星星》，1982 年，第 4 期。

特色。正如在《稿約》中所提到，「我們需要選載一些能夠配曲傳唱的歌詞。還要選載一些優美的『詩意畫』。一句話，我們不是狹義的『詩歌月刊』。」所以，作為四川文聯的第二個刊物，以及作為一個全國性的詩刊，《星星》詩刊在如何辦出特色上面，是下了工夫的。在詩刊刊物中加入一些與詩歌與觀點插畫，以形成「詩情畫意」，這是《星星》創刊之初一個重要創舉。由此，《星星》詩刊極為重視其中的插畫，就邀請了當時著名的畫家、中央美術學院的教授周昌轂為《星星》畫插面。當然這樣一個詩畫創舉，不僅請到了文聯的美術編輯，也請到了相關的知名畫家為《星星》詩刊作畫，也肯定是得到了四川省文聯的大力支持的。當然，《詩刊》不是在刊物中增加插畫，而是以出「毛邊本」增加刊物的「形式美」，「自創刊號起，《詩刊》有兩種裝幀樣式不同的版本，一種是切邊的報紙本，簡稱光邊本，價三角。另一種是不切邊的道林紙本，又稱毛邊本，價四角，內容則完全一致。……我們覺得這種裝幀是美觀的。」〔註63〕

第二，弘揚時代主旋律。作為省文聯的機關刊物，《星星》詩刊肯定不可能背離主流意識形態，遠離時代精神。白航回憶《星星》創刊號時說，第一個就提到了《孤兒的歌》，「四川省第一位彝族詩人吳琪拉達的《孤兒的歌》、流沙河的《草木篇》、李華飛的《彈箏老人》、里沙的《士兵與駱駝》、曰白的《吻》，就是發表在這一期上的。」〔註64〕所以，發表反映時代主旋律的詩歌，推出反映工農兵詩歌的作品，是《星星》詩刊所放出的最重要的一種「花」，這是也《星星》辦刊的一個重要的方向。《星星》詩刊在欄目設置上，如平鴿哨、勞動曲、兵之歌、祖國風景線、生活漫吟，就已經突出了他們對和平、勞動、士兵、祖國、生活等幾個重大的關鍵主題關注。同樣，在入選作品中，《星星》創刊號也不遺餘力地發表了大量的這類主題的詩歌。而且從篇幅和數量上來看，以歌頌祖國和時代精神、寫工農兵生活的作品，在《星星》創刊號上，佔了一半左右。與時代意識保持一致，發表謳歌社會主義的詩歌作品，這是《星星》詩刊的必然選擇，也是《星星》詩刊的歷史使命。洪鐘的《「星星」的詩及其偏向》以大量的篇幅，就熱烈讚揚了《星星》詩刊在這一方面的努力，並認為這是一大特色，「『星星』上發表了一些能夠反映祖國新的面貌，並寫出

〔註63〕《編後記》，《詩刊》，1957年，第1期。

〔註64〕辛心：《我們的名字是星星——〈星星〉創刊史話》，《星星》，1982年，第4期。

了人民群眾感情的好的詩篇。『婁山短歌』是一組熱情的、激動人心的短詩。……彝族青年詩人吳琪拉達的『孤兒的歌』是首感人的、悲切的、哀怨的對罪惡制度控訴的長詩。……曼子的『剛啟封的嗓音』，無論從內容，從形式看，都是充滿了時代感情的好詩。……周良沛的『致一個佧瓦山上的士兵』，是首雄壯的、熱情的抒情詩。……李華飛的『彈箏的老人』，抒寫了一位老藝人在新舊社會裏不同的遭遇。……這些詩篇的共同特點是：藝術上是比較完整的，它生動地反映了祖國的新面貌，也形象地抒寫了人民群眾的思想感情。人民從這些詩裏，可以得到愛國的熱情，當前幸福生活的面影，人們忘我勞動的激情，和中國人民內心世界的優美。應該是說，這是詩歌創作上的進步傾向，受到黨的教育的。這是當前文藝實際的一面：作家與人民群眾結合了，並願意致力於社會主義文化建設反映到『星星』詩刊上所形成的優點，這是『星星』詩刊應該繼續發揚光大的東西。」〔註65〕由此，如果我們談《星星》創刊號，僅僅談到他們的「百花齊放」追求，這是不能完整呈現《星星》詩刊的歷史面貌的。當然，與此同時，在時代主流意識形態之下，《星星》詩刊也力圖有所突破，辦出自己的刊物的特色。

　　第三，情詩與諷刺詩。除了在刊物形式上，設計出有強烈「形式感」的刊物，《星星》創刊號還著力在內容上，彰顯出個性色彩。石天河多次提到，星星創辦之初所提出的編輯方針就是「百花齊放」，「我們一心想抓住機會，把這個刊物，辦成一個能突破各種教條主義清規戒律、真正體現『百花齊放』的詩歌園地。」〔註66〕此外，他還說，「創刊之前，關於『刊物怎麼辦』的問題，我們的意見是一致的：要搞『百花齊放』；『辦娃娃班』（主要發表青年詩人的作品）；我們都是商量過的。」〔註67〕《星星》詩刊的這種「百花齊放」的方針，在白航的回憶中也都有體現。他說，「一是《星星》的讀者對象應為青年人或學生；二是刊物不應機械的配合政治任務；三是容納百家，歡迎各種流派、各種風格、各種形式的作品在《星星》上發表。來稿注重質量而不看作者的名氣。」〔註68〕那麼，如何才能真正實現「百花齊放」呢？流沙河的

〔註65〕洪鐘：《「星星」的詩及其偏向》，《紅岩》，1957年，第3期。
〔註66〕石天河：《逝川憶語——〈星星〉詩禍親歷記》，香港：天馬出版有限公司，2010年，第2頁。
〔註67〕石天河：《逝川憶語——〈星星〉詩禍親歷記》，香港：天馬出版有限公司，2010年，第32頁。
〔註68〕本刊評論員：《〈星星〉三十歲》，《星星》，1987年，第1期。

說，「多發不滿現實的諷刺詩」、「多發感傷頹廢的情詩」、「多發小巧玲瓏的玩意兒」〔註69〕。所以，在「百花齊放」的落實過程中，由流沙河提議的多發諷刺詩和情詩，完全得到了石天河、白航的同意。由此，開設《情詩》、《情歌專輯》欄目，重點打造和推出情詩、情歌，正是《星星》詩刊創刊號追求個性色彩的一個重要表現。從欄目數量上，在《星星》創刊號的整個 11 個欄目中，就有《情詩》、《情歌專輯》這樣 2 個「情詩」欄目，而且發表的作品數量和詩人數量來看，這在創刊號的所有欄目中，都是最多的。在這些作品中，就有楊汝綱的《詩簡》、曰白的《吻》、舒占才的《大學生戀歌》、白堤的《收穫期的情話》、雒文的《一個春天的早晨》、浮蘋的《返藏的心（外一首）》、佟士奇的《湖上情歌》、維琳的《黎明的鐘聲》和山莓的《在泉水邊》等九首愛情詩。另外，在《民歌（情歌專輯）》中，還有萬一·蘆笛整理的《彝族情歌》，包括《駿馬——丁香花》、《眼睛在說話》、《我變成一隻口弦》、《變只黃鶯飛來吧》、《薄霧呵，快點散開吧》，以及謝燕白整理的《四川情歌（7 首）》。這些「情詩」，或寫遠方勘探隊對女友的渴念，或寫戀人間親密的接吻，或寫大學生暗戀的單相思，或寫姑娘在收穫期的情話，或寫返回西藏時想到在門口守望的情人的喜悅。這些「情歌」，與當時以聞捷為代表的主流「情歌」，當然是不同的。可以說，突出詩歌的「情」，彰顯詩歌的「情感性」，是《星星》詩刊最重要的藝術追求。在建國初的文學刊物中，《星星》詩刊如此密集地發表了「情詩」和「情歌」，這是相當獨特的。

在《星星》創刊號上，舒占才的《大學生戀歌》是《吻》之外被關注較多的一首「情詩」。在《大學生戀歌》的標題之下，包括《名字》和《秘密》兩首詩。如第一首詩歌《名字》：「怎麼還不使我厭煩？／我已寫了百次千次。／為什麼它有這麼大的魅力？／我寫了一張紙，又寫了一張紙。／／如果送到出版社付印，／哪裏也找不到這樣多相同的鉛字；／這本書只印一冊也一定賣不掉，／它總共只有兩個相同的字。／／但是對於我他卻是無價寶，／看到它我的煩悶就會雲散煙消；／這位姑娘愛不愛我雖然還不知道，／可是她的名字卻總和我有了深交。」〔註70〕對於這首詩，在此後的多篇文章都曾予以批判。如楊甦就完全將《大學生戀歌》與《吻》相提並論，「和『吻』的色情

〔註69〕流沙河：《我的交代（1957.8.3.至 8.11.）》，《四川省文藝界右派集團反動材料》（會議參考文件之九），四川文聯編印，1957 年 11 月 10 日，第 7 頁。
〔註70〕舒占才：《大學生戀歌》，《星星》，1957 年，第 1 期。

的狂喊同調的，還有舒占才的『大學生戀愛』。……而作者所欣賞的，正是這樣一種若隱若現的神秘的情緒。這種描寫，完全抽去了人們的愛情生活、愛的追求中所包含的社會內容，剩下來的只有動物性的衝動了。如果說『吻』是明目張膽地散佈黃色情緒的話，那麼，『大學生戀歌』就是比較隱秘地散播著資產階級愛情至上主義。同樣，都是精神上的鴉片。」〔註71〕另外，洪鐘也批判說，「舒占才的『大學生戀歌』，是宣揚戀愛至上論的壞詩。那位大學生成天只寫著愛人的名字，其千次萬次，一張紙又一張紙，他卻認為這是無價寶。而另一位大學生成天只看到一位姑娘和別人的相愛，自己流涎三尺，可望不可及。男女相愛中高尚感情和生活理想，這裡沒有一絲陰影；反倒是神經失常的戀愛充塞了字裏行間。這種資產階級的戀愛觀點，是和人民群眾的戀愛，沒有任何共同之處的。這種愛情詩，是和人民群眾的感情沒有任何相同的地方。我們不需要這種愛情。」〔註72〕一年過後，安旗在批判中還提到了舒占才這首「情歌」，她說，「像『大學生戀歌』和『單戀曲及其他』這一類詩的題材，即使你感受再真，挖得再深，技巧再高，也很難寫出什麼好詩來。這樣的詩，除了作者自己和他們一小撮同好用來餵養他倆的空虛卑下的靈魂外，正常的人讀著它們只會感到無聊，無聊透頂！」〔註73〕由此，《大學生戀歌》成為了《星星》詩刊的「一個嚴重問題」，作者舒占才在《右派分子把持「星星」詩刊的罪惡活動》中就被多次點名批評，「他們從來稿中物色對黨對新社會不滿的青年，加以重點『培養』，這些青年中如成都的華劍、自貢的李加建（即玉笛）、毛志傑，峨眉的萬家駿、南充的魯青、舒占才，都得到他們的賞識。」作品也被多次提到，「壞作品和帶有壞傾向的作品：這裡是指宣傳資產階級思想感情的作品。這類東西，有宣傳戀愛至上的；如『大學生戀歌』（1期）』」。〔註74〕總之，在對「情詩」的批判中，《大學生戀歌》也是具有代表性的詩歌。

那麼，由於《大學生戀歌》的問題，作者舒占才在這場運動中有著怎樣的經歷呢？據介紹，「舒占才，筆名舒黑芷，男，漢族，1936年生，四川武

〔註71〕楊甦：《論「解凍」及其他》，《紅岩》，1957年，第3期。
〔註72〕洪鐘：《「星星」的詩及其偏向》，《紅岩》，1957年，第3期。
〔註73〕安旗：《略談詩歌的題材——兼斥流沙河關於題材問題的謬論》，《論抒人民之情：抒情詩論集》，上海：新文藝出版社，1958年，第70頁。
〔註74〕《右派分子把持「星星」詩刊的罪惡活動》，《星星》，1957年，第9期。

勝縣人。民盟會員，大學本科，原重慶市江津市教師進修學校高級講師。」
〔註75〕對於這段「學生右派」經歷，舒占才曾有一些簡單的回憶，「那時，我
剛好 20 歲，在大學讀書，周身充滿活力，有許多美好的幻想。我喜歡寫詩，
想作一個詩人。……這一次，可不像第一次那樣輕鬆。不單是病，還因為刊
登我詩作的一家詩刊的四個編輯，成了『反黨右派集團』，我被牽連進去，自
然也『在劫難逃』，成了『學生右派』。」〔註76〕更為重要的是，此後，舒占
才的右派身份完全影響到了他的生活，「那時，我是學生右派，在接到運輸隊
監督勞動，她是食品站的會計，原本互不相識。不幸的陰影立即籠罩在我們
頭上。先是居委會、派出所和她單位的領導告誡她嚴重喪失階級立場，不准
再與我往來……繼而，運輸隊領導說我忘記了身份，派出所戶警聲色俱厲稱
我不思悔改，抗拒改造。隨後，又以『不死改造，引誘如青年，與黨爭奪下一
代』的罪名，押送我勞動教養。」〔註77〕甚至婚姻也受到了嚴重的影響，「我
與妻是 1972 年相識的。那年，我 35 歲，沒有人敢嫁給我這個右派分子。中
學時的一位好心的女同學，給我介紹了位 20 歲的農村姑娘。……直到平反
後，我才第一次回到她身邊，帶走患病的她和已 6 歲的女兒，補領了結婚
證。……這時，她的病情已十分嚴重，反反覆覆，不能痊癒。……是我害了
你！如果你不嫁給我，就不會精神分裂。不會只活 43 歲。」〔註78〕可見，儘
管在 1959 年他就以舒黑芷的名字在《詩刊》上發表了《川中道上》〔註79〕；
1960 年還是以原名發表了詞《煉鋼工人之歌》〔註80〕，但他發表在《星星》
創刊號上的《大學生戀歌》，確實成為了自己生命中的一個嚴重問題。由此，
在新時期，舒占才也在相關的論文中對文學的「人民性」、「階級性」問題進
行了反思，「在階級社會中，文學不僅有深刻的階級性的一面，也有人民性
的一面。歷史上一切反動剝削階級，總是用種種方法使文學成為本階級的工

〔註75〕《重慶作家辭典》，第 1 輯，重慶市作家協會編，內部印刷，2009 年，第 131
頁。

〔註76〕舒占才：《闖過死亡關》，《群言》，1993 年，第 11 期。

〔註77〕舒占才：《1958 年：沒有戀愛的權利》，《中國人的一生：從搖籃到墳墓》，徐
列編，廣州：南方日報出版社，2001 年，第 115 頁。

〔註78〕舒占才：《1995 年：責任》，《中國人的一生：從搖籃到墳墓》，徐列編，廣州：
南方日報出版社，2001 年，第 343 頁。

〔註79〕舒黑芷：《川中道上》，《詩刊》，1959 年，第 6 期。

〔註80〕舒黑芷：《煉鋼工人之歌》，《廣州群眾創作歌曲集 1》，廣州群眾藝術館編，
廣州：廣州群眾藝術館出版社，1960 年，第 2 頁。

具，為本階級的利益服務。他們的文學的階級性從根本上說，是同文學的人民性相對立的。唯有無產階級文學的階級性，才從根本上克服了這種對立。」〔註81〕因此，在經歷了批判後，舒占才對「文學的階級性」的觀點是非常複雜的。「1979 年我被錯劃右派得到改正以後，身體康復，還能正常工作，我搞教學，參加社會活動，寫詩寫文，還當過先進，評上了高級職稱。」〔註82〕此時，舒占才似乎才重新找回了自己。

　　楊汝絅的《詩筒》，是另外一首被關注較多的「情詩」之一。從詩歌《詩筒》本身來看，這首詩歌並不是很出彩的一首「情詩」，但也就引出了一些批判。〔註83〕楊汝栩就提到了相關的歷史，「楊汝絅，1930 年出生在高郵城內熙和巷的一個書香世家，曾祖父、祖父都是光緒年間的進士，父親楊遵矩畢業於上海復旦大學，當過中學英語教師，後來在國民政府鐵道部供職。……1956 年至 1957 年初是汝絅創作的高峰期，他的詩作《天問》、《晨鐘》經徐遲同志編發，接連在《詩刊》上發表，《詩筒》在《星星》創刊號上以顯著地位刊出，其中《晨鐘》一詩還被譯成俄文，轉載在前蘇聯的《星火》雜誌上。如果生活的步伐就這樣照直走下去，才華橫溢的汝絅或許早就該馳名中國詩壇了，1957 年，一家出版社正要為他出第一本詩集時，一場政治風暴席捲而至，殘酷地吹折了這株剛剛出土的新苗。當時，《星星》詩刊打出一窩右派，楊汝絅在這刊物上發表過詩作，於是也被羅織罪名打成右派。妻子天真地以為世界上所有的事情都是可以講理的，就站出來為丈夫辯護，結果也被定成右派，雙雙撤職降級，下放勞動改造。……『文革』中，隆昌中學有一位知名的老教師被迫害致死，1970 年，楊汝絅激於義憤，竟與幾位同事聯名揭露了事實真相，並要求伸張正義。結果當然不會是別的，他為此付出了更沉重的代價，被加上『惡毒攻擊』和『現行反革命』的罪名判刑五年，送去煤礦勞改，在井下挖煤，推斗車。」〔註84〕我們看到，對楊汝絅的批判，還不僅僅侷限於詩歌《詩筒》。李永震也批判說，「近兩三年來，經常在《紅岩》、《詩刊》、《星

〔註81〕舒占才：《文學的人民性和階級性》，《函授通訊 文學概論專輯二（7）》，四川
　　　　永川地區教師進修學院函授部編，1982 年，第 70 頁。
〔註82〕舒占才：《闖過死亡關》，《群言》，1993 年，第 11 期。
〔註83〕楊汝絅：《籬畔集》，重慶：重慶出版社，1986 年。楊汝絅：《灰色的花及其
　　　　他》，香港：廣角鏡出版社有限公司，1995 年。
〔註84〕楊汝栩：《詩人楊汝絅》，《高郵文史資料》，中國人民政治協商會議江蘇省高
　　　　郵市委員會文史和學習委員會編，1999 年，第 16 輯，第 174～178 頁。

星》、《草地》等文藝刊物上發表詩的楊汝絅，是一個惡毒的資產階級右派分子。這個右派分子是隆昌中學教師。……他公然反對偉大的反右鬥爭，積極為校內的其他右派分子辯護，還大聲疾呼地為臭名遠揚的右派分子流沙河喊冤，硬說《草木篇》不是反黨反社會主義的毒草。這是他對黨和社會主義進行『口誅』的部分事實。現在再來看看他對黨和社會主義所進行的『筆伐』……《唉，溫柔的夜》（《星星》九月）……《晨鐘》（《詩刊》五月）……《天問》（《詩刊》八月）……《學習古典詩歌的藝術技巧》（《文藝月報》56 年 12 月號）……楊汝絅的靈魂裏，充滿著資產階級的腐臭垃圾。由於他地主家庭的經濟基礎被革命風暴所摧毀，因而對黨和人民十分仇恨。」〔註85〕從這批判文章來看，「情詩」還不是楊汝絅受到批判的主要原因，更多的是楊汝絅自身的問題，「他受過長期的資產積極教育，受過英國費邊杜（工黨前身）的反動理論的影響，看過一些反蘇反共的書籍，解放前為上海、南京等偽報副刊寫過一些取材於美國電影的詩、文。加以解放後又一貫狂妄自大，不接受黨的教育改造；相反地對資產階級的『自由、民主』的生活方式非常留戀、嚮往。因此，他成為右派分子並不是偶然的。」〔註86〕對此，斯人也提到，「1957 年的夏秋之際，全國範圍內開展了聲勢浩大、知識分子歷劫的反右派運動。由於楊汝絅對本校被劃為右派分子的某老師表示同情，而被羅織罪名劃為右派。夫人寥時從又因同情丈夫亦被劃為右派。雙雙撤職降級，下放勞動改造。出版社自然不會給他出版詩集了。」〔註87〕可見，在楊如絅的生命中，他被批判與他個人的性格有著直接關係。但不可置疑，在《星星》詩刊上發表的「情詩」《詩簡》，這是他被劃為右派的一個重要原因，也由此才導致了他命運重大轉折。

在大量發表「情詩」的同時，《星星》詩刊還刊發了一定數量的「諷刺詩」。除了「散文詩」欄目中全國展開批判的《草木篇》之外，也還有一些其他的諷刺詩，儘管不多。如「生活慢吟」欄目中傅旭的《批評家的「原則」》，就是一首頗具特色的諷刺詩。「不是批評家沒有主見，／而是在靜聽權威的聲音。／他們的批評原則是：風風雨雨，／人云亦云。／群眾喜歡不喜歡我不管，／

〔註85〕李永震：《楊汝絅是右派分子》，《草地》，1957 年，第 12 期。
〔註86〕李永震：《楊汝絅是右派分子》，《草地》，1957 年，第 12 期。
〔註87〕斯人：《楊如絅事略》，《富順文史資料選輯》，中國人民政治協商會議四川省富順縣委員會文史資料委員會編，1997 年，第 11 輯，第 125～126 頁。

只要權威點頭就行，／至於什麼藝術，現實，／全是扯淡！／權威才是我們唯一的天平。」這首詩以「批評家」為寫作對象，諷刺了當下的批評原則，「他們沒有自己的主見，盲目服從權威，只有權威才是唯一的批評原則。」總之，堅持主流意識形態的辦刊方針之外，同時凸顯「情詩」與「諷刺詩」，這成為了《星星》詩刊初期實現「百花齊放」的重要體現。

第四，「辦娃娃班」。辦娃娃班，也就是培養年輕詩人，是《星星》創刊號體現出來的又一重要辦刊方針。正如石天河所說，「創刊之前，關於『刊物怎麼辦』的問題，我們的意見是一致的：要搞『百花齊放』；『辦娃娃班』（主要發表青年詩人的作品）；我們都是商量過的。」〔註88〕對此，白航也談到，「刊物以青年及學生為主要對象」、「要培養新人和新的作者群」。〔註89〕可以說，在大量刊發「情詩」之外，「辦娃娃班」成為了《星星》詩刊的另一個重要特徵。這期《星星》詩刊創刊號上，共有45位詩作者，除了公木、山苺等之外，大部分作者可以說都是剛剛開始寫詩歌的「娃娃」。如白航提到，「創刊號打頭的一篇長詩叫《晨風》，是南充某學院的兩位同學寫的（作者之一的孫夢漁，現在已是中學語文教師。發表在復刊後《星星》上的《巴蜀詩人六十家》，就是他和另一同志合寫的。」〔註90〕將青年詩人孫夢漁的詩歌，放在創刊號第一首詩歌的位置，可見《星星》詩刊是給予了青年詩人重要位置。另外，一批年輕詩人吳琪拉達、傅仇、雁翼、里沙、楊汝絅、村野、長風、方赫、唐大同、巴波等出現在《星星》創刊號上，他們大部分是在《星星》發表了自己的處女作。而1月25日創刊的《詩刊》，不僅重點發表了艾青、馮至、蕭三、徐遲、嚴陣、周良沛等已經出名的大詩人的作品，而且還以爭取「超級作者」毛澤東，發表了他的作品《舊體詩詞十八首》和《關於詩的一封信》作為自己辦刊的特色。相比而言，《星星》詩刊，更有著發掘新人、推薦新人的獨特辦刊方向。「情詩」和「辦娃娃班」是《星星》創刊號凸顯出來的重要特徵。

另外，《星星》創刊號，收入了一些經典的「詩歌語錄」，這是《星星》詩刊的一個創舉。如在創刊號上，就有4條「詩歌語錄」：「愛社會主義國家不能只是抽象地，而必須是具體地，也就是說，必須同時愛她的自然、田野、森

〔註88〕石天河：《逝川憶語——〈星星〉詩禍親歷記》，香港：天馬出版有限公司，2010年，第32頁。
〔註89〕白航：《〈星星〉創刊40週年隨想》，《星星》，1997年，第1期。
〔註90〕辛心：《我們的名字是星星——〈星星〉創刊史話》，《星星》，1982年，第4期。

林、工廠、集體農莊、國營農場等等。——加里寧」、「詩這東西的長處就在它有無限的彈性，變得出無窮的花樣，裝得進無限的內容。——聞一多」、「一首詩的勝利，不僅是那些詩所表現的思想的勝利，同時也是那詩的美學的勝利。而後者，竟常常被理論家們所忽略。——艾青」、「回想回想馬克思所說的：『藝術作品創作理解藝術並且能夠欣賞美學的公眾。』這句話，是有益處的。——安東諾夫」。〔註91〕進而，《星星》編輯部不僅借助於這些中外的經典詩歌理論，來表達了自己對詩歌的理解，還呈現出了活潑的辦刊風貌。此外，在創刊號中，還有特別的「詩歌遺產」和「歌詞」欄目，如「詩歌遺產」欄目中有公木的《詩經譯解（卷耳‧柏舟）》，「歌詞」欄目中有朱占榮的《豐收之歌》和嘉陵江的《誰說這是深秋》。這些，都讓《星星》創刊號顯得多姿多彩。

總之，與「國刊」《詩刊》借助毛澤東這位超級作者，以及具有毛邊本的獨特形式相比，《星星》更注重詩學個性的建構。特別是在「情詩」、「諷刺詩」的豐富呈現，以及對於詩壇新人的發現，這些都是《詩刊》以及同時代其他任何期刊所不同的。然而《星星》詩刊的這些辦刊特色，在批判中，也就全部成為了問題。如洪鐘所言，「雖然它經僅僅出刊了兩期，卻引起了文藝展現上普遍的注意。我們認為：『星星』的創刊和它的某些偏向，乃是當前文學藝術客觀現實在特定地區和特定刊物上的反映。當前，我們的文學藝術戰線上的積極因素，『星星』上有所表現；落後的、消極的東西呢，『星星』上也表現得較為突出。……為什麼文藝客觀實際中的消極因素和落後傾向，在『星星』詩刊上表現得特別突出呢？這是由於黨的這個科學藝術方針政策提出以後，那些原已蟄伏的資產階級和小資產階級的藝術偏見、政治偏見和生活偏見，以為時機已到，便又蠢蠢欲動。加上『星星』編者對『百花齊放、百家爭鳴』的方針的理解有錯誤，編輯思想相當混亂，給這些消極的落後的東西開了方便之門。」〔註92〕當然，由於此時並沒有開展大規模的運動，所以洪鐘的批判，對《星星》詩刊便沒有實質性的影響。

三、《星星》詩刊第 2 期

　　《星星》創刊號的努力，特別是通過「情詩」、「辦娃娃班」，可以說獲得

〔註91〕《摘錄》，《星星》，1957 年，第 1 期。
〔註92〕洪鐘：《「星星」的詩及其偏向》，《紅岩》，1957 年，第 3 期。

了空前成功，但與此同時，也遭遇到了新的問題。創刊僅隔 3 天之後，1 月 4 日春生便在《四川日報》上展開了對《吻》的批判，這實際上也就是對《星星》詩刊的批判。關於這次批判，我們將在《吻》批判和《草木篇》批判中介紹。但是，雖然遭遇到了批判，《星星》詩刊卻並沒有改變自己的辦刊方向，反而更加堅定了自己辦刊理念，更加鮮明地亮出自己的特色。

這種堅持，也與作為執行編輯的石天河有關。白航提到《星星》創刊號和第二期，「出力最多的是石天河，他又要策劃組稿，又要劃版，又要跑工廠校對」〔註 93〕。雖然《星星》詩刊受到了批判，石天河自己寫了反批判的文章，文聯也對他展開機關大會批判，但他在編輯理念上似乎並沒有改變過。當然，也正是由於石天河的堅持或者說固執，成為他停職的一個重要原因。1957 年 2 月 1 日《星星》第二期出版發行，印數為 29923 冊。但這期《星星》底面的日期卻是 1957 年 1 月 2 日，實為印刷錯誤所致，這也讓我們感受了這期《星星》詩刊的出刊，是在緊迫和倉促的過程中編輯而成的。雖然這樣，《星星》詩刊第二期，依然延續了星星創刊號的特色。

第一、調整欄目設置。同樣在正式出刊前，星星詩刊編輯部在 1957 年 1 月 25 日《人民日報》上刊登了廣告《星星詩刊二月號要目 1957 年 2 月 1 日出版》。因此，在 1957 年 1 月底到 2 月初之間對石天河、流沙河等開展機關批判大會之前，《星星》第二期實際上就已經編好。在欄目上設置，《星星》第二期可以說完全延續了創刊號的目錄，也設置了 11 個欄目：和平鴿哨、祖國進行曲、兵之歌、過去的腳印、玫瑰的刺、情詩、山水人物、生活頌歌、詩論、詩歌遺產、民歌。

```
                    ·和平的鴿哨·
致匈牙利人民 ·············································· 謝福繞（1）
                    ·祖國進行曲·
剛啟封的嗓音 ·············································· 曼子（2）
界石 ······················································ 然冰（7）
墾荒隊詩抄（5 首）········································ 陳修飛（12）
內昆鐵路散詩（2 首）······································ 李加健（13）
南涪公路之歌（2 首）······································ 楊辛（32）
```

〔註 93〕白航：《我們的名字是星星》，《星星》，2006 年，第 7 期。

與創刊號相比，《星星》詩刊第二期雖然在形式上沒有多大變化，但在具體內容上還是有了一定的變化。《星星》詩刊第二期上保留了的創刊號上的目錄有 4 個：「和平鴿哨」、「兵之歌」、「情詩」、「詩歌遺產」；修改了的目錄有 3 個，將創刊號上的「祖國風景線」改為了「祖國進行曲」、「生活漫吟」改為了「生活頌歌」、「民歌（情歌專輯）」改為了民歌；增刪的欄目有 4 個：刪除了創刊號上的「長詩」、「勞動曲」、「散文詩」、「歌詞」欄目，而增加了「過去的腳印」、「玫瑰的刺」、「山水人物」和「詩論」這些欄目。由此我們看到，在遭受到批判後，《星星》詩刊第二期確實也發生了變化，儘管這種變化並不是很明顯。正如我們看到的，《星星》詩刊第二期在 7 各欄目裏，「和平鴿哨」、「兵之歌」、「詩歌遺產」、「祖國進行曲」、「生活慢吟」、「民歌」6 個欄目，依然是主流意識和時代的精神的具體體現。所以說，在整個格局上，《星星》詩刊第二期是沒有變化的。同時，《星星》創號上的《吻》雖然遭受到批判，但

是《星星》詩刊第二期，依然保留了「情詩欄目」，還發表了 6 位詩人的 10 首情詩，堅持自己的辦是特色。不過，這一期《星星》上的「情詩」，並沒有得到更多的關注。另外，這一期《星星》詩刊，刪除「長詩」、「勞動曲」欄目，這應該是星星編輯部對《吻》批判的一種消極抵抗。

第二、從「諷刺詩」到「玫瑰的刺」。非常有意思的是，《星星》第二期專門增加了「玫瑰的刺」一欄。這個欄目實際上是《星星》創刊號中《散文詩》或者說「諷刺詩」的延續，並且主題也更加直接。不過，星星編輯部雖然將這一欄目命名為「刺」，實際上也是比較委婉的提出是「玫瑰的刺」。「刺」與「玫瑰的刺」是有著很大的區別的，不提「刺」而命名為「玫瑰的刺」，這是星星編輯部的一種策略。在創刊號上，「散文詩」欄目中有《草木篇》，「生活慢吟」欄目中有《批評家的原則》，這樣兩篇有「刺」的「諷刺詩」，但都隱藏在「散文詩」、「生活慢吟」的欄目中。而《星星》第二期則直接在「玫瑰的刺」欄目中，發表了長風的兩篇有「刺」的詩歌《我對著金絲雀觀看了好久》和《步步高升》。如「諷刺詩」《我對金絲雀觀看了好久》寫到，「我為了到野外呼吸新鮮的空氣，／觀看天空的老鷹和壯麗的山河，／離開了見不到日出日落的院子，／從一條萬紫千紅的大街上經過。／忽然看見路旁的樹下掛著竹籠，／竹籠裏面有一個華麗的金絲雀。／它在籠子裏蹦呀，跳呀；跳呀，蹦呀，／不住地唱著，唱著，唱著單調的歌，／過一陣，就吃幾粒小米，喝幾滴水。／歇一會，又開始歌頌自己的生活。／像我偶然在路旁看見了它，／它也偶然在籠子裏看見了我，／於是，更興奮地蹦跳起來，／好像說：『你看我，你看我多麼活潑！』／同時，更得意地歌唱起來，／連聲說：『你看我，你看我多麼快樂！』可惜我心裏都是一連串的疑問，／不知道究竟應該回答它些什麼。」對一隻籠中的金絲雀，因有了幾粒米，幾滴水而自鳴得意展開諷刺。對於這首詩，李新宇就認為，「從長風的《我對著金絲雀觀看了好久》（《星星》1957第 2 期）可以看到，關在籠中的金絲雀反覆歌唱自己生活的快樂，而詩人卻為它的命運而深深地感到悲哀，因為在詩人的眼裏，關在籠中歌唱自己美好生活的金絲雀是愚昧而可憐的。這種目光只能產生於以啟蒙為使命的知識分子。」〔註94〕可以說，這首「諷刺詩」對知識分子的諷刺與批判，是比較深刻的。另外，詩歌《步步高升》則更為大膽，其批判對象直接指向領導。「他

〔註94〕李新宇：《中國當代詩歌藝術演變史》，杭州：浙江大學出版社，2000 年，第 46 頁。

剛當辦事員的時候，／一看見群眾找他，／又是點頭、又是笑、又是握手、又是問候。／／他剛當科員的時候，／一看見群眾找他，／點點頭、笑一笑、握一握手。／／他剛當科長的時候，／一看見群眾找他，／輕輕地點點頭。／／他剛主任的時候，／一看見群眾找他，／就懶得開口。／／他剛當處長的時候，／一聽說群眾找他，／就把眉頭皺。／／他剛當廳長的時候，／一聽說群眾找他，／就發了愁。」在詩中，他諷刺了這樣一類人：雖然從辦事員、科員，最後高升到廳長，但是與群眾的距離卻越來越遠。當然，這首詩在諷刺對象上，實際上也是與整個時代相同的，即是對官僚主義者的諷刺和批判。但這兩首「諷刺詩」與流沙河的《風向針》和白鴿飛的《傳聲筒》《泥菩薩》等詩歌，此後一同受到了嚴厲批判，「『步步升高』『我對著金絲雀觀看了好久』（右派分子長風，2 期），我們所以把這些當作毒草提出，因為從政治思想傾向上看，它們是不符合六條標準的。有的異常惡毒地誣衊黨的領導；有的則辱罵人民、辱罵新社會，造謠新社會沒有自由，人民甘願過不自由的生活；有的則進一步詆毀我們的社會制度，散佈官僚主義是社會制度產物的讕言，實質上宣傳了取消黨的領導，推翻人民民主專政制度的主張，和全國各地的右派分子唱著同一個調門。」〔註95〕此時，在「六條標準」之下，文章對《我對著金絲雀觀看了好久》和《步步高升》的批判就已經完全上綱上線了。這兩首諷刺詩的作者「長風」是誰？我們也不得而知。譚興國認為「長風」就是流沙河，「流沙河接受了朋友的勸告，不再『赤膊上陣』，而是變換著花樣，需要宣洩著他的對立和不滿。有時候，變換著署名，使人不致產生《草木篇》的聯想。比如，署名長風，發表在《星星》第二期上的《我對金絲雀觀看了好久》。」不過，這兩首諷刺詩，此後還收入到 1957 年 11 月 10 日四川省文聯編印參考文件之十的《是香花還是毒草？》中，排在流沙河、曰白之後，成為詩歌類被批判的第三號大毒草。但這兩首諷刺詩都沒有羅列在流沙河的名下，所以譚興國認為「長風」是流沙河化名的說法，僅備一說。而且在此後激烈變動的政治歷史事件中，該詩歌也沒有得到更多的關注，也表明這應該不是流沙河的詩作。回到《星星》詩刊第二期，將「長風」的這兩首詩歌在特設的「玫瑰的刺」欄目予以發表，這正體現了星星編輯部對諷刺詩的堅持。與創刊號相比，正是有了「玫瑰的刺」欄目，《星星》詩刊在「情詩」的基礎上，進一步

〔註95〕本刊編輯部：《右派分子把持「星星」詩刊的罪惡活動》，《星星》，1957 年，第 9 期。

突出了對「諷刺詩」偏愛。

第三，從摘錄到「詩論」。在《星星》第二期，還專門增加了一個「詩論」欄目，在創刊號上的觀點摘錄，變為了「詩論」欄目。這篇詩論就是丘爾康的《抒情詩雜談》〔註96〕。這期「詩論」，不僅是《星星》詩刊歷史上的第一個詩論欄目，而且《抒情詩雜談》也是《星星》詩刊歷史上所發表的第一篇詩學論文。問題是，為什麼要在《星星》詩刊第二期上，增加這樣一個欄目呢？或者說，這期《星星》為何要發表邱爾康的文章呢？我們先來看邱爾康的這篇文章內容和觀點。《抒情詩雜談》共分為 5 個部分：第一部分，提出「抒情詩是抒情的」的觀點，「從性質看，抒情詩是抒情的；從任務看，抒情詩以其飽和感情的內容去豐富讀者心靈，給予美的享受。」進而在第二部分提出，「詩歌評論最重要的展開美學的分析」，「我們的理論家們的觀點往往是哲學的，社會學的，美學的，結果更多的是現實主義一般原則的研究，缺乏契合抒情詩特點的探討。具體些，實際些，給詩以美學不分析！」第三部分強調，「情感並不是沒有思想，而是與思想是相容的」。第四部分，解釋什麼是「人民之情」，「什麼是人民之情的範疇呢？彷彿有這一種看法：凡涉及社會主義，愛國主義的，或積極性的感情如快樂、興奮、頌歌等則是，而一些平凡的，或消極性感情如悲傷、憂愁等則不是。果真是這樣，那確實是一種再簡單而不過的分類法了。」同時特別強調，「凡屬於正常的，人之常情的感情都應包括進去。總之，尺寸放寬些」。第五部分認為，「格律詩可以繼承，但更應該是在詩歌的風格和語言特色上，而不僅僅只是形式。」〔註97〕從表面上看，毫無疑問，這期《星星》詩刊發表邱爾康，是對《吻》批判的反駁。借助與邱爾康的文章，星星編輯部認為要對抒情詩展開「美學分析」，而不應該對《吻》展開社會的、道德的批判，由此為《吻》這首詩辯護。但從文章的落款時間來看，該文寫作於 1956 年 12 月 6 日黔江，早在《吻》批判之前就已經完成。也就是說，邱爾康寫作這篇文章，並不是為了《吻》批判辯護，而是響應「百花齊放、百家爭鳴」的口號而寫。但正是由於這篇文章契合了星星編輯部反對《吻》批判的需要，因此就被星星編輯部看重，並特闢了一個專欄發表。所以，從星星編輯部來說，就是借用「群眾」的觀點來反對《吻》批判的。不管事實怎樣，很快，邱爾康的這篇文章就受到了安旗的批判。安旗將丘爾康的《抒情

〔註96〕邱爾康：《抒情詩雜談》，《星星》，1957 年，第 2 期。
〔註97〕邱爾康：《抒情詩雜談》，《星星》，1957 年，第 2 期。

詩雜談》與石天河的《七絃交響》合一起，她說，「在『星星』第二期上，丘
爾康的『抒情詩雜談』和編者的『編後草』中，雖然作者和編者一再地表示贊
成『抒人民之情』，然而自始至終他們的『人民之情』都是缺乏具體的時代的
內容的。他們談得十分漂亮而又十分模糊，在漂亮而又模糊的文字裝飾之下，
他們把人民之情解釋成七情：喜怒哀樂愛惡欲，解釋『人之常情』，甚至連一些
『消極的感情如悲哀、憂愁等』都應該包括進去，否則就是『簡單的分類法』，
就是『偏愛單弦獨奏』，就是應該受到他們諷刺的怪癖。」〔註98〕由此，重申了
「抒人民之情」社會主義文學的要求，反對了「抒情詩是抒情的」這一觀點。

　　此事，對邱爾康有著怎樣的具體影響呢？在《抒情詩雜談》中，文末注
明「黔江」，而據《中國共產黨重慶歷史‧黔江區卷》中記載，就有被打為右
派邱爾康，應該就是這篇文章的作者。「在反右中存在的問題是嚴重擴大化，
把副縣長陳質堅、黔江中學教師邱爾康、聯合鎮小學校長熊崇禮等愛國人士、
知識分子、黨內幹部錯劃為右派，影響了相當部分人的建設積極性，造成不
良的效果。1962年，黨給曾被定為右派的大部分人員摘帽，對工人、農民中
的『反社會主義分子』全部摘帽。1979年，根據中央指示，又對被錯劃的右
派分子全部作了糾正，並對他們進行妥善安排。」〔註99〕從這裡我們瞭解到
了邱爾康的一點信息：他是黔江中學的教師，在反右鬥爭中被打為右派。雖
然這裡沒有提到《抒情詩雜談》，但邱爾康被打為右派，應該是與《星星》詩
刊發表了為抒情詩辯護的文章有一定關聯的。由此，也可以這樣說，由於《星
星》詩刊在不合適的時間，為了借助群眾的支持，而發表了邱爾康的文章，
最終導致了邱爾康被劃為右派的。

　　第四，繼續設置「編後草」欄目。與《星星》詩刊創刊號一樣，第二期也
有「編後草」。石天河所作的這篇「編後草」名為《七絃交響》〔註100〕，則旗
幟宣明地宣告了星星詩刊的詩學理念和編輯方針。石天河的文章，不僅僅是
為《吻》辯護了，更多是為「抒情詩」辯護，他著重強調了詩歌「抒情性」。
邱爾康《抒情詩雜談》說「抒情詩是抒情的」，而石天河則更進一步提出「詩，
總是要抒情的」，甚至認為，「抒情，不僅是抒情詩的本質和任務，也說所有

〔註98〕安旗：《論抒人民之情——兼評丘爾康「抒情詩雜談」及其他》，《延河》，1957
　　　　年，第4期。
〔註99〕《中國共產黨重慶歷史‧黔江區卷》，中共重慶市黔江區黨史研究室，重慶：
　　　　重慶出版社，2011年，第71頁。
〔註100〕《編後草‧七絃交響》，《星星》，1957年，第2期。

詩歌的本質和任務」。進而，石天河提出，「抒人民之情，不是只准抒一種情感，而是應該是『七絃交響』」，這樣才是「百花齊放、百家爭鳴」。相映成趣的，同期的《詩刊》2月號，也刊出了《編後記》。但作為「國刊」的《詩刊》卻顯得十分保守，「大家不約而同的，熱烈期待著《詩刊》能發表出激動千千萬萬人心的氣勢宏偉的詩篇來——傳出時代的高昂的聲音，道出人民的衷曲。因為雖然我們今天的詩，早已不是微茫，哀怨的了，而是充滿生活氣息的，是詩人們激蕩著熱情寫出來的。它並不是綺麗的，而是樸素的，現實的，我們卻還是在期待著更加雄健有力的作品，那怕粗獷，也是流蕩無垠的作品，我們還是需要歌唱我們這社會主義建設的大時代的雄偉歌聲。」〔註101〕在《詩刊》期待「我們社會主義建設的大時代的雄偉歌聲」的時候，《星星》詩刊卻是「讓七根琴弦交響起來」。由此我們看到，即使在經過了《吻》批判，《星星》詩刊依然保持了可貴的獨立性，堅持著詩歌的藝術性。

另外，星星編輯部還借「詩歌語錄」來展開對《吻》批判的反駁。其中最直接、大膽地表明了星星編輯部反對《吻》批判的是對愛倫堡的摘錄，「多年以來，我們的雜誌幾乎不刊登描寫愛情的詩歌。男孩子和女孩子長大起來，發生了愛情，經過一番磨難而找到了幸福，但是詩歌並不反映也不表現這一切。與人會對我說，這是改造國家的英勇精神使其他的題材黯然失色了。但是馬雅可夫斯基的長詩『關於這』也不是在平常的時候寫下的；他表明，怎樣提高戀愛的題材，使它和對未來的理想結合起來。值得指出，就在我們那些出版社和雜誌社輕視抒情詩的這幾年中，我們的電臺卻時常播送以情詩編成的羅曼斯曲，其中不但有普希金和萊蒙托夫的作品，還有阿歷克塞、康斯坦丁、諾維奇、托爾斯泰、菲特，甚至拉特迦烏茲的詩作。為什麼我們那些正在戀愛中的人們要在拉特迦烏茲的詩中，而不是在同時代人的詩中找到自己感情的表現呢？」〔註102〕如果說邱爾康的文章，主要是在理論層面上為抒情詩辯護而不是僅僅談論「情詩」，那麼《星星》詩刊「摘錄」愛倫堡的《談談作家們的工作》中，就是直接在為「描寫愛情的詩歌」而辯護了。而愛倫堡在當時，可以說是對中國文學影響較大一位蘇聯作家。王蒙就曾說，「是愛倫堡的《談談作家的工作》在50年代初期誘引我走上寫作之途。」〔註103〕與此

〔註101〕《編後記》，《詩刊》，1957年，第2期。

〔註102〕愛倫堡：《「談談作家們的工作」摘錄》，《星星》，1957年，第2期。

〔註103〕王蒙：《蘇聯文學的光明夢》，《讀書》，1993年，第7期。

同時,《星星》還引用了艾青的《詩論》,用艾青的觀點來展開對「世俗者」的批判:「詩人為什麼常常瞧不起世俗者呢?因為那些世俗者只能憑著現成的法則去衡量一切的事物,他們對於任何自己所不能理解的說:『這要不得。』他們貧困於想像,他們永遠是知識的守財奴,他們看百科全書超過一切;他們由於吝嗇,而能溫飽自得;他們不知道:一切知識在沒有被公眾承認之前,都被看作異端邪說,一樣有世俗者在說:『這要不得。』」〔註104〕所以我們看到,為了給《吻》辯護,為了維護《星星》詩刊的特色,星星編輯部不僅借用了「群眾」的聲音,也借助於「大師」的理論。

　　但就是這樣有特色的兩期《星星》詩刊,也被批判。洪鐘就批判說,「當前,我們的文學藝術戰線上的積極因素,『星星』上有所表現;落後的、消極的東西呢,『星星』上也表現得較為突出。……我們歡迎『星星』的編者大膽地擺脫消極和落後的東西,把積極因素發揚光大起來。『星星』的經驗教訓,反映了思想戰線上的客觀現實。」〔註105〕可以說,洪鐘的批判,對《星星》詩刊的辦刊方向是有一定影響的。我們知道,《星星》詩刊創刊號和第二期,雖然由石天河在負責,但實際上還是由白航最後審定,由白航負責的。對於這兩期《星星》,白航在2月14日的總結大會上就曾提到:「報紙對『草木篇』和『吻』的批評,我個人是歡迎的,我們在詩刊上發表了一些壞的、不好的作品,這裡順便向讀者致歉。從批評中,我們接受到一點教訓,我們刊物的方針有些問題。『星星』詩刊有很多毛病,歡迎大家批評;當中有好的作品,也請大家肯定。有的同志說,好像這次批評不應該,這看法不對。既然刊物發表了壞作品,別人就應該批評。」〔註106〕從這裡我們看到,對於這兩期《星星》,白航總體上是持肯定態度的。但是,由於石天河的停職,以及總結大會的召開,《星星》詩刊的變化是必然的。從白航的話來看,從第三期開始,新的《星星》詩刊就不能不呈現「社會主義現實主義」的詩學追求了,《星星》詩刊也必須轉變。

四、《星星》詩刊第 3 期

　　第三期《星星》詩刊為了適應新的形勢,較前兩期有了較大的變化。但

〔註104〕艾青:《艾青「詩論」摘錄》,《星星》,1957年,第2期。
〔註105〕洪鐘:《「星星」的詩及其偏向》,《紅岩》,1957年,第3期。
〔註106〕《成都文學藝術界座談「草木篇」和「吻」》,《四川日報》,1957年2月14日。

是，在此過程中，這期《星星》詩刊也在繼續堅持自己的辦刊特色。

先看「變化」。經過了 1 月份的機關批判大會，以及 2 月初的總結大會，第三期的《星星》一個重要的變化就是轉載了《毛主席給「詩刊」編輯委員會的信》和毛澤東的《舊體詩詞 18 首》。並在目錄欄目中以大黑體字標示出來。這期間，《星星》在《人民日報》上就打了三次廣告。第一次是 2 月 17 日的一個宣傳《星星》詩刊的小廣告，僅有對《星星》詩歌月刊出版日期、每期定價、編輯者、出版社的說明，並沒有其他的任何內容。第二次是 2 月 26 日在《人民日報》上的《星星詩刊三月號要目 3 月 1 日出版》的廣告。到了 3 月 5 日，在《星星》第三期出版後，仍然在《人民日報》上作了要目廣告。這其中的一個特點是，這第三次廣告中，都專門將《毛主席給「詩刊」編輯委員會的信》和《舊體詩詞 18 首》加黑。如此密集地在《人民日報》上宣傳《星星》第三期，我認為是與《星星》詩刊轉載了《毛主席給「詩刊」編輯委員會的信》和《舊體詩詞 18 首》有關，而這也清晰地呈現了《星星》詩刊辦刊的轉變。另外《星星》詩刊所轉載的毛主席《舊體詩詞 18 首》，也完全是按《詩刊》創刊號刊登順序來排列的，《長沙》、《黃鶴樓》、《井岡山》、《元旦》、《會昌》、《大柏地》、《婁山關》、《十六字令》三首、《長征》、《六盤山》、《崑崙》、《雪》、《贈柳亞子先生》、《浣溪沙》、《北戴河》和《游泳》。我們知道，《毛澤東給「詩刊」編委的信》及其《舊體詩詞 18 首》，在《詩刊》創刊號首發後，全國各大報刊爭相轉載。

在「是否轉載」這一問題上，以石天河為代表，認為應該堅持刊物的辦刊特色，不能隨大流，所以他反對轉載。但是，隨著石天河的停職，以及文藝界對於《星星》詩刊批判的升級，《星星》詩刊也不得不轉載，緊跟時代的腳步。但值得注意的是，《星星》詩刊雖然轉載了，但卻注明是轉載自《中國青年報》。為什麼《星星》詩刊不轉載首發的《詩刊》，而要特別注明是轉載自《中國青年報》呢？這是值得頗有意思的一個細節。不管這樣，轉載毛澤東的信和毛澤東詩詞，正是《星星》詩刊「轉變」的一個重要標誌。

這一期《星星》詩刊的目錄如下：

毛主席給「詩刊」編輯委員會的信 ……………………………（1）	
舊體詩詞 18 首 ………………………………………… 毛澤東（2）	
・和平鴿哨・	
赴蘇留學詩抄 ………………………………………… 王崇傑（8）	

在《星星》第三期，欄目從原來的 11 個減少到 8 個，重點就是取締了「情詩」欄目，這肯定是與此前文藝界對《吻》的批判有關。雖然取締了「情詩」欄目，這一期卻又在《江山如畫》欄目中發表了《吻》作者曰白的另一首詩《我愛青島》。這首詩歌寫得很一般，「我愛蜿蜒曲折的／花崗石海岸／它有如情人的手臂似的溫暖……我愛海灣地弧線延伸到天邊／我愛海浪／溫柔地

將它全身吻遍……」總的來說,該詩並沒有什麼奇特之處。但是《星星》編輯部在這期發表曰白的《我愛青島》,這毫無疑問是對《吻》的肯定,以及對《吻》批判的無聲抗議。

再說「堅持」。這一期《星星》詩刊依然保留了「諷刺詩」欄目,這是非常有象徵意義的。從第二期的「玫瑰的刺」到這一期的「刺梅花」,《星星》詩刊繼續推出了多首「諷刺詩」詩歌。這期《星星》詩刊就發表了 3 位詩人的 4 首諷刺詩,其中有余薇野的《某首長的哲學(外 1 首)》、奇傑《懶漢(民歌)》和小刺蝟《荒唐歌》。如奇傑的《懶漢》,主要是諷刺懶漢的好逸惡勞;小刺蝟的《荒唐歌》,「有一位天才的批評家,/他有個獨特的規章,/不管詩、詞、歌、賦,/不管戲、劇、說、唱,/一律要套進他那萬能的框框。/他說:『這種作品,才夠分量』」。這首詩則諷刺了以一種框架、一個標準來展開批評的批評家。由於是筆名,所以這兩位作者已經不可考了。另外,余薇野的《某首長的哲學》,又是針對領導、諷刺領導的「諷刺」,值得注意:「他批評我。/——『偏頗!』/他反對我。——『可惡!』/他順從我。——『哈哈,正確!』/我說這,他說那。/——『這人很自大!』/我說黑,他說白。/——『這人太惡劣!』/我說哈,他說哈。/——『哈哈,這該提拔!』」余薇野的這首詩,是對領導的尖銳諷刺,特別是對諷刺了那種排斥異己,打擊不同的反對意見的官僚作風。作者重慶詩人余薇野,原名董維漢,筆名何小蓉。曾在重慶文聯《群眾文藝》擔任詩歌編輯,1956 年後在《紅岩》雜誌擔任詩歌編輯。80 年代後,他以寫諷刺詩出名,出版過《辣椒集》、《阿 Q 獻給吳媽的情書》、《余薇野詩選》等詩集。發表在《星星》第三期上的《某首長的哲學》,是余薇野較早的諷刺詩,可以說也正是由於《星星》詩刊的推出,讓余薇野走上了些諷刺詩的道路。

但值得注意的是,在這個時候,余薇野發表他的「諷刺詩」實際上是不合時宜的。余薇野,很早就以何小蓉為筆名參與到了《草木篇》批判中,「讀了同期上流沙河的『草木篇』,感受卻全然不同,蘊含在『草木篇』字裏行間的,是一種孤高憤世之情……而這樣的情正鮮明地反映出作者的頑強的個人主義的立場。」〔註107〕在此時《草木篇》批判的初期,余薇野這篇文章最大的特點在於,將《草木篇》與同期《星星》中的作品進行比較,分析出了流沙河的孤高憤世之情。他先是將流沙河的《草木篇》與李一宣《參加工商界講

〔註107〕何小蓉:《「草木篇」抒發了個人主義之情》,《四川日報》,1957 年 2 月 9 日。

習班有感》，認為流沙河在作品中，不僅沒有感到生活的歡樂，蓬勃向上的喜悅，而是充滿了壓抑之感，充滿了行將滅亡之感。進而，他還將《草木篇》中的「白楊」與雁翼「白楊」相比，認為同樣是寫白楊的抒情詩，同樣是抒情，雁翼所抒之情是喜悅之情，是歌頌新社會之情，而流沙河所抒之情卻是悲哀之情，是不滿現實之情。由此，余薇野認為流沙河這樣的「情」，正鮮明地反映出了他的頑強的個人主義的立場。實際上，作為何小蓉，他的這篇對《草木篇》批判的文章沒有引起更多的關注，而作為不斷地發表諷刺詩作品的余薇野，卻成為了被批判對象。此後余薇野還在《四川工人報》上發表了諷刺詩《有一位編輯主任》〔註108〕，此詩與《某首長的哲學》，後一同收入了四川省文聯的會議參考資料《是香花還是毒草？》中，由此影響了他的個人命運。「這一段時間，余薇野創作甚豐，寫了許多諷刺詩和一些抒情詩、散文詩、微型哲理詩，愛情詩、雜文、評論等，這時余薇野成為了著名的『諷刺詩人』。大概正是這些諷刺詩，使余薇野的人生充滿了坎坷。1957 年，余薇野和妻子雙雙被劃為『右派』。此後，余薇野在重慶遠郊的長壽區的長壽湖漁場度過了19 年。」〔註109〕可以說，余薇野雖然發表了批判《草木篇》的文章，但在《星星》詩刊上他也發表了他的《某首長的哲學》，成為了他被錯劃右派的原因之一。唐雪元曾記載了余薇野下放長壽湖漁場的一些歷史，「1958 年，一場風暴席捲了文藝界。在這場風暴中，生性直爽、狂狷的余薇野未能幸免，被戴上了右派的帽子，被趕出了文聯大門，流放到重慶長江邊上的長壽湖勞動改造。這一去，竟長達十八年時間。如果說，余薇野因直爽、狂狷被打成右派是不幸的，那麼更不幸的，是他的妻子肖蓮蓉已先他一年被打成右派，下放到長壽湖勞動改造。夫妻兩人成為右派，使他們的家庭雪上加霜。」〔註110〕但在新時期對於對余薇野諷刺詩的研究中，更多的是對他《辣椒集》等的研究，也很少有注意到他早期在《星星》等報刊上發表的諷刺詩及其影響。而實際上，與《星星》詩刊的這段歷史，也是余薇野創作和生命歷程中的一個重要轉折點。

第三、增加了「詩論」欄目。這一期《星星》的「詩論」欄目，有李士寰

〔註108〕 何小蓉：《有一位編輯主任》，《四川工人報》，1957 年 6 月 3 日。

〔註109〕 呂進主編：《20 世紀重慶新詩發展史》，重慶：重慶出版社，2004 年，第 284 ～285 頁。

〔註110〕 唐雪元：《余薇野：白蓮花似的戀人》，《青年作家》，2011 年，第 5 期。

的《讀詩偶得》和黎本初的《我看了「星星」》這兩篇理論文章。第一篇「詩論」是李士寰《學詩偶得》，這透露出了《星星》詩刊對自己辦刊方針的堅持。內容摘錄如下：「詩人只能創作詩，不能創造詩。人民是生活的主人，人民才是詩的創造者。」「哪裏有詩呢？──生活在焦點上或一切生命力的交織點：工廠、礦山、革命戰爭、大海、鄉村……詩人捕捉了它的聲音，攝取了它的形態，描繪了它的色素、脈搏，織成了瑰麗的工藝品──詩。」「詩亦應該容許不同形式不同流派的存在！它亦許有這個意義；我們擁有六億人民，是一個多民族，有豐富的文化遺產，有多樣的喜愛和嗜好、有千萬種不同的美夢和生活理想的泱泱大國。」「時間可以鑒別酒的好壞：好酒愈久愈香，劣酒儲久了變成醋。詩的好壞亦然，無怪古人把詩和酒綴在一起。「詩人不應該抄襲生活：他把渾金樸玉琢成金碧輝煌的珠寶，把異花野草編織芳香玲瓏的花籃。他跟攝影師和薄記員的區別就在於此──詩人有創造性的勞動。」〔註111〕在李士寰的觀點中，他一方面承認「人民才是詩的創作者」，另外一方面他也非常強調「詩歌的多樣性和豐富性」，這些觀點也應該是初期《星星》在共性與個性之間平衡的一種理論表現。對於作者李士寰，以及他詩論具體的寫作經過我們也難以知曉。在相關評論中提曾到的一位擅長文藝的「李士寰」，可能相關，「他就是抗戰初期北海愛國學生被捕事件中被捕的李士寰。而此時，李士寰在『文革』中被害致死已經十五年了。」在這篇文中，作者重點是記載了1937 年李士寰被捕的經過，以及建國後的部分經歷，「1949 年李士寰到常樂中心校任校長，1950 年李士寰任廉州鎮一小教導主任，1952 年參加上改工作隊。土改工作結束後，繼續回教育系統工作，任小學教導主任。李士寰熱愛文藝創作，在工作之餘堅持不懈地進行義藝創作。至 1965 年完成了《南流江畔》和《龍眼熟了》長篇書稿，將之寄給時任中宣部副部長的周揚，拜請周揚為之作序。正當李士寰全部精力投入他所熱愛的事業和理想時，『文革』驟起，李士寰於 1968 年 3 月不幸遇害。」〔註112〕雖然我們不知道李士寰的寫作《讀詩偶得》的緣由和背景，但他應該完全不瞭解此時《星星》詩刊的批判。從星星詩刊編輯部來說，在當時的環境之下，他們也是在借助李士寰的文章，以隱晦地表達自己的「個性」。

〔註111〕 李士寰：《學詩偶得》，《星星》，1957 年，第 3 期。
〔註112〕 吳彩珍主編：《追憶李士寰》，《熱血春秋》，桂林：廣西師範大學出版社，2015年，第 633～636 頁。

　　如果說李士寰的文章是對《星星》詩刊的理論支持，那麼黎本初的文章則是對《星星》詩刊的批判。這期《星星》轉載了1月24日《四川日報》上黎本初對《星星》詩刊批判的理論文章《我看了「星星」》。這篇文章，雖然在開頭表揚了《星星》「清新的格調」，但更多的是對《星星》詩刊中《吻》和《草木篇》的批判。轉載這樣一篇文章，表明《星星》詩刊已經有了壓力，必須展開自我批判。正是在這樣一個複雜的背景之下，作為主編的白航，也不得不在刊物上表態，並檢討。因此，這一期《星星》詩刊的封底，白航直接談自己的詩歌立場：「如果說在『百花齊放，百家爭鳴』的方針下，歡迎各種不同流派的詩歌在我們的詩壇上出現的話，那麼，社會主義現實主義的詩篇，則應該占一席為首的地位。本刊創刊後，曾收到全國各地讀者寄來的鼓勵與批評的信件，對此，我們表示深深的感謝。一月號上發表的『吻』和『草木篇』兩篇詩，我們對這些意見是重視而且歡迎的。因為這樣的爭論對我們的文藝事業有利。故我們轉載了黎本初同志的『我看了星星』這篇文章。他在文章中提出的問題，是值得引起我們深思的。」〔註113〕白航首先堅持這樣一個觀點，認為「百花齊放、百家爭鳴」和「人民的立場、階級的立場」這兩者之間應該同時存在，不可偏廢。但他一方面強調「雙百」方針，堅守「歡迎不同流派的詩歌」是白航詩歌編輯的底線，另一方方面也堅持「要以社會主義現實主義為準則」，讓社會主義現實主義詩歌占一席之地。可見，與石天河的偏激相比，白航的觀點是中和的。即使這樣，此後白航被劃入「把持《星星》詩刊」的「右派集團」成員，他的這篇《編後記》便是「罪證」。

　　然而，《星星》詩刊雖然受到了批判，但正是由於星星編輯部對於辦刊「個性」的堅持，發行量卻不斷上升。發行量從第一期的25173份，到第二期的29923份，再到第三期的30000份，這不僅讓我們看到了讀者對於《星星》詩刊的認同，也看到了讀者對初期《星星》詩刊的喜愛。

五、《星星》詩刊第4～8期

　　面對複雜的形勢，與前三期相比較而言，《星星》詩刊第四期則有了很大的改變。前三期對多樣性、豐富性的「百花齊放」方針的追求已經不再，對於「諷刺詩」凌厲張揚的風格也沒有了。不過《星星》詩刊雖然在表面退讓、屈從，但也有著自我的堅守。

〔註113〕《編後記》，《星星》，1957年，第3期。

我們先來這期《星星》的相關變化。在這一期《星星》詩刊的「封二」
上，就發表了一份《敬告讀者》，首先宣告了《星星》篇幅和訂閱的變化：「（一）
為了節約紙張，同時也為提高刊物質量，從這一期（四月號）起，『星星』減
縮了一些篇幅。希望讀者諒解。（二）為了節約紙張，發行數量有限，故無零
售。欲讀本刊者，請及早向郵局按季訂閱（或長期訂閱），不要再寄款到編輯
部來。本刊編者」〔註114〕。從這份聲明來看，星星編輯部提到了《星星》詩
刊面臨到的兩個關鍵的問題。第一是縮減篇幅，從第四期《星星》開始，《星
星》總頁數由前三期 55 頁的篇幅量，縮減到了第四期的 44 頁，減少了 11 個
頁碼，發表作品量頁驟然減少。雖然第五期共 46 頁；第六、七、八期各 48
頁，但總體上也都有不同程度的減少。第二，第四期《星星》不再零售，只能
通過郵局訂閱。這樣一個變化，使得《星星》詩刊不再有發行、銷售、傳播的
獨立渠道，而只能通過郵局，這對《星星》的發展有了較大的限制。星星編輯
部在提到這兩個變化的時候，明確指出，這僅僅是「為了節約紙張」的需要，
但實際上並不如此。這讓我們看到，由於《星星》詩刊的「問題」，省文聯，
乃至省委宣傳部，對《星星》詩刊採取了更加嚴厲管制措施。當然，同期的
《草地》四月號比上期減了近 5000 份，而這期《星星》的印數 26482，比第
三期減少 4000 份。

另外，從第四期開始，《星星》詩刊的目錄則發生了徹底的變化：

第 4 期　　目錄
我們的歌聲飄到北京 …………………………………（彝族）莎瑪
友誼 …………………………………………………………方赫
鄉村散章 …………………………………………………………揚辛
有一支歌（外 1 首）…………………………………………小申
春節 …………………………………………………………鍾尚鈞
甘露（外 1 首）…………………………………………………張永枚
桃花源遊記 ………………………………………………………飲可
歌樂山雜詠 ………………………………………………………鄂華
蘇可海斯蜜打 …………………………………………………憶明珠
橋——崗哨 ………………………………………………………峻篁
銀光閃閃的滾珠喲 …………………………………………谷安楫

〔註114〕本刊編者：《敬告讀者》，《星星》，1957 年，第 4 期。

懷古 ………………………………………………… 藍華增

紅橋集 ……………………………………………… 雪村

噴泉 ………………………………………………… 苗熾

風向針 ……………………………………………… 陶任先

畫頁：

　　鹽工的愛情 …………………………………… 華劍

　　春天（封面）………………………………… 李闊

　　笛聲 …………………………………………… 郭煌

　　撲蝴蝶（插頁）……………………………… 宋吟可

　　我們看到這期《星星》的「目錄」有三個徹底變化。第一是不再分欄目，第二是目錄的位置也不再放在正文前，而調整到了封三。第三，目錄由前三期的兩頁合併為一頁，且不再標注頁碼。從四期直到八期，《星星》的目錄均為這種格局。由此，《星星》詩刊原初所設定的個性追求，以欄目的取消而逐漸消失。《星星》詩刊第 5 期，在發表作品方面，就大量發表與主流意識形態相關的詩歌，如吳琪拉達《民主改革詩抄》、戈壁舟《訪蘇詩抄》、周良沛《給一個武工組長》、陳犀《未來的戰士》、建風《我到了連隊》、孫華耀《軍行短歌》、安子《解放太陽的人》、冬池《黃河謠》、李春《國境線上的早餐》等等。從第五期開始後，《星星》詩刊重點發表和推出工農兵作品了。在理論方面，第 4 期《星星》不再發表評論。在《敬告讀者》中，除了一些編輯方面的事物，重點提到了「批評」問題：「本刊人少稿多，忙不過來。請自留底稿。凡不用的稿件，一般不退。希原諒！本刊經常收到許多表示鼓勵支持和提出批評建議的信件，不及一一回覆。對此深表歉意並致謝。」〔註115〕其中，「對於鼓勵支持和提出批評建議」星星編輯部說，不及一一回覆，實際上這是在表明，《星星》詩刊不再發表評論文章。總之，從第 4 期開始，《星星》詩刊已經沒有了「評論」。

　　第二，這期《星星》的繼續堅守。儘管《星星》詩刊從這期開始，沒有欄目，也沒有了「詩論語錄」、「編後記」、「詩論」等，但《星星》詩刊依然在隱秘地堅持原初的辦刊理想。正如流沙河在《我的交代》中所說：「第四期上，我化名陶任先（即『討人嫌』的諧音）發了《風向針》。在我心目中這是諷刺趙秋蕪和楊維的（據說他們有一回埋怨說：『一會兒又左了，一會兒又右了，

〔註115〕《敬告讀者》，《星星》，1957 年，第 4 期。

真不知道該怎麼辦！』）同時，可國的《秧歌》是白航選出的民歌體通俗詩，我曾多次阻擾發出。白航主張應發一些民歌體，以便聯繫工農兵。我是反對的。我說《星星》就是給學生看的。鄒雨林的《婚禮》，白航叫刪去最後帶有哀愁的一段。我卻認為全詩的精華正好在那裡，拒絕了。」〔註116〕可見，此時的《星星》詩刊一面堅持刊發「情詩」和「諷刺詩」，如流沙河以「陶任先」為筆名發表《風向針》，就隱秘地延續著《星星》對諷刺詩的追求；另一面就是抵制空洞的口號式的詩歌，如可國的《秧歌》。此外，發表鄒雨林的詩歌《婚禮》，則體現了《星星》詩刊對「個體」的關注。對於鄒雨林的詩歌《婚禮》，安旗就說，「這首詩給我們如實地介紹了一個結婚場面：明亮的燈光，歡樂的喧鬧，年輕的新人。在這種場合中少不了有人要求新人報告戀愛經過，少不了要新人來一個他們『最熟悉的節目』。這時，在某個角落裏，可能有人觸景生情，想起了自己的心事，想起了自己的愛情。這些都是真實的，可信的，但也是一般人都可以看到、想到的。作者沒有說謊，但也沒有給我們什麼更多更有意義的東西。在一個野外的帳篷裏，在一個征服過怒江的戰士的婚禮席上，應該是有更多更有意義的東西的。可惜，作者站得太低了，因此他看不見，寫不出。」〔註117〕當然，安旗的批判並沒有針對到鄒雨林個人，而是僅僅針對詩歌中的「個體情緒」展開。此時的鄒雨林，據《鄒雨林簡介》介紹，「1949年9月在湖北沙市提前結業，調入十二軍美術新聞隊培訓。之後隨軍直機關進軍大西南，自沙市出發經湘西沿川湘公路入川。解放重慶後，分配在十二軍政治部《人民英雄》報社工作。1950年夏調往三十六師南川警衛營任文化教員。……1953年專業到西南工業部幹部學校學習。畢業後志願申請離渝進藏工作，先後在中共西藏波密分工委財政科和塔工分工委秘書處任職，兼任俱樂部主任。……在西藏期間，受過著名詩人楊星火、高平、汪承棟的指導。」〔註118〕因此，雖然有安旗對他詩歌的批判，但鄒雨林可以說一帆風順。可能由於他在西藏工作，所以並未在反右鬥爭中受到影響。但他的詩歌發表在《星星》詩刊上，也就被相關的批判提及。

〔註116〕流沙河：《我的交代（1957.8.3.至 8.11.）》，《四川省文藝界右派集團反動材料》（會議參考文件之九），四川文聯編印，1957 年 11 月 10 日，第 7 頁。

〔註117〕安旗：《欲窮千里目，更上一層樓》，《論抒人民之情——抒情詩論集》，上海：新文藝出版社，1958 年，第 134～145 頁。

〔註118〕《鄒雨林簡介》，《鄒雨林詩選》，北京：中國文聯出版社，1999 年，第 233～234 頁。

　　此後，《星星》詩刊依然保持著對「情詩」和「諷刺詩」的熱情。如「諷刺詩」方面，此後連續兩期發表了白鴿飛的諷刺詩：第五期有《泥菩薩》，「橫豎──缺不了我一份供果」；第六期有《傳聲筒》，「萬人之上／一人之下／啥事不管／只管傳話！」這些諷刺詩當然也就遭到了批判，並被認為是流沙河「用極其卑劣的手段偷運毒草」的一個證據，「剛才念的《傳聲筒》，是我們在最後審稿決定不用的稿件，而流沙河卻趁《星星》編輯部無人之時，偷偷地取出來，又用『走私』的方法把它發表了」。〔註119〕另外，《星星》詩刊也依然積極推出「情詩」。在《星星》6月號有王漢生《漁村情話》、朱兆瑞《無題》、吳蔭循《情詩二首》、萬憶萱《少女抒情詩》、蔡其矯《紅豆》等情詩；第7期還有田苗《情話》、浪波《紅豆集》、李仁國《在瓜田裏》等大批「情詩」。由此可見，雖然受到了批判，但「諷刺詩」和「情詩」仍是星星編輯們一以貫之的訴求。

　　第三，《星星》詩刊個性的終結。在1月的《草木篇》批判之後，《星星》詩刊就沒有在《四川日報》上刊登「目錄」廣告了。而1957年6月25日的《四川日報》刊載了廣告《星星　第7期要目　7月1日出版》，這是《星星》詩刊在被批判之後，在《四川日報》的第一次亮相：

行吟者之歌（三首）⋯⋯⋯⋯⋯⋯⋯⋯⋯⋯⋯⋯⋯⋯⋯⋯⋯⋯⋯周春波	
布穀鳥叫了⋯⋯⋯⋯⋯⋯⋯⋯⋯⋯⋯⋯⋯⋯⋯（彝族）吳琪拉達	
淮河呵，母親的河流（外2首）⋯⋯⋯⋯⋯⋯⋯⋯⋯⋯⋯⋯阿紅	
北京短詩抄⋯⋯⋯⋯⋯⋯⋯⋯⋯⋯⋯⋯⋯⋯⋯⋯⋯⋯⋯⋯⋯孫靜軒	
煦風南吹（爬山歌）⋯⋯⋯⋯⋯⋯⋯⋯⋯⋯⋯⋯⋯⋯⋯⋯⋯安謐	
默想集⋯⋯⋯⋯⋯⋯⋯⋯⋯⋯⋯⋯⋯⋯⋯⋯⋯⋯⋯⋯⋯⋯⋯李白鳳	
懷友二首⋯⋯⋯⋯⋯⋯⋯⋯⋯⋯⋯⋯⋯⋯⋯⋯⋯⋯⋯⋯⋯⋯公木	
泉城詩抄⋯⋯⋯⋯⋯⋯⋯⋯⋯⋯⋯⋯⋯⋯⋯⋯⋯⋯⋯⋯⋯⋯孔孚	
詞二首⋯⋯⋯⋯⋯⋯⋯⋯⋯⋯⋯⋯⋯⋯⋯⋯⋯⋯⋯⋯⋯⋯⋯楊謹伯	
勘探隊雜詩⋯⋯⋯⋯⋯⋯⋯⋯⋯⋯⋯⋯⋯⋯⋯⋯⋯⋯⋯⋯⋯楊汝綱	
珍珠（外1首）⋯⋯⋯⋯⋯⋯⋯⋯⋯⋯⋯⋯⋯⋯⋯⋯⋯⋯⋯陳犀	
紅豆集⋯⋯⋯⋯⋯⋯⋯⋯⋯⋯⋯⋯⋯⋯⋯⋯⋯⋯⋯⋯⋯⋯⋯浪波	

〔註119〕常蘇民：《石天河、流沙河、白航等右派分子把持「星星」的罪惡活動》，《四川日報》，1957年8月31日。

特別值得注意的是，在廣告的「目錄」下的還有「備註」:「本刊的紙張限額已經取消，沒有訂到第三季度的讀者，還可去郵局破季訂閱。」我們看到，在印數上《星星》第五期為 26714 份，第六期為 29245 份，而到了《星星》第七期印數就到 36131 份，第八期更飆升到了 37487 份。「取消紙張限額」，增加發行量，這表明讀者對《星星》詩刊的認同感仍在不斷的提升。但與此同時，這也並不是說省文聯就已經放寬了對《星星》的限制。

實際上，到了第 8 期，《星星》詩刊已經不能再給「情詩」和「諷刺詩」等任何有個性的欄目留下位置了，必須全面介入到「反右」鬥爭中。

第 8 期　　目錄	
我們在戰鬥中成長	傅仇
村莊（外 1 首）	顧工
兩種不同的官能	段可情
散曲（6 首）	雪村
這面鏡子真奇怪？	謝燕白
平凡的頌歌	彩燕
麥車（外 1 首）	陳雨門
高原詩鈔	徐露
山村（外 7 首）	李耕
沿著賀龍將軍的腳印	歐福德
炊煙（外 1 首）	王爾碑
莫斯科的清晨（外 2 首）	王崇傑
川西短歌（6 首）	高纓
草原晨曲	楊恒銳
我來到了水城	陳栗
在蒲水邊（外 2 首）	葉知秋
供銷社廣告	飲可
銜花姑娘	李華飛
初夏	穆安鑄
太陽的女兒	張永枚
築路曲（5 首）	丁戈
白馬浪	夏羊

繅絲工廠 ⋯⋯⋯⋯⋯⋯⋯⋯⋯⋯⋯⋯⋯⋯⋯⋯⋯⋯ 黃丹

別墅（外 1 首） ⋯⋯⋯⋯⋯⋯⋯⋯⋯⋯⋯⋯⋯⋯ 白榕

海戀（外 1 首） ⋯⋯⋯⋯⋯⋯⋯⋯⋯⋯⋯⋯⋯⋯ 周良沛

水庫詩鈔（6 首） ⋯⋯⋯⋯⋯⋯⋯⋯⋯⋯⋯⋯⋯ 白堤

新戰士生病 ⋯⋯⋯⋯⋯⋯⋯⋯⋯⋯⋯⋯⋯⋯⋯⋯ 諸祖仁

峨眉吟 ⋯⋯⋯⋯⋯⋯⋯⋯⋯⋯⋯⋯⋯⋯⋯⋯⋯⋯ 白峽

雨珠集（6 首） ⋯⋯⋯⋯⋯⋯⋯⋯⋯⋯⋯⋯⋯⋯ 孫靜軒

「愛你的鄰舍」（外 1 首） ⋯⋯⋯⋯⋯（加拿大）華萊斯

腳印 ⋯⋯⋯⋯⋯⋯⋯⋯⋯⋯⋯⋯⋯⋯⋯⋯⋯⋯⋯ 陳牧

從中國唱到匈牙利 ⋯⋯⋯⋯⋯⋯⋯⋯⋯⋯⋯⋯ 程在華

青城滴翠 ⋯⋯⋯⋯⋯⋯⋯⋯⋯⋯⋯⋯⋯⋯⋯⋯⋯ 羅泗

　　正如石天河所說，「《星星》從我離開編輯部，第三期到第七期，仍然是白航主持，第七期上，還發表了白堤的一首詩。從第八期起開始發表配合『反右』運動的詩，第一篇便是傅仇的《我們在戰鬥中成長》。對『右派』用『詩』的形式進行批判。八月份，四川文聯的運動已經進入高潮，白航顯然已經站不住腳了。」〔註 120〕總之，可以說，從 1957 年《星星》詩刊第 8 期之後，由於星星編輯部已完成改組，「二河二白」「四人組」的離開，具有個性色彩的《星星》詩刊的歷史終結。此後，《星星》詩刊成為了反擊右派和社會主義詩歌的陣地，而進入到發展的另外一個階段。

第三節　曰白情詩《吻》

　　對曰白情詩《吻》的批判，是《星星》詩刊的一件大事。辰夫在賞析《吻》時說道，「該詩 1957 年發表於《星星》創刊號，不久受到評論界批評，⋯⋯生逢今日，當不該再『談吻色變』了。」〔註 121〕雖然在《星星》六十年的歷史中，《吻》僅僅是其中的一首小詩，但在《星星》詩刊創刊之初，在特殊的歷史背景之下，這首小詩讓《星星》詩刊被推到了時代的前沿，成為了重要的歷史事件。這一時期，對流沙河《草木篇》的批判以及對石天河為首的兩

〔註 120〕石天河：《逝川憶語──〈星星〉詩禍親歷記》，香港：天馬出版有限公司，
　　　　2010 年，第 205 頁。

〔註 121〕辰夫：《吻（曰白）》，《愛情新詩鑒賞辭典》，谷輔林主編，西安：陝西師範
　　　　大學出版社，1990 年，第 430 頁。

大批判，成為研究界極為關注和用力較多的領域。然而，對曰白情詩《吻》的批判，不僅是「星星」兩大批判眾多歷史細節的第一次批判，同時也是兩大批判的直接源頭。因此，對《吻》批判的歷史梳理，更有助於理解《星星》詩刊在五十年代生存狀態。

一、《吻》批判的發生

發表於 1957 年《星星》詩刊 1 月 1 日創刊號上「情詩」欄目中的《吻》，是一首很普通的詩歌：「像捧住盈盈的葡萄美酒夜光杯／我捧住你一對酒渦的頰／一飲而盡／醉，醉！／／像蜂貼住玫瑰的蕊／我從你鮮紅的／唇上，吸取／蜜，蜜！／／像並蒂的蘋果／掛在綠蔭的枝頭／我倆默默地／吻，吻！」但就是這樣的一篇普通的愛情詩，卻與《草木篇》一起，引起了一連串的批判。不過，在對《星星》詩刊最初的批判中，批判焦點不是《草木篇》，而是曰白的這首情詩《吻》。

1 月 14 日《四川日報》副刊就以頭條位置刊出春生的批判文章《百花齊放與死鼠亂拋》。在 1 月份的批判文章中，都將主要矛頭都對準了情詩《吻》，幾乎沒有展開對《草木篇》的批判，就與春生有關。正是這篇文章，開啟了對《吻》的批判運動。在這篇文章中，他點名批判的作品就是這首情詩《吻》。「這是比較突出的一例。我看這種情調，與二十年前曾在蔣介石統治區流行過的『桃花江上美人窩』『妹妹我愛你』之類的貨色是差不多的。此外還出現了一批庸俗化的『情詩』『戀歌』，如因『眼睛』裏『映』過一位姑娘的『一顰一笑』就弄到『夜夜失眠』，因而『都怪我這雙眼睛』之類。……日前已有一種跡象：把死鼠亂拋與百花齊放混為一談，以為文藝工作者可以不講求立場，考慮效果，只要有『技巧』，隨心所欲地『抒情』，『放』出來的都是『花』。這是嚴重的誤會，或有意的曲解。我們必需密切地注視著在『百花齊放』的縫隙中，有意無意的頂著『馬克思主義的美學觀點』，『藝術的特徵』種種商標而冒出來的資產階級的、小資產階級的『靈魂深處』的破銅爛鐵的『批發』者。我們必須嚴格地區別百花齊放與死鼠亂拋！更必須區別是人民的詩人還是花花公子。」〔註122〕那麼春生是誰呢？他是當時主管四川文藝工作的宣傳部副部長李亞群。在譚興國說，「1955 年 10 月西康合併到四川，任宣傳部副

〔註122〕春生：《百花齊放與死鼠亂拋》，《四川日報》，1957 年 1 月 14 日。

部長，主管文藝工作。」〔註123〕作為主管文藝的部長，李亞群是《吻》批判的始作俑者，並將之定性為「小資產階級」。

但為什麼李亞群會重點關注到流沙河的發言和曰白的詩歌，是否有人專門向李亞群彙報過流沙河理論、曰白詩歌的問題呢？李累就曾說：「今年1月初旬，我曾將省委宣傳部副部長李亞群同志對於『吻』的意見轉告流沙河，並徵求他的意見（當時，有李伍丁、方赫同志在場），流沙河立即說：『我根本反對！』」〔註124〕李伍丁也談到這一點，「我們和李累相處這麼久，據我們的觀察，他並非變色龍，品質不是如此，他是捱了狠狠的批評，我知道的一些細節可以說一說，有天李累在省委宣傳部開了會回來，聽說省委宣傳部談了『草木篇』和『吻』的問題。我、流沙河、方赫正在吃飯，李累輕言細語的說，『吻』是色情的，你們感覺怎樣，但事隔幾日就不同了。」〔註125〕李亞群之所以關注到《吻》，就與李累的彙報有關。而李亞群對流沙河與《吻》的關注，則與他自己的文學觀念有關。此後流沙河的發言中，就提供了一些相關的歷史細節。「『草木篇』被批評的前幾天捱了一頓，這就是向成都日報記者曉楓談整個文學正在解凍的問題。我的話是：『要是沒有黨中央提出的『百花齊放，百家爭鳴』的方針，刊物是辦不起來的。詩歌的春天來到了！不單是詩，整個文學也一樣，正在解凍。』以後，常蘇民同志聽有關方面說我這話不對，把過去否定了。」〔註126〕李亞群在《百花齊放與死鼠亂拋》中提到的「有些同志大不以為然」的「有些同志」就包括了常蘇民。而在流沙河的敘述中，常蘇民則又是聽有關方面說的。所以，流沙河在《成都日報》上提出的「解凍說」之後，「有關方面」不僅向常蘇民作了彙報，也向李亞群作了彙報。李亞群也就隨之展開了對「草木篇」的批判。換言之，作為省委宣傳部副部長的李亞群，是非常關注毛澤東所提出的「雙百方針」問題。但是，在李亞群的關注中，他並不是去關注「雙百方針」本身的含義和具體實施方案，而是探討「雙百方針」的「正確理解」，也就是創作者的立場問題。有了這樣的思考後，

〔註123〕譚興國：《草木篇事件的前前後後》，內部自費印刷圖書，2013年，第48頁。
〔註124〕《對流沙河進行所謂「政治陷害」是不是事實？省文聯昨日召開座談會弄清真相判明是非》，《四川日報》，1957年6月14日。
〔註125〕《省文聯邀請部分文藝工作者繼續座談 討論有關對「草木篇」的批評等問題》，《四川日報》，1957年5月22日。
〔註126〕《省文聯邀請部分文藝工作者繼續座談 圍繞「草木篇」問題發表意見》，《四川日報》，1957年5月17日。

他關注的重點便是與「雙百方針」同時出現的「凍結說」。因此，雖然文中首先是對流沙河展開批判，但卻完全沒有涉及到流沙河的諷刺詩《草木篇》，而是主要批判流沙河的關於中國文學的「文學解凍」觀點。所以，李亞群認為流沙河在接受《成都日報》採訪時提到的「文學解凍」的說法，不但否定了「雙百」方針公布之前的文藝，歪曲了歷史事實，而且把文藝思想上教條主義缺點無限誇大，否認了黨的文藝政策。而曰白的作品，正好是放出來的「壞作品」。如譚興國所說，「他沒有談《草木篇》，而批評《吻》。在五十年代那個既純樸又保守的社會風氣之下，談性色變，男女之間連在大街上拉拉手都會被認為『作風問題』，《吻》還能不受批評？他似乎是想藉此『小題大做』，提醒『星星』的編者，要正確貫徹雙百方針，不能什麼都亂放一氣。」〔註127〕這樣，才引出了對曰白《吻》的批判。由此可見，對曰白《吻》的批判，實際上是由流沙河發表「解凍說」而引起的。

李亞群確實長期關注著文藝的發展。在1955年10月西康與四川合併後，合併於四川省文聯。原西康省委宣傳部部長李亞群任四川省委宣傳部任專管文藝工作的副部長，兼任省文聯黨委書記。李友欣提到，「1954年四川與西康合省之後，李亞群同志到四川省委宣傳部主管文藝。亞群同志是位老黨員、老文藝戰士。抗日戰爭時期他在重慶《新華日報》及建國後在北京《人民日報》主持文藝副刊工作，他的許多詩篇、雜文及文藝評論，在我們心目中都留有美好的記憶，我們對他是崇敬和有幾分畏懼的。」〔註128〕而李累更具體地說：「曾做過省委宣傳部副部長，分工管文藝工作的李亞群同志，四十年代曾經被總理派到桂林和貴陽工作。總理給他的任務之一，就是安排好和照顧好進步的文藝工作者。當亞群同志知道艾蕪經濟上十分困難的時候，便根據總理的教導，立即給艾老送去一筆經費，讓他安全轉移到重慶。亞公在解放後分管文藝工作時，文藝界的名流與小卒，教授與演員，都向他敞開思想無所不談。至今很多同志懷念我們的亞公。因為亞公一生執行了總理的教導，和文藝工作者平起平坐，如朋友一般，以誠相見。」〔註129〕另外，李亞群還是黨文藝政策的忠實擁護者和執行者，「他以話劇『朝鮮姑娘』為例，說明了

〔註127〕譚興國：《草木篇事件的前前後後》，內部自費印刷圖書，2013年，第49頁。
〔註128〕李友欣：《回顧與祝願》，《四川文聯四十年》，四川省文學藝術界聯合會編，1993年，第27頁。
〔註129〕李累：《和文藝界談談交朋友》，《當代文壇》，1987年，第6期。

由於劇作者存在著濃厚的小資產階級意識，以致寫出那樣庸俗不堪的作品，而我們這裡的戲劇工作者也存在同樣的思想感情，所以也就選中了它。這個劇不是為工農兵服務，而是為資產階級的小姐服務。今後，我們必須引起高度的警惕，隨時檢查自己。」〔註 130〕所以，在李亞群看來，一方面，「凍結說」否定了「雙百方針」公布之前的文藝政策，是歪曲了歷史事實。另一方面，「雙百方針」公布之後出現的「香豔」作品《吻》，就更違背了文藝工作者的立場。進而，在批判流沙「文學解凍」論的基礎上，該文實質上是對《吻》為首的愛情詩的批判，認為情詩《吻》「這是比較突出的一例」。

因此，在批判中，李亞群將《吻》定性為庸俗化的「香豔詩」，是「有意無意的頂著『馬克思主義的美學觀點』、『藝術的特徵』種種商標而冒出來的資產階級、小資產階級的『靈魂深處』的破銅爛鐵的『批發』者。」〔註 131〕可見，作為文藝界意識形態的負責人，李亞群是非常關注「雙百方針」政策的。但他並沒有積極推進這一政策的建設，而是不斷發現這一政策背後的「立場」問題，即文藝是為人民服務，還是為資產階級服務的等問題。所以，流沙河刊登在《成都日報》上的「解凍論」，以及曰白發表在《星星》詩刊上的《吻》，恰好被他看作是違反「雙百方針」的理論和創作，於是展開了批判。所以，「解凍說」和《吻》，剛好成為李亞群展開批判一個由頭。當然，在這篇文章中，李亞群主要談論的是如何執行「雙百方針」政策的問題，可以說這時候，他並沒有進一步擴大《吻》批判的想法。

二、《吻》反批判

如果僅僅只有李亞群的批判文章，對《吻》的批判或許並不會進一步擴大。春生（李亞群）的文章，引來了三篇激烈的反批評文章：石天河《詩與教條——斥「死鼠亂拋」的批評》、流沙河《春天萬歲》和儲一天《「死鼠」與「吻」》〔註 132〕，正是有了這三篇反批判文章，才將《吻》批判進一步升級。

在這三篇反批判文章中，引起最大爭議的是石天河的反批評文章《詩與

〔註 130〕《毛主席在延安文藝座談會上的講話十週年 本市文藝工作者集會紀念 以毛主席的文藝方針來檢查了自己的工作，一致迫切要求進行思想改造》，《西康日報》，1952 年 5 月 24 日。

〔註 131〕春生：《百花齊放與死鼠亂拋》，《四川日報》，1957 年 1 月 14 日。

〔註 132〕三篇文章後來均收入 1957 年 11 月 10 日四川省文聯編印的《是香花還是毒草？》（會議參考文件之十）。

教條——斥「死鼠亂拋」的批評》。石天河的這篇文章分為四個部分，第一部分為詩歌《吻》辯護，「《吻》這首詩，究竟有沒有那麼大的罪過，應不應該受到春生先生那樣惡毒的批評呢？我認為，文藝批評家，決不應該僅僅以扣帽子、貼標籤、耍大棒為能事，而多少總應該有一些具體的分析。……十分明顯，生活裏面，男女相愛接吻，並不等於淫蕩；詩裏面，關於男女相愛接吻之類的抒寫，更不等於淫蕩。任何文明國家的法律，都沒有不准相愛不准接吻的條文。吻而有罪，這只是在春生先生的教條主義『法典』裏面，才可以找得到的。」第二部分，認為《吻》不僅不是淫蕩的作品，反而是好作品。他說，「而在《吻》首詩裏，那些糜爛的氣息，是一點也沒有的。《吻》這首詩所抒寫的，完全是有平等地位的一對青年男女的愛情。這種愛情，通過他們甜蜜的、沉醉的吻，藝術地表現出來，它對我們人民的精神生活是毫無損害的，它是健康的。……它使人覺得，在今天的生活中，青春一代的愛情，是這樣的幸福、美好，它可以感染人，使人嚮往於一種熱烈的、美好的情操。」第三部分，石天河反對春生給《吻》戴上「黃色歌曲」的帽子，認為這是教條主義的體現。由此，在第四部分，石天河便重點展開了對春生所代表的教條主義的批判，「我想重複地說一次：感謝春生先生的這篇文章，它使我們警覺起來：原來在『百花齊放，百家爭鳴』的方針公布以後，教條主義還並沒有收鋒斂跡，它還在繼續地向文學藝術進攻，它還在盡情地使用污蔑、扼殺的手段，以『莫須有』的罪名，強加在文藝作品和文藝工作者的頭上阻礙著文藝事業的前途。不行！……愛詩！人民憎惡教條！詩與教條，必然會是兩種不同的命運：即或詩有暫時的受難，教條有片刻的橫行，但是未來的年月，決不是屬於教條，而是屬於詩的！當詩人的聲音高響入雲的時候，教條主義者所拋擲的死鼠，必然會在人民群眾的唾棄與踐踏之下，碎裂，腐朽，化為烏有！」〔註133〕可以說，在整個行文中，石天河的姿態是非常激進的。

為什麼石天河是反批判中的最積極者呢？一方面，在春生的批判文章中，其落腳點正是對《星星》詩刊編輯方針的批判，這不得不引起作為《星星》詩刊執行編輯石天河的注意。石天河展開反駁，正是出於對新創刊的刊物《星星》的維護。另一方面，石天河對春生的文章展開反批評，也有著自身的歷史原因。早在 1955 年 4 月號發表石天河的詩歌《請你簽名》，詩歌的主題是

〔註133〕石天河：《詩與教條——斥「死鼠亂拋」的批評》，《是香花還是毒草？（會議參考文件之十）》，四川省文聯編印，1957 年 11 月 10 日，第 139～141 頁。

號召有孩子、有母親、有愛情、有生命、有良心的人都來簽名，反對原子戰爭，保衛世界和平。但詩歌一發表後就受到了批判，認為石天河是在乞求和平而不是主張用武裝、用戰爭去保衛和平，而此時的石天河被當作「胡風分子」審查無法回應。因此，當春生的批評一出來後，石天河就說，「這首詩所受到的錯誤批判，很使我氣憤。後來成為我下決心反對教條主義批判的一個心理因素。」〔註134〕於是，石天河便將自己對「教條主義」的由來已久反對，在《詩與教條——斥「死鼠亂拋」的批評》四千多字的文章中，一併表達出來。正如石天河所說，寫這篇文章是「下決心反對教條主義」的一篇，正文文章洋洋灑灑，論述嚴密完整。而且這也是在石天河自己累積了太多委屈之後的反批判文章，所以在「雙百方針」之下，他完全是在借對曰白《吻》的支持，澆自己心中的塊壘。

第二篇是流沙河的《春天萬歲》。在李亞群的文章中，批判指向的是流沙河的理論和曰白的詩歌。因此，流沙河以《春天萬歲》展開反駁，是可以理解的。流沙河在春生的文章中被直接點名批判，所以流沙河心中有怨氣，也就一併發洩出來。所以，在流沙河這篇文章的開頭，便帶有人身攻擊的意味，「阿Q一向怕聽『光』『亮』『燈』等等字眼。因為他害過癩瘡，髮脫甚多，頭皮既『光』且『亮』，頗似一盞『燈』之故。我並不想取笑阿Q的生理缺陷，只是為他說『諱疾』感到痛心。明明害了癩瘡，何必吹牛，硬說自己滿頭青絲秀髮？這是愚蠢。但，又不只是愚蠢。因為他並非誠心地堅信自己沒有癩瘡。所以，別人一提起『光』『亮』『燈』之類，他就『怒目而視』，大罵『媽媽的』一通。可惜，此種遺風至今尚未絕跡，『百花齊放與死鼠亂拋』一文中，就可窺見一二。該文作者春生，一聽別人說『詩歌的春天來了』『整個文學正在解凍』便『怒』起『目』來，即是一例。」不過，由於流沙河的反擊，更多的集中在談「詩歌的春天來了」和「整個文學正在解凍」的觀點。他說，「春天有什麼不好？解凍有什麼不好？奇怪啊，竟會怕聽這些美好的字眼！原因只有一個。某些人心虛，怕算舊賬。」〔註135〕由於「解凍說」並沒有此後的批判中成為重點，而且此後對流沙河的批判，已經完全聚焦於《草木篇》，所以流

〔註134〕石天河：《說詩謇語二則》，《石天河文集》，第1卷，香港：天馬圖書有限公司，2002年，第432頁。

〔註135〕流沙河：《春天萬歲》，《是香花還是毒草？（會議參考文件之十）》，四川省文聯編印，1957年11月10日，第142頁。

沙河的《春天萬歲》一文並沒有得到更多的關注。

最後一篇，是儲一天的《「死鼠」與「吻」》。在這篇文章中，他則批判春生是「滿口仁義道德的正人君子們」。該文以春生的《百花齊放與死鼠亂拋》為例，首先重點分析了教條主義的三大特徵。「光扣大帽子，不作具體分析這是教條主義特徵之一，春生正是如此。」「教條主義的二個特徵是抓住個別現象，加以過分誇大。」「現在我再來談談教條主義的第三個特徵──對藝術為政治服務的庸俗理解。」然後在具體談到《吻》時認為，「它給我的感覺是健康的，美麗的，幸福的。一個人（連春生在內）和愛人接吻時，總不會認為自己是『庸俗』、『下流』的舉動。只有那些滿口仁義道德的正人君子們才會這樣，生活既然是這樣，為甚又寫不得呢？」最後文章得出結論，「『吻』這首詩是不夠好，因為它寫的前人寫過了，缺乏詩人自己的獨創性。然而，無論如何也不能同意象春生那樣的教條式批評。」〔註136〕儲一天的文章，也是在展開對教條主義的批判。儲一天的這篇文章在收錄入到《是香花還是毒草？》中，標明了該文的寫作時間是「1957.1.15.」。可見，儲一天是在看到春生1月14日發表在《四川日報》上文章《百花齊放與死鼠亂拋》後，馬上就此展開了批評。由於石天河、流沙河、儲一天三人的文章，是一起送到《四川日報》，所以他們的三人文章的寫作時間應該是差不多的。

這三篇反批判文章，由於沒有能夠在《四川日報》上發表，進一步加劇了其中的矛盾，使得《吻》批判升級。對於這三篇文章被《四川日報》拒絕的經過，帥士熙、石天河都有回憶。我們先來看6月29日，《四川日報》編輯帥士熙在「反右」運動中的回憶，「1月19日中午流沙河、儲一天到報社來，揚言報紙批評『星星』詩刊上刊出的『吻』和『草木篇』，是有人掌握的，這人就是省委宣傳部副部長李亞群。流沙河還說，我還特別要把『草木篇』收入集子裏去，我還要寫『草木續篇』或『禽鳥篇』。就在這個時候，流沙河又在省文聯謾罵：『這些部長老爺們神經衰弱』，『我不管你們這些正人君子、部長老爺，你們干涉老子，老子就罷工；老子就造反。』報紙隨即先後收到石天河、流沙河，儲一天對『百花齊放與死鼠亂拋』一文的所謂反批評文章。石天河在文章中發洩了對黨的極端不滿和仇視的情緒。……編輯部認為這些文章不利於正常的開展文藝問題的討論，刊登這些罵人的文章可能會導致一場更

〔註136〕儲一天：《「死鼠」與「吻」》，《是香花還是毒草？（會議參考文件之十）》，四川省文聯編印，1957年11月10日，第143頁。

粗暴的爭論。又鑒於流沙河、儲一天係青年團員，石天河係革命幹部，因此在1月20日由伍陵同志邀請他們三人到編輯部，就稿件交換意見，說明為了有利於正常的文藝批評，建議他們把文章中某些罵人的話作適當刪節，論點仍然可以完全保留。石天河的回答是：『沒有什麼改頭』。他們要報社一字不動地刊登他們的文章。伍陵同志約定在1月23日將最後處理意見告訴他們。當日中午，本報文藝組何倫武、朱友柏同志在一個食堂裏碰見石天河和儲一天。他們在飯館裏向本報工作同志說：『伍陵是十足官僚，是時代渣滓，這是一個很好的寫作材料，今天晚上就要把它記下來。』石天河並問何倫武、朱友柏：『伍陵這樣十足的官僚，你們怎樣過日子？』儲一天接過去說：『也許是習慣了。』這顯然是對報社領導與被領導關係的一種煽動和挑撥。1月21日，儲一天自動來信，對辱罵伍陵同志表示了歉意。石天河等囂張到他們罵人的文章一字不許修改，編輯部考慮到刊登這些文章對討論文藝問題不利，而且還有別的文章比他們寫得好，不刊登他們的文章而刊登別人的文章也可以開展討論。為了讀者著想，報社在1月23日通知他們，決定不用他們的文章。石天河後來在文聯說：四川日報不發表他們的文章，他就要喊人打報社，他要殺人，對報社進行恐嚇。帥士熙說，流沙河等口口聲聲說報紙在進行人身攻擊，而石天河等第一次以作者的身份和編者接觸，編輯部以禮相待，而他們根據一剎那的印象，就罵人為『時代的渣滓』等，甚至挑撥報社的同志與同志之間的關係。石天河還公然揚言要喊人打報社，要殺人。」〔註137〕從帥士熙的敘述來說，是1月19日石天河、流沙河、儲一天三人到的《四川日報》報社，然後報社收到了他們的三篇反批評文章。1月20日《四川日報》總編伍陵邀請三人到報社談話；1月21日儲一天給《四川日報》去信表達歉意；1月23日報社通知三人，報社決定不刊登他們的文章。當然，在他的發言中，更多的談到石天河等人「囂張、狂妄的態度」。

　　石天河也在回憶錄中，記載了伍陵與他們談話的細節，「所謂談話，只不過是單方面的，他談你受教，一切他早已成竹在胸，你談的任何一句話，他都是決不會聽進去的。這樣的人，他們不動腦筋就可以憑資格吃皇糧，萬不得已要動動腦筋，也只是為了坐穩他的領導位子，他能談什麼新鮮話呢？果

〔註137〕《省文聯繼續舉行作家、詩人、批評家座談會 駁斥張默生流沙河等的錯誤言行 傅仇對文匯報歪曲報導有關「草木篇」問題提出抗議》，《四川日報》，1957年6月29日。

然，伍陵神情嚴肅地說：『找你們來嘛，嗯，你們不是寫了幾篇稿子嗎？咳？是……三篇嘛，呃，我們的意見呢……希望你們自己（！）把稿子收回去，重新慎重的考慮，呃……就是這件事，你們如果同意我的意見呢，呃……就這樣嘛。』看他那樣子，是想三言兩語把我們打發走。我說：『前天我們在副刊編輯那裡，看到了排字房送來的小樣，既然已經發排，我們以為一兩天就可以見報，現在報社領導上為什麼決定不發？是不是認為稿子裏面有什麼措辭不恰當的地方，希望伍陵同志給我們具體指出來，我們可以當面研究嘛。』……這時，儲一天說：『黨的政策是百花齊放百家爭鳴嘛，報社對批評與反批評應該平等對待嘛。』伍陵連忙接著說：『我們是黨報，嗯，黨報有黨報的立場，咳……也不能什麼文章都隨便發嘛，百花齊放還要是朵花嘛，百家爭鳴還要是個家嘛，呃，你們的稿子，報社編輯部的同志，是有很多……很多意見的，當然，各種意見，都有嘛。總的來說，咳？大家都認為發了不好嘛，對社會，對讀者，對黨報，對你們自己，咳？都……都，都不利嘛，有的問題，在黨報上爭論起來，呃，容易造成思想混亂嘛，那後果，恐怕……對大家，呃……對你們自己也不利嘛。』」〔註 138〕按照石天河的回憶來看，他們是在春生文章出現後，就寫的反批判文章。並且馬上就給《四川日報》投稿。而在談到反批判文章為何不能在《四川日報》上發表，情況則與帥士熙的回憶是一致的。《四川日報》總編輯伍陵找石天河、流沙河、儲一天來編輯部談話，建議他們把文章中有些尖銳的話作適當的刪節，論點仍然可以完全保留。石天河抗議，堅持不改，所以，《四川日報》編輯部才決定不刊用三篇反批判文章。這表明，伍陵肯定知道「春生」是誰，所以他專門將三人找來談話，建議他們不發表這三篇批判文章。儲一天在此後的整風運動中發言就補充了一點，他說伍陵找他去談話，「說不能發，我說，你提意見，哪些地方刺了人，我可以修改。伍陵說，不是對字句修改問題，而係對春生的問題」〔註 139〕。在整個「草木篇事件」中，伍陵僅僅出現過這一次。雖然只是這樣一個小小的歷史環節，但是作為黨報《四川日報》的總編輯，由於沒有發表石天河等人的文章，卻又激盪起了四川文藝界的大事件。當然，拒絕在黨報《四川日報》上刊登石

〔註 138〕石天河：《逝川憶語──〈星星〉詩禍親歷記》，香港：天馬出版有限公司，
　　　　　2010 年，第 16 頁。
〔註 139〕《省文聯邀請部分文藝工作者繼續座談 對教條主義和宗派主義進行尖銳批
　　　　　評》，《四川日報》，1957 年 5 月 21 日。

天河等人文章，也並不是伍陵自身造成的。

由於這三篇文章在《四川日報》上沒機會發表，沒有公開展開論爭的機會，引起了石天河等人更大的不滿。所以，石天河決定在自己刊物《星星》上發反批評文章。「第二天，白航把我們的意見反映上去，李累說，這問題要向黨組請示。……他把問題交上去，由文聯的黨組書記常蘇民來處理，我們就沒話可說了。」〔註140〕但文聯的黨組書記常蘇民也勸石天河不要意氣用事，可見，李累、常蘇民，也清楚寫出《百花齊放與死鼠亂拋》的春生，是省委宣傳部副部長李亞群。這三篇反批評文章沒能公開發表，一個重要的原因是涉及到對李亞群「人身攻擊」。儘管《四川日報》不能發，《星星》詩刊也不能發，所以石天河仍決定要將三篇文章自印成小冊子。石天河還沒有開始著手印小冊子，由於石天河等人文章和行為的偏激，文聯已經開始醞釀著更大的批判。這三篇反批評的文章，四川日報已經悄悄排了版，並印出來了，最後收錄到《是香花還是毒草？》這一會議參考文件中。由於這三篇文章直接牽涉到對春生的人身攻擊，而且，由於三人堅決不撤稿的態度，特別是石天河的過激行為，也就更引起了文聯領導的不滿，於是便有了文聯對《吻》的集中批判。據郭小川1957年2月8日的日記記載，「九時到大樓，給四川文聯的李友欣同志寫信，他提出了關於《星星》中的《吻》和《草木篇》的爭論問題，要求我們支持和提出意見。信寫得很長，用了二小時的時間。」〔註141〕可以說從此開始，對《吻》的批判，已經是有計劃、有組織地展開了。遺憾的是，我們沒有看到郭小川的文章。

三、第一輪《吻》批判

從1957年1月17日到2月11日，在《四川日報》上集中刊登了大量批判《吻》的文章。在這批判過程中，由於詩歌《吻》的作者曰白只是一名普通大學生，所以在《吻》批判中，集中於對帶有「色情」色彩的作品本身的批判，而沒有涉及到《吻》的作者曰白。首先對《吻》展開直接批判的是傅仇，他寫道：「『星星』詩刊的創刊號上，看見了一首令人產生惡感的情詩，一首輕薄狂蕩的『吻』。我不願把這首情詩抄出來。……我們要歌唱愛情，歌唱人

〔註140〕石天河：《逝川憶語——〈星星〉詩禍親歷記》，香港：天馬出版有限公司，2010年，第17頁。

〔註141〕郭小蕙整理：《郭小川日記（1957年 上）》，《新文學史料》，1999年，第2期。

們真正高尚的愛情。不能把色情當作愛情，不能庸俗的去描寫情人的親吻。」
〔註142〕在傅仇的文章中，還僅僅是態度性的批判。他的文章很短，就直接提
出自己的觀點，認為：《吻》是不健康的感情，是一首令人產生惡感的情詩，
是一首輕薄狂蕩的「吻」。詩歌《吻》是靡靡之音，寫《吻》的詩人是頹廢詩
人。最後，他總結說，不能把色情當做愛情。作為四川文聯中的一員，詩人傅
仇向《吻》開第一炮，也應該是由文聯具體安排的。

令人注意的是，1 月 23 日的《人民日報》也發表了袁伯玉的一篇文章，
對《吻》展開了批判：「我所感到驚異的是，這首詩為什麼竟寫得這樣空虛，
這樣無聊，這樣陳腐。試問，讀者能從這首詩裏吸取到什麼有價值的東西呢？
這首詩除了一些使人感到肉麻的詞句之外，再無其他。我看不出這首詩和早已
被人唾棄的那種靡靡之音，逗人情慾的黃色詩詞有什麼太大的不同。」〔註143〕
從觀點來看，袁伯玉的這篇批判文章並沒有什麼特殊之處。他的觀點與李亞
群、傅仇的觀點差不多，而且更像李亞群的觀點。認為《吻》是靡靡之音，是
逗人情慾的黃色詩詞，看不出有什麼積極的思想意義和健康的感情。值得注
意的是，由於這篇文章發表在《人民日報》，所以就有著重要的象徵意義。但
作者袁伯玉，能及時地在這個時候關注到《星星》創刊號的上詩歌《吻》，並
寫出了與李亞群、傅仇觀點相似的批判文章，這是不太可能的。而且他《談
「吻」》整個文章的觀點和表述，與李亞群的《百花齊放與死鼠亂拋》有很大
的相似之處。所以，唯一的合理解釋就是，《談「吻」》這篇文章是由李亞群組
織寫作的，然後在《人民日報》上發表。進而在三天之後（即 1 月 26 日）的
《四川日報》，也才能馬上轉載這篇文章。但袁玉伯是否與李亞群有直接的關
係，我們卻難以考證。袁玉伯發表的文章不少〔註144〕，可以說他確實是軍隊

〔註142〕傅仇：《這是什麼感情？》，《四川日報》，1957 年 1 月 17 日。
〔註143〕袁玉伯：《談「吻」》，《人民日報》，1957 年 1 月 23 日。
〔註144〕袁玉伯：《脫離生活的故事情節——讀驚險小說隨感》，《解放軍文藝》，1957
　　　　年，第 2 期。袁玉伯：《關於描寫人民內部矛盾問題的不同意見——和李之
　　　　華同志商榷》，《戲劇報》，1959 年，第 12 期。袁玉伯：《駁斥白刃對部隊文
　　　　藝的攻擊》，《北京文藝》，1960 年，第 5 期。袁玉伯：《毛澤東軍事思想的頌
　　　　歌——重看影片〈南征北戰〉》，《北京日報》，1960 年 12 月 4 日。袁玉伯：
　　　　《〈長城煙塵〉的藝術特色》，《解放軍報》，1962 年 10 月 23 日。袁玉伯：
　　　　《一場驚心動魄的階級鬥爭——看影片〈奪印〉以後作》，《解放軍報》，1964
　　　　年 2 月 18 日。袁玉伯：《需要研究和總結（部隊短篇創作筆談）》，《文藝報》，
　　　　1965 年 3 月 28 日，第 3 期。

裏一位積極評論家。另外，在《〈連心鎖〉讀後》一文的注提到，「袁玉伯，又名何左文，著名批評家。」〔註145〕而以何左文為名發表的文章，就充滿了批判的火藥味，如《是英雄的樂章，還是個人主義的悲歌——評劉真同志的小說〈英雄的樂章〉》、《堅持列寧的文學黨性原則——紀念列寧誕辰九十週年》、《思想的提高和藝術的提高——讀陸柱國同志〈沉痛的教訓〉一文所想到的》、《部隊文藝工作空前繁榮的新時期》、《批判海默軍事題材小說中的錯誤傾向》、《偉大的無產階級文學家與革命家一紀念高爾基九十五週年誕辰》、《陳其通的反動戲劇綱領必須徹底批判》〔註146〕等，都是充滿了激烈的批判態度的。此後袁玉伯還任中國人民解放軍藝術學院副政委。當然，袁伯玉本身怎樣，他與李亞群或者四川文聯到底有著怎樣的關聯，也並不重要。在《人民日報》上也發表了批判文章，這表明對《吻》批判已經升級。

　　到了1月24日，《四川日報》上就有三篇文章展開了對《吻》的批判。其中，柯崗、曾克的《讀了「星星」創刊號》與黎本初的《我看了「星星」》兩篇文章，是在批判《星星》創刊號的時候將《吻》與《草木篇》同時列為「有錯誤的作品」，一同展開了批判。柯崗、曾克只有一句批判《吻》，「『星星』創刊號裏曰白的『吻』，我們覺得這首詩是黃色的，色情的作品，對人民群眾沒有好處。」〔註147〕而黎本初在批判《草木篇》的同時，就重點分析了《吻》的錯誤，「我認為，不應該反對寫吻，但必須反對把吻寫得庸俗；正如愛情詩可以提倡，但色情詩必須反對；生活中的事物很多，但除了無名氏那

〔註145〕袁玉伯：《〈連心鎖〉讀後》，《連心鎖》，克揚、戈基著，太原：山西人民出版社，2012年，第353頁。

〔註146〕何左文：《是英雄的樂章，還是個人主義的悲歌——評劉真同志的小說〈英雄的樂章〉》，《解放軍文藝》，1960年，第2期。何左文：《堅持列寧的文學黨性原則——紀念列寧誕辰九十週年》，《解放軍文藝》，1960年，第4期。何左文：《思想的提高和藝術的提高——讀陸柱國同志〈沉痛的教訓〉一文所想到的》，《解放軍文藝》，1960年，第5期。何左文：《部隊文藝工作空前繁榮的新時期》，《解放軍文藝》，1960年，第8期。何左文：《批判海默軍事題材小說中的錯誤傾向》，《解放軍文藝》，1960年，第12期。何左文：《偉大的無產階級文學家與革命家一紀念高爾基九十五週年誕辰》，《解放軍文藝》，1963年，第3期。何左文：《描寫英雄人物是最寬廣的創作道路一批判邵荃麟同志「寫中間人物」的理論》，《解放軍文藝》，1964年，第12期。何左文：《陳其通的反動戲劇綱領必須徹底批判》，《人民日報》，1966年6月17日。

〔註147〕柯崗、曾克：《讀了「星星」創刊號》，《四川日報》，1957年1月24日。

類作者外，誰又專去寫那些淫穢生活，毒害人民呢？」〔註148〕黎本初對《吻》的批判，結論也是認為該詩是庸俗、低級、淫穢的詩歌，是對官能的滿足，但他論述的特點是從自然主義、生物主義的觀點來展開的。從這兩篇文章可以看到，此時，流沙河的《草木篇》也與《吻》一同被批判，這與流沙河的《春天萬歲》有著直接的關係。而將《吻》與《草木篇》進行捆綁批判，不僅是由於複雜的政治、社會原因，也與作品本身的內容有關。《吻》是「情詩」的代表，《草木篇》是「諷刺詩」的代表，所以他們非常容易受到「關注」。在這一輪批判中，王季洪的態度更為激進。他說：「看了『吻』，我從心裏產生厭惡。……如果硬要說這首『詩』成功，也只是淋漓盡致地刻畫一個色情狂的本色罷了！」同時，他還將這首詩與郭沫若的詩歌展開比較後，得出結論，「銀幕上要消滅好萊塢的大腿舞，詩壇上要消除這種色情的拍賣！『吻』是百花齊放中的一棵莠草，用流沙河的詩來說，這才正是毒菌！『那是毒蛇吐的唾液』！這種玷污人民靈魂的『詩』，是不容許『解凍』的。」〔註149〕此時，《吻》可以說遭到了來自多方的批判。

值得注意的是，就在1月24日發表了三篇批判《吻》的文章的同時，《四川日報》還發表了曰白寫於元月20日為自己辯護的文章。曰白的文章，加上1月30日《四川日報》上發表的體泰《靈魂深處的聲音》，成為在《吻》批判中，公開發表的僅有的兩篇反批判文章。此前雖然有石天河、流沙河、儲一天的文章，但當時都沒有公開發表，所以公開支持《吻》的文章，就僅有這兩篇。由於自己的詩歌《吻》受到了批判，曰白自己站出來辯護，是理所當然的。在正文中，曰白首先為自己被批判感到委屈。在曰白的辯護中，他不承認扣在他詩歌上的種種「帽子」。他說怎樣去分清「貨色」，怎樣去鑒別花之有毒與否不是很容易的事情，而且詩歌《吻》也僅僅是一個特寫鏡頭而已，重點表達愛情的幸福和甜蜜感。然後他論述到，「對於情詩的表現方法，總不該要求與政治文獻雷同吧！假若要責怪我選了這樣一個看不順眼的主題，那我的回答是這樣：人們不但要勞動、建設和戰爭，也需要戀愛、結婚和生兒育女啊！『吻』不是一朵花，我同意。我早就把它當成一塊磚頭。假若因為引玉的拋磚和『死鼠』是相同的顏色，而就把磚頭冒失地當成『死鼠』的話，那也未免也太神經過敏了。『吻』只不過是泥土經過爐窯燒成的磚頭而已，不必

〔註148〕黎本初：《我看了〈星星〉》，《四川日報》，1957年1月24日。
〔註149〕王季洪：《百花齊放中的一棵莠草》，《四川日報》，1957年1月24日。

大驚小怪。」〔註150〕他認為，情詩是與政治文獻不同的，沒有必要大驚小怪。從曰白來說，他給星星編輯部寫這封信，目的非常明確，就是為自己辯護。曰白並沒有說是否要公開發表出來，我們也不能否認他有要在《星星》上刊登出來的想法。但從《編者按》還是可以看出，這是一封寫給星星編輯部的「信」，而不是一篇文章。然而，曰白的這篇文章並不是他自己給《四川日報》投稿信，而是他寫給《星星》編輯部的申述信，最後由流沙河轉交給《四川日報》發表的。在文章前還有《編者按》，「『星星』詩刊編輯人之一流沙河，為我們轉來「吻」的作者曰白寫的這篇文章，為了展開討論，特予原文刊載。」〔註151〕從流沙河來看，從 1 月 17 日寫反批判文章《春天萬歲》，到 1 月 24 日將曰白的信「轉」給《四川日報》，這樣一個轉變，其具體原因我們也不得而知。作為星星編輯部的成員，作為四川省文聯的成員，在這河段時間裏流沙河肯定也瞭解了更多內幕，也肯定被領導找去談過話，這些也許是他轉變的重要原因。是流沙河主動「轉」，還是被動的「轉」，我們也難以知曉。當然，流沙河的這次「交信」，也為他此後在運動中多次「交信」開了先例。

四、第二輪《吻》批判

　　《四川日報》將曰白的文章公開發表出來，當然不是為了給《吻》平反。從《四川日報》或者說省文聯的立場來說，曰白的文章恰好為進一步的批判，提供了新的空間。所以，1 月 24 日曰白的辯護文章發表後，過了兩天曰白的文章便成為《四川日報》的批判對象。這天的《四川日報》，就發表了芒果《這樣的磚砌不得社會主義花圃》、袁珂的《「死鼠」和「磚頭」——讀曰白「不是『死鼠』，是一塊磚頭」有感》兩篇批判文章，就是針對曰白的發言而寫的。芒果說，「我表示懷疑，難道『真摯的愛情』就是這樣的嗎？如果真的是這樣，那麼，過去那些沉醉於醇酒婦人生活當中的狎客們，當他們忘其所以地摟著自己的情婦狂吻時，是否也能被認為是一種高尚情操的流露呢？」「一個詩的創作者，竟然認為幾十個字的詩（文藝創作）可以不去考慮它的思想性，不去考慮它的影響和後果，可以為所欲為。我真不敢相信，曰白先生連這一點常識都還沒有搞清楚。」最後認為，「『吻』，即使如曰白先生所說，只不過是一塊磚頭而已，但是，恕我無禮，這也只能是一塊從污泥坑中撈起的臭磚，

〔註150〕曰白：《不是「死鼠」，是一塊磚頭》，《四川日報》，1957 年 1 月 24 日。
〔註151〕《編者按》，《不是「死鼠」，是一塊磚頭》，《四川日報》，1957 年 1 月 24 日。

它是砌不得社會主義的花圃的。」〔註152〕這篇署名芒果文章，對曰白的《不是「死鼠」，是一塊磚頭》展開了逐字逐句的批判。關於如何分清貨色、愛情與色情、特寫鏡頭與思想性、情慾與生活⋯⋯都一一作了分析，認為《吻》是「叫人噁心的死鼠和臭磚」。這篇文章的批判觀點，也並沒有什麼出奇和新意。但文章語氣激進，以「社會主義花圃」、「人民的講壇」等自居，呈現出居高臨下的態度。而化名為「芒果」的作者是誰，我們也難以推測。不過，這也可肯定是省文聯所組織安排的集體批判文章，而且是帶有強烈否定性的政論文章。與芒果文章一樣，袁珂同樣激烈。在文章中他說，「它不是玉，是一塊磚，作者自己也承認它是一塊磚。但是我還要說：這磚，並且不是一塊可供建造房屋用的好磚，而是一塊年深月久，生滿黴苔，發出臭味的斷爛無用的磚。它在百花園裏，所起的作用，只能是妨礙花草的生長，玷污百花的清芬，和招來別的一些斷磚碎瓦的佔據花園。它正不必為它的『顏色』和死鼠『相同』被人誤認為死鼠而感到傷心，因為即使它不是死鼠，我們也還是主張將它和死鼠一同拋出百花園去的。」〔註153〕從事中國古代神話研究的袁珂，對一首現代詩展開批評，這本身就顯得不合時宜。儘管他在文章中用了商量的語氣，展開小心翼翼的論述，但他以個人的態度對《吻》展開激烈的批判，就已經顯示了《吻》問題的嚴重性。

正當《四川日報》在集中批判《吻》的時候，四川大學也介入到了對《吻》的批判，這也應該是四川省文聯的安排。1月28日的四川大學校刊《人民川大》，首次發表了思苓批判《吻》的文章。雖然時間略晚於《四川日報》，但四川大學中文系教授對無名詩人的一首小詩《吻》重點關注，也肯定與四川省委文聯的統一安排有關。相對於其他的批判文章，陳思苓的這篇文章，更有理論性。他主要是從理論上闡述何為「社會主義的抒情詩」這一概念，從而也就批判了《吻》的錯誤。他說，「在新的土壤中我們要求開放新的花朵，發送出對偉大祖國熱烈的感情與洪朗的聲音，而不是如『星星』詩刊所發表的『吻』，那類如敗草殘藤的腐朽根苗的復萌，而那種抒寫出的『情』，也早已失掉現實的基礎了。」〔註154〕陳思苓整個文章縱橫捭闔，融通古今，幾乎將

〔註152〕芒果：《這樣的磚砌不得社會主義花圃》，《四川日報》，1957年1月26日。

〔註153〕袁珂：《「死鼠」和「磚頭」》，《四川日報》，1957年1月26日。

〔註154〕思苓：《略談抒情詩——讀「星星」詩刊「吻」篇有感而作》，《人民川大》，四川大學校刊編輯室編，1957年1月28日，第203期。

抒情詩的歷史梳理了一遍。他從中國古代齊梁、晚唐的抒情詩，談到新月派、現代派；再從蘇聯初期的頹廢詩人伊各爾‧佛賽里牙說到伊薩可夫斯基、西蒙諾夫，分出出怎樣才是真正的愛情詩。最後，他還談到解放以來的抒情詩，特別是詩人聞捷，為當代抒情詩提供了典型情緒。雖然文章直接談到《吻》的地方很少，但他提出了愛情詩與新社會人民生活結合、對偉大祖國熱烈的感情等基本特徵，從而就否定了《吻》。可以說，陳思苓的文章，就不是直接批判《吻》的，而是以《吻》為出發談，來談當代愛情詩、抒情詩的特徵問題。儘管在這樣，但我們看到對《吻》的批判，已經成為川大中文系的一項政治任務了。

1 月 24 日《四川日報》發出的曰白自己的辯護文章《不是「死鼠」，是一塊磚頭》後，真正為《吻》辯護的文章，僅有體泰的《靈魂深處的聲音》。該文與虞進生為《草木篇》辯護的「駁抗辯」一同發表在 1 月 30 日的《四川日報》上。在整個批判形勢一邊倒的情況下，體泰為曰白、為《吻》的辯護，就顯得很非常特別了。休泰寫道，「我覺得『吻』這首詩之所以吸引人，並不是什麼『風流花下死』的說法，而是由於這首詩的感情是抒發自靈魂深處。倘若有人說它是色情主義的產物，沒有人民性，那我就會問；你對民歌中的『牧羊姑娘』和『在那遙遠的地方』這些歌曲又作何解釋呢？以前有人在報上的批評和傅仇同志最近的批評，我認為是不十分恰當的。作為一個詩歌愛好者的我，在這裡為『吻』中一下冤。『吻』這首詩是寫得很成功的，我喜愛它。假若有人要來質問：這是甚麼樣的感情？人們將這樣答覆他：這是人民淳樸的感情，是愛者靈魂深處的聲音。」〔註155〕體泰的文章，寫得很短，並沒有對《吻》以及相關的問題予以深入的闡述，可以看作是一種態度性的支持。他重點區別了情詩、抒情詩與政治鼓動詩，而認為這幾者之間的表現方法和內容各有不同，必須分別對待。所以，他對愛情詩《吻》毫無保留的支持和讚賞，充分流露在文章中間。如他說：「《吻》，你為整個星海增了光」；「《吻》這首詩的感情是抒發自靈魂深處」；《吻》是人民純樸的感情，是愛者靈魂深處的聲音。問題是：作者體泰是誰？我們無法瞭解。他為什麼要在這個時候一意孤行地支持《吻》，而高呼與政治鼓動詩不同的抒情詩？我們也不清楚。不過，他文章中的觀點，則又進一步推動了對《吻》的批判。

〔註155〕體泰：《靈魂深處的聲音》，《四川日報》，1957 年 1 月 30 日。

五、第三輪《吻》批判

由於此前對於《吻》的批判，大多過於表面沒有對作品《吻》予以具體的分析，所以在這個時候，需要一篇從具體文本出發來批判《吻》的文章。余薇野的《為什麼「吻」是一首壞詩？》，正是以具體的文本，來分析詩歌《吻》的問題。他說，「它使人異常清晰地感受到的乃是：這一為有些同志喝采的，認為『大膽』和『熱情』的『吻』不過是一種純生理的行為，『醉，醉！』『蜜，蜜！』不過是一種純生物的感覺。在這裡，那個女人的『酒窩的頰』和『鮮紅的唇』不過是一個男人用來滿足情慾，發洩衝動的工具，『醉，醉！』『蜜，蜜！』不過是一個男人在獲得『愛之享受』時的邪惡的呼喊。把愛情降低為生物的行為，把女人降低為滿足男人情慾的工具，難道這首『情詩』所描寫，所宣揚的不是這樣的事實與觀點嗎？」〔註156〕對於余薇野，我們前面已經提到過他，這裡就不再贅述。而從他行文的內容和風格來看，此時，他是非常積極地投入到了《吻》批判之中的。

另一方面，由於體泰的出現，對他文章的批評，也成為了《吻》批判中的一個重點。此時，袁珂再次出馬，不僅重新解讀《吻》，而且批判體泰的理論。在這個時候，由於《草木篇》的問題更加凸顯，所以袁珂對《吻》的批判已經與對《草木篇》的批判，捆在一起了。袁珂在列出體泰的觀點後，提出，「而僅僅在愛人的紅唇，在『蜜』和『醉』中討生活的『吻』呢，卻遠非姑娘的『辮子』『眼睛』之類情詩可與倫比，確實是墮落到了『色情主義』的地步，雖詆之為『黃色爛調的再現』、『傳播毒素』，也不為過。……等而下之，像『吻』那樣純粹生物學地來描寫愛情，愛情和性慾實在也就相差無幾了，就在古人情詩的名篇中，也並不這麼卑下地來歌頌愛情的。」〔註157〕我們看到，在《吻》批判過程中，儘管袁珂再次將《吻》批判為黃色詩歌、批判為性慾的表現，也都難以有突破口，找到更有效的批判點。由此，將《吻》與《草木篇》一同批判，則讓我們看到了《草木篇》的問題更為嚴重。所以，在批判《吻》是壞作品的時候，就必須同時批判「有政治意義」的《草木篇》。袁珂的文章是這樣，山莓、李鐵雁的文章也都是這樣。因此，山莓在批判《吻》的時候，並不直接談《吻》本身的問題，而是談《吻》批判背後的理論依據。他說，「我認為曰白所持的反駁理由，是完全站不住腳的。……人人都知道，愛情和色情

〔註156〕余薇野：《為什麼「吻」是一首壞詩》，《四川日報》，1957年2月5日。
〔註157〕袁珂：《「愛情」和「立身」》，《四川日報》，1957年2月6日。

是有一個界線的，愛情能使人感情變得更美好更純潔，而色情只能使人得到官能上的滿足，作者的『吻』究竟是前者還是後者呢，我想是不難回答的。」〔註158〕山莓的文章，首先是談《草木篇》的問題，然後再談《吻》的。在文中，他直接回應曰白的觀點。同樣，李鐵雁的《「毒菌」在那裡》，也是在先談《草木篇》的問題後，再談《吻》的：「在『星星』詩刊第一期裏，毒菌在哪裏呢？有人指出了『草木篇』和『吻』。我也要喊上一聲：『這裡有毒！』同時向製造這種毒菌和介紹毒菌的人提出建議。」然後，他在《不是厚此薄彼》這一部分中，首先分析了電影《生活的一課》中工程師謝遼沙和他的愛人娜塔莎幾次親吻，指出「這個電影，正是向人們進行了生動的共產主義道德品質的教育，啟發人們丟掉那種唯我獨尊、不尊重別人的資產階級的思想殘餘。像這樣好的電影，如何能因為它有接吻的鏡頭而責備它呢？當然不能。並且觀眾也沒有因為那些接吻的鏡頭而受到任何不良的影響，致於曰白所寫的『吻』，卻只能給人官能的刺激。人民的詩人是不應該用這種黃色的作品來『為人民服務的』。」〔註159〕李鐵雁指出《草木篇》、《吻》是有毒的，他也是先談了《草木篇》再談《吻》的。而在談《吻》時，也僅僅停留在官能的刺激，黃色作品這些層面上，並沒有更多深入的探討。可見，在《吻》批判的後期，對《吻》的批判力度已經越來越小了，甚至完全讓位於對《草木篇》的批判。儘管 1957 年 2 月號《草地》發表了陳思苓的《漫談抒情詩的「情」》，試圖再次從理論上探討抒情詩，但對《吻》的批判，已經沒有更多可以深入的空間了，《吻》批判也就應該結束了。

六、《吻》批判的結束

為什麼要在這個時候結束對《吻》的批判呢？我們看到，對《吻》的批判，總體時間並不長。從 1 月 14 日開始到 2 月 8 日，僅僅一個月，《吻》的批判就以召開總結大會而結束了。為什麼對詩歌《吻》這樣一次不斷升級的批判，卻又一下冷卻了呢？這正好與省文聯「機關大會」對流沙河、石天河的批判有關。如果說在《吻》批判中，對於詩歌《吻》及作者本身的批判，還僅限於是否是色情、庸俗等問題的探討的話，那麼《吻》批判背後的另一方面，則是引出了流沙河、石天河等人更為嚴重的問題。《吻》批判的結束，並

〔註158〕山莓：《也談「草木篇」和「吻」》，《四川日報》，1957 年 2 月 9 日。
〔註159〕李鐵雁：《「毒菌」在哪裏？》，《成都日報》，1957 年 2 月 6 日。

不是以曰白的「自我批判」為終點，而是在轉向對流沙河、石天河的批判結束的。如前所述，挑起批判的直接源頭，是流沙河的「解凍說」。引發《吻》批判升級的，是石天河的「教條說」。對《星星》或者說對《吻》的批判，源於成都日報記者曉楓記述流沙河的「解凍說」〔註160〕。所以，在對《吻》批判的時候，總是要提到流沙河的這一「解凍說」。此後，針對春生的文章，兩人都寫出了非常激進的文章，對春生展開了批判。更為重要的是，這次批判運動還與石天河等人的激進有關係，正如石天河所說，「我現在回想起來，覺得我們那時，確實太不冷靜了。如果我們接受了伍陵的意見，把稿子自行撤回，也許，『《星星》詩禍』，後來便不會發展到那麼嚴重。」〔註161〕由於石天河、流沙河他們的固執，不聽伍陵、李累、常蘇民等人的意見，試圖在《四川日報》、《星星》詩刊發表反對文章，乃至準備將三篇文章印成小冊子，體現出「無組織無紀律性」。於是在對《吻》展開批判的同時，四川省文聯便直接對流沙河、石天河等人以「機關大會」展開批判。「在四川文聯共青團組織對流沙河進行了思想批判以後，過了幾天，文聯領導接著就以機關大會的形式，對我們進行批判。我和流沙河、儲一天、茜子、丘原，都是批判對象。究竟那2月上旬的個把星期內，開了幾次會，我現在已經記不清了。」〔註162〕由於石天河三人為了發表他們的三篇反批判文章，又一直在文聯搞小活動，引起了文聯領導的極度不滿。為此，文聯便展開了兩方面的工作，第一，是集中批判詩歌《吻》，發表了一系列的批判文章從理論上批倒《吻》。第二，在文聯內部，則以機關大會的形式多次對石天河、流沙河開展批評。對於這幾次機關大會，其具體時間、會議內容與形式，以及相關的參會人員，我們都不得而知。不過此後在「整風」和「反右」期間，不同的人有一些回憶。但從石天河的記錄來看，在這些批判大會中，流沙河的轉變，徹底改變了《吻》批判的整個進程。特別是流沙河在「機關大會」上作了自我檢討，同時由於他的檢舉揭發，而使得《吻》批判結束。按照石天河的記錄，在流沙河的自我檢討中，除了對他個人的檢討之外，還專門涉及到石天河的過激言論，使石天河

〔註160〕本報訊，《文壇上初開的花朵 「星星」出版》，《成都日報》，1957 年 1 月 8 日。

〔註161〕石天河：《逝川憶語——〈星星〉詩禍親歷記》，香港：天馬出版有限公司，2010 年，第 16 頁。

〔註162〕石天河：《逝川憶語——〈星星〉詩禍親歷記》，香港：天馬出版有限公司，2010 年，第 21 頁。

陷入到絕境：「文藝處的張處長，原本是幹部管理處長，對文藝工作並不內行，似乎也說不出什麼理論。他聽流沙河檢舉我說過『要殺人』的話，便著重的在講話時說：『殺人，怕什麼？他要殺人，我們就對他專政！』然後，常蘇民代表文聯黨委，宣布給予我『停職反省』處分。批判會便到此結束。」〔註 163〕換句話說，在對《吻》的批判中，因為流沙河的檢討，以及石天河的停職，使得對《吻》批判結束。

　　所以從省文聯來看，一方面在《四川日報》上，對《吻》已經開展了較為廣泛和深入的討論，發表了一系列的批判文章。可以說，已經從正面直接反駁了批判了曰白的《吻》及其詩學理論，完成了批判任務。另外一方面，引起《吻》批判兩位重要參與者，流沙河作了自我檢討，石天河被停職反省，他們都受到了處罰，所以《吻》批判也應該結束了。而省文聯總結大會的召開，也就標誌著《吻》批判正式結束。在 2 月 8～12 日，四川省文聯文藝理論批評組，兩次召集成都部分文藝工作者和文化藝術部分有關同志 50 人，座談《星星》詩刊上的《草木篇》和《吻》，這標誌著《吻》批判的結束。在會議開始前的 2 月 6 日，四川省文聯以四川省文學藝術工作者聯合會創作輔導委員會的名義發出了會議通知：

通知

　　從四川日報 1 月 14 日發表的「百花齊放與死鼠亂拋」一文以及 1 月 17 日發表「白楊的抗辯」一文以後，省委文藝界展開了對「吻」和「草木篇」兩首詩的評論。有的地方也舉行了一些小型座談會，為了進一步對兩首詩進行分析，對評論兩首詩的文章進行研究，特邀請本市詩人，詩作者、讀者與文聯理論批評組的通知聯合舉行一次座談會。希望你盡可能抽出時間，準備你的意見，來參加這次討論。

　　座談會地點：四川省文聯接待室。

　　時間：二月八日（星期五）上午九時。

　　參考文章：

　　1.（「吻」、「草木篇」附後。）

　　2. 四川日報 1 月 14 日後「百草園」有關兩首詩的文章，以及

〔註 163〕石天河：《逝川憶語──〈星星〉詩禍親歷記》，香港：天馬出版有限公司，2010 年，第 23 頁。

　　2月6日的成都日報有關兩篇詩的評論文章。

四川省文學藝術工作者聯合會創作輔導委員會

1957年2月6日〔註164〕

　　在《通知》裏，是將《吻》和《草木篇》並列來提出的，我們也完全看不出省文聯的對《吻》和《草木篇》的具體態度。這裡只是談到對這兩篇文章進行研究，而絲毫沒有說到批判，以及對這次批判的總結問題。對於2月8日上午所召開的這次會議的具體情況，2月14日的《四川日報》作了詳細報導。這篇報導，實際上就是對這次會議的總結，除了談到《草木篇》之外，報導也總結了《吻》批判：「座談到『吻』的時候，大多數人認為：『吻』是一篇描寫色情的作品，在它裏面，人們找不出一點真摯的愛情的流露，感受不到一點高尚的情操，沒有能激發人向上的東西；所能找到的，只是對官能的肉慾的刺激。李累說：『吻』這首詩，確是一首黃色的東西，正如有位同志所說的：在它當中，我們所看見和感受到的，只是一個醜惡的男人在窮凶極惡地抱著一個女人狂吻。如果有人說『吻』有什麼『弦外之音』的話，『弦外之音』也正在這裡。李昌隲說：任何民族，任何時代，愛情都是文學的重要主題，愛情詩是可以寫的，寫吻也是很自然的，問題在於如何寫。人，是在社會中生活的，任何人對同一事物都能產生不同的思想感情，對愛情也是一樣，不同階級的人對愛情就有不同的態度，反映在情詩裏面，也就有不同的寫法。『吻』是一首情詩，但它抒發的什麼呢？是捧住『一對酒窩的頰』，所感到甜蜜的是『一個鮮紅的唇』，所陶醉的是『默默地吻！吻！』除此之外，沒有別的東西，有的只是肉感的滿足。沒有愛情，只是色情。」〔註165〕這篇報導以「大多數人」的角度，便徹底否定了詩歌《吻》。

　　在2月8日的上午省文聯召開了關於《吻》和《草木篇》的座談會之後，當天下午四川大學也立即召開了總結大會。可以說，這是四川省文聯總結大會的一個分組討論會。「四川大學中文系教師在2月8日下午集會座談『星星』創刊號上發表的『吻』和『草木篇』。在座談會上發言的有：張默生、劉思久、王克華、李昌隲、陳志憲、華忱之、李蘿雄、陳思苓等，他們對『吻』和『草木篇』進行了具體的分析。認為：『吻』，基本上是一篇宣揚色情的作

〔註164〕　《通知》，《四川省文聯（1952～1956）》，建川127～130，四川省檔案館。

〔註165〕　《成都文學藝術界座談「草木篇」和「吻」》，《四川日報》，1957年2月14日。

品，人們讀了它以後，得到的不是高尚的情感，而是一陣肉麻的感受。散文詩『草木篇』，反映出作者的立場是錯誤的，它宣揚了與人民對立的情緒。對於最近報紙上對『吻』的討論中某些人認為幾十個字的情詩不可能正面表現出思想性，以及把情詩和政治對立起來的種種觀點，有的人在發言中認為：情詩無論字多字少，都可能正面地或含蓄地表現出一定的思想性；情詩可以結合政治內容，也可以不結合政治內容，但是至少應該表現出健康的情緒，達到文藝作品為政治服務的目的。在探索到『吻』之所以色情的原因時，劉思久認為不能僅僅認為是由於作者採用了自然主義的創作方法，更主要的是由於作者有著寫作這類詩的一定的理論指導，因此應該從理論上去進行探究。座談會在對『吻』進行具體分析中，還涉及到抒情詩與作家的世界觀、抒情詩的典型性等問題。關於抒情詩是否要求有典型環境、典型性格的問題，發言者也交換了意見。座談會中的發言，沒有支持『吻』和『草木篇』的意見。」〔註 166〕因此，在四川大學召開的這次會議，在徹底批判詩歌《吻》、完全否定詩歌《吻》的態度上，與《四川日報》是完全一致的。《四川日報》的報導以「沒有支持『吻』和『草木篇』的意見」結束，這已經為省文聯的總結大會定下了基調。以全盤否定《吻》，而結束了《吻》批判。當然《吻》批判結束，並不代表批判運動的結束，這只是一個暫停。繼之而來的則是整風以及此後對《草木篇》，以及四川右派的更廣泛的批判。

另外，此時停止對《吻》和《草木篇》的批判，與毛澤東在全國文藝宣傳會上的講話有關。毛澤東提出《吻》只是「關關雎鳩」的問題，《草木篇》也並不可怕。他說，「放一下就大驚小怪，這是不相信人民，不相信人民有鑒別的力量。不要怕。出一些《草木篇》，就那樣驚慌？你說《詩經》、《楚辭》是不是也有草木篇？《詩經》第一篇是不是《吻》這類的作品？不過現在發表不得吧？那《詩經》第一篇，我看也沒有什麼詩味。不要因為有些《草木篇》，有些牛鬼蛇神，就害怕得不得了！」〔註 167〕但實際上，《吻》與《草木篇》有著本質性的差別。正如石天河所說，「對《吻》的批評，雖然粗暴，還只限於批評作品『淫蕩』、批評刊物違背了黨的文藝方針；而對《草木篇》的批評，

〔註 166〕《四川大學中文系教師 座談「吻」和「草木篇」》，《四川日報》，1957 年 2月 9 日。

〔註 167〕毛澤東：《同文藝界代表的談話（一九五七年三月八日）》，《毛澤東文集》，第七卷，北京：人民出版社，1999 年，第 258 頁。

則是針對它的『不滿現實』，甚至提到了『仇視世界』，顯然是向『反黨、反社
會主義』上綱的語氣，問題越來越嚴重地政治化了。」〔註168〕所以，此後的
《草木篇》批判中，雖然多次提到《吻》，都並沒有予以進一步討論。《吻》批
判已經基本接受，但這次《吻》批判所導致的對整個《星星》詩刊的批判卻才
剛剛開始。這次批判不僅為《草木篇》批判作好了準備，也成為此後「星星」
一系列批判事件的一個導火線。

七、《吻》批判的餘波

從省文聯的層面來看，在總結大會之後，《吻》批判就已經結束。但此後，
也還有一些文章，也在繼續展開對《吻》批判。不過，這些批判已經不再統一
組織安排之下的批判了，而是此前《吻》批判的餘波。另外，此後對《吻》的
批判，也完全與《草木篇》批判捆綁在一起了。

在《吻》批判中，四川大學中文系一直是積極的介入者。在校刊《人民
川大》上發表了批判《吻》和《草木篇》的文章，也在中文系組織了《吻》和
《草木篇》批判的總結大會。所以儘管四川省文聯已經在2月12日對《吻》
的批判作了總結，但由於《人民川大》出刊的時間問題，在2月16日仍然刊
登了李昌隰的批判文章。四川大學中文系的第一篇《吻》批判文章發表在1月
28日第203期的《人民川大》上，而下一期即第204期《人民川大》要等到
2月16日才出刊。所以，李昌隰發表在2月16日《人民川大》上的文章，既
是四川大學中文系對《吻》批判的集中體現，但也是《吻》批判的餘波了。
「我們完全可以說，這首詩裏並沒有愛，而只是肉感的滿足，它給我們的不
是愛情而是色情。……我們之所以批評『吻』，並不是因為它沒有『結合政治』，
而是因為它狂歌地歌頌肉感，宣揚色情。而且，我們還要指出，愛情詩固然
不必都不准結合政治主題，但也並不是都不准結合政治主題。」〔註169〕此後，
洪鐘還在《斥「多媽媽」論》中提到了《吻》，「一切世紀末的文藝思想和流
派，應該說她們是不健康的媽媽，她們是會養不出兒子，或甚至養一些妨礙
社會主義，反對社會主義的混蛋兒子出來的。『草木篇』和『吻』，不就是這樣
的寶貝『兒子』麼？『多媽媽』論，是荒謬的說法，它會把文藝事業引入迷

〔註168〕石天河：《逝川憶語——〈星星〉詩禍親歷記》，香港：天馬出版有限公司，
2010年，第19頁。

〔註169〕李昌隰：《一首宣揚色情的詩——談「吻」和體泰同志對它的評論》，《人民
川大》，四川大學校刊編輯室編，1957年2月16日，第204期。

途。」〔註170〕所以，在此後的《草木篇》批判過程中，《吻》總是作為「陪同批判」而存在。

　　不過在 3 月初，對《吻》的批判，在《紅岩》和《草地》又形成了一次小高潮。當然，這並不是又一次新的批判的開始，主要是因為《紅岩》和《草地》期刊的發行時間滯後的問題。雖然《吻》批判總結大會已經召開，但由於這些稿件都是此前四川省文聯已經組織好了的批判稿件，所以也就繼續刊登。另一方面，繼續發表《吻》批判文章，就不僅僅是《吻》批判工作的最後收尾，還是可以進一步鞏固總結大會的成果。在 3 月 7 日出刊的《紅岩》第 3 期中，發表了洪鐘的、楊甦、羅汜與《吻》有關的評論文章。在洪鐘的批判中，其立足點仍然是「愛情和色情的界限在哪裏？」他說，「色情的東西不能給人以美感，它只能給人以官能的刺激，給人以性的衝動。色情的東西貽害青年流毒甚深，在禁止黃色書刊運動中，大家已經有所體會。說『吻』是老鼠、蒼蠅，並非過分的貶詞，而替『吻』辯護的說法，反倒暴露了他的精神狀態的卑劣和低下了。」〔註171〕楊甦的文章直接針對《吻》，「在體泰看來，『吻』的作者的靈魂是純潔的，而在我們看來，從『吻』所表現出來的作者的靈魂卻是骯髒的。從噴泉裏噴出的是水，從血管裏噴出的是血，從骯髒的靈魂裏，當然不會是乾淨的東西了。」〔註172〕我們看到，此時的洪鐘和楊甦，他們對《吻》的批判還是只停留在色情問題上。同時，他們的批判卻並不僅僅只針對《吻》，而是針對整個《星星》詩刊的問題。相比較而言，羅汜的《評色情詩「吻」》不僅專門針對《吻》展開批判，而且批判得也更為深入。他首先從文本出發，「從整首詩來看，正如作者在題目中所表明的，詩的主題就是在寫『吻』，而僅僅只寫了『吻』這一赤裸裸的動作過程。在前兩段中，作者突出地在描寫酒窩樣的兩頰和花蕊般的紅唇，然後又用猛飲狂吸這樣的粗暴的動作加之於兩頰和紅唇。這些事物所給予我們的形象感受，卻是官能的瘋狂般地追求。第三段，最然不像前兩段那樣在官能感覺作直接描寫，但並頭的默默的長吻，與前兩段聯繫起來看，卻也是官能快感的滿足狀態，是前兩段瘋狂般追求官能快感的延續。從形式表現來看，每段末句都用了重疊語句，重疊的修辭作用就是強調某種東西，強調『醉，醉！』『蜜，蜜！』『吻，吻！』

〔註170〕洪鐘：《斥「多媽媽」論》，《四川日報》，1957 年 3 月 2 日。
〔註171〕洪鐘：《「星星」的詩及其偏向》，《紅岩》，1957 年，第 3 期。
〔註172〕楊甦：《論「解凍」及其他》，《紅岩》，1957 年，第 3 期。

這些邪惡呼喊的結果，必然更要加強靡靡之音的挑逗情調。由此可見，『吻』所要表現的，只不過是對官能感覺的描繪；所給予我們的感受，只不過是情慾的挑逗。」在羅汸的分析中，《吻》不僅是色情詩，而且是反對革命文學的作品，是要取消無產階級思想。「基於以上所述，曰白和體泰所叫喊的取消思想性的論調，並不是在作品中不要思想，而是取消無產階級思想，好讓資產階級思想大搖大擺地向人們走來。」〔註173〕這樣，對《吻》的批判，就提升到了「思想高度」，不再僅僅是色情問題了。

而3月份的《草地》也發表了3篇與《吻》有關的批判文章。其中，譚洛非、譚興國和田原的文章，正是將《吻》的問題與《草木篇》一起，上升到嚴重的思想問題。在譚洛非、譚興國的《為捍衛無產階級思想陣地而鬥爭——兼評「吻」和「草木篇」》中，有專章《「吻」的主要問題》談《吻》。他說，「『吻』是一篇宣揚色情的作品。……『吻』沒有人民的思想感情，有的卻是資產階級的色慾狂。像所有反動的自然主義作品一樣，它們雖然聲稱『不贊成什麼，也不反對什麼』，實際上卻宣揚了資產階級的觀點和資產階級腐朽寄生的思想感情。」〔註174〕同樣，田原的文章《在爭論中所想到的》中，也有《這種聲音來自什麼樣的靈魂？》一小節，他說，「『吻』的思想性是十分強烈的，不過它不是無產階級的而是資產階級的思想性罷了。作者在這裡用藝術形象宣揚了資產階級的戀愛觀，他鼓勵和刺激讀者去追求肉感的滿足。……因此我認為，徹底地批判『吻』，並清除留在某些群眾思想中的這種類似的影響，是一項必要的任務。」〔註175〕山莓在2月9日的《四川日報》發表《也談「草木篇」和「吻」》後，在第3期《草地》上也發表的《愛情與色情》，再次談到《吻》的問題，「這是因為它們所表現的並不是真正的愛情，而是資產階級和小資產階級的一種病態的情感。這種情感裏面沒有任何健康的、美麗的、純潔的東西。它有的只是軟綿綿的腐朽的東西。如果說，這種東西，也具有一定的社會意義，那就只是代表了資產階級的沒落的思想情感。這種思想情感，對於青年的心靈，是有腐蝕和麻醉的作用的。抗毒能力不強的人，就會因為接觸了這種思想而變得意氣消沉、精神渙散起來。」〔註176〕與譚洛非、

〔註173〕羅汸：《評色情詩「吻」》，《紅岩》，1957年，第3期。
〔註174〕譚洛非、譚興國：《為捍衛無產階級思想陣地而鬥爭——兼評「吻」和「草木篇」》，《草地》，1957年，第3期。
〔註175〕田原：《在爭論中所想到的》，《草地》，1957年，第3期。
〔註176〕山莓：《愛情與色情》，《草地》，1957年，第3期。

譚興國、田原的文章一樣，山莓仍是重點關注的是資產階級問題。所以，在思基的文章中也對詩歌《吻》給予了嚴重的批判，「這種肉麻，低級和色情的描寫，除了誘人去墮落和犯罪以外，它還能給我們人民的精神上帶來什麼影響呢？這是題材廣泛論在文學創作上的最惡劣的發展。」〔註177〕

到了三月底，已經結束的《吻》批判，才從「資產階級情感」問題，轉向了對「抒情詩」美學問題的討論。3月26日《四川日報》上蕭崇素的《我們需要的愛情詩》便是其中的代表。他說，「自從報刊上展開了『吻』和『草木篇』兩詩的討論後，有關抒情詩的問題和文藝的美學問題都不斷地被人關心地提出來了：如抒情詩的特徵問題、抒情詩的典型問題、愛情詩與社會聯繫問題、美的認識問題、美與思想性問題等等……。這中間最令人感到迷惑的是愛情詩。……我們必須對這些似是而非的脫離政治、脫離社會、脫離思想、違背科學唯物論美學觀點的愛情詩論作鬥爭。」進而，他從三個方面展開，第一是認為愛情詩必然包括社會聯繫，第二愛情詩與色情詩有界限」，最終認為，「那極端排斥愛情詩的社會聯繫，主張愛情詩可以超然物外，獨往獨來的資產階級唯心主義的美學傾向，和片面地機械地要求一切抒情詩和愛情詩都只能對社會聯繫一律作『直接反映』、都要硬性地加上政治尾巴的機械、庸俗傾向。」〔註178〕當然，由於蕭崇素的文章是從純粹的美學觀點出發，以及《吻》批判已經基本結束，所以他的批判沒有引起更多的關注。而白堤發表在《紅岩》的一篇文章《關於情詩》，成為《吻》批判的終結篇。他說，「當我們的情詩脫離了現實生活的泥土，脫離了人們所追求的共產主義道德標準，甚至低下到像曰白的『吻』那樣，只是用特寫鏡頭的手法描寫一些情慾動作的時候，那樣的情詩，已不是我們所需要的感情的玫瑰，而是色情的零售廣告了。是愛情還是色情，它們的分水嶺就是如此鮮明的。」不過，白堤雖然在批判《吻》，但他還是在為「抒情詩」翻案。認為抒情詩，既要有思想性，也要有生活激情。「我們很少能讀到像『吐魯番情歌』那樣的詩篇。……我想說，每一首情詩，都有它的獨具的色彩和芳香，像一朵香花一樣。每一首情詩，都應該是一種發現，都具有不可重複的特徵，但它們的力量卻又是一致的，那就是：都給人以美，以合乎時代節拍的美去感染人們，鼓舞人們，讓人們更加疼愛

〔註177〕思基：《發展社會主義文學的關鍵》，《生活與創作論集》，武漢：長江文藝出版社，1958年，第33頁。
〔註178〕蕭崇素：《我們需要的愛情詩》，《四川日報》，1957年3月26日。

生活。」〔註179〕正在這樣的矛盾夾縫之下，整個歷史已經進入到了整風、反右時期，白堤的文章可以說是《吻》批判的最後聲音。

八、曰白是誰？

《吻》引起了四川文藝界這麼大的批判，那麼作者曰白是誰呢？石天河曾回憶了《吻》這首詩歌，提供了關於該詩作者的一些重要信息。他說，「記得好像是從西安寄來的。這詩，實際上只是表現了一個熱情的吻，並沒有任何違反社會道德的內涵。詩稿由流沙河初選出來交給我，我認為寫得可以，就同意發表了。當時，只是覺得作者可能是初學寫詩的青年人，藝術上有模仿郭沫若一首早期詩作的痕跡。」〔註180〕而郭沫若的《Venus》一詩如下：「我把你這張愛嘴，／比成著一個酒杯。／喝不盡的葡萄美酒，／會使我時常沉醉。／／我把你這對乳頭，／比成著兩座墳墓。／我們倆睡在墓中，／血液兒化成甘露。」〔註181〕兩首詩歌確實有一定的相似之處。可見從編輯來看，詩歌《吻》本身並沒有多大的特色，在星星編輯部編選的時候，也並沒有引起多大的爭議。

那麼曰白是誰？他寫《吻》這首詩有怎樣的過程呢？在石天河的回憶中，提到了此詩是從西安寄來的，他這個說法是有根據的。關於詩歌《吻》的作者曰白，在四川省檔案館資料中，便有一份四川醫學院女生宿舍 273 號信箱的舒其德轉來的西安曰白的投稿信。該投稿信透露出了一些關於曰白的具體信息：

> 編輯部同志，
>
> 我有一位朋友現在西安。當我一知道「星星」將要創刊時，就馬上把這喜訊告訴了他。他在信中寫道：「星星，多好的名字啊。盼望它早日出刊。但願它是多姿多彩的，而不是口號似的刊物。」當我讀到載於四川日報上的「稿約」後，又馬上剪下來給了寄了過去。他在信中寫道：「讀了星星的稿約剪紙，確實又有些心動。看來這刊物不是那枯燥的乾草堆。雖然咱們的青草不開花，但也會把美麗的

〔註179〕白堤：《關於情詩》，《紅岩》，1957 年，第 5 期。

〔註180〕石天河：《逝川憶語——〈星星〉詩禍親歷記》，香港：天馬出版有限公司，2010 年，第 4 頁。

〔註181〕郭沫若：《Venus》，《郭沫若全集 文學編》，第 1 卷，北京：人民文學出版社，1982 年，第 129 頁。

花壇襯托得更鮮豔些。好，就這樣吧，由你選兩首去。」

　　我私違了他的意思，一下子就抄寄了五首。我的這位朋友雖然寫詩，但是從未將詩稿投寄過任何刊物，他羞於投稿。因為我們懂得寫詩不是文字遊戲，而是無產階級革命事業的一部分，是嚴肅的勞動，「誰要是拿起了詩琴，誰就給自己負上了極重大的工作」（裴多菲）

　　要說將自己的詩寄給刊物而不希望能刊出來，這話不會有人相信的。我們鼓著勇氣、懷著激情，將詩稿寄給您們，主要是想得到你們的指教和批評。

　　此五首詩中，若有擬發表的請用筆名「曰白」。

　　退稿處：四川醫學院女生宿舍273號信箱

　　　　　　舒其德（收）

　　　此致

　敬禮

　　　　　　　　　　　　　　　　　舒其德（上）

　　　　　　　　　　　　　　　1956.11.29〔註182〕

　　從舒其德的敘述來看，我們瞭解到：詩作者曰白在西安，因為看到《星星》別致的稿約，所以第一次投了稿。而且還在信中還專門談到了他對詩歌的態度是嚴肅認真的，向《星星》投稿當然也希望作品能夠發表出來。最後刊登在《星星》創刊號的詩歌《吻》，也正是舒其德在這次投稿信中轉交的5首詩歌中的一首。不過，在整個投稿信中，關於作者曰白的個人情況，舒其德並沒有透露出一點信息。詩作者曰白的直接出場，是在《吻》批判以後。在1月14日《四川日報》「百草園」中發表批判文章《百花齊放與死鼠亂拋》後，曰白於1月20日寫了文章《不是「死鼠」，是一塊磚頭》〔註183〕寄到星星編輯部進行申述，星星編輯流沙河將此信轉給了《四川日報》，並原文刊載於發表於1957年1月24日的《四川日報》上。但由於沒有看到原件，所以我們不知道這次曰白的來信是作者自己寄來的，還是由舒其德轉交的。

　　在對《吻》批判已經結束後的2月28日，曰白又寫了一封信再次申訴，這封信也是由舒其德轉交。曰白在信中說，「『吻』的確是一首壞詩。但是通

〔註182〕《四川省文聯（1952～1965）》，建川127～208，四川省檔案館。

〔註183〕《不是「死鼠」，是一塊磚頭》，《四川日報》，1957年1月24日。

過批評，我一定能寫出不壞的詩來。但對於自己，並沒有對自己有過多的介紹。他只說到，四年前他是一個富有幻想的大學生。」〔註184〕由此推測，《吻》是曰白在西安讀大學的時候寫的。但在投稿信中說他在西安，現在這次申訴信用的信箋是青島工學院。而且在《星星》第3期上，還發表了曰白的《我愛青島》，「我愛青島／青島呵／獻給你我的愛情和我的詩篇。」〔註185〕由此可見，曰白畢業後到了青島工作，或者說是青島工學院工作。與曰白的這第二封申訴信在一起的，還有舒其德附上的一個簡短說明。她郵寄地址是四川醫學院女生宿舍，此時的舒其德應該是一位在校女大學生。她說：「如果說把吻送到讀者眼前算是一個錯誤，我對這一錯誤應負一定的咎責。當我選寄『吻』時，不僅絲毫不以為這是壞詩，相反，我認為『吻』是寫得很出色的一首情詩。否則，我也不會把它抄寫給您們。一首詩的好壞，是以客觀效果來衡驗的。我現在已不懷疑『吻』是一首壞詩。在這一次論證中，我也得到了很多的教益。不過，某些文章中的某些批，我也還有不同的地方。」在這封信中，舒其德雖然沒有說明她與曰白的具體關係，只是朋友。但有一點是清楚的，《吻》這首詩是她作為曰白的一個朋友，一個讀者，幫他選出來投稿的。反右鬥爭之後，《星星》詩刊編輯部還展開了對曰白的《我愛青島》批評，「曰白在他所寫的《吻》受到批判後，又寫了一首名叫《我愛青島》的詩，把他那種寫《吻》時的思想感情，又借『歌唱祖國河山』傾瀉了出來，他愛青島，並不是由於祖國河山的美，而是愛海岸像『情人的手臂似的溫暖』，海浪『溫柔地將他全身吻遍』。這是一首『寫物以附意』的詩，詩的意境很不健康。」〔註186〕不過，這次的批判並沒有引起更多的關注，而且在批判中，也並沒有超越原來的批判觀點。《我愛青島》，也與《吻》有著異樣的情緒。但這首詩表明，此時的曰白，應該從西安到了青島，不過他已經不是《星星》詩刊批判的焦點了。到了1980年，曰白還在《星星》發表了詩歌《老虎口》〔註187〕，已經不再引起任何關注了。從這裡我們也可以看到，在《吻》批判中，曰白並沒有受到直接的影響。在1987年《星星》三十週年時，《星星》詩刊「本刊評論員」（即白航），也記敘了這件事，補充了一些細節：「曰白當時是某地一位大學生，那首詩是

〔註184〕《四川省文聯（1952～1965）》，建川127～208，四川省檔案館。
〔註185〕曰白：《我愛青島》，《星星》，1957年，第3期。
〔註186〕本刊編輯部：《右派分子把持「星星」詩刊的罪惡活動》，《星星》，1957年，第9期。
〔註187〕曰白：《老虎口》，《星星》，1980年，第1期。

他寫給戀人的一首情詩，被《星星》的一位編輯半路給『攔劫』下來，發在刊物上，想氣氣那些『道學先生』，殊不知，因此惹了禍。這首詩熱情而坦率，是熱戀中情人的真情寫照，似乎有些『性』感，但比起現在的一些文學作品來，卻是小巫見大巫，算不得什麼，不必那麼大動『干戈』。然而那時竟然那麼作了，也算時代使之如此吧。」〔註188〕　這裡對於曰白「某地大學生」的描述，應該來自於曰白的第二封申述信。在這些論述中，他們都沒有透露出更多的關於《吻》以及作者的信息，而補充了編輯部對這首詩歌一點看法，特別認為是「熱戀中情人的真情寫照」。

　　總之，可以說《星星》創刊號上所發表的詩歌《吻》及其作者曰白，並沒有多大的特殊性。情詩《吻》也只是一個普通的富有幻想的大學生，對於愛情的憧憬和嚮往，而且是「熱戀中情人的真情寫照」。那麼，根據前面的敘述可以推斷，在四川讀書的女大學生舒其德與在西安讀書的大學生曰白，關係非常好。他們倆不僅通信緊密，多次通信，而且曰白還將自己第一次投稿、自己的申訴信都讓舒其德轉交給《星星》詩刊，非常信任她。而舒其德也在第一封和最後的一封信中都表明，《星星》詩刊創刊、《星星》詩刊的稿約都是他告知曰白的，她也很瞭解曰白愛好詩歌。同時，舒其德也非常喜歡曰白的詩，曰白詩就是由她選的。所以，在這裡，我們可以大膽的推斷，舒其德和曰白有著非常不一般的關係，或者說就是一對熱戀中的情人。由此，如果前面推斷不錯的話，《星星》詩刊創刊號的這首「熱戀中情人的真情寫照」的情詩《吻》，便是一對熱戀中的大學生所寫的普通的愛情詩，也就是大學生曰白寫給其女友舒其德的許多情詩中的一首。但《吻》卻引起了這樣大動干戈的批判，確實令人啼笑皆非、不勝唏噓。

九、《吻》批判反思

　　儘管《吻》作者曰白只是一名處於熱戀中的大學生；儘管這次批判時間不長，波及面不廣，但對於《吻》的批判，卻顯示了建國後文學刊物的運行機制。《星星》詩刊作為一個官辦的文學刊物，試圖越過政治底線，超越這種機制，面臨的便是被批判、改組乃至最終停刊的命運。

　　《吻》批判背後的歷史，作為曾工作於四川省文聯的譚興國有清晰的介紹。《吻》的批判源頭，源於春生的《百花齊放與死鼠亂拋》和黎本初的《我

〔註188〕本刊評論員：《〈星星〉三十歲》，《星星》，1987年，第1期。

看了「星星」》這兩篇文章。譚興國認為，從作者背景來看，整個批評確實是至上而下的。「兩位批評者都來自『省委大院』。黎本初，原先文聯創作輔導部的幹部，兼團支部書記，後調省委，做省委書記李井泉的秘書。……明朗，又是一位在四川幹部中有口碑的好人。他是老幹部中少有的大學生出生、文化水平較高的領導。解放後在川東行署任宣傳部長，合省後任四川省委宣傳部副部長，主管宣傳、文藝工作。西康併入四川，才將文藝工作交李亞群管。他寫詩，尤其擅長散文創作。黎本初的文章，就是明朗鼓動寫的。兩位副部長都發覺了《草木篇》的問題，這在省委大院自然就不是『秘密』了。壓力首先就落在了李亞群身上。文聯是歸他管轄的，《星星》詩刊是得到他的支持並由他想省委報告批准創辦的，連《星星》編輯部的人事安排也是文聯黨組提出經他批准同意的。他不能不表示態度。於是，他用擅長的雜文形式，寫下了那篇《百花齊放與死鼠亂拋》。他沒有談草木篇，而批評《吻》。在五十年代那個既純樸又保守的社會風氣之下，談性色變，男女之間連載大街上拉拉手都會被認為『作風有問題』，《吻》還能不受批評？他似乎是想藉此『小題大做』，提醒《星星》編者，要正確貫徹雙百方針，不要什麼都亂放一氣。」〔註189〕同樣，在石天河的回憶中對於《草木篇》的批判，也有著同樣的敘述，「當時確定把《草木篇》作為批判重心，可能是在省委宣傳部幾位高干與文聯的幾位領導人中，經過會商才決定的。其所以由李友欣寫第一篇批判文章，也可能是會商時決定的，或是李友欣自動請纓打先鋒的。因為，我曾經聽到過一種傳言，說，對《草木篇》的批判，是省委宣傳部另一位領導幹部提出來的。」〔註190〕也就是說，在《吻》批判的整個事件中，雖然是一些個人的觀點導致了整個批判運動。但最後起主要作用的，是源於監管部門也就是宣傳部的日常檢查工作。

但也並不是說《吻》批判就源於明朗、李亞群、李累、李友欣……儘管這背後也有著個人之見的恩怨等因素，但更重要的批判背後所涉及到整個新中國文學生產機制。列寧指出，「文學事業應當成為無產階級總的事業的一部分，成為一個統一的、偉大的、由整個工人階級全體覺悟的先鋒隊所開動的社會民主主義的機器的『齒輪和螺絲釘』。文學事業應當成為有組織的、有計

〔註189〕譚興國：《草木篇事件的前前後後》，內部自費印刷圖書，2013年，第47～49頁。
〔註190〕石天河：《逝川憶語——〈星星〉詩禍親歷記》，香港：天馬出版有限公司，2010年，第29頁。

劃的、統一的社會民主黨工作的一個組成部分。〔註191〕同樣，作為新中國文
學的毛澤東文藝方向，也有著同樣的明確的表述，「黨的文藝工作，……是服
從黨在一定革命時期內所規定的革命任務的。」〔註192〕但是，建國後，文學
生產機制的問題似乎並沒有得到解決。胡喬木在年文藝界整風運動學習動員
大會上的講話中，其中嚴厲批評了當時文藝界的存在的一些「突出」問題，
就有「仍然沒有一個文學藝術團體，把經常組織自我批評當作自己的任務」
〔註193〕因此，對期刊的檢查，或者說審查，不僅成為文藝主管部門的一種重
要職能，而且還形成了一套具體的運行制度。「掌握文化領導權的文藝界權力
階層不斷強化期刊的責任意識，要求期刊加大文學批評的力度，發揮文學批
評的『干預』功能，敦促期刊對已發表的存在『不良傾向』的詩歌進行『檢
查』。……最後，大批『讀者』加入到詩『爭鳴』之中，不斷培養他們觀察詩
歌問題的角度以及提升與放大『問題』的方式，從而延伸詩歌爭鳴對詩歌問
題的監控範圍，完善當代詩歌批評的監督網絡。」〔註194〕所以，明朗、李亞
群、常蘇民、伍陵、李累、李友欣，均是在這個文學生產體制上，執行文學期
刊檢查、開展文藝批判的一個具體執行者而已。然而，作為官方刊物的《星
星》詩刊，不但沒有這樣的政治視野，而且還仍舊站在文學立場上，試圖跨
越政治而回到文學。在《星星》詩刊的具體運作中，他們從《稿約》到稿件，
都試圖避免政治影響，努力去辦出一個具有特色的刊物。在流沙河的交代中，
他說，「我們發出資產階級自由主義的詩歌宣言──稿約。上面故意不提社
會主義現實主義和工農兵方向，而代之以『現實主義』和『人民』字樣。」
〔註195〕而且在深層次上，他們還進一步表現出了對當代文學生產機制的強烈
不滿，「還在去年，石天河就向我透露過『改組』文聯的綱領。」〔註196〕那

〔註191〕列寧：《黨的組織和黨的文學》，《馬克思恩格斯列寧斯大林論文藝》，北京：
　　　　人民文學出版社，1959 年，第 65～69 頁。

〔註192〕毛澤東：《在延安文藝座談會上的講話》，《毛澤東選集》，第三卷，北京：人
　　　　民出版社，1991 年，第 847～879 頁。

〔註193〕參見《文藝工作者為什麼要改造思想》，北京：人民文學出版社，1952 年，
　　　　第 2～5 頁。

〔註194〕巫洪亮：《「十七年」詩歌研究》（博士論文），福州：福建師範大學，2011 年，
　　　　第 96 頁。

〔註195〕流沙河：《我的交代（1957.8.3.至 8.11.）》，《四川省文藝界右派集團反動材料》
　　　　（會議參考文件之九），四川文聯編印，1957 年 11 月 10 日，第 7 頁。

〔註196〕流沙河：《我的交代（1957.8.3.至 8.11.）》，《四川省文藝界右派集團反動材料》
　　　　（會議參考文件之九），四川文聯編印，1957 年 11 月 10 日，第 3 頁。

麼，在當代文學生產機制中，試圖辦出個性的《星星》詩刊，其受批判的命運便是不可避免的了。正如陳企霞所說，「實現黨在文藝界的思想領導，開展文藝界的思想鬥爭，提高文藝為人民服務效能的主要方法之一」〔註197〕回過頭來，我們看到對《吻》的批判，便是對《星星》詩刊編輯的批判。因此，我們看到，在對《吻》或者說以後對《草木篇》的批判中，一個重要的落腳點便是對《星星》編輯部、星星詩刊編輯方針的批判。所以在2月14日《吻》總結批判的報導，其結尾，便是專門刊登了《「星星」編輯人和「草木篇」作者的發言》，專門報導了編輯部主任白航的自我檢討。

對於《吻》批判，儘管其中包含著濃厚的政治因素，但與此同時，我們也看到在其中，也顯示了新中國成立之初審美建構的努力與悖論。與之後《草木篇》的批評不同的是，在所有對《吻》的批評中，他們均著力批判《吻》的趣味，認為《吻》宣揚的詩感官刺激，是色情詩。正如孟凡所說，「我很不喜歡『吻』，這到簡單，只是因為它的感情庸俗，格調很低。它根本夠不上給人什麼美的感受和純真的愛的境界，——老實說，到很有些登徒子相。」〔註198〕對《吻》，以及相關色情、黃色文學的批判，在建國初就有著多次討論。《文藝學習》1954年第4期就發表了《讀黃色小說等於飲鴆止渴》的讀者來信，1955年還專門開設了《我們控訴黃色書刊的毒害》欄目，其中一篇就以一個有為青年為例，講述了他由於黃色書刊最後沉淪為社會敗類的故事，「我要為受害的青年朋友呼籲，決不能容忍這些『殺人不見血』的黃色書刊殘留在我們神聖的國土上。」〔註199〕另外一篇也以學生的受害的事例，說「我們要求有關部門重視這個問題，迅速採取有效措施，肅清黃色書刊的流毒。」〔註200〕因此，在整個批判中，對於作品《吻》均是以否定態度出現的：傅仇批評「一首令人產生惡感的情詩，一首輕薄狂蕩的『吻』」〔註201〕；袁玉伯說「我看不出這首詩和早已被人唾棄的那種靡靡之音，逗人情慾的黃色詩詞有什麼太大的不同」〔註202〕；王季洪說「《吻》是淋漓盡致地刻畫一個色情狂的本色」；柯

〔註197〕企霞：《關於文藝批評》，《文藝報》，1951年，第10期。
〔註198〕孟凡：《由對「草木篇」和「吻」的批評想到的》，《文藝學習》，1957年，第4期。
〔註199〕文樸：《一個有位青年沉淪墮落的經過》，《文藝學習》，1955年，第1期。
〔註200〕范風、于良施：《有關部門應當重視黃色書記泛濫的嚴重情況》，《文藝學習》，1955年，第1期。
〔註201〕傅仇：《這是什麼感情？》，《四川日報》，1957年1月17日。
〔註202〕袁玉伯：《談「吻」》，《人民日報》，1957年1月23日。

崗和、曾克直接就說《吻》是「黃色的色情的作品」；余音、余薇野認為《吻》是「在宣揚色情」⋯⋯。進而，對《吻》審美趣味的批判，在整個批判中是一致的，均認為《吻》所代表的審美趣味是有害於社會。

　　而與此同時，在對《吻》的批評中，批評者們也在尋找一種新的審美建構。既然《吻》是色情詩，不是真正的愛情詩，那什麼才是「真正的愛情詩」呢？姚文元就在批評中說到，「為了在藝術中區別愛情和色情，也為了同曰白進一步討論什麼是『真摯的愛情』，這裡想具體地談一談《吻》的色情是在哪裏：『真摯的愛情』使人的感情崇高，使人感到社會主義生活的美好，而《吻》則只使人感到低下的感官的刺激。『真摯的愛情』愛的是愛人的整個靈魂，愛的是人，如同我們在許多健康的民歌和情歌中看見的，是在勞動和鬥爭生活中建立起來的對對方整個人格的美的吸引和愛慕。《吻》裏面的愛情則完全相反，作品中的『我』『愛』的是女人身上的『鮮紅的嘴唇』，『像蜂貼住玫瑰的蕊，我從你鮮紅的唇上，吸取蜜，蜜！』這樣的『鏡頭』所展示的是一個只看見女人嘴唇的『狂熱的』男性。」〔註203〕在這裡，作者提出了「健康的民歌和情歌」，作為一種新的審美的努力，以抵制不健康的審美趣味。那麼，何為「健康的民歌和情歌」？換句話說如果歌頌的是自由的愛呢？如果是抒寫的是健康的愛情呢？是否又值得提倡呢？不會受到批判呢？楊履方的話劇，描寫了共青團員童亞男追求愛情幸福的故事，卻也同樣遭到了批判，原因正是在於該劇歌頌了自由戀愛，沒有表現「這一特定環境的時代氣氛」。劇本卻表現了「什麼『挑選自己的幸福』呀，夫妻之間的糾紛呀，青年男女之間的愛情呀等等」，所以「《布穀鳥又叫了》這齣戲歪曲了社會主義時代的農村生活」。其結論是，《布穀鳥又叫了》歌頌了「一個十足的小資產階級個人主義者」，「劇本所歌頌的正面人物童亞男，是一個滿腦子個人『幸福』的人，⋯⋯從開始到結束，一場一場的淨是自己的戀愛問題、前途問題，對於全社的工作和生產絲毫也顯示不出來她的關心。」〔註204〕所以，批判不健康情歌，卻難以構建出健康的情歌，也難以形成新的審美。

　　其實，回過頭來我們發現，春生對《吻》提出批判的文章，就已經奠定了此後批判的基調。他說，「在『百花齊放』的縫隙中，有意無意地頂著『馬

〔註203〕姚文元：《論詩歌創作中的一種傾向》，《文藝月報》，1957 年，第 2 期。
〔註204〕劉學勤、馬季華、田克勤、朱家欣：《〈布穀鳥又叫了〉是個什麼樣的戲？》，《文藝報》，1958 年，第 22 期。

克思主義的美學觀點』、『藝術的特徵』等種種商標而冒出來的、資產階級的、小資產階級的『靈魂深處』的破銅爛鐵的批發者。」〔註205〕以及黎本初的看法，「是更好貫徹『百花齊放，百家爭鳴』，還是薰蕕不分，湊合雜伴呢？是為了建設社會主義的民族文藝而努力呢？還是讓文藝自由地向小資產階級、資產階級的文藝道路發展呢？是作者通過創作為人民服務呢？還是任意地傳播自己的各種非無產階級思想情感呢？」〔註206〕由此我們看到了建國後審美建構的悖論，一方面是「社會主義不允許資產階級個人主義思想存在。死抱著這種思想的人，只會對社會主義起消極和破壞的作用，最後成為資本主義的殉葬者。因此，每個想真誠走社會主義的人，必須首先對資產階級個人主義思想作最徹底的決裂。」〔註207〕另外一方面又是在肉感、欲望批判之上，試圖建構新的審美。最終，這種審美的建構，不但沒有建構起新的審美，而又從側面再次迂迴到政治，成為一個政治問題。繼之而來的更為複雜的《草木篇》批判，便是這種批判悖論的表徵。

第四節 「二白」的問題

一、白航的問題

　　在整個「星星事件」中，我們關注較多的是對流沙河、石天河的批判，而實際上，作為《星星》負責人白航，不僅在初期《星星》辦刊的過程中，承受了巨大的壓力，也受到了直接的批判。對白航的批判，也是四川省文聯反右鬥爭一個重點。四川省文聯編印《四川省文藝界大鳴大放大爭集》（會議參考文件之八）共七編，其中第六編《右派分子把持「星星」事件》，就是批判白航的專章。所以，白航不僅是《星星》詩刊的負責人，而且也是四川省反右鬥爭的一個重要部分。梳理對白航的批判，不僅可以看到白航在整個事件中的複雜、尷尬境遇，同時對於我們理解「星星事件」，以及四川的反右鬥爭，有著重要的意義。在批判過程中，白航問題依次體現為以下幾個方面。

　　第一，「喪失立場」。在《草木篇》批判之初，白航的發言就隱藏著危險。在《吻》批判過程中雖然石天河、流沙河才是批判的重點，但作為《星星》詩

〔註205〕春生：《百花齊放與死鼠亂拋》，《四川日報》，1957 年 1 月 14 日。
〔註206〕黎本初：《我看了「星星」》，《四川日報》，1957 年 1 月 14 日。
〔註207〕社論：《又紅又專 後來居上》，《人民日報》，1958 年 5 月 4 日。

刊的負責人白航，在第一階段批判的總結大會上，也是批判的一個焦點。在
《草木篇》、《吻》批判結束後的座談會結束上，作為《星星》詩刊的負責人，
必須公開接受批判，開展自我檢查和批評。所以，白航和《草木篇》作者流沙
河，都在會上作了發言。白航說，「報紙對『草木篇』和『吻』的批評，我個
人是歡迎的，我們在詩刊上發表了一些壞的、不好的作品，這裡順便向讀者
致歉。從批評中，我們接受到一點教訓，我們刊物的方針有些問題。『星星』
詩刊有很多毛病，歡迎大家批評；當中有好的作品，也請大家肯定。有的同
志說，好像這次批評不應該，這看法不對。既然刊物發表了壞作品，別人就
應該批評。」〔註208〕從白航的發言中，我們看到，由於在對《星星》詩刊早
期的批判中，主要針對的對象是曰白的《吻》和流沙河的《草木篇》，所以並
未對白航展開批判，而僅僅讓他作為一個刊物執行者表態。在這個自我批評
中，白航一方面承認了刊物方針的問題，另一方面，依然堅持「鳴」、「放」，
堅持「百花齊放」的辦刊方針。當然，白航認為，個人最大的問題，並不在於
堅持了「雙百方針」，而在於沒有掌握原則。所以，提出的具體改進方法就是
「重新理解雙百方針」，並在刊物上明確提出「社會主義現實主義」的原則。
所以，此時的白航，並沒有意識到問題的嚴重性。由於全國性的整風運動的
展開，對於白航的自我批判，既沒有人支持，也沒有人否定。白航似乎以公
開的自我批判，獲得了認可。不過，從白航的自我批判來看，他始終堅持「雙
百方針」的辦刊「個性」，所以這一問題始終被人抓著。在 5 月 21 日的《省
文聯邀請部分文藝工作者繼續座談 對教條主義和宗派主義進行尖銳批評》
中，便有人發出了「也有說白航的鬥爭性不強、立場不穩」〔註209〕這樣的聲
音。所以，白航主持《星星》詩刊時的「個性」問題，一直是存在的，但隱而
未發。直到 7 月 20 日的《省市文藝界人士集會聲討右派分子 揭發石天河用
明槍暗箭向黨猖狂進攻的罪行 石天河曾經受過特務訓練，流沙河交代問題有
很大保留，白航的態度也很曖昧》中，面對石天河等對黨的「猖狂進攻」，作
為《星星》詩刊負責人的白航難辭其咎。因此，作為《星星》詩刊的直接領導
李累，就公開指出了白航的問題，質疑白航喪失了共產黨員的立場。在「李

〔註208〕《成都文學藝術界座談「草木篇」和「吻」》，《四川日報》，1957 年 2 月 14
日。
〔註209〕《省文聯邀請部分文藝工作者繼續座談 對教條主義和宗派主義進行尖銳批
評》，《四川日報》，1957 年 5 月 21 日。

累指出白航與右派分子一起向黨進攻，完全喪夫了共產黨員的立場」一文中，「省文聯黨支部書記李累代表省文聯黨支部指出『星星』主編、共產黨員白航，在批判『草木篇』前後及大『放』大『鳴』期間，他的言行已經完全喪失了一個共產黨員的立場，完全站在石天河、流沙河等右派分子的一邊，把黨的機密向右派分子洩露，支持右派分子向黨進攻。李累說，支委會決定除責成白航在黨內交代以外，還應在文藝界大會上作徹底的交代。」〔註210〕在李累等人看來，一個《星星》詩刊，不僅出了流沙河的《草木篇》，還出現了石天河的《萬言書》，這與白航的立場是絕對分不開的。雖然他沒有直接參與到其中，但他肯定支持了石天河、流沙河。正因為如此，石天河、流沙河的問題，一直由白航隱瞞著，白航便成為了他們背後最大的支持者。此時，由於流沙河、石天河問題越來越嚴重，白航也就被捲入到風口浪尖，不再僅僅是喪失共產黨員立場的問題了。

　　第二，「黨內右派分子」。正是因為白航在辦刊過程中，既維持著「星星」的「黨性」，也堅持著辦刊的「個性」，所以在初期的批判中，便認為白航的喪失了立場。但隨著批判的升級，更由於流沙河、石天河問題突出，在批判中，白航成為了「流沙河、石天河勾結黨內右派分子白航，有計劃有綱領地篡改了『星星』詩刊的政治方向」。在胡子淵的文章中，專門談到了「流沙河、石天河勾結黨內右派分子白航，有計劃有綱領地篡改了『星星』詩刊的政治方向」，其中就重點談到了白航的「黨內右派分子」問題，「為著取消文藝為工農兵服務並且用文藝這一武器反對共產黨。」「流沙河與石天河密謀無論如何要堅守著『星星』的陣地，以便伺機進攻。白航則和他們串通一氣。流沙河和石天河商定暫時不在『星星』上發表露骨的反共文章，以免刊物被停辦，編輯被撤換，他們把這個決定告訴了白航。他們還安排了退路，假定文聯領導上要換編輯，他們就拒不移交。假定非換不可，就找一個和他們的文藝思想相投合的一位詩人來占著位置，以抵制可能派到『星星』去作編輯的傅仇。石天河說，即使他回南京，陣地還必須留在手裏。」〔註211〕我們看到，這篇

〔註210〕　《省市文藝界人士集會聲討右派分子　揭發石天河用明槍暗箭向黨猖狂進攻的罪行　石天河曾經受過特務訓練，流沙河交代問題有很大保留，白航的態度也很曖昧》，《四川日報》，1957 年 7 月 20 日。

〔註211〕　胡子淵：《省文聯機關工作人員向右派分子追擊　揭露流沙河石天河狼狽為奸的黑幕　文藝界右派的哼哈二將篡改「星星」詩刊的政治方向，率領著黑幫嘍囉，處心積慮地向黨進攻》，《四川日報》，1957 年 8 月 3 日。

批判文中，所針對人是流沙河、石天河。但是在文章的敘述過程中，處處用「他們」一詞，將流沙河、石天河、白航捆綁在一起批判的，用「白航同意他們的主張」「白航則和他們串通一氣」等表述。此時的白航，已完全不能置身事外了。而且從文章的小標題來看，雖然是流沙河、石天河勾結白航，但對白航的身份，已經明確為「黨內右派分子」，他已經成為一個集團。另外，從整個文章的大標題來看，說流沙河、石天河是文藝界右派的「哼哈二將」，那文藝界右派的廟就在《星星》了。換言之，作為《星星》負責人的白航，就成為了四川文藝界右派的「首領」。更為嚴重的是，流沙河、石天河的所有問題，便成為了白航的問題。於是，這篇文章重點論述了「他們一起有計劃有綱領地篡改了『星星』詩刊的政治方向」這樣一個嚴重問題。於是，文章從刊物的政治主張、編輯綱領和堅守陣地三個方面，看到了白航如何被「二河」勾結，篡改了「星星」詩刊政治方向的過程。而且這種觀點，還被《人民日報》進一步放大：「『星星』詩刊主編白航是黨內的右派分子。石天河、流沙河就多方拉攏和影響他，挑動白航對黨的不滿情緒。他們利用白航來抵制黨的領導，但又不願白航對刊物管得太多，於是採取了既拉攏、又排擠的兩面手法。白航完全接受了流沙河等反動的編輯方針，並同流沙河一起反對黨為加強『星星』編輯部而調進新的編輯人員。這樣，『星星』就完全落入了這一夥右派分子的手中。」〔註212〕所以，對白航的集中批判，也就成為了省文聯的重要大事件了。

第三、「猖狂向黨進攻」。此前在8月3日中的批判文章，是省文聯機關工作人員胡子淵的個人意見。而且在這次對右派的批判中，白航始終是處於被動的地位。但到了8月8日《省文聯揭發黨內右派分子白航 他在石天河流沙河的反共小集團中充當坐探》的批判中，對白航的批判，就不再是省文聯機關工作人員的個人意見了，而成為了省文聯機關的集體意見。並且，作為被流沙河、石天河勾結的白航，此時卻成為了主動與石天河、流沙河裏應外合，向黨猖狂進攻的黨內右派分子。這次對白航的批判，可以說發生了實質性的變化。「四川省文聯機關連日集會，揭發批判『星星』詩刊編輯主任、黨內右派分子白航與黨外右派分子石天河、流沙河裏應外合，猖狂向黨進攻的罪行。」重要的是，這篇報導更為我們還原在初期《星星》詩刊中，白航的堅

〔註212〕《流沙河怎樣把持「星星」培植毒草 在四川文聯的圍攻下開始交代他的罪惡活動》，《人民日報》，1957年8月5日。

守與抗爭，這是非常值得注意的。文章對白航的批判，是按時間順序展開的。第一部分《〈星星〉未創刊以前，白航和石天河、流沙河等密謀，篡改了〈星星〉的政治方向》中著重談到了「星星」創刊前白航的問題，「黨內右派分子白航，早就是一個一貫對黨不滿，在政治上衰退，滿腦子資產階級文藝觀點，反對黨的文藝政策的蛻化分子。去年黨中央提出『百花齊放、百家爭鳴』方針以後，白航便認為這下可以自由了，可以不要政治，只要藝術了。因而，當文聯黨組織決定派他到《星星》詩刊去擔任編輯主任以後，由於他和右派分子石天河、流沙河等人在政治上、文藝觀點上臭味相投，在《星星》還未創刊以前，便和石天河、流沙河等右派分子密謀篡改了《星星》的政治方向，制定了一套把《星星》拉向右轉的反動綱領。」在第二部分《〈草木篇〉和〈吻〉受到批評後，白航和石天河、流沙河等勾結在一起，用造謠、撒謊等手段，抗拒黨和群眾的批評》中重點提到，白航在《草木篇》上的問題，「白航對這些意見絲毫不加考慮，反說李累故意挑毛病，說省委宣傳部對新出版的刊物不支持。」在反批評時，也提到了白航的問題，「報紙上發表了三篇批評《吻》和《草木篇》的文章，白航對報紙上的批評極端不滿，一面和石天河共同猜測這三篇文章是誰寫的；指使到處寫信組織稿件進行反撲；並且支持石天河、流沙河、儲一天寫反批評文章。」在《草木篇》批判之時，白航的問題更為嚴重，「在批評《草木篇》期間，白航除了和右派分子一起誣衊教條主義的老根在省委宣傳部、謾罵批評《草木篇》和《吻》的作者外，還採用了過去我們黨在白區辦報時對付國民黨檢查制度的辦法來對付黨，與右派分子站在一起共同向黨作鬥爭。」第三部分《大「鳴」大「放」期間，白航和文聯右派分子裏應外合，瘋狂向黨進攻，白航甚至洩露黨內情況，給右派分子供給子彈》中，談了白航在整風運動期間的問題，「在大『鳴』大『放』期間，右派分子白航從峨眉山回來，在樂山看見報上刊載右派分子流沙河、儲一天、丘原攻擊黨的發言，認為這個時候『氣候變了』，便一改他一貫用『沉默』來抗拒黨的批評，用『沉默』來支持石天河、流沙河反共叫囂的戰術。（石天河就曾經說過：白航的『沉默』就是對我們的支持。）配合文聯右派分子石天河、流沙河、儲一天等人，猖狂向黨進攻。……更惡毒的是，在大『鳴』大『放』期間，正當右派分子流沙河、丘原等誣衊黨對他們進行所謂政治陷害的時候，白航在創作輔導部與《星星》編輯部的一次聯組學習會上，白航公開洩露黨內情況來為石天河等人的反動言論辯護，並且造謠說：石天河、流沙河幾個

人的問題並不是那麼嚴重，主要是因為李累在黨支委會上把他們的問題說成是『政治問題』，支部決議也說是政治問題，所以在批判會上才有人言之過火，說什麼反蘇、反共、反人民的話。」第四部分《白航承認自己是右派分子，對黨犯了罪，但卻又企圖藉口文藝思想問題為他的叛黨罪行開脫》，用白航自己的話來做總結，「白航在會上承認他是黨內右派分子，一貫對黨不滿。承認他和右派分子石天河、流沙河裏應外合向黨進攻，他們進攻的矛頭，一頭指向省委宣傳部，一頭指向文聯黨組織，目的在於取消黨對文藝的領導，拒絕黨對《星星》的干涉。他承認自己作了右派分子在黨內的坐探，對黨犯了罪。但他在整個交代中，除了為自己戴幾頂大帽子外，卻又極不老實，在重要關鍵問題上躲躲閃閃、含糊其詞，甚至企圖藉口文藝思想問題為他的反黨言行開脫。與會群眾對白航這種極不老實態度一致予以嚴厲譴責，要他必須全部、徹底地向黨交代。」〔註213〕關於這篇批判文章，石天河認為，「以上這篇記述對白航進行批判的材料，從說話口吻和行文習慣來看，大概出自李累的手筆。」〔註214〕即使是出自李累之手，但毫無疑問，這也是一個「集體成果」。在引言中，我們看到，這次批判是「四川省文聯機關連日集會」，換句話說，應該是從8月3日胡子淵批判開始後，從8月3日到8月8日之間，省文聯機關連日批判的結果。批判主體，從胡子淵一人，變為了整個省文聯機關。文章重心是揭發批判白航與黨外右派分子石天河、流沙河裏應外合，猖狂向黨進攻的罪行。所以，對白航的批判，已經不再是李累與白航之間恩怨問題了，而是更為複雜的反右鬥爭的需要。在揭發白航罪行方面，從創刊前、《草木篇》和《吻》批判後，以及「大鳴大放」期間三個方面展開，最後對白航罪行的總結。而對白航的批判，主要集中在這些事件上：編輯方針問題，宣傳廣告費的問題，發表《草木篇》和《吻》的問題，支持石天河流沙河的反批評文章的問題，「以不幹了要挾文聯副主席常蘇民」的問題，在《星星》第二期刊登艾青詩論的問題，紙張供應的問題、攻擊文聯主席領導的問題、扣下了揭發石天河的材料的問題等。

　　石天河認為，在這篇批判白航的文章中，有很多添油加醋的地方。「例如，

〔註213〕《省文聯揭發黨內右派分子白航　他在石天河流沙河的反共小集團中充當坐探》，《四川日報》，1957年8月8日。

〔註214〕石天河：《逝川憶語──〈星星〉詩禍親歷記》，香港：天馬出版有限公司，2010年，第218頁。

他為了把『四川文藝界反革命右派集團』作成鐵案，怕黨內有不同意見，便故意借批白航為名，說白航造謠說過：『批評《草木篇》，常主任都不同意宣傳部這樣搞。』——這話，在當時的運動中，是用來恐嚇常蘇民的，使常蘇民因怕沾上『同情右派』『反對省委宣傳部』的嫌疑，不敢阻止他『無限上綱』『擴大反右』的極左做法。」〔註215〕另外，在攻擊省委宣傳部副部長李亞群這件嚴重的事情上，石天河也提出了不同的看法，「所謂『攻擊』，到底是『攻擊』了一些什麼呢？原來，那只是在紙張供應困難的時候，宣傳部召開會議，討論紙張如何分配的問題，《星星》詩刊派了白峽去出席會議，在白峽提出需要多少紙張的時候，杜部長說：『你們刊物上發了些什麼東西，還要紙張哩！』當時對《草木篇》的批判正在火頭上，白峽碰了一鼻子灰，不敢開腔。會後，回來向白航作了彙報。於是，白航在內部『鳴放』的時候，表示了對杜部長『不給紙張』的意見。——這樣一件事，到李累的材料裏，竟然被說成了『攻擊』，而且，故意說得不明不白，使別人不知道白航是如何惡毒『攻擊』杜部長的。」〔註216〕所以，這裡對白航的批判，為了將白航打成右派，在很大程度上有捕風捉影之嫌，並不能成為理解白航的真實材料。但是，我們將這篇文章從正面來看，而不是從批判的眼光來看，確實可以看到，在初期《星星》的辦刊過程中，白航是做出了很多的貢獻的。他對於《星星》這個初生的詩刊，是花了很大的心血來培育的，甚至「不惜花鉅資」、「不惜攻擊領導」，以換取《星星》的生存空間。正是在這些努力中，展示出了白航在編輯《星星》時特立獨行的個性。不過，白航的這些努力，不但沒有拯救星星編輯部，反而進一步加劇文聯對編輯部的打擊；不僅沒有給《星星》引向一個更為開闊的空間，反而讓《星星》完全退回到「黨性」的原則；不但沒有讓自己的編輯才華得以施展，反而被冠以反黨叛黨的罪行，最後成為了「反共、反人民、反社會主義右派集團」成員。

第四、「右派集團成員」。經過8月8日的集體批判，白航已經與石天河、流沙河完全具有了一樣的性質，到了8月31日便成為了「反共、反人民、反社會主義右派集團」中的一員。在8月31日的《石天河、流沙河、白航等右

〔註215〕石天河：《逝川憶語——〈星星〉詩禍親歷記》，香港：天馬出版有限公司，2010年，第218頁。

〔註216〕石天河：《逝川憶語——〈星星〉詩禍親歷記》，香港：天馬出版有限公司，2010年，第219頁。

派分子把持「星星」的罪惡活動　常蘇民代表發言摘要》中，常蘇民對白航作
了最後的定性。白航在這個右派集團中，除了「二河」作為首領之外，他排名
在這個右派集團的第三位。常蘇民的發言，主要是總體上談這個右派集團，
包括流沙河、石天河、白航一起把持「星星」詩刊的罪惡活動，並沒有專門談
白航的問題。其第一部分「多放毒草」，主要以批判流沙河為主，重點是《星
星》多發諷刺（共產黨）的詩和多發對現實不滿的詩，當然也專門提到了白
航的支持。第二部分是將白航提出「不強調配合政治任務」的主張與流沙河
則更具體提出多發頹廢、失望、灰色和哀怨的情詩的主張並置。認為「為了
他們這些共同的主張，對於這一類的貨色，儘管粗糙、潦草，他們也要反覆
修改，儘量利用。」第三部分是談為了長期霸佔「星星」這塊陣地，他們所採
取的一系列組織措施和編輯工作上的組織路線，也是異常反動的。最後得出
結論：「『星星』詩刊的教訓正是這樣的，一個社會主義的詩歌陣地，一但失
去黨的領導，被他們篡改了政治方向，造了多大的罪孽！」〔註217〕因此，對
於白航的批判，止於對整個四川文藝界右派的批判。

　　此後，就不再有對白航的單獨批判了，幾乎全都納入到「反共、反人民、
反社會主義右派集團」中，成為四川文藝界右派集團中的一員。所以到了《星
星》詩刊第 9 期，在以本刊編輯部名義發表的《右派分子把持「星星」詩刊
的罪惡活動》一文中，《編者按》就將石天河、流沙河、白航當成一個整體來
批判的：「星星」詩刊 1～8 期，為右派分子石天河、流沙河、白航所把持，
篡奪了黨對「星星」詩刊的領導，篡改了「星星」的政治方向。現在，「星星」
詩刊編輯部已經改組。改組後的編輯部，對「星星」詩刊 1～8 期作了初步的
檢查；在這裡，向「星星」詩刊的讀者以及關心「星星」詩刊的同志們和朋友
們作一次彙報。〔註218〕1957 年 11 月 10 日四川省文聯編印的《四川省文藝界
大鳴大放大爭集（會議參考文件之八）》中，《第六編　右派分子把持「星星」
事件》〔註219〕，便是將白航作為整個四川文藝界反右鬥爭的重要組成部分來
呈現的。在這第六編中所收集的批判文章，主要是來自於此前幾次《四川日

〔註217〕　《石天河、流沙河、白航等右派分子把持「星星」的罪惡活動　常蘇民代表
　　　　　發言摘要》，《四川日報》，1957 年 8 月 31 日。
〔註218〕　《右派分子把持「星星」詩刊的罪惡活動》，《星星》，1957 年，第 9 期。
〔註219〕　《四川省文藝界大鳴大放大爭集》，《第六編　右派分子把持「星星」事件》
　　　　　（會議參考文件之八），四川省文聯編印，1957 年 11 月 10 日，第 270～282
　　　　　頁。

報》上發表的批判文章，共收錄 3 篇文章。其中，第一篇批判文章《文聯機關工作人員向右派分子追擊，揭露流沙河、石天河狼狽為奸，篡改「星星」政治方向，率領黑幫嘍囉向黨進攻》為 1957 年 8 月 3 日胡子淵發表於《四川日報》的文章，原標題為《省文聯機關工作人員向右派分子追擊 揭露流沙河石天河狼狽為奸的黑幕 文藝界右派的哼哈二將篡改「星星」詩刊的政治方向，率領著黑幫嘍囉，處心積慮地向黨進攻》，收錄後更名為現在這一標題，具體內容不變。第二篇《文聯機關工作人員揭露「星星」編輯部主任黨內右派分子白航的罪惡活動，他在石天河、流沙河的右派小集團中充當坐探，裏應外合，向黨進攻》，原為 1957 年 8 月 8 日的《省文聯揭發黨內右派分子白航 他在石天河流沙河的反共小集團中充當坐探》。第三篇文章《常蘇民同志在省人民代表大會上發言，揭露石天河、流沙河、白航等右派分子把持「星星」的罪惡活動》，原為發表於 1957 年 8 月 31 日的《石天河、流沙河、白航等右派分子把持「星星」的罪惡活動 常蘇民代表發言摘要》。所以，這裡實際是對白航批判或者說反右鬥爭的一個總結。其實，將白航納入到四川文藝界右派集團中統一批判，又在一定程度上保護了白航，使得他此後免遭更大的災難。在高潮詩、史維安畫的《右派分子群相》中，專門為石天河、張默生、流沙河、丘原、曉楓這五大右派而作，這其中就已經沒有了白航。

反右鬥爭之後，白航與白峽一同下放會理，「反右時又一同落網而為『魚』，同時下放到會理區勞動改造。」〔註220〕他說，「1958 年獲罪下放金沙江邊的一個縣份勞動改造，變嘗夠了這種流浪的滋味，幾年間，居所換過無數次。」〔註221〕但是，他並沒有記錄下在會理的甘苦，「我在會理生活了五年，雖然當時我們是一群難見天日的人，但會理的山水，卻給了我們諸多的思戀。」〔註222〕到了 1962 年，白航從農村調回四川文聯〔註223〕。回成都後的白航，進入《四川文學》做詩歌組的編輯，重新開始了他的編輯生涯。不過很快，白航這種編輯生活也被文革打斷了。

〔註220〕白航：《白鶴飛走了——憶白峽》，《四川文藝》，2005 年，第 2 期。
〔註221〕白航：《流浪者之家》，《往事——白航回憶錄》，成都：四川美術出版社，2018年，第 129 頁。
〔註222〕白航：《會理之憶》，《往事——白航回憶錄》，成都：四川美術出版社，2018年，第 107 頁。
〔註223〕白航：《三白落地》，《往事——白航回憶錄》，成都：四川美術出版社，2018年，第 192 頁。

二、白峽的問題

在《星星》詩刊批判中，白峽是非常特別的。關於白峽的生平，以及他成為星星編輯的經過，我們前面已有相關的介紹。更為重要的是，他是在初期《星星》詩刊中，他是與白航一直堅持到最後的兩位編輯，是他們兩人堅持了《星星》詩刊的辦刊特色。

在《星星》編輯部被批評之後，石天河離開，流沙河被批判，就只留下了白航和白峽。然而，一直到《星星》詩刊的第 7 期，他們依然編發了「情詩」和「諷刺詩」，這可以看作是白航與白峽的共同堅守。在整個《星星》批判過程中，白峽又是《星星》詩刊中唯一一位沒有受到直接批判的編輯，但作白峽也無法在整個《星星》詩刊批判中置身事外。當然，在此過程中他也無法大張旗鼓地為《星星》詩刊辯護。所以他在初期批判中，白峽一直沉默著。直到 5 月 21 日四川省文聯邀請部分文藝工作者繼續舉行座談會的「第四次整風座談會」上，他才開始發言。在 5 月 22 日《成都日報》以《省文聯繼續邀請文藝工作者座談》為題，刊登了本此會議的情況，其中就有《白峽說：「星星」曾經是箭靶子》的報導，「『星星』編輯白峽說，有一次他代表『星星』編輯部到省委宣傳部去開紙張供應的會議，會上竟有人罵『星星』、指責『星星』，好像其他刊物都可以給紙，只有『星星』不能給。於是他在發言前，只得先作檢討，說『星星』發表了壞詩，很不好。今天看來那檢討是虛偽的，他回來後很不滿意，向文聯的領導說了，領導回答他，我們受到的批評比你更多。他說：那時『星星』成了箭靶子，我們發稿很膽小，諷刺詩不敢發，愛情詩也要結合生產。他還說昨天，葉一在會上說的去年創作會議上出的四本選集，文聯同志有利益均霑的情況，範圍太寬。他說他是編選集子的一個工作人員，但是選出的作品最後要由李累決定，但是李累只看名字不看作品。而集子中個別的公式化和概念化的作品，應由個別同志負責。他說，比如黃丹的詩，就應由我和傅仇負責。」〔註224〕作為《星星》詩刊的重要創辦人之一，白峽在整個《草木篇》批判中是比較低調的。正如我們前在面談白峽作為《星星》詩刊編輯的原因所說，白航是老黨員，而且曾在《川東報》工作，所以對於黨的政策是非常熟悉的。因此，在整個批判過程中，白峽選擇的是隱忍。但是，進入到整風之後，作為《星星》詩刊的一員，白峽也必須明確表

〔註224〕　《省文聯繼續邀請文藝工作者座談》，《成都日報》，1957 年 5 月 22 日。

態。所以，在這次整風座談會上，白峽也開始了整風，專門提到了省委的紙張供應會議中，提到了《星星》詩刊紙張供應的問題。

白峽的發言是在整風之後開始的，這也是可以理解的。但是在李累「辨別真相」的時候，大家都明顯地感受到整風運動進入到「收」的階段的時候，白峽還要繼續發言，繼續「放」，這就非常值得關注了。6 月 14 日《四川日報》中，就重點刊登了白峽的發言《白峽對李累的發言提出了他自己的看法》，以及方赫對他的反駁，「白峽認為流沙河消沉的原因之一是有人說他寫的『窗』是抄襲的。白峽還認為流沙河寫了許多作品，有很多對的，這段時間工作也是積極的。白峽說，流沙河懷疑李累妨礙他的通信自由，不是沒有原因的，因為流沙河把好些事情聯在一起來想，就懷疑起來了。他認為李累的發言有些地方還未交代清楚。方赫發言，他說，剛才白峽談到，去年 2 月流沙河要到北京去前，黨、團員開會與流沙河提意見時有人說他的散文集子——『窗』是抄襲的說法與事實不符，並沒有人認為流沙河的集子——『窗』全部是抄襲的，只是其中一篇『追』在情節上結構上與『新觀察』上刊載的一篇譯文相似，至少是模仿來的。他說，白峽並沒有參加那次會。」〔註 225〕在白峽的發言中，其實也沒有提出新的證據來證明流沙河的相關言論的正確性，但卻認為應該更加具體的分析流沙河的發言。如果回到整個批判，我們看到此時「整風」已經在向「反右」轉變了，白峽此時的表現還是相當有氣魄的。

由於白峽的發言沒有完整的理論，也沒有更大的錯誤，他就沒有被列入四川文藝界 24 人右派集團中，常蘇民的總結發言中也沒有提到白峽。所以到《星星》詩刊改組後的第 9 期，白峽仍留在編輯部，「雖然由我畫版，但我卻變成了機器人，全憑別的同志指揮了」〔註 226〕但是，儘管白峽不是「24 人小集團成員」，他最終也沒有逃脫「右派」的命運，最後還是被劃為了右派。對於白峽這段右派經歷，毛瀚介紹說，「我問白峽先生，放逐鄉下勞動改造是不是特別苦？先生說，遠離塵囂，回到蒼生百姓中，反倒有漏網脫韁之感，只是大躍進之後鬧糧荒，差點兒沒餓死。白峽先生有一組散文詩，寫的就是這段刺配生涯：『家就是一所茅屋。屋外沒有圍牆，也沒有門，風自由地飄進，鳥自由地飛來。』『我摸索著攀登山路……路越走越窄，天地越來越暗……我

〔註 225〕《對流沙河進行所謂「政治陷害」是不是事實？ 省文聯昨日召開座談會弄清真相判明是非》，《四川日報》，1957 年 6 月 14 日。
〔註 226〕白峽：《我在〈星星〉工作的時候》，《星星》，1983 年，第 2 期。

向前走，鳥道直上半空。不回頭，我的腳滴著血。不回頭，似聞到狼舔噬地上的血跡……』」〔註227〕此後，白峽與白航一起被下放到了會理。白航曾全面回憶白峽，「《星星》詩刊創始人之一的白峽同志，在 2004 年的最後一天，化鶴歸去了，時年 85 歲。……白峽是一位從不惹事生非者，對人總是面帶微笑，看到的總是別人的優點，比如，你在哪裏發表了一篇文章或是詩歌，他總會找機會告訴你或評點幾句，絕沒有文人相輕的那些陋習，使你感到朋友之間的溫暖與和諧。另外，對於生活，他始終充滿樂觀的心態，即使在當『右派』下放農村勞動時，也從不愁眉苦臉，這使他的一生，度過了許多艱難險阻。」〔註228〕

　　總之，經過 1956 年的反右鬥爭，星星編輯部「二白二河」全軍覆沒，白航、白峽下放會理，流沙河下放金堂，石天河早已離開了編輯部，最後被關進了文廟後街 5 號的看守所。所以，對《星星》的改組也就勢在必行了。根據《機關工作人員名單 1965.6.》中的介紹：白航　詩歌組編輯（62 年 10 月摘帽）〔註229〕，白航於 1962 年回到成都，繼續留在了四川省文聯，在《四川文學》編輯部詩歌組任編輯。但關於從 1957 年至 1979 年這 22 年中白航的經歷，白航並沒有留下更多的文字給我們。直到 1979 年，白航重新執掌《星星》詩刊，再一次成為《星星》主編，那時他帶領《星星》走向了另一個高峰。

〔註227〕毛瀚：《峨眉四皓》，《重慶散文大觀》，重慶：重慶出版社，1999 年，第 72 ～73 頁。

〔註228〕白航：《白鶴飛走了》，《四川文藝》，2005 年，第 2 期。

〔註229〕《機關工作人員名單 1965.6.》，《四川省文聯（1952～1965）》，建川 127～18，四川省檔案館。